當代中文課程

A Course in Contemporary Chinese

Textbook 課本

5

國立臺灣師範大學國語教學中心 策劃
Mandarin Training Center National Taiwan Normal University

主編／鄧守信　編寫教師／何沐容、洪芸琳、鄧巧如

序 Foreword

　　本中心自 1967 年開始編製教材，迄今編寫五十餘本，廣為台灣各語言中心使用。原使用之主教材《實用視聽華語》編輯至今近二十年，實須因應外在環境的變遷、教學法及教學媒體的創新與進步而新編教材，故籌畫編寫此系列教材《當代中文課程》。

　　本系列教材共六冊，最突出、不同於其他教材的地方是，將理論研究與實務教學的成果完美的結合在教材中。主編鄧守信博士本身是著名的語言學家，並有多年在美國實際教授外國學生學習漢語的課堂授課經驗，對於漢語語言以及華語教學語法的研究都有獨到之處。這套教材所採用的詞類系統能有效防堵學習者產生的偏誤；語法點的呈現則是一次只講一個語言形式，先說明功能，再擴展句式，最後提醒學習者使用時應注意的地方。與一般教材將類似形式放在一起，重形式操練，少功能介紹的方式不可同日而語。

　　這套教材預計今年（2018）底即將完成六冊的出版工作。從 2012 年籌劃至今，這一路來除了特別要感謝主編的勞心勞力外，還要感謝我們 18 位極富教學經驗的第一線教師願意在繁忙的教學之餘，積極參與這套教材的編寫工作。每冊初稿完成，為了廣納各方意見，我們很幸運地邀請到美國的 Claudia Ross 教授、白建華教授及陳雅芬教授，擔任顧問；臺灣的葉德明教授、美國的姚道中教授、儲誠志教授及大陸的劉珣教授，擔任教材審查委員。每冊教材平均在本中心及臺灣其他語言中心，進行一年的試用；經過顧問的悉心指導、審查委員的仔細批閱，並集結授課教師及學生提出的寶貴意見，再由編寫教師做了多次修訂，才定稿付梓。對於在這整個過程中，努力不懈的編輯團隊——我們的執行編輯張莉萍副研究員、張黛琪老師及教材研發組成員蔡如珮、張雯雯，我要致上最高的謝意。

　　最後，特別感謝聯經出版事業股份有限公司，願意投注最大的心力，以專業的製作出版能力，協助我們將這套教材以最佳品質問世。我們希望，《當代中文課程》不只是提供學生們一套實用有效的教材，亦讓教師得到愉快充實的教學經驗。歡迎海內外教師在使用後，給予我們更多的指教與建議，讓我們不斷進步，也才能為華語文教學做出更大的貢獻。

臺灣師範大學國語教學中心主任

沈永正

謹誌於 2018 年 5 月 4 日

The Mandarin Training Center at National Taiwan Normal University has produced teaching materials since 1967, including over 50 publications used in language centers all across Taiwan. Our core teaching series Practical Audio-Visual Chinese has been in circulation for almost 20 years; however, in order to adapt to the changing cultural landscape and to advances in pedagogy and educational media, we are publishing a new learning series, A Course in Contemporary Chinese.

This exceptional six-volume series distinguishes itself from other teaching materials through its seamless integration of theoretical research findings and practical teaching expertise. The development of this new material has been led by Chief Editor Dr. Shou-hsin Teng, an esteemed linguist with many years of classroom experience in the United States teaching Chinese to foreign students, and whose research demonstrates unique insight into pedagogical grammar and the Chinese language.

Equipped with a unique parts-of-speech framework, this series will effectively prevent students from producing errors in communication. Whereas other teaching materials often present several related grammatical constructions at the same time and put emphasis on repetitive drills without clearly explaining the unique grammatical function of each construction, the grammar sections of our series present one construction at a time. The description of its function is followed by example sentences and notes on the usage of each structure.

We hope that all six volumes of this series will be in publication before the end of 2018. I would like to express my deep gratitude to Chief Editor Teng, who has been dedicated to this project since initial preparations began in 2012, and to our team of eighteen seasoned educators who found the time outside of their busy teaching schedules to enthusiastically participate in the writing and editing process. The series has benefited from the invaluable feedback provided by our consultants in the United States, Professors Claudia Ross, Jian-hua Bai, and Yea-fen Chen, and review committee: Professors Teh-ming Ye (Taiwan), Tao-chung Yao (US), Cheng-zhi Chu (US), and Xun Liu (China).

Each volume of the series has already been in trial use at MTC and other language centers throughout Taiwan for roughly one year. Incorporating a wealth of feedback, from the thoughtful guidance of our consultants to the meticulous evaluations of our review committee to observations from instructors and students, the series has undergone multiple revisions before being sent to the press in its final form. Over the course of this entire process, our editorial team has worked tirelessly and I would like to express my sincere gratitude to them: Associate Research Fellow Liping Chang, Tai-chi Chang, and Ru-pei Cai and Wen-wen Chang from the MTC division of teaching material development.

Lastly, I would like to thank Linking Publishing Company for their professionalism and whole-hearted commitment to ensuring that this series be published with the greatest possible quality. It is our hope that A Course in Contemporary Chinese will not only serve as an effective, useful resource for students, but also will facilitate an enjoyable, enriching teaching experience for instructors. We invite instructors in Taiwan and abroad who use this series in class to send us comments and/or suggestions so that we can continue to improve the Course and thus make an even greater contribution to the teaching of Chinese as a foreign language.

Yung-cheng Shen

May 4th, 2018
Director, Mandarin Training Center
National Taiwan Normal University

From the Editor's Desk

Finally, after more than two years, volume one of our six-volume project is seeing the light of day. The language used in *A Course in Contemporary Chinese* is up to date, and though there persists a deep 'generation gap' between it and my own brand of Chinese, this is as it should be. In addition to myself, our project team has consisted of 18 veteran MTC teachers and the entire staff of the MTC Section of Instructional Materials, plus the MTC Deputy Director.

The field of L2 Chinese in Taiwan seems to have adopted the world-famous 'one child policy'. The complete set of currently used textbooks was born a generation ago, and until now has been without predecessor. We are happy to fill this vacancy, and with the title 'number two', yet we also aspire to have it be number two in name alone. After a generation, we present a slightly disciplined contemporary language as observed in Taiwan, we employ Hanyu Pinyin without having to justify it cautiously and timidly, we are proud to present a brand-new system of Chinese parts of speech that will hopefully eliminate many instances of error, we have devised two kinds of exercises in our series, one basically structural and the other entirely task-based, each serving its own intended function, and finally we have included in each lesson a special aspect of Chinese culture. Moreover, all this is done in full color, the first time ever in the field of L2 Chinese in Taiwan. The settings for our current series is in Taipei, Taiwan, with events taking place near the National Taiwan Normal University. The six volumes progress from basic colloquial to semi-formal and finally to authentic conversations or narratives. The glossary in vocabulary and grammar is in basically semi-literal English, not free translation, as we wish to guide the readers/learners along the Chinese 'ways of thinking', but rest assured that no pidgin English has been used.

I am a functional, not structural, linguist, and users of our new textbooks will find our approaches and explanations more down to earth. Both teachers and learners will find that the content resonates with their own experiences and feelings. Rote learning plays but a tiny part of our learning experiences. In a functional frame, the role of the speaker often seen as prominent. This is natural, as numerous adverbs in Chinese, as they are traditionally referred to, do not in fact modify verb phrases at all. They relate to the speaker.

We, the field of Chinese as a second language, know a lot about how to teach, especially when it comes to Chinese characters. Most L2 Chinese teachers world-wide are ethnically Chinese, and teach characters just as they were taught in childhood. Truth is, we know next to nothing how adult students/learners actually learn characters, and other elements of the Chinese language. While we have nothing new in this series of textbooks that contributes to the teaching of Chinese characters, I tried to tightly integrate teaching and learning through our presentation of vocabulary items and grammatical structures. Underneath such methodologies is my personal conviction, and at times both instructors' and learners' patience is requested. I welcome communication with all users of our new textbooks, whether instructors or students/learners.

Shou-hsin Teng

About This Volume

當代中文課程第五冊的教材難度約為 CEFR B2-C1 (ACTFL advanced mid-superior) 程度。包含 926 個生詞，86 個語法點。除了適合學習過前四冊的學習者外，也適合學習時數超過 600 小時，具備 3000 詞彙量的學習者使用。

第五冊除了在難度、深度上加深加廣外，在體例上亦針對中高級漢語學習者的學習難點設計學習內容，加強學習者對論點的掌握與支持、成段表達方面的訓練。

本冊共 10 課，主題涵蓋人權、科技、經濟、文化、環保等當代爭議性議題，希望這些與生活相關、同時又是當代世界討論的議題，能引起學生對世界的關注，刺激學生表達並討論，增進溝通及說服能力。每課均包含以下幾個部分：

1 **課前活動**：利用圖片、案例等具體內容，一方面引起學生的興趣，一方面做為新舊知識的銜接。

2 **正反立場文章**：文章為編者綜合整理該議題的主要論點後重新撰寫而成。體例以論說文或夾敘夾議的方式為主，每篇文章長度約 500-1000 字。

3 **閱讀理解**：可用於說明課文生詞前，訓練學習者運用先備知識推導出或指出作者的論點或段落大意。亦可做為課文教學後的檢視練習。

4 **語法點**：選擇文章中重要的語式為語法點，包含說明、例句及 3-5 題練習。

5 **重點詞彙練習**：主要透過各種搭配、提問練習、易混淆詞的比較、分類等方式，幫助學習者記憶詞彙、掌握重點詞彙的用法。

6 **論點呈現**：主要訓練學習者在段落中找出論點。此部分可搭配課文理解使用，或是作為整篇文章的內容重點統整及討論使用。

7 **口語表達**：先由教師引導學學習者找出篇章邏輯連貫形式，協助他們從句子過渡到有邏輯的篇章段落。每課再提供兩個相關主題，讓學習者在學習詞彙、句式、銜接手段後，綜合運用並練習有邏輯條理地成段表達。

8 **延伸活動**：每課包含一項與語言表達功能有關的敘述練習，例如定義、反駁、引用、譬喻等，將學習過的語言功能做一統整練習。

9 **語言實踐**：每課包含兩項與主題相關的活動，例如辯論、角色扮演、訪問等，讓學習者在活動中反覆練習語言形式，同時對該議題有更多相關討論。

10 **作業本**：本冊另附作業本一冊，每課包含聽力、詞彙及句式複習。聽力練習主要訓練學習者找出立場及論點，文本附在作業本及教師手冊中。而詞彙及句式採填充、利用提示完成對話方式複習，均以篇章段落形式呈現。

本冊附有教師手冊，除提供參考答案外，亦有教學提問問題、生詞提問單、教學流程建議以供教師教學時參考，教師可視學生程度、課室情況彈性調整。

目次 Contents

Contents

An Introduction to the Chinese Language

China is a multi-ethnic society, and when people in general study Chinese, 'Chinese' usually refers to the Beijing variety of the language as spoken by the Han people in China, also known as Mandarin Chinese or simply Mandarin. It is the official language of China, known mostly domestically as the Putonghua, the lingua franca, or Hanyu, the Han language. In Taiwan, Guoyu refers to the national/official language, and Huayu to either Mandarin Chinese as spoken by Chinese descendants residing overseas, or to Mandarin when taught to non-Chinese learners. The following pages present an outline of the features and properties of Chinese. For further details, readers are advised to consult various and rich on-line resources.

Language Kinship

Languages in the world are grouped together on the basis of language affiliation, called language-family. Chinese, or rather Hanyu, is a member of the Sino-Tibetan family, which covers most of China today, plus parts of Southeast Asia. Therefore, Tibetan, Burmese, and Thai are genetically related to Hanyu.

Hanyu is spoken in about 75% of the present Chinese territory, by about 75% of the total Chinese population, and it covers 7 major dialects, including the better known Cantonese, Hokkienese, Hakka and Shanghainese.

Historically, Chinese has interacted highly actively with neighboring but unaffiliated languages, such as Japanese, Korean and Vietnamese. The interactions took place in such areas as vocabulary items, phonological structures, a few grammatical features and most importantly the writing script.

Typological Features of Chinese

Languages in the world are also grouped together on the basis of language characteristics, called language typology. Chinese has the following typological traits, which highlight the dissimilarities between Chinese and English.

A. Chinese is a non-tense language. Tense is a grammatical device such that the verb changes according to the time of the event in relation to the time of utterance. Thus 'He talks nonsense' refers to his habit, while 'He talked nonsense' refers to a time in the past when he behaved that way, but he does not necessarily do that all the time. 'Talked' then is a verb in the past tense. Chinese does not operate with this device but marks the time of events with time expressions such as 'today' or 'tomorrow' in the sentence. The verb remains the same regardless of time of happening. This type of language is labeled as an atensal language, while English and most European languages are tensal languages. Knowing this particular trait can help European learners of Chinese avoid mistakes to do with verbs in Chinese. Thus, in responding to 'What did you do in China last year?' Chinese is 'I teach English (last year)'; and to 'What are you doing now in Japan?' Chinese is again 'I teach English (now)'.

B. Nouns in Chinese are not directly countable. Nouns in English are either countable, e.g., 2 candies, or non-countable, e.g., *2 salts, while all nouns in Chinese are non-countable. When they are to be counted, a measure, or called classifier, must be used between a noun and a number, e.g., 2-piece-candy. Thus, Chinese is a classifier language. Only non-countable nouns in English are used with measures, e.g., a drop of water.

Therefore it is imperative to learn nouns in Chinese together with their associated measures/classifiers. There are only about 30 high-frequency measures/classifiers in Chinese to be mastered at the initial stage of learning.

C. Chinese is a Topic-Prominent language. Sentences in Chinese quite often begin with somebody or something that is being talked about, rather than the subject of the verb in the sentence. This item is called a topic in linguistics. Most Asian languages employ topic, while most European languages employ subject. The following bad English sentences, sequenced below per frequency of usage, illustrate the topic structures in Chinese.

*Senator Kennedy, people in Europe also respected.

*Seafood, Taiwanese people love lobsters best.

*President Obama, he attended Harvard University.

Because of this feature, Chinese people tend to speak 'broken' English, whereas English speakers tend to sound 'complete', if bland and alien, when they talk in Chinese. Through practice and through keen observations of what motivates the use of a topic in Chinese, this feature of Chinese can be acquired eventually.

D. Chinese tends to drop things in the sentence. The 'broken' tendencies mentioned above also include not using nouns in a sentence where English counterparts are 'complete'. This tendency is called dropping, as illustrated below through bad English sentences.

Are you coming tomorrow? ----- *Come!

What did you buy? ----- *Buy some jeans.

*This bicycle, who rides? ----- *My old professor rides.

The 1st example drops everything except the verb, the 2nd drops the subject, and the 3rd drops the object. Dropping happens when what is dropped is easily recoverable or identifiable from the contexts or circumstances. Not doing this, Europeans are often commented upon that their sentences in Chinese are too often inundated with unwanted pronouns!!

Phonological Characteristics of Chinese

Phonology refers to the system of sound, the pronunciation, of a language. To untrained ears, Chinese language sounds unfamiliar, sort of alien in a way. This is due to the fact that Chinese sound system contains some elements that are not part of the sound systems of European languages, though commonly found on the Asian continent. These features will be explained below.

On the whole, the Chinese sound system is not really very complicated. It has 7 vowels, 5 of which are found in English (i, e, a, o, u), plus 2 which are not (-e, ü); and it has 21 consonants, 15 of which are quite common, plus 6 which are less common (zh, ch, sh, r, z, c). And Chinese has a fairly simple syllable shape, i.e., consonant + vowel plus possible nasals (n or ng). What is most striking to English speakers is that every syllable in Chinese has a 'tone', as will be detailed directly below. But, a word on the sound representation, the pinyin system, first.

A. Hanyu Pinyin. Hanyu Pinyin is a variety of Romanization systems that attempt to represent the sound of Chinese through the use of Roman letters (abc…). Since the end of the 19th century, there have been about half a dozen Chinese Romanization systems, including the Wade-Giles, Guoyu Luomazi, Yale, Hanyu Pinyin, Lin Yutang, and Zhuyin Fuhao Di'ershi, not to mention the German system, the French system etc. Thanks to the consensus of media worldwide, and through the support of the UN, Hanyu Pinyin has become the standard worldwide. Taiwan is probably the only place in the world that does not support nor employ Hanyu Pinyin. Instead, it uses non-Roman symbols to represent the sound, called Zhuyin Fuhao, alias BoPoMoFo (cf. the symbols employed in this volume). Officially, that is. Hanyu Pinyin represents the Chinese sound as follows.

b, p, m, f   d, t, n, l   g, k, h   j, q, x   zh, ch, sh, r   z, c, s

a, o, -e, e   ai, ei, ao, ou   an, en, ang, eng   er (-r), i, u, ü

B. Chinese is a tonal language. A tone refers to the voice pitch contour. Pitch contours are used in many languages, including English, but for different functions in different languages. English uses them to indicate the speaker's viewpoints, e.g., 'well' in different contours may indicate impatience, surprise, doubt etc. Chinese, on the other hand, uses contours to refer to different meanings, words. Pitch contours with different linguistic functions are not transferable from one language to another. Therefore, it would be futile trying to learn Chinese tones by looking for or identifying their contour counterparts in English.

Mandarin Chinese has 4 distinct tones, the fewest among all Han dialects, i.e., level, rising, dipping and falling, marked ─ ╱ ╲ ╲, and it has only one tone-change rule, i.e., ╲ ╲ → ╱ ╲, though the conditions for this change are fairly complicated. In addition to the four tones, Mandarin also has one neutral(ized) tone, i.e., • , pronounced short/unstressed, which is derived, historically if not synchronically, from the 4 tones; hence the term neutralized. Again, the conditions and environments for the neutralization are highly complex and cannot be explored in this space.

C. Syllable final –r effect (vowel retroflexivisation). The northern variety of Hanyu, esp. in Beijing, is known for its richness in the –r effect at the end of a syllable. For example, 'flower' is 'huā' in southern China but 'huār' in Beijing. Given the prominence of the city Beijing, this sound feature tends to be defined as standard nationwide; but that –r effect is rarely attempted in the south. There do not seem to be rigorous rules governing what can and what cannot take the –r effect. It is thus advised that learners of Chinese resort to rote learning in this case, as probably even native speakers of northern Chinese do.

D. Syllables in Chinese do not 'connect'. 'Connect' here refers to the merging of the tail of a syllable with the head of a subsequent syllable, e.g., English pronounces 'at' + 'all' as 'at+tall', 'did' +'you' as 'did+dyou' and 'that'+'is' as 'that+th'is'. On the other hand, syllables in Chinese are isolated from each other and do not connect in this way. Fortunately, this is not a serious problem for English language learners, as the syllable structures in Chinese are rather limited, and there are not many candidates for this merging. We noted above that Chinese syllables take the form of CV plus possible 'n' and 'ng'. CV does not give rise to connecting, not even in English; so be extra cautious when a syllable ends with 'n' or 'g' and a subsequent syllable begins with a V, e.g., MǐnÀo 'Fujian Province and Macao'. Nobody would understand 'min+nao'!!

E. Retroflexive consonants. 'Retroflexive' refers to consonants that are pronounced with the tip of the tongue curled up (-flexive) backwards (retro-). There are altogether 4 such consonants, i.e., zh, ch, sh, and r. The pronunciation of these consonants reveals the geographical origin of native Chinese speakers. Southerners do not have them, merging them with z, c, and s, as is commonly observed in Taiwan. Curling up of the tongue comes in various degrees. Local Beijing dialect is well known for its prominent curling. Imagine curling up the tongue at the beginning of a syllable and curling it up again for the –r effect!! ! Try 'zhèr-over here', 'zhuōr-table' and 'shuǐr-water'.

On Chinese Grammar

'Grammar' refers to the ways and rules of how words are organized into a string that is a sentence in a language. Given the fact that all languages have sentences, and at the same time non-sentences, all languages including Chinese have grammar. In this section, the most salient and important features and issues of Chinese grammar will be presented, but a summary of basic structures, as referenced against English, is given first.

A. Similarities in Chinese and English.

	English	Chinese
SVO	They sell coffee.	Tāmen mài kāfēi.
AuxV+Verb	You may sit down!	Nǐ kěyǐ zuòxià ō!
Adj+Noun	sour grapes	suān pútáo
Prep+its Noun	at home	zài jiā
Num+Meas+Noun	a piece of cake	yí kuài dàngāo
Demons+Noun	those students	nàxiē xuéshēng

B. Dissimilar structures.

	English	Chinese
RelClause: Noun	the book that you bought	nǐ mǎi de shū
VPhrase: PrepPhrase	to eat at home	zài jiā chīfàn
Verb: Adverbial	Eat slowly!	Mànmār chī!

Set: Subset	6th Sept, 1967	1967 nián 9 yuè 6 hào
	Taipei, Taiwan	Táiwān Táiběi
	3 of my friends…	wǒ de péngyǒu, yǒu sān ge…

C. Modifier precedes modified (MPM). This is one of the most important grammatical principles in Chinese. We see it operating actively in the charts given above, so that adjectives come before nouns they modify, relative clauses also come before the nouns they modify, possessives come before nouns (tāde diànnǎo 'his computer'), auxiliary verbs come before verbs, adverbial phrases before verbs, prepositional phrases come before verbs etc. This principle operates almost without exceptions in Chinese, while in English modifiers sometimes precede and some other times follow the modified.

D. Principle of Temporal Sequence (PTS). Components of a sentence in Chinese are lined up in accordance with the sequence of time. This principle operates especially when there is a series of verbs contained within a sentence, or when there is a sentential conjunction. First compare the sequence of 'units' of an event in English and that in its Chinese counterpart.

Event: David /went to New York/ by train /from Boston/ to see his sister.

English: 1   2   3   4   5

Chinese: 1   4   2   3   5

Now in real life, David got on a train, the train departed from Boston, it arrived in New York, and finally he visited his sister. This sequence of units is 'natural' time, and the Chinese sentence 'Dàwèi zuò huǒchē cóng Bōshìdùn dào Niǔyuē qù kàn tā de jiějie' follows it, but not English. In other words, Chinese complies strictly with PTS.

When sentences are conjoined, English has various possibilities in organizing the conjunction. First, the scenario. H1N1 hits China badly (event-1), and as a result, many schools were closed (event-2). Now, English has the following possible ways of conjoining to express this, e.g.,

Many schools were closed, because/since H1N1 hit China badly. (E2+E1)

H1N1 hit China badly, so many schools were closed. (E1+E2)

As H1N1 hit China badly, many schools were closed. (E1+E2)

Whereas the only way of expressing the same in Chinese is E1+E2 when both conjunctions are used (yīnwèi… suǒyǐ…), i.e.,

Zhōngguó yīnwèi H1N1 gǎnrǎn yánzhòng (E1), suǒyǐ xǔduō xuéxiào zhànshí guānbì (E2).

PTS then helps explain why 'cause' is always placed before 'consequence' in Chinese.

PTS is also seen operating in the so-called verb-complement constructions in Chinese, e.g., shā-sǐ 'kill+dead', chī-bǎo 'eat+full', dǎ-kū 'hit+cry' etc. The verb represents an action that must have happened first before its consequence.

There is an interesting group of adjectives in Chinese, namely 'zǎo-early', 'wǎn-late', 'kuài-fast', 'màn-slow', 'duō-plenty', and 'shǎo-few', which can be placed either before (as adverbials) or after (as complements) of their associated verbs, e.g.,

Nǐ míngtiān zǎo diǎr lái! (Come earlier tomorrow!)

Wǒ lái zǎo le. Jìnbúqù. (I arrived too early. I could not get in.)

When 'zǎo' is placed before the verb 'lái', the time of arrival is intended, planned, but when it is placed after, the time of arrival is not pre-planned, maybe accidental. The difference complies with PTS. The same difference holds in the case of the other adjectives in the group, e.g.,

Qǐng nǐ duō mǎi liǎngge! (Please get two extra!)

Wǒ mǎiduō le. Zāotà le! (I bought two too many. Going to be wasted!)

'Duō' in the first sentence is going to be pre-planned, a pre-event state, while in the second, it's a post-event report. Pre-event and post-event states then are naturally taken care of by PTS. Our last set in the group is more complicated. 'Kuài' and 'màn' can refer to amount of time in addition to manner of action, as illustrated below.

Nǐ kuài diǎr zǒu; yào chídào le! (Hurry up and go! You'll be late (e.g., for work)!)

Qǐng nǐ zǒu kuài yìdiǎr! (Please walk faster!)

'Kuài' in the first can be glossed as 'quick, hurry up' (in as little time as possible after the utterance), while that in the second refers to manner of walking. Similarly, 'màn yìdiǎr zǒu-don't leave yet' and 'zǒu màn yìdiǎr-walk more slowly'.

We have seen in this section the very important role in Chinese grammar played by variations in word-order. European languages exhibit rich resources in changing the forms of verbs, adjectives and nouns, and Chinese, like other Asian languages, takes great advantage of word-order.

E. Where to find subjects in existential sentences. Existential sentences refer to sentences in which the verbs express appearing (e.g., coming), disappearing (e.g., going) and presence (e.g., written (on the wall)). The existential verbs are all intransitive, and thus they are all associated with a subject, without any objects naturally. This type of sentences deserves a mention in this introduction, as they exhibit a unique structure in Chinese. When their subjects are in definite reference (something that can be referred to, e.g., pronouns and nouns with definite article in English) the subject appears at the front of the sentence, i.e., before the existential verb, but when their subjects are in indefinite reference (nothing in particular), the subject appears after the verb. Compare the following pair of sentences in Chinese against their counterparts in English.

Kèrén dōu lái le. Chīfàn ba! (All the guests we invited have arrived. Let's serve the dinner.)

Duìbùqǐ! Láiwǎn le. Jiālǐ láile yí ge kèrén. (Sorry for being late! I had an (unexpected) guest.)

More examples of post-verbal subjects are given below.

Zhè cì táifēng sǐle bù shǎo rén. (Quite a few people died during the typhoon this time.)

Zuótiān wǎnshàng xiàle duōjiǔ de yǔ? (How long did it rain last night?)

Zuótiān wǎnshàng pǎole jǐ ge fànrén? (How many inmates got away last night?)

Chēzi lǐ zuòle duōshǎo rén a? (How many people were in the car?)

Exactly when to place the existential subject after the verb will remain a challenge for learners of Chinese for quite a significant period of time. Again, observe and deduce!! Memorising sentence by sentence would not help!!

The existential subjects presented above are simple enough, e.g., people, a guest, rain and inmates. But when the subject is complex, further complications emerge!! A portion of the complex subject stays in front of the verb, and the remaining goes to the back of the verb, e.g.,

Míngtiān nǐmen qù jǐge rén? (How many of you will be going tomorrow?)

Wǒ zuìjìn diàole bù shǎo tóufǎ. (I lost=fell quite a lot of hair recently.)

Qùnián dìzhèn, tā sǐle sān ge gēge. (He lost=died 3 brothers during the earthquake last year.)

In linguistics, we say that existential sentences in Chinese have a lot of semantic and information structures involved.

F. A tripartite system of verb classifications in Chinese. English has a clear division between verbs and adjectives, but the boundary in Chinese is quite blurred, which quite seriously misleads English-speaking learners of Chinese. The error in *Wǒ jīntiān shì máng. 'I am busy today.' is a daily observation in Chinese 101! Why is it a common mistake for beginning learners? What do our textbooks and/or teachers do about it, so that the error is discouraged, if not suppressed? Nothing, much! What has not been realized in our profession is that Chinese verb classification is more strongly semantic, rather than more strongly syntactic as in English.

Verbs in Chinese have 3 sub-classes, namely Action Verbs, State Verbs and Process Verbs. Action Verbs are time-sensitive activities (beginning and ending, frozen with a snap-shot, prolonged), are will-controlled (consent or refuse), and usually take human subjects, e.g., 'chī-eat', 'mǎi-buy' and 'xué-learn'. State Verbs are non-time-sensitive physical or mental states, inclusive of the all-famous adjectives as a further sub-class, e.g., 'ài-love', 'xīwàng-hope' and 'liàng-bright'. Process Verbs refer to instantaneous change from one state to another, 'sǐ-die', 'pò-break, burst' and 'wán-finish'.

The new system of parts of speech in Chinese as adopted in this series is built on this very foundation of this tripartite verb classification. Knowing this new system will be immensely helpful in learning quite a few syntactic structures in Chinese that are nicely related to the 3 classes of verbs, as will be illustrated with negation in Chinese in the section below.

The table below presents some of the most important properties of these 3 classes of verbs, as reflected through syntactic behaviour.

	Action Verbs	State Verbs	Process Verbs
Hěn- modification	✗	✓	✗
Le- completive	✓	✗	✓
Zài- progressive	✓	✗	✗
Reduplication	✓ (tentative)	✓ (intensification)	✗
Bù- negation	✓	✓	✗
Méi- negation	✓	✗	✓

Here are more examples of 3 classes of verbs.

Action Verbs: mǎi 'buy', zuò 'sit', xué 'learn; imitate', kàn 'look'

State Verbs: xǐhuān 'like', zhīdào 'know', néng 'can', guì 'expensive'

Process Verbs: wàngle 'forget', chén 'sink', bìyè 'graduate', xǐng 'wake up'

G. Negation. Negation in Chinese is by means of placing a negative adverb immediately in front of a verb. (Remember that adjectives in Chinese are a type of State verbs!) When an action verb is negated with 'bu', the meaning can be either 'intend not to, refuse to' or 'not in a habit of', e.g.,

Nǐ bù mǎi piào; wǒ jiù bú ràng nǐ jìnqù! (If you don't buy a ticket, I won't let you in!)

Tā zuótiān zhěng tiān bù jiē diànhuà. (He did not want to answer the phone all day yesterday.)

Dèng lǎoshī bù hē jiǔ. (Mr. Teng does not drink.)

'Bù' has the meaning above but is independent of temporal reference. The first sentence above refers to the present moment or a minute later after the utterance, and the second to the past. A habit again is panchronic. But when an action verb is negated with 'méi(yǒu)', its time reference must be in the past, meaning 'something did not come to pass', e.g.,

Tā méi lái shàngbān. (He did not come to work.)

Tā méi dài qián lái. (He did not bring any money.)

A state verb can only be negated with 'bù', referring to the non-existence of that state, whether in the past, at present, or in the future, e.g.,

Tā bù zhīdào zhèjiàn shì. (He did not/does not know this.)

Tā bù xiǎng gēn nǐ qù. (He did not/does not want to go with you.)

Niǔyuē zuìjìn bú rè. (New York was/is/will not be hot.)

A process verb can only be negated with 'méi', referring to the non-happening of a change from one state to another, usually in the past, e.g.,

Yīfú méi pò; nǐ jiù rēng le? (You threw away perfectly good clothes?)

Niǎo hái méi sǐ; nǐ jiù fàng le ba! (The bird is still alive. Why don't you let it free?)

Tā méi bìyè yǐqián, hái děi dǎgōng. (He has to work odd jobs before graduating.)

As can be gathered from the above, negation of verbs in Chinese follows neat patterns, but this is so only after we work with the new system of verb classifications as presented in this series. Here's one more interesting fact about negation in Chinese before closing this section. When some action verbs refer to some activities that result in something stable, e.g., when you put on clothes, you want the clothes to stay on you, the negation of those verbs can be usually translated in the present tense in English, e.g.,

Tā zěnme méi chuān yīfú? (How come he is naked?)

Wǒ jīntiān méi dài qián. (I have no money with me today.)

H. A new system of Parts of Speech in Chinese. In the system of parts of speech adopted in this series, there are at the highest level a total of 8 parts of speech, as given below. This system includes the following major properties. First and foremost, it is errors-driven and can address some of the most prevailing errors exhibited by learners of Chinese. This characteristic dictates the depth of sub-categories in a system of grammatical categories. Secondly, it employs the concept of 'default'. This property greatly simplifies the over-all framework of the new system, so that it reduces the number of categories used, simplifies the labeling of categories, and takes advantage of the learners' contribution in terms of positive transfer. And lastly, it incorporates both semantic as well as syntactic concepts, so that it bypasses the traditionally problematic category of adjectives by establishing three major semantic types of verbs, viz. action, state and process.

Adv	Adverb (dōu 'all', dàgài 'probably')
Conj	Conjunction (gēn 'and', kěshì 'but')
Det	Determiner (zhè 'this', nà 'that')
M	Measure (ge, tiáo; xià, cì)
N	Noun (wǒ 'I', yǒngqì 'courage')
Ptc	Particle (ma 'question particle', le 'completive verbal particle')
Prep	Preposition (cóng 'from', duìyú 'regarding')
V	Action Verb, transitive (mǎi 'buy', chī 'eat')
Vi	Action Verb, intransitive (kū 'cry', zuò 'sit')
Vaux	Auxiliary Verb (néng 'can', xiǎng 'would like to')
V-sep	Separable Verb (jiéhūn 'get married', shēngqì 'get angry')
Vs	State Verb, intransitive (hǎo 'good', guì 'expensive')
Vst	State Verb, transitive (xǐhuān 'like', zhīdào 'know')
Vs-attr	State Verb, attributive (zhǔyào 'primary', xiùzhēn 'mini-')
Vs-pred	State Verb, predicative (gòu 'enough', duō 'plenty')
Vp	Process Verb, intransitive (sǐ 'die', wán 'finish')
Vpt	Process Verb, transitive (pò (dòng) 'lit. break (hole) , liè (fèng) 'lit. crack (a crack))

Notes:

Default values: When no marking appears under a category, a default reading takes place, which has been built into the system by observing the commonest patterns of the highest frequency. A default value can be loosely understood as the most likely candidate. A default system results in using fewer symbols, which makes it easy on the eyes, reducing the amount of processing. Our default readings are as follows.

Default transitivity. When a verb is not marked, i.e., V, it's an action verb. An unmarked action verb, furthermore, is transitive. A state verb is marked as Vs, but if it's not further marked, it's intransitive. The same holds for process verbs, i.e., Vp is by default intransitive.

Default position of adjectives. Typical adjectives occur as predicates, e.g., 'This is *great*!' Therefore, unmarked Vs are predicative, and adjectives that cannot be predicates will be marked for this feature, e.g. zhǔyào 'primary' is an adjective but it cannot be a predicate, i.e., *Zhètiáo lù hěn zhǔyào. '*This road is very primary.' Therefore it is marked Vs-attr, meaning it can only be used attributively, i.e., zhǔyào dàolù 'primary road'. On the other hand, 'gòu' 'enough' in Chinese can only be used predicatively, not attributively, e.g. 'Shíjiān gòu' '*?Time is enough.', but not *gòu shíjiān 'enough time'. Therefore gòu is marked Vs-pred. Employing this new system of parts of speech guarantees good grammar!

Default wordhood. In English, words cannot be torn apart and be used separately, e.g. *mis- not –understand. Likewise in Chinese, e.g. *xǐbùhuān 'do not like'. However, there is a large group of words in Chinese that are exceptions to this probably universal rule and can be separated. They are called 'separable words', marked -sep in our new system of parts of speech. For example, shēngqì 'angry' is a word, but it is fine to say *shēng tā qì* 'angry at him'. Jiéhūn 'get married' is a word but it's fine to say *jiéguòhūn* 'been married before' or *jié*guò sān cì *hūn* 'been married 3 times before'. There are at least a couple of hundred separable words in modern Chinese. Even native speakers have to learn that certain words can be separated. Thus, memorizing them is the only way to deal with them by learners, and our new system of parts of speech helps them along nicely. Go over the vocabulary lists in this series and look for the marking –sep.

Now, what motivates this severing of words? Ask Chinese gods, not your teachers! We only know a little about the syntactic circumstances under which they get separated. First and foremost, separable words are in most cases intransitive verbs, whether action, state or process. When these verbs are further associated with targets (nouns, conceptual objects), frequency (number of times), duration (for how long), occurrence (done, done away with) etc., separation takes pace and these associated elements are inserted in between. More examples are given below.

Wǒ jīnnián yǐjīng *kǎo*guò 20 cì *shì* le!! (I've taken 20 exams to date this year!)

Wǒ *dào*guò *qiàn* le; tā hái shēngqì! (I apologized, but he's still mad!)

Fàng sān tiān *jià*; dàjiā dōu zǒu le. (There will be a break of 3 days, and everyone has left.)

Final Words

This is a very brief introduction to the modern Mandarin Chinese language, which is the standard world-wide. This introduction can only highlight the most salient properties of the language. Many other features of the language have been left out by design. For instance, nothing has been said about the patterns of word-formations in Chinese, and no presentation has been made of the unique written script of the language. Readers are advised to search on-line for resources relating to particular aspects of the language. For reading, please consult a highly readable best-seller in this regard, viz. Li, Charles and Sandra Thompson. 1982. Mandarin Chinese: a reference grammar. UC Los Angeles Press. (Authorised reprinting by Crane publishing Company, Taipei, Taiwan, still available as of October 2009).

Highlights of Lessons

課名	學習目標	正反議題
① 言論自由的界線	1. 能夠為討論的議題或相關的名詞定義 (dìngyì, definition) 並加以說明。 2. 能指出支持與反對言論自由的論點，並表達自己對此意見的看法。 3. 能自由運用與言論自由相關的詞彙及四字格表達方式。 4. 能了解段落中句子之間的關係，及相應的語言形式，並進一步用一段話表達。	課文一 擁有言論自由才是真民主 課文二 濫用自由並非真自由
② 關於基改食品， 我有話要說	1. 能理解基因改造食品對人類生活與環境正面和負面的影響。 2. 能詳細說明某地對種植基改作物的政策及基改食品標示的做法。 3. 能透過調查與比較說明一般人對基改食物的接受程度與看法。 4. 能以研究報告，媒體資訊和專家說法來支持或反對自己對基改的看法。	課文一 基改有效解決農糧問題 課文二 基改嚴重威脅健康與環境
③ 整形好不好	1. 能描述 (miáoshù, describe) 外表。 2. 能討論整型的優缺點。 3. 能指出正反雙方的論點。 4. 能以各種不同方式（新聞報導／研究調查）支持或反駁他人論點。	課文一 內在特質更勝外表美醜 課文二 我的外表由我自己決定

語法點	四字格	延伸練習
1.A，即使是 B 也不例外 2.一旦 A，（就／才）B 3.為 A 而 A 4.事實上 5.A 為 B 負責 6.封住…的嘴	1.顧名思義 2.胡作非為 3.無理取鬧 4.一來一往 5.越辯越明	定義與說明
1.A 躲在 B 的保護傘下 2.尤其如此 3.則 4.A 以 B 之名 5.B 就更不用說了 6.（在）A 的同時，也 B		
1.既然 A，為什麼還 B 呢？ 2.早晚 3.不僅 A，更 Vs 的是 B 4.應該…才對 5.毫無…可言 6.其實是 A 而不是 B	1.各式各樣 2.密不可分	引用
1.怎麼能…呢？ 2.從…來看 3.以…	1.不知不覺 2.居高不下	
1.有…的趨勢 2.不計一切 3.獲得…（的）青睞 4.把 A 投資在 B 上 5.飽受…之苦 6.原來 A，如今 B 7.從 A，進而 B	以貌取人	反駁
1.若 A，怎麼會 B？ 2.把 A 列入 B 3.給 A 貼上 B 的標籤 4.無疑是…	1.精神奕奕 2.有何不可	

課名	學習目標	正反議題
❹ 傳統與現代	1. 能介紹某個傳統文化活動的形成與歷史背景。 2. 能說明傳統文化活動對國家經濟與文化的影響。 3. 能與他人討論傳統文化活動需繼續保存或廢止的原因。 4. 能表達你對傳統活動贊成或是反對的論點及看法。	**課文一** 傳統具有文化與經濟上的重要意義 **課文二** 過時的傳統，不利生命教育
❺ 代理孕母，帶來幸福？	1. 能介紹代理孕母的實際案例。 2. 能說明代孕合法化後對家庭、社會所帶來正面或負面的影響。 3. 能透過討論比較東、西方男、女性在家庭中角色的不同。 4. 能說明自己對「幸福」的定義與表達對「代孕合法化」的看法。	**課文一** 不孕者的唯一希望 **課文二** 科技不該毫無限制
❻ 死刑的存廢	1. 能說明介紹自己國家的刑罰制度與人民的接受度。 2. 能清楚說明自己對「人權」的定義與表達對「死刑」的看法。 3. 能從不同人物的角度和立場來解釋「死刑」存廢的必要。 4. 能說明廢除死刑後對家庭、社會所帶來正面或負面的影響。	**課文一** 死刑能嚇阻並隔離罪犯 **課文二** 報復作法無濟於事
❼ 增富人稅＝減窮人苦？	1. 能有效掌握話語的邏輯並得出結論。 2. 能以陳述故事的方式來舉例來支持或反對自己對稅制的看法。 3. 能以「比較」及「換個角度說話」的方式來說服對方。 4. 能針對「公平」與「正義」的主題，以適當的成語和句式表達個人的需求、意願和感受。	**課文一** 政府有責維持社會公平 **課文二** 應尊重個人自由與權利

語法點	四字格	延伸練習
1. 自…至今 2. 一面 A 一面 B 3. 有…必要 4. 不但不（沒）A 反而 B 5. 將 A 列為 B	1. 舉世聞名 2. 由來已久	時間與特點敘述
1. 不利（於）/ 有利（於）A 2. 在…過程中 3. 是…的時候了 4. A 遠遠超過 B		
1. 不得已… 2. 反觀 3. 始終 4. 既 A，也 B	1. 日新月異 2. 一線希望 3. 毛遂自薦 4. 千辛萬苦 5. 利人利己	以假設與反問強調支持觀點
1. …固然 A 但 B 2. 就…而言 3. 絕對不是…的	1. 黑白不分、是非不明 2. 獨一無二	
1. 站在…的立場 2. 以…為例 3. 換句話說 4. 相較於 A，B 則是… 5. 除非 A，不然 B	1. 置身事外 2. 感同身受	譬喻說明
1. 顯得＋ VP/S 2. 有…的一面 3. 也就是說 4. 唯有 A，才 B	無濟於事	
1. 為了…傷腦筋 2. 不像 A，而是 B 3. A 等同於 B 4. …之所以 A，就在於 B 5. 從…的角度來 +V	1. 相依為命 2. 一無所有 3. 袖手旁觀 4. 提心吊膽	內在情感的描述—誇飾
1. 為了 A 而 B 2. 被迫＋ VP 3. 是否 A 還有待 B	1. 無所事事 2. 劫富濟貧 3. 不勞而獲	

課名	學習目標	正反議題
8 左右為難的難民問題	1. 能根據統計結果來說明觀點。 2. 能描述難民在收容國家所面臨的困境。 3. 能表達自己對「築 (zhú, build) 高牆拒絕移民」的看法。 4. 能與他人討論收容難民對國家的影響。	課文一 各國分擔責任，化危機為轉機
		課文二 國家安全應優先於人道
9 有核到底可不可？	1. 能說明並比較各種發電方式的優缺點。 2. 能以歷史事件或提問的方式進入主題討論。 3. 能說明自己國家使用核電狀況。 4. 能引用資料來支持或反對自己的論點。	課文一 如發生意外，後果無法承擔
		課文二 最環保、最經濟的發電方式
10 同性婚姻合法化	1. 能客觀介紹一個爭議的正反雙方立場，包括引言及結論。 2. 能介紹一個故事的內容並說明感想。 3. 能討論同性婚姻對個人、社會制度的影響。 4. 能說明及討論同性婚姻所面臨的困境及訴求 (sùqiú, appeal)。	課文一 同性婚姻需要法律的保障
		課文二 自由不該是保護傘

語法點	四字格	延伸練習
1. 化 A 為 B 2. 根據…的統計／根據…的資料顯示 3. 向來	1. 左右為難 2. 難以數計 3. 怵目驚心	以報導數據支持觀點
1. A 優先於 B 2. 只不過…罷了 3. A 與 B 息息相關	1. 每況愈下 2. 有機可乘 3. 接二連三 4. 首要之務	
1. A、B 乃至（於）C 2. A，也可以說 B 3. 任誰都… 4. 因應	1. 危言聳聽 2. 行之有年	以比較方式支持觀點
1.（A）與 B 相比，… 2. 遠 Vs 於… 3. 受 A 而有所 B	1. 一概而論 2. 解決之道	
1. A 跟 B 站在同一陣線 2. A 和（跟）B 沒有兩樣 3. A 與（跟）B 無關 4. 把 A 跟 B 連在一起		爭議事件活動報導
1. 以…做為口號 2. 無視…的 N 3. A，無異（於）B 4. A，有賴 B		

詞類表 Parts of Speech in Chinese

List of Parts of Speech in Chinese

Symbols	Parts of speech	八大詞類	Examples
N	noun	名詞	水、五、昨天、學校、他、幾
V	verb	動詞	吃、告訴、容易、快樂，知道、破
Adv	adverb	副詞	很、不、常、到處、也、就、難道
Conj	conjunction	連詞	和、跟，而且、雖然、因為
Prep	preposition	介詞	從、對、向、跟、在、給
M	measure	量詞	個、張、碗、次、頓、公尺
Ptc	particle	助詞	的、得、啊、嗎、完、掉、把、喂
Det	determiner	限定詞	這、那、某、每、哪

Verb Classification

Symbols	Classification	動詞分類	Examples
V	transitive action verbs	及物動作動詞	買、做、說
Vi	intransitive action verbs	不及物動作動詞	跑、坐、睡、笑
V-sep	intransitive action verbs, separable	不及物動作離合詞	唱歌、上網、打架
Vs	intransitive state verbs	不及物狀態動詞	冷、高、漂亮
Vst	transitive state verbs	及物狀態動詞	關心、喜歡、同意
Vs-attr	intransitive state verbs, attributive only	唯定不及物狀態動詞	野生、公共、新興
Vs-pred	intransitive state verbs, predicative only	唯謂不及物狀態動詞	夠、多、少
Vs-sep	intransitive state verbs, separable	不及物狀態離合詞	放心、幽默、生氣
Vaux	auxiliary verbs	助動詞	會、能、可以
Vp	intransitive process verbs	不及物變化動詞	破、感冒、壞、死
Vpt	transitive process verbs	及物變化動詞	忘記、變成、丟
Vp-sep	intransitive process verbs, separable	不及物變化離合詞	結婚、生病、畢業

Default Values of the Symbols

Symbols	Default values
V	action, transitive
Vs	state, intransitive
Vp	process, intransitive
V-sep	separable, intransitive

Other Categories

Symbols	Categories	其他分類
Ph	Phrase	詞組
Id	Idiom	四字格 / 成語 / 熟語

四字格、成語、熟語的語法功能
Function of Idioms

本書標注了四字格、成語、熟語在句中擔任的語法功能，使學習者能了解使用四字格的語法規則。

功能	Function of Idioms	例子
主語	Subject	失業問題嚴重，新總統一上任後，<u>首要之務</u>就是提升國內的就業率。
謂語	Predicate	由於網路科技<u>日新月異</u>，使得人們購物方式也有了巨大改變。
定語	Modifier	人工智慧的發展將給企業帶來<u>日新月異</u>的挑戰。
賓語	Object	交通部把解決塞車問題列入今年的<u>首要之務</u>。
狀語	Adverbial	隨著現代科技<u>日新月異</u>地進步，未來有許多工作都將由人工智慧所取代。
補語	Complement	每年到了櫻花季節，來這裡賞花的遊客多得<u>難以數計</u>，最好提早訂好火車票。
插入語	Parenthetical Insert	足球，<u>顧名思義</u>，是用腳踢的球。

引言 🎧 01-01

聽到颱風假只放半天的消息，許多網友上網表達意見，不到兩個小時，市長的臉書就有超過兩千則的留言，不久，政府決定改為全天停止上班上課。民眾的言論真的影響了政府的決策？

課前活動

1 這些圖片說的是什麼樣的事件或情況？

☐ 坐牢　　　　☐ 恐怖攻擊

☐ 網路霸凌　　☐ 禁書

☐ 謠言　　　　☐ 抗議

2 你在網路上發表過個人的看法嗎？你認為發表以前需要經過檢查嗎？

3 你曾經因為別人說話的內容而感到不舒服嗎？那些內容跟什麼有關？

☐ 外表　☐ 種族　☐ 宗教　☐ 性別

☐ 職業　☐ 其他 _____

4 面對意見不同的言論，像是「罵髒話、丟鞋、丟雞蛋、丟炸彈」這樣的回應方式，你能接受嗎？貴國最近有什麼與言論自由有關的新聞？請說說看。

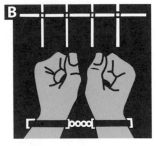

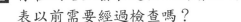

Internet Bullying

擁有言論自由才是真民主

🎧 01-02

「罵人垃圾，無罪！」「沒放颱風假？市長遭網友罵慘」……看到這樣的新聞，第一個反應可能是覺得太誇張了、不可思議，於是也上網發表文章，批評司法判決沒有道理、政府無能。能這麼做，是

5　因為我們很幸運地生活在擁有言論自由的時代。

言論自由，顧名思義，是指人人都有表達意見和想法的權利，這是民主制度的基礎。每個人都能接收各種來源的訊息，不受檢查及限制，也不必擔心說了什麼以後會被處罰。這樣的社會包容各種不同意

10　見，即使是批評、反對也不例外。

不論是在媒體上發表文章或上街抗議，都展現了言論自由的力量。正因為有言論自由，政府的決策受到人民的監督，無法胡作非為。想想看，一旦政府把發言權當做政治工具，民眾怎麼會不被洗腦？在言論被限制的

15　情況下，還有人敢說真話嗎？人民又怎麼有機會爭取自己的權益？

人都有盲點，所以意見越是多元，不同立場的觀點越能得到平衡；當你受到批評，也有言論權來替自己辯護。如果有理，大家會跟你站在同一邊；若是無理取鬧，為反對而反對，也會有人跳出來批評指正。透過一來一往的討論和批評，真理將越辯越明，社會共識也慢慢形成。只有一種聲音的社會是無法進步的。

20　然而，每當提到媒體亂象，或是有人因為受不了網友的言論攻擊而自殺，大家就會開始批評言論過於自由。事實上，法律早就已經禁止發表仇恨性言論及不實謠言，那些仇恨性言論、不實內容所造成的霸凌現象，不是因為言論過於自由，而是因為那些人不懂得為自己的言論負責，誤解「言論自由」的意義。這是教育的問題，不該因此否定言論自由的價值，封住人民的嘴。

25　我們應該保護言論自由，因為這是讓有價值的想法，在這個混亂的時代裡，發出聲音的唯一方式。

請在（　）打 ✓

1 在第二段中，作者主要在：
（　）說明什麼是言論自由。
（　）說明言論自由的好處。
（　）說明民主社會的好處。

2 在第二段中，作者認為：
（　）言論自由保護的內容包括批評的言論。
（　）言論自由讓你想說什麼就說什麼，可是批評的言論會被處罰。
（　）除了批評、反對的言論以外，其他言論都受到言論自由的保護。

3 在第三段中，作者認為要是政府控制言論，人民可能會：
（　）被洗腦。
（　）上街抗議。
（　）無法胡作非為。
（　）知道政府做的壞事。

4 在第五段中，作者認為：
（　）之所以會有霸凌，是因為言論太自由。
（　）只有言論太自由的時候，才會造成媒體亂象。
（　）很多人以為是因為法律沒有禁止仇恨言論，所以才會有霸凌。

5 第五段中，「不該因此否定言論自由的價值」的「此」指的是？
（　）言論過於自由。
（　）法律禁止發表仇恨言論。
（　）有的人不懂為自己的言論負責。

6 文章裡提到哪些論點？以下這些論點出現在哪裡，請找出來。
（　）言論自由禁止批評別人。
（　）言論自由可以保護你不被處罰。
（　）媒體亂象、霸凌都是言論自由的錯。
（　）透過開放的討論，真理會越來越清楚。
（　）言論自由可以保護少數者有價值的聲音。
（　）法律已有限制，人民應該為自己的言論負責。
（　）言論自由讓你不必害怕表達自己的看法，是民主國家的基礎。

生詞 New Words 🎧 01-03

			引言	
1.	言論	yánlùn	N	speech, act of speaking
2.	界線	jièxiàn	N	boundaries, demarcation
3.	臉書	Liǎnshū	N	Facebook
4.	則	zé	M	measure for short, usually formal writings
5.	留言	liúyán	N	posted messages, comments
6.	停止	tíngzhǐ	Vp	to call off, cease
7.	決策	juécè	N	policy
			課文一	
1.	無罪	wúzuì	Vs	not guilty
2.	遭	zāo	Ptc	agent marker in an adversative passive sentence
3.	慘	cǎn	Vs	devastated
4.	反應	fǎnyìng	N/V	reaction; to respond
5.	發表	fābiǎo	V	issue, publish (articles, news story), deliver (speeches)
6.	司法	sīfǎ	N	judicial
7.	判決	pànjué	N	judgement, sentencing (judicial)
8.	無能	wúnéng	Vs	incompetent, inept, weak
9.	幸運	xìngyùn	Vs	lucky, fortunate
10.	顧名思義	gùmíng sīyì	Id	as the name suggests/implies
11.	接收	jiēshōu	V	to receive
12.	來源	láiyuán	N	source
13.	處罰	chǔfá	V	to punish
14.	包容	bāoróng	Vst	tolerant
15.	不論	búlùn	Conj	regardless of whether
16.	展現	zhǎnxiàn	V	to reveal, show
17.	胡作非為	húzuò fēiwéi	Id	run amok, engage in lawless activities
18.	一旦	yídàn	Conj	once, as soon as
19.	工具	gōngjù	N	tool, instrument
20.	洗腦	xǐnǎo	Vi	to brainwash
21.	權益	quányì	N	rights and interests
22.	盲點	mángdiǎn	N	blind spot
23.	立場	lìchǎng	N	standpoint, perspective
24.	平衡	pínghéng	N	balance

生詞 New Words

25.	辯護	biànhù	Vi	to defend (legally)
26.	無理取鬧	wúlǐ qǔnào	Id	act up, have tantrums, talk nonsense and cause trouble
27.	指正	zhǐzhèng	V	to point out mistakes, correct
28.	一來一往	yìlái yìwǎng	Id	amidst exchanges (of opinions)
29.	真理	zhēnlǐ	N	the truth
30.	越辯越明	yuèbiàn yuèmíng	Id	the more s/t is debated, the clearer it becomes
31.	共識	gòngshì	N	consensus
32.	亂象	luànxiàng	N	chaos, madness, disorder
33.	攻擊	gōngjí	V	to attack
34.	自殺	zìshā	Vp	to commit suicide
35.	過於	guòyú	Adv	too, overly
36.	事實上	shìshí shàng	Ph	actually, in actual fact
37.	仇恨	chóuhèn	N	hatred, enmity, hostility
38.	不實	bùshí	Vs-attr	untrue, false
39.	謠言	yáoyán	N	rumor
40.	霸凌	bàlíng	N/V	bully; to bully
41.	負責	fùzé	Vs	to take responsibility for
42.	誤解	wùjiě	V	to misunderstand, misconstrue
43.	意義	yìyì	N	meaning, significance
44.	因此	yīncǐ	Adv	because of this, for this reason
45.	否定	fǒudìng	V	to negate
46.	價值	jiàzhí	N	value
47.	封住	fēngzhù	V	to seal, block
48.	嘴	zuǐ	N	mouth, opinion
49.	混亂	hùnluàn	Vs	tumultuous, chaotic
50.	唯一	wéiyī	Vs-attr	one and only, sole

語法點 🎧 01-04

1 原文：這樣的社會包容各種不同意見，**即使是**批評、反對**也不例外**。

結構：A，即使是 B 也不例外 (A，jíshǐshì B yě bú lìwài) A, even B is no exception

解釋：強調 A 在任何情況下都不會改變，即使是在後面的情況下 B 也一樣。

例句：為了服務客戶，該公司員工幾乎沒有自己的假期，即使是過年也不例外。

✏️ 練習 請使用合適的詞語完成句子。

(1) 他總是把家打掃得乾乾淨淨（的），即使是 ＿＿＿＿＿＿＿＿＿＿ 也不例外。

(2) 法律之前，人人平等，即使是 ＿＿＿＿＿＿＿＿＿＿ 也不例外。

(3) ＿＿＿＿＿＿＿＿＿＿，即使是最有錢的人也不例外。

2 原文：一旦政府把發言權當做政治工具，民眾怎麼會不被洗腦，在言論被限制的情況下，還有人敢說真話嗎？

結構：一旦 A，（就／才）B (yídàn A jiù/ cái B) Once A happens, (then) B follows

解釋：萬一發生「一旦」後面的情況(A)，可能發生負面的結果(B)。後句常常會跟「才」或是「就」一起出現。

例句：言論一旦太過自由，就可能發生網路霸凌。

✏️ 練習 請完成「一旦 A，（就／才）」後面的句子。

(1) 我們平時一定要練習逃生，這樣一旦發生災難，才 ＿＿＿＿＿＿＿＿＿＿＿。

(2) 玩網路遊戲要有限制，因為一旦上癮，就 ＿＿＿＿＿＿＿＿＿＿＿＿ 了。

(3) 你最好別讓小張喝酒，他一旦喝了酒，就 ＿＿＿＿＿＿＿＿＿＿＿＿。

3 原文：若是無理取鬧，**為**反對**而**反對，也會有人跳出來批評指正。

結構：為 A 而 A (wèi A ér A) to undertake A just for the sake of A

解釋：為了某個目的而做某個行為；A 既是目的，也是手段。A 可以是動詞，也可以是名詞。大多用在負面意義的句子中。後面的句子常是用來說明可能造成的結果，提出正面意義的目的，或是提出做法。

例句：他們只是為反對而反對，根本無法好好溝通。

✏️ 練習 請選擇合適的詞語完成句子。

┌─────────────────────┐
│ 藝術　寫作　研究　學習　結婚 │
└─────────────────────┘

(1) 考試只是要讓師生知道還有哪裡需要加強，別為考試而學習，請 ＿＿＿＿＿＿＿＿＿＿。

(2) 結婚是人生大事，千萬別 ＿＿＿＿＿＿＿＿＿＿，否則你一定會後悔。

(3) 他的想法很簡單，他只是透過畫畫表達自己的感覺，＿＿＿＿＿＿＿＿＿＿，並不想用這些來賺錢。

(4) 他 ＿＿＿＿＿＿＿＿＿＿，因此他的文章無法讓人感動。

4 原文：**事實上**，法律早就已經禁止發表仇恨性言論及不實謠言。

結構：事實上 (shìshíshàng) in actual fact

解釋：說明實際情況。「事實上」後面所說的情況常與前面相反。也可說「實際上」。

例句：不少人認為公職福利好又穩定，但事實上，現在的情況已經不如以前了，許多福利早就都沒了。

◀ 練習 請完成「事實上」後面的句子。

(1) 有的人認為一個幸福的家庭一定要有父母和孩子。事實上，

＿＿＿＿＿＿＿＿＿＿＿＿＿＿＿＿＿＿＿＿＿＿＿＿＿＿＿。

(2) 他雖然選了熱門的會計系，但事實上，＿＿＿＿＿＿＿＿＿＿＿＿＿＿＿。

(3) 政府提出多項措施，希望能鼓勵生育，解決少子化的問題。事實上，
＿＿＿＿＿＿＿＿＿＿，因此許多年輕人還是沒有生育的意願。

(4) 每當說到垃圾食物，人們就會想到速食。然而事實上，＿＿＿＿＿＿＿＿＿。
這是食物處理方法的問題，不能因此否定了這種食物的營養價值。

5 原文：…，不是因為言論過於自由，而是因為那些人不懂得**為**自己的言論**負責**，誤解「言論自由」的意義。

結構：A 為 B 負責 (A wèi B fùzé) A takes responsibility for B

解釋：某個事件或結果 (B) 是 A 造成的，由 A 負擔責任。

例句：汙染、教育、交通等問題都脫離不了政治，所以政府得為自己的政策負責。

◀ 練習 請選擇合適的詞語完成句子。

錯誤的決策	敗選結果	這次的損失	自己說過的話、做過的事
進度落後	停電	房屋倒塌	貪汙腐敗　房價高漲

(1) 你不再是小孩了，你得 ＿＿＿＿＿＿＿＿＿＿＿＿＿＿＿＿＿。

(2) 這次的選舉輸了，所以政黨領導人決定下台，＿＿＿＿＿＿＿＿＿＿＿＿＿。

(3) 是他忘了關瓦斯而造成火災，他得 ＿＿＿＿＿＿＿＿＿＿＿＿＿。

(4) 這個新措施不能有效解決失業率高的問題，因此政府得 ＿＿＿＿＿＿＿＿＿
＿＿＿＿＿＿＿＿＿＿＿＿＿＿。

6 原文：不該因此否定言論自由的價值，**封住人民的嘴**。

結構：封住…的嘴 (fēngzhù …de zuǐ) to seal A's mouth shut

解釋：不讓他人發表意見。

例句：因為這件事會讓人民抗議政府，所以政府打算先封住媒體的嘴，不讓媒體報導。

◀ 練習 請使用「封住…的嘴」完成句子。

(1) 他拿了三百萬給小陳，打算 ＿＿＿＿＿＿＿＿＿＿＿＿＿＿＿＿＿＿＿＿＿。

(2) 你別想要 ＿＿＿＿＿＿＿＿＿＿＿＿＿＿＿＿，我一定會讓大家知道這件事。

(3) 你認為政府有可能完全 ＿＿＿＿＿＿＿＿＿＿＿＿＿＿＿＿＿＿＿ 嗎？

論點呈現

1 請再讀一遍文章，找出作者支持言論自由不應該受限制的三個論點：

	1	2	3
論點	言論自由是人民的基本權利。人民擁有自由發言權並監督政府的決策。		

2 作者提出的論點，你都同意嗎？請表達你的意見，並提出新論點。

同意：＿＿＿＿＿＿＿＿＿＿＿＿＿＿＿＿＿＿＿＿＿＿＿＿＿＿＿。

不同意：＿＿＿＿＿＿＿＿＿＿＿＿＿＿＿＿＿＿＿＿＿＿＿＿＿。

新論點：＿＿＿＿＿＿＿＿＿＿＿＿＿＿＿＿＿＿＿＿＿＿＿＿。

口語表達

1 根據論點找出文章中重要的表達方式。

論點	1	2	3
表達方式	◆ …，顧名思義，是指… ◆ 即使是…也不例外 ◆ 不論…都… ◆ 正因為…（所以）… ◆ 想想看，一旦… ◆ 在…情況下，怎麼…？	◆ …越…，…越… ◆ 當你… ◆ 如果… ◆ 若是… ◆ 透過…，將會… ◆ 只有…是無法…的	◆ 然而，… ◆ 每當…，就… ◆ 事實上，… ◆ （問題）不是因為…而是因為… ◆ 這是…的問題，不該因此…

2 請用上面這些句式 (jùshì, sentence pattern) 談談你對「網路長城」
(wǎnglù Chángchéng, Great Firewall of China) 的看法。（至少使用 3 個）

重點詞彙

一、詞語活用

1 關於言論、想法或意見，你會怎麼形容 (xíngróng, describe)？找一找課文、查查字典，或
是跟同學討論：

(1) 仇恨性 / _____ / _____ 言論

(2) 有價值的 / _____ / _____ 想法

(3) 反對的 / _____ / _____ 意見

(4) 模糊的 / _____ / _____ 訊息

2 除了「說」還可以用哪些動詞？請找一找課文、查查字典，或是跟同學討論：

V	N
發表 / 批評 /	想法 言論 意見 訊息

(1) 請利用上面的動詞和名詞組合出四個詞組：

例：發表反對的意見

a. _____。

b. _____。

c. _____。

d. _____。

(2) 請用上面的四個詞組提出問題，並與同學討論。

例：有的人不願意發表意見，你認為可能的原因是什麼？你會怎麼鼓勵他們？

a. _____ 。

b. _____ 。

c. _____ 。

d. _____ 。

3 兩個學生一組，進行以下的活動：

(1) 請跟同學討論，把下面的詞填入表格中：

疑問	發言	焦慮	慌張	更改	徵兆	根據	敏感	在乎
變換	音訊	明顯	衝動	進出	美好	自由	進度	批評

毫無 +N	隨意 +V	過於 +Vs
• 徵兆	• 批評	• 自由

(2) 利用上面的詞組，完成下面的句子並回答問題：

a. 這個話題過於 _____ ，你最好別隨意 _____ 。

b. 雖然地震發生以前毫無 _____ ，但是大家也不必過於 _____ ，只要平常做好準備，一旦發生地震，就不會過於 _____ 。

c. 什麼樣的話題是過於敏感的話題？

d. 要是別人隨意批評你，你會怎麼做？

e. 網路或生活中有許多毫無根據的謠言，你聽過哪些？

二、四字格 🎧 01-05

1 **顧名思義** (gùmíng sīyì)

解釋：看到這個詞或名字，就知道它的意思。

功能：插入語 (chārùyǔ, parenthetical insert)

例句：

(1) 足球，顧名思義是用腳踢的球。
(2) 論說文，顧名思義，就是「論」和「說」的文章；「論」是提出自己的看法，「說」則是從人、事、物提出事實的根據。

2 胡作非為 (húzuò fēiwéi)

解釋：形容別人完全不管法律或規定，按照自己的想法做壞事。

功能：謂語、定語

例句：

(1) 他利用他的權力胡作非為，已經有很多人看不下去了。（謂）
(2) 那群流氓 (liúmáng, gangsters) 常在這一帶胡作非為，經過的時候自己要小心。（謂）
(3) 如果你在乎自己的生命和財產，為什麼還要選這個胡作非為的領導人。（定）

3 無理取鬧 (wúlǐ qǔnào)

解釋：沒有理由地給別人麻煩。

功能：謂語、定語

例句：

(1) 明明就是他先動手打人，卻說自己是受害者，根本是無理取鬧。（謂）
(2) 小孩哭並不是無理取鬧，他們只是不知道怎麼表達，你要有點耐心。（謂）
(3) 這個老闆很厲害，面對無理取鬧的顧客，也能讓他們滿意地離開。（定）

4 一來一往 (yìlái yìwǎng)

解釋：形容雙方一來一去動作的重複或交替。

功能：定語、謂語

例句：

(1) 雖然他們住在不同城市，靠著每日一來一往的郵件，竟然成了好朋友。（定）
(2) 他們在門口打起來，兩人一來一往，打了二十分鐘，直到警察來了才停下來。（謂）

5 越辯越明 (yuèbiàn yuèmíng)

解釋：透過一次一次的辯論 (biànlùn, debate)，事情會越來越清楚。真理不怕辯論。

功能：謂語

例句：

(1) 如果你有不同的看法，我非常歡迎你一起來討論，因為真理會越辯越明。（謂）
(2) 在這個只講權力、關係的地方，真理根本不會越辯越明，所以我放棄繼續跟他們溝通。（謂）

INTERNET BULLYING

濫用自由並非真自由

🎧 01-06

承受這樣的網路霸凌!?

在自由民主的社會裡，每個人都可以說出自己想說的話，不用擔心會因為反對政府、批評總統，甚至說錯一個字而被抓去關。可惜，很多人都
5　濫用了這種自由。打開電視，名嘴們不是說著毫無根據的內容，就是隨意批評；網路上，鄉民躲在匿名制度的保護傘下，讓謠言滿天飛，或是自以為正義，惡意批評，引起更多的負面
10　情緒。言論自由簡直成了這些人的護身符，難道他們都不需要為自己所說的話負責嗎？吵個不停，真理就會越辯越明嗎？

言論自由不能完全沒有限制，網
15　路言論尤其如此。網路匿名方式讓許多人更大膽地表達意見，加上網路傳播速度快，因此影響力更強大、更驚人。然而，這股力量可能在人們有心或無意的情況下，對個人或社會造成
20　威脅。的確，言論自由是每個人的權利，但是我們看到太多自由被濫用的例子。只要立場不同，就攻擊、諷刺，可是不見得每個人都能輕鬆面對這樣的言論。有人因此而得了憂鬱症，甚
25　至自殺；多數人則選擇閉嘴不回應。網路鄉民以「言論自由」之名傷害別人，不正是破壞了言論自由嗎？

除了網路，媒體人更應該管好自己的嘴巴。雖然目前有法律來處罰仇
30　恨和歧視性言論，但事實上，媒體聰明得很，他們在標題加上「？」、「懷疑」或是「可能」這種模糊的方式，就是為了避開責任，法律根本處罰不到他們。名嘴們就更不用說了，他們擅長走在灰色地帶，就算被告，等法　35
院判決確定，還不知得等多久，但傷害卻早就已經造成。

為了解決社會亂象，小自個人，大至媒體，在享受言論自由的同時，也必須承擔起相關責任；否則，政府　40
就應該為了民眾安全與社會和諧而制定更嚴格的法律，約束已被濫用的言論自由。

課文理解

請在（　）打 ✓

1 在第一段中，作者認為：
（　）言論自由應該保護名嘴和鄉民。
（　）言論自由並無法在民主社會中實現。
（　）匿名制度讓許多人不需要為自己的言論負責。

2 在第二段中，作者主要在說明：
（　）網路匿名的好處。
（　）一般人怎麼回應仇恨言論。
（　）網路言論為什麼一定要限制。

3 在第二段中，作者認為鄉民如何破壞言論自由？
（　）閉嘴不回應。
（　）限制攻擊、諷刺的言論。
（　）用匿名的方式大膽發表意見。

4 第三段中，「就更不用說了」意思是：
（　）名嘴們不應該說太多。
（　）名嘴們在等判決確定以前沒有說話的機會。
（　）名嘴們比媒體更懂得怎麼避開言論自由的責任。

5 關於言論自由，作者提到哪些論點：
（　）沒有辦法讓真理越辯越明。
（　）常常造成霸凌、傷害別人。
（　）是鄉民、媒體、名嘴的工具。
（　）仇恨性、歧視性言論得到宣傳的機會。
（　）目前法律不嚴格，無法約束濫用言論自由的人。

生詞 New Words 🎧 01-07

				課文二
1.	濫用	lànyòng	V	to abuse
2.	並非	bìngfēi	Adv	it is not as expected
3.	不用	búyòng	Vaux	(there is) no need to
4.	抓	zhuā	V	to arrest
5.	關	guān	V	to lock up, imprison
6.	名嘴	míngzuǐ	N	TV presenters, talk show hosts or guests, talking heads
7.	根據	gēnjù	N	basis, foundation
8.	隨意	suíyì	Adv	arbitrarily, as one pleases
9.	鄉民	xiāngmín	N	netizens, general public
10.	匿名	nìmíng	Vi	to be anonymous, anonymously
11.	正義	zhèngyì	N	justice
12.	惡意	èyì	Adv/N	maliciously, viciously; ill intention
13.	情緒	qíngxù	N	emotions, feelings

生詞 New Words

14.	成	chéng	Vpt	to become
15.	護身符	hùshēnfú	N	amulet, charm, protective talisman
16.	傳播	chuánbò	V	to disseminate, spread
17.	驚人	jīngrén	Vs	shocking, alarming, awing
18.	股	gǔ	M	measure for wind, trending or power
19.	有心	yǒuxīn	Vs	intentional
20.	無意	wúyì	Vs	unintentional, inadvertent
21.	威脅	wēixié	N/V	threat, to threaten
22.	諷刺	fèngcì	V	to mock, to be sarcastic
23.	得	dé	Vpt	to come down with, be stricken with, get
24.	憂鬱症	yōuyùzhèng	N	depression
25.	則	zé	Adv	to express contrast with previous sentence
26.	閉嘴	bìzuǐ	V-sep	to shut one's mouth, keep one's mouth shut
27.	回應	huíyìng	V/N	to respond, response
28.	傷害	shānghài	V/N	to harm, damage; damage
29.	破壞	pòhuài	V	to damage, cause damage to
30.	管	guǎn	V	to mind, watch (one's behavior, etc.)
31.	聰明	cōngmíng	Vs	smart, intelligent
32.	標題	biāotí	N	headline
33.	懷疑	huáiyí	Vst	suspect
34.	模糊	móhú	Vs	ambiguous, vague
35.	擅長	shàncháng	Vst	be good at, excel at
36.	灰色	huīsè	N	gray
37.	地帶	dìdài	N	zone, area
38.	法院	fǎyuàn	N	court
39.	確定	quèdìng	V	to determine, ascertain
40.	個人	gèrén	N	the individual
41.	承擔	chéngdān	V	to take up (responsibility)
42.	和諧	héxié	Vs	harmonious
43.	制定	zhìdìng	V	to formulate, devise (laws)
44.	嚴格	yángé	Vs	strict, severe
45.	約束	yuēshù	V	to restrict, constrain

語法點 🎧 01-08

1 原文：網路上，鄉民**躲在**匿名制度的**保護傘下**，讓謠言滿天飛。

結構：A 躲在 B 的保護傘下 (A duǒ zài B de bǎohù sǎn xià) A in disguise as B (planning to deceive)

解釋：A 受到 B 的保護。常有負面的意思。

例句：有些謠言躲在言論自由的保護傘下，傳到許多地方。

◀ 練習 請選擇合適的詞語完成句子。

> 政府 　警方 　學校 　法律 　父母

(1) 許多企業 ＿＿＿＿＿＿＿＿＿＿＿＿＿＿＿＿＿，利用各種方式逃稅。

(2) 那些色情場所 ＿＿＿＿＿＿＿＿＿，難怪報警也沒有用。

(3) 為什麼有的人選擇 ＿＿＿＿＿＿＿＿，不想畢業？

2 原文：言論自由不能完全沒有限制，網路言論**尤其如此**。

結構：尤其如此 (yóuqí rúcǐ) and this is especially true of

解釋：強調後面的情況特別是這樣。

例句：運動可以放鬆心情，因此每個人都應該培養運動的習慣，對有憂鬱症的人來說尤其如此。

◀ 練習 請選擇合適的詞語完成句子。

> 中國人　　從事業務行銷的人　　想另謀發展的人
> 男人　　戀愛中的人　　女人

(1) 機會是留給準備好了的人，對 ＿＿＿＿＿＿＿＿ 來說尤其如此。

(2) 許多人有傳宗接代的壓力，＿＿＿＿＿＿＿＿ 尤其如此。

(3) 有些人不管事實是什麼，總是聽不進別人的話，＿＿＿＿＿＿＿＿
＿＿＿＿＿＿＿＿ 尤其如此。

3 原文：有人因此而得了憂鬱症，甚至自殺；多數人則選擇閉嘴不回應。

結構：則 (zé) on the other hand

解釋：強調前後兩個主語的行為、作法或情況不同。

例句：畢業以後，有些人選擇繼續念研究所，有些人則直接工作。

◀ 練習 請選擇合適的詞語完成句子。

| 站出來抗議 | 上網發表意見 | 喜歡大吃大喝 |
| 喜歡找朋友抱怨 | 去充實自己 | 積極找新工作 |

(1) 每當人民對政策不滿時，有些人 _____，有些人
_____。

(2) 被裁員的時候，有的人 _____，有的人則
_____。

(3) 每當有負面情緒的時候，男人 _____，女人則
_____。

4 原文：網路鄉民以「言論自由」之名傷害別人，不正是破壞了言論自由嗎？

結構：A 以 B 之名 (A yǐ B zhī míng) A does something under the disguise of B

解釋：某個人或機構用 (B) 當作理由來做後面的動作。

例句：政府以保護人民安全之名，禁止人民進入這個地區。

◀ 練習 請選擇合適的詞語完成句子。

| 國家安全 | 保障人民工作機會 | 國際交流 | 推行政策 |
| 健康 | 慶祝比賽勝利 | 正義　自由 | 民主 |

(1) 有一些國家以 _____ 之名，限制移民進入。

(2) 學校以 _____ 之名舉辦了各種活動，鼓勵學生了解各國文化。

(3) 學生常常以 _____ 來舉辦活動。

5 原文：他們在標題加上「？」、「懷疑」或是「可能」這種模糊的方式，…。名嘴們就更不用說了，他們擅長走在灰色地帶…

結構：B 就更不用說了 (B jiù gèng búyòng shuō le) what has been stated above is even more true of B

解釋：引出另外一個主語 (B)，這個主語更能進一步強調說明前面的情況。

例句：房價高漲，使得很多工作了十幾年的人也買不起房子。年輕人就更不用說了，他們連養活自己都很困難。

◀ 練習 請選擇合適的詞語完成句子。

風景區　九份、烏來　小孩　外國人　網路上　報紙上

(1) 每當到了假日，到處都擠滿了人，＿＿＿＿＿＿＿＿這些地方就更不用說了。

(2) 這麼難的字，很多大人都不會寫，＿＿＿＿＿＿＿＿就更不用說了。

(3) 電視節目裡到處都看得到許多誇張不實的廣告，＿＿＿＿＿＿＿＿就更不用說了，因此更要小心。

6 原文：在享受言論自由的同時，也必須承擔起相關責任。

結構：（在）A 的同時，也 B (zài A de tóngshí yě B) while doing A, (subj.) also does B

解釋：說明一個動作或事情的不同方面都要面對，或同時進行。

例句：享受雲端科技的同時，也要控制自己，不要沉迷在網路世界裡。

◀ 練習 請選擇合適的詞語完成句子。

保護環境　教他們思考　支持小農　觀察他的行為
解決貧富不均的問題　引起他們的興趣

(1) 政府在發展經濟的同時，也要＿＿＿＿＿＿＿＿＿＿＿＿＿＿＿＿＿＿＿＿＿。

(2) 許多面試官在跟應徵者談話的同時，也＿＿＿＿＿＿＿＿＿＿＿＿＿＿＿＿＿＿＿。

(3) 媽媽選擇到農夫市集而不是超市，是因為＿＿＿＿＿＿＿＿＿＿＿＿＿＿＿＿＿＿。

論點呈現

1 請再讀一遍文章，找出作者支持言論自由應該有界線的三個論點：

	一	二	三
論點	以言論自由為名，惡意批評，造成社會亂象。		

2 作者提出的論點，你都同意嗎？請表達你的意見，並提出其他的新論點。

同意：_____。

不同意：_____。

新論點：_____。

口語表達

1 根據論點找出文章中重要的表達方式。

論點	一	二	三
表達方式	◆ 可惜，… ◆ 不是…就是… ◆ A躲在B的保護傘下，或是… ◆ 難道…嗎？ ◆ …，就會…嗎？	◆ …尤其如此 ◆ …，加上…，因此… ◆ 然而… ◆ 在…情況下，對…造成… ◆ 的確，…，但是… ◆ 看到…的例子 ◆ 有人因此…，多數人則… ◆ A以B之名…，不正是…嗎？	◆ 除了…更… ◆ 雖然…，但事實上… ◆ A，就是為了…，B就更不用說了… ◆ 就算…（也）還…

2 請用上面這些句式談談你對「言論審查 (shěnchá, censorship)」的看法。（至少使用 3 個）

重點詞彙

一、詞語活用

1 當碰到許多生詞的時候，你可以先分類，幫助記憶 (jìyì, memorize)。

制定	擅長	限制	承擔起	爭取	威脅	盡（到）	抓	支持	避開	指正
懷疑	保障	處罰	約束	逃避	傷害	保護	關	負擔起	濫用	辯護
攻擊	遵守	霸凌	諷刺	尊重	展現	享受	破壞			

(1) 表格中哪些詞彙後面可以出現「人」？請找出來：

_____

(2) 還有哪些詞，他們可以怎麼跟下面的詞彙搭配？

_____ 法律	_____ 權益	_____ 責任	_____ 言論自由
• 制定	• 爭取	• 承擔起	• 正面的： 保護 • 負面的： 破壞

(3) 請使用上面找出來的詞語完成句子：

◆ **關於言論自由**

    a. 由於政府計畫將嚴格檢查網路言論，很多人認為這麼做會 ＿＿＿＿＿＿＿ 言論自由，因此許多民眾走上街頭，＿＿＿＿＿＿ 言論自由。

    b. 有些人 ＿＿＿＿＿＿ 言論自由，以為想說什麼就可以說什麼。

◆ **關於責任、法律與權益**

    a. 既然你是立法人員（lìfǎ rényuán, legislator），就不應該 ＿＿＿＿＿＿ 責任，而是應該 ＿＿＿＿＿＿ 責任，替人民 ＿＿＿＿＿ 權益，並且 ＿＿＿＿＿ 相關法律。

    b. 為了 ＿＿＿＿＿ 更多本國企業的權益，政府決定 ＿＿＿＿＿ 新的法律約束外國企業。法律中規定，要是沒有 ＿＿＿＿＿ 法律，政府將會限制他們的投資計畫。

(4) 還剩下哪些詞？請用這些詞提出問題，並與同學討論：

    a. ＿＿＿＿＿＿＿＿＿＿＿＿＿＿＿＿＿＿＿＿＿＿＿＿＿＿＿＿＿＿＿

    b. ＿＿＿＿＿＿＿＿＿＿＿＿＿＿＿＿＿＿＿＿＿＿＿＿＿＿＿＿＿＿＿

    c. ＿＿＿＿＿＿＿＿＿＿＿＿＿＿＿＿＿＿＿＿＿＿＿＿＿＿＿＿＿＿＿

二、推論（tuīlùn, inference）

    我們靠「聽、看」來接收訊息，同時也靠「說」來傳播。除了「聽、看、說」，我們也用「耳、眼、嘴」來代表聽、看、說。第二欄這些說法分別是什麼意思？

部位	說法	意思
耳	◆ 關上…的耳朵	
	◆ 搗住(wǔzhù, cover)…的耳朵	
	◆ 小孩子有耳無嘴	
	◆ 左耳進右耳出	

部位	說法	意思
眼	◆ 矇上(méngshàng, cover, blindfold)…的眼睛	
	◆ 遮住(zhēzhù, cover, hide)…的眼睛	
	◆ 眼不見為淨	
嘴	◆ 封住…的嘴	
	◆ 管好…的嘴	
	◆ 把…掛在嘴上	
	◆ 嘴巴長在別人身上	

請選擇上面合適的說法完成句子：

1 辦公室裡的八卦聽過就算了，＿＿＿＿＿＿＿＿＿＿＿＿＿，別亂傳。

2 網路上批評我們的人那麼多，大部分都是沒有根據的內容，那些話，＿＿＿＿＿＿＿＿就好了，別把那些話放在心上，＿＿＿＿＿＿＿＿＿，別人要怎麼說我們管不了。要不然就關掉網路，＿＿＿＿＿＿＿＿＿。

3 你以為＿＿＿＿＿＿＿＿＿，看不到，這件事就沒發生嗎？這根本是鴕鳥心態 (tuóniǎo xīntài, to hide your head in the sand, to be in a state of deceiving oneself, escaping from responsibility)。

4 他一天到晚把「廉能、正義」＿＿＿＿＿＿＿＿，沒想到他也貪汙，難怪他想了許多辦法要＿＿＿＿＿＿＿＿＿，因為要是判決確定了，他的人生就完了。

延伸練習

◎定義（dìngyì, definition）與說明

跟別人討論一個主題 (zhǔtí, topic) 時，應先弄清楚要討論的題目 (tímù, topic of discussion)，以及討論的內容，特別是要介紹一個新的概念或專業的詞彙時。因此，在開始討論前，給這個主題一個清楚的「定義」就非常重要。以下是幾個會用來定義新名詞的方式：

- 所謂的「…」指的是…
- 「…」常常用來指…
- 「…」是指…，也就是…
- 「…」，顧名思義，就是…
- 「…」是…

定義好了以後，再進一步說明，或是給例子。

例子：

- 「啃老族」，就是自己沒有能力獨立生活，還住在家裡靠父母的人。他們的出現，一方面受到全球經濟不景氣的影響，一方面也跟政府的經濟政策有關。（改寫自當代四 L5）

- 所謂「共享經濟 (gòngxiǎng jīngjì, The Sharing Economy)」是指將不用的資源拿出來，提供他人使用並收取一些費用。像是 airbnb、uber 都是共享經濟的例子。

練習：

什麼是「歧視性言論」、「霸凌」、「網路匿名／實名制 (shímíngzhì, real-name system)」、「人身攻擊」？請試著定義這些詞，並跟同學討論。定義好了以後，請進一步說明，或是舉例。

	定義	說明或舉例
歧視性言論		
霸凌		
網路匿名／實名制		
人身攻擊		

語言實踐

一、問卷調查

新聞媒體中常出現有人因為受不了網路上的攻擊言論而自殺，或是擔心攻擊性言論影響現實世界。在言論越來越自由的同時，也帶來了混亂。一般人怎麼看網路匿名制度、留言審查制度、如何應對仇恨性言論？請選擇其中一項，跟同學一起設計問卷問題，訪問並報告。

問卷問題參考：

1 在貴國，有哪些熱門的網路平台？

2 他們選擇實名制或是匿名制？

3 要是網站採用實名制，你願意發表意見嗎？

4 要是網站採用匿名制，會不會讓你更願意發表意見？

二、辯論練習

颱風天應該放假？

1 對政治人物來說，「到底要不要停班停課」是一個很難做的決定，不管怎麼做，都會引發民眾批評。請與同學討論，贊成與反對放颱風假的理由分別是什麼？並把討論結果填入下表中。

贊成 論點	反對 論點

2 利用「口語表達」中的句式,選擇贊成與反對各一個論點,完成一段短文並在網站媒體上發表意見。

ABC
5分鐘前

中度颱風已經慢慢接近台灣,氣象局表示,颱風預計明天早上七點登陸,雖然目前風雨不大,但預估明天風力及雨量都會增強,可能造成災害。
究竟要不要停班停課?

依時間排列 ▼
顯示先前的留言

Wang Yu 生命是無價的! 我們應該珍惜自己的生命! 風雨越大,危險也越大。想想看,颱風一旦帶來大風大雨,路上掉落的招牌或路樹比平常多,在這樣的情況下,除了造成交通不便,這些掉落物對行人的生命也會造成很大的威脅。因此,颱風來時,政府應該宣布停止上班上課,避免民眾出門受到傷害。

讚・回覆・2小時

Yang Su 我反對颱風天放假。颱風的確會帶來風雨,但是我們也看過太多政府宣布停班停課後卻無風無雨的例子。有的人趁這個機會跟朋友去看電影、唱歌,甚至有的人跑到海邊看風浪,在這樣的情況下,公司企業怎麼可能不會有損失?

讚・回覆・2小時

3 全班抽籤分成支持、反對兩組辯論:

NOTE

LESSON 2

第二課
關於基改食品，我有話要說

關於**基改食品**
我有話要說

MTC TV

課前活動

1 「基因改造」是什麼？基改食品和有機食品有什麼不同？

2 你購物時，會特別注意「基改」、「非基改」或是「有機」食品嗎？為什麼？

3 你想，為什麼會有基因改造食品？

4 在我們每日的飲食中，有哪些可能是基改食品？

5 圖片中的食物，哪些是你常吃或者喜歡吃的？你知道這些食物是什麼做的嗎？

6 你常喝豆漿嗎？用傳統黃豆和基改黃豆做的豆漿，味道有什麼不同？你喝得出來嗎？

基改 有效解決 農糧 問題

🎧 02-01

（廣播節目主持人）

聽眾朋友大家好！我是「健康加油站」節目主持人張成方。今天中午我在一家麵店用餐，電視正播著基因改造食品新聞。我聽見老闆說：「基因改造不但可以減少農藥的使用，還能夠殺死蟲子，有什麼不好的？」隔壁桌的客人回答：「蟲子會死，人吃了就不會有問題嗎？」基改食品究竟安不安全，是大家都關心的話題，就像手機、核能一樣，帶給我們方便，卻也可能危害健康。到底該怎麼選擇呢？首先，我們來聽聽贊成的人怎麼說：

（醫師）

大家想想看，超市、早餐店、夜市，各式各樣基因改造的食物早就進了我們的肚子裡了。基因改造，簡單地說，只不過是利用科學技術，把更新、更好的基因，加在原來的種子裡而已。比如說含有更多維他命A的蔬果、能抗癌的番茄、不會引起過敏的花生…等等。科學家證實，這些基因改造的食物不但有豐富的營養價值，也讓大家在享用美味的同時，達到預防疾病的效果。現代人為了健康，每天都必須吃好幾種蔬菜；但是未來，一餐基改食物就能提供我們一天所需要的營養。既然越改越進步，為什麼還有人要反對呢？

（農業研究員）

我認為基改食物最大的好處是能夠解決許多問題。專家們已經提出警告，全球人口將在2050年突破百億，加上氣候不正常，糧食不足的問題早晚會發生。基改技術不僅可以減少農藥的使用、降低成本、增加農作物的抵抗力、預防蟲害、減少環境汙染，更重要的是可以提高產量，解決飢荒。再說，含有基改大豆、玉米的食品早就與我們的生活密不可分。美國是生產基改食物最多的國家，多數人都能接受基改食物，我們何必擔心呢？而且一旦缺少糧食，必須依賴進口，將造成嚴重的經濟危機。基改的影響這麼大，我們都應該支持才對。

（生物科技公司經理）

「基改食品有害健康」這種說法毫無科學根據可言。最新的一項報導指出，25年來，超過500個機構研究了大量的基改農產品，直到現在都沒有足夠的證據可以證明基改作物對人體和環境有害。他們的結論是：基改作物與傳統作物一樣安全。英國有位農業專家也表示，有問題的其實是在農作物生長過程中所使用的農藥，如除草劑等物質，而不是基改科技本身，所以不需要把基改科技當成怪物，自己嚇自己。此外，按照我國的法律，只要食品中含有基改原料，都必須在包裝上清楚標示，消費者不必擔心。總而言之，我們可以自由地選擇，享受科技帶來的一切美好與便利。

請在( )打✓

1 「蟲子會死，人吃了就不會有問題嗎？」這句話的意思是：
( ) 蟲子死了，人吃了就沒有問題。
( ) 蟲子死了，人吃了也會有問題。
( ) 蟲子死了，人吃了一定也會死。

2 為什麼這位醫師認為我們不應該反對基改？
( ) 基改食物比較美味。
( ) 吃基改食物能讓身體健康不生病。
( ) 我們早就吃了各式各樣的基改食物，所以不需要反對。

3 這位農業研究員支持基改食物的原因，下面哪一個是對的？
( ) 基改作物能改善環境汙染的問題。
( ) 基改食物可以解決早就發生的糧食不足問題。
( ) 基改食物多數從美國進口，因此可以放心食用。

4 這位經理認為我們不需要把基改科技當成怪物是因為：
( ) 報導指出基改與傳統作物一樣安全。
( ) 農作物生長過程中沒有使用不當的除草劑。
( ) 沒有足夠證據可以證明基改作物對人體和環境有害。

5 我國法律對基改食品有什麼規定？
( ) 食品中不能含有基改原料。
( ) 基改作物不可以使用不當的除草劑。
( ) 必須在食品包裝上標示「基因改造」。

6 下面分別為哪一段論點？請你在( )寫＃2，＃3，＃4。
( ) 解決糧食不足問題、增加作物抵抗力、減少農藥汙染。
( ) 基改食品有害健康沒有科學根據，基改與傳統作物一樣安全。
( ) 基改食品可增加食物營養價值、預防疾病。

 生詞 New Words 🎧 02-02

				課文一
1.	基改	jīgǎi	N	基=基因, 改=改造 (see Book 3)
2.	農糧	nóngliáng	N	農=農作物, crop; 糧=糧食, food
3.	廣播節目	guǎngbò jiémù	Ph	broadcast program
4.	主持人	zhǔchírén	N	host, MC
5.	聽眾	tīngzhòng	N	listening audience, listeners
6.	播	bò	V	to broadcast
7.	蟲子	chóngzi	N	insect, bug
8.	隔壁	gébì	N	next door
9.	回答	huídá	V	to answer
10.	死	sǐ	Vp	to die
11.	話題	huàtí	N	topic
12.	危害	wéihài	V	to harm, be detrimental to, endanger
13.	贊成	zànchéng	Vst	to approve, in favor
14.	各式各樣	gèshì gèyàng	Id	all types of, various kinds of

生詞 New Words

15.	只不過	zhǐbúguò	Ph	only, no more than
16.	種子	zhǒngzǐ	N	seed
17.	比如說	bǐrú shuō	Ph	for example
18.	維他命	wéitāmìng	N	vitamin
19.	蔬果	shūguǒ	N	fruits and vegetables
20.	抗癌	kàng'ái	Vs	anti-cancerous
21.	過敏	guòmǐn	Vs	allergic
22.	花生	huāshēng	N	peanut
23.	科學家	kēxuéjiā	N	scientist
24.	豐富	fēngfù	Vs	rich (abundant in something)
25.	享用	xiǎngyòng	V	to enjoy the use of, enjoy (a meal)
26.	達到	dádào	Vpt	to reach, obtain
27.	預防	yùfáng	Vst	to prevent, guard against
28.	疾病	jíbìng	N	illness, sickness
29.	效果	xiàoguǒ	N	effect, results
30.	好幾（種）	hǎojǐ zhǒng	Ph	a number of, quite a few kinds of
31.	警告	jǐnggào	V/N	to warn, warning
32.	突破	túpò	Vpt	to make a breakthrough, top, break (a record, number)
33.	糧食	liángshí	N	food, foodstuff
34.	早晚	zǎowǎn	Adv	sooner or later
35.	不僅	bùjǐn	Adv	not only
36.	農作物	nóngzuòwù	N	crop, produce
37.	抵抗力	dǐkàng lì	N	resistance, immunity
38.	蟲害	chónghài	N	damage by pests
39.	產量	chǎnliàng	N	output, yield, production
40.	飢荒	jīhuāng	N	famine
41.	含有	hányǒu	Vst	to contain, have
42.	大豆	dàdòu	N	soybean, soya
43.	玉米	yùmǐ	N	corn
44.	密不可分	mìbù kěfēn	Id	inseparable, integrated with
45.	生產	shēngchǎn	V	to produce, manufacture
46.	缺少	quēshǎo	Vst	to be in shortage of
47.	依賴	yīlài	Vst	to rely on, depend on
48.	進口	jìnkǒu	V	to import
49.	危機	wéijī	N	crisis
50.	生物科技	shēngwù kējì	Ph	bio-tech
51.	機構	jīgòu	N	organization, depts. of gov't
52.	證據	zhèngjù	N	proof, evidence
53.	證明	zhèngmíng	V/N	to prove; proof
54.	人體	réntǐ	N	the human body
55.	結論	jiélùn	N	conclusion
56.	生長	shēngzhǎng	Vi	to grow
57.	除草劑	chúcǎojì	N	weed killer, herbicide

生詞 New Words

58.	物質	wùzhí	N	matter, substance
59.	怪物	guàiwù	N	monster
60.	原料	yuánliào	N	raw materials
61.	包裝	bāozhuāng	N	packaging
62.	標示	biāoshì	V/N	to label; mark
63.	一切	yíqiè	Det	all

語法點

🎧 02-03

1 原文：**既然**越改越進步，**為什麼還**有人要反對呢？

結構：既然 A，為什麼還 B 呢？ (jìrán A，wèishéme hái B ne?) Since A is the case, why is B taking place?

解釋：「還」強調否定。表示根據 A 這個條件，否定 B。意思是既然 A 就不應該 B。

例句：你既然拿到了獎學金，為什麼還要放棄呢？

◀ 練習 請使用「既然 A，為什麼還 B 呢？」完成句子。

(1) 基改食品既然有營養價值又能預防疾病，＿＿＿＿＿＿＿＿＿＿＿＿＿＿？

(2) 既然有法律處罰仇恨和歧視性言論，＿＿＿＿＿＿＿＿＿＿＿？

(3) ＿＿＿＿＿＿＿＿＿＿＿，為什還要繼續做下去呢？

(4) ＿＿＿＿＿＿＿＿＿＿＿，為什麼還無法養家活口呢？

2 原文：糧食不足的問題**早晚**會發生。

結構：早晚 (zǎowǎn) sooner or later; it's only a matter of time

解釋：事情或早或晚都會發生及產生影響。

例句：(1) 選出這樣的總統，支持者早晚會失望的。
　　　(2) 玉玲跟孝剛結婚是早晚的事，只是沒想到這麼快。

◀ 練習 請使用「早晚」完成句子。

(1) 他不但不運動，還整天吃垃圾食物，早晚＿＿＿＿＿＿＿＿＿＿＿。

(2) 資金不足的問題＿＿＿＿＿＿＿＿＿＿＿，否則公司早晚會倒閉的。

(3) 就算你不告訴他，他＿＿＿＿＿＿＿＿＿＿＿。

3 原文：基改技術**不僅**可以減少農藥的使用、降低成本、增加農作物的抵抗力…，**更重要的是**可以提高產量，解決飢荒。

結構：不僅 A，更 Vs 的是 B (bùjǐn A, gèng Vs de shì B) It's not just A. What's even more important is B.

解釋：「不但…也／還」的書面用語，「也／還」可以不用。

例句：最近我的工作壓力很大，不僅天天開會、寫報告、更重要的是還要完成兩份市場調查的統計。

◀ 練習 請使用「不僅 A，更 Vs 的是 B」完成句子。

(1) 讀書不僅 ＿＿＿＿＿＿＿＿，更重要的是 ＿＿＿＿＿＿＿＿＿＿＿＿＿＿＿。

(2) 這部電影不僅 ＿＿＿＿＿＿＿＿，更 ＿＿＿＿＿＿ 的 ＿＿＿＿＿＿＿。

(3) 去國家音樂廳這樣的場所，＿＿＿＿＿＿＿＿＿＿＿，＿＿＿＿＿＿＿＿＿＿＿。

(4) 為了身體健康，＿＿＿＿＿＿＿＿＿＿＿＿，＿＿＿＿＿＿＿＿＿＿＿＿。

4 原文：基改的影響這麼大，我們都**應該**支持**才對**。

結構：應該…才對 (yīnggāi…cáiduì!) It's only proper that we should…

解釋：強調這麼做才是對的。

例句：上密集班的學生都應該在上課以前把生詞準備好才對。

◀ 練習 請使用「應該…才對」完成句子。

(1) 這不是他的錯，你 ＿＿＿＿＿＿＿＿＿＿＿＿＿＿＿＿＿。

(2) 多吃維他命不但沒有好處，還會增加身體的負擔，我們 ＿＿＿＿＿＿＿＿＿＿
＿＿＿＿＿＿＿＿。

(3) 一旦政府把發言權當做政治工具，民眾怎麼不會被洗腦，人民 ＿＿＿＿＿＿＿＿
＿＿＿＿＿＿＿＿。

5 原文：「基改食品有害健康」這種說法**毫無**根據**可言**。

結構：毫無…可言 (háowú…kěyán) absolutely not…

解釋：可言的意思是「可以說」。毫無…「可言」可以說是完全沒有…可說。

例句：這種藥我吃了一個星期了，病還沒好，簡直是毫無效果可言。

◀ 練習 請選擇用下面合適的詞語，用「毫無…可言」完成句子。

利潤 機會 服務品質 領導能力 言論自由 內在

(1) 這家餐廳簡直 _____，我不會再來這裡吃飯了。

(2) 這事件因為政府怕人民抗議而封住媒體的嘴不讓媒體報導，這樣的社會
_____。

(3) 這附近的租金太高，在這裡租店面做生意 _____。

6 原文：…有問題的**其實**是在農作物生長過程中所使用的農藥，如除草劑等物質，**而不**
是基改科技本身。

結構：其實是 A 而不是 B (shì A ér búshì B) be A, rather than B

解釋：其實是 A 而不是 B 表示強調 A，否定 B。

例句：許多外籍生都認為，中文最難的其實是聲調而不是語法。

◀ 練習 請使用「其實是 A 而不是 B」完成句子。

(1) 小張受到大家的喜愛，_____。

(2) 真正的言論自由，_____。

(3) 我開咖啡店的目的 _____。

論點呈現

1 請再讀一遍文章，找出這三個人贊成基改食品的論點：

	醫師 一	研究員 二	經理 三
論點	基改食物可增加營養價值。		

2 這三個人的論點，你都同意嗎？請表達你的意見，並提出其他的新論點。

同意：＿＿＿＿＿＿＿＿＿＿＿＿＿＿＿＿＿＿＿＿＿＿＿＿＿＿＿＿＿＿＿＿。

不同意：＿＿＿＿＿＿＿＿＿＿＿＿＿＿＿＿＿＿＿＿＿＿＿＿＿＿＿＿＿＿。

新論點：＿＿＿＿＿＿＿＿＿＿＿＿＿＿＿＿＿＿＿＿＿＿＿＿＿＿＿＿＿＿。

口語表達

1 根據以上三個人的論點找出文章中重要的表達方式。

論點	一	二	三
表達方式	◆ 簡單地說，… ◆ 只不過是…而已 ◆ 比如說… ◆ …證實，不但…也… ◆ 在…同時，達到… ◆ 為了… ◆ 既然…為什麼…呢？	◆ 我認為…. ◆ …提出警告，… ◆ 不僅…，更重要的是…… ◆ 再說，… ◆ 一旦…，必須…，將造成… ◆ 應該…才對	◆ …說法…毫無…可言 ◆ 直到現在… ◆ 結論是… ◆ …表示…並不正確，… ◆ …其實是…，而不是… ◆ 只要…都必須…. ◆ 總而言之，…

2 請你想像一種「超級食物」，你是這種食物的推銷員，請用上面的句式來向全班同學推銷：吃了你的超級食物能達到什麼效果、產生什麼影響。（至少使用 3 個句式）

重點詞彙

一、詞語運用

1 練習使用下面的詞語寫短語。

例如：享受自由自在的生活／享受既營養又豐富的美食

> 享受 危害 提供 話題 預防 抵抗力 效果 依賴

(1) ＿＿＿＿＿＿＿＿＿＿＿＿＿＿＿。　　(5) ＿＿＿＿＿＿＿＿＿＿＿＿＿＿＿。

(2) ＿＿＿＿＿＿＿＿＿＿＿＿＿＿＿。　　(6) ＿＿＿＿＿＿＿＿＿＿＿＿＿＿＿。

(3) ＿＿＿＿＿＿＿＿＿＿＿＿＿＿＿。　　(7) ＿＿＿＿＿＿＿＿＿＿＿＿＿＿＿。

(4) ＿＿＿＿＿＿＿＿＿＿＿＿＿＿＿。　　(8) ＿＿＿＿＿＿＿＿＿＿＿＿＿＿＿。

2 回答問題：

(1) 你常關心的話題是什麼？男人和女人關心的話題有什麼不同？

(2) 你認為基改能提供人們所需要的營養還是危害健康？

(3) 你認為怎麼吃才能預防疾病、增加抵抗力？

(4) 根據你的了解，對於預防疾病，貴國有哪些政策？達到了哪些效果？

(5) 你覺得過度依賴手機會有什麼問題？

二、詞語搭配

1 兩個學生一組，進行以下的活動：

(1) 可以與健康、疾病與營養等搭配的「形容詞」有哪些？寫在左欄。

Vs	N
嚴重的	疾病 營養 健康 癌症 抵抗力

(2) 可以與健康、疾病與營養等搭配的「動詞」有哪些？請找一找課文、查字典，或是跟同學討論。

V	N
增加	抵抗力 營養 健康 癌症 疾病

(3) 請利用上面的動詞和名詞組合出四個詞組並提出問題與同學討論：

例：你如何保持身體<u>健康</u>？

a. _____。

b. _____。

c. _____。

2 兩個學生一組，根據以下的詞彙搭配討論及完成句子：

(1) 請跟同學討論，把下面的詞填入表格中：

> 問題、資金、要求、目的、經驗、效果、警告、時間、目標、建議、經費

達到＋N	N＋不足	提出＋N
• 目標	• 經費	• 建議

(2) 利用上面的詞組，完成下面的句子並回答問題：

a. 一個吸引人的廣告能達到使顧客購買商品的 _____ 。

b. 老張因 _____ 不足，常無法達到工作 _____ ，老闆已經多次提出 _____ 。

c. 這個廣告在 _____ 不足的情況下，如何能達到最好的 _____ ，希望大家在開會時能提出 _____ 。

d. 你的父母常對你提出什麼要求？要是無法達到他們的要求會怎麼樣？

e. 很多人想自己當老闆可是又沒有勇氣創業，你認為可能的原因是什麼？

三、四字格 🎧 02-04

1 各式各樣 gèshì gèyàng

解釋：多種不同的種類或方式。

功能：定語

例句：

(1) 這家麵包店各式各樣的蛋糕令人垂涎三尺，我常去買來滿足自己的口腹之慾。

(2) 家明擅長做各式各樣的運動，比如說，水球、足球、滑雪、騎馬等都難不倒他。

(3) 我喜歡這份工作是因為能認識各式各樣有特色的人，使我的生活更加精彩有趣。

2 密不可分 mìbù kěfēn

解釋：關係十分緊密 (jǐnmì, inseparable, tightly bound) 而無法分開。

功能：定語、謂語

例句：

(1) 工作和生活習慣有密不可分的關係，就像老李開早餐店，為了養家活口，每天都得早睡早起。（定）

(2) 一個國家的文化歷史背景和宗教、氣候都是息息相關、密不可分的。（謂）

四、易混淆語詞

1 表達 biǎodá	**(1)** 他寫的文章表達了思念家人的心情。 **(2)** 語言的表達也是一種藝術。	V/N
表示 biǎoshì	**(1)** 他每天都到你班上旁聽，就表示他對這門課很感興趣。 **(2)** 這位大學教授表示，政府應立法禁止種植基改作物。	V

說明：

	表達	表示
相同語義	在「表示感情」時，二者都可以使用。 例：學校舉辦許多教師節活動來表達/表示對老師的感謝與重視。	
不同語義	說出自己的想法和感情。 例：父母對孩子的愛，往往無法用語言來表達。	**(1)** 代表某種意義。 例：中國人喜歡紅色，因為紅色表示「吉祥」。 **(2)** 說明態度與立場。 例：經理對我的作品表示滿意
不同用法	可當名詞。 例：你認為什麼職業必須具備良好的語言表達能力？	後面大多接句子。 例：這家公司表示，將為這次所發生的事負起責任。
搭配	～想法｜～感情｜～意見 難以～｜無法～｜	對～滿意｜對～贊成｜ 對～支持｜

◀ **練習**

李剛不跟王玲說話並不_____他討厭王玲，他只是不知道如何對王玲_____他的感情。

2	缺乏 quēfá	支持基改的人認為「基改有害健康」這種說法缺乏科學根據。	Vst
	缺少 quēshǎo	足夠的資金是創業所不可缺少的。	Vst

說明：

	缺乏	缺少
相同語義	表示應該有而沒有，不夠的情況。用於抽象事物時，兩者常可以互換。～經驗｜～信心｜～文化	
不同用法	(1)賓語多是抽象事物。 (2)前面可用程度副詞「很」、「非常」。 例：市場資金非常缺乏。	(1)賓語多是可以計算數量的人和事物。 例：新公司缺少一個冰箱。 (2)前面幾乎不用程度副詞。

練習

此山區的糧食非常_____；泡麵竟成為當地不可_____的食品。

3	到(達) dào(dá)	這班飛機在三小時內就能安全地到達美國。	V
	達到 dádào	我上密集班的目的就是希望能在短時間達到最好的學習效果。	Vpt

說明：

	到達	達到
不同語義	從某地到另一地。	完成或實現
不同用法	＋地點、處所詞	＋目的、目標
搭配	安全～｜同時～｜準時～順利～｜	～的標準｜～的程度｜～的目的努力～｜幾乎～

練習

李剛雖然_____了北京，但卻沒有_____見王玲一面的目的。

基改 嚴重威脅 健康 與 環境

🎧 02-05

（主持人）

　　以上幾位意見都是贊成基改的，現在我們來聽聽另一種聲音：

（家庭主婦）

5　　報上說，基改作物使昆蟲的種類與數量越來越少，鳥類沒有東西吃，影響整個大自然。越來越多研究報導指出，吃基改食品容易過敏、不孕，甚至罹患癌症。大豆、番茄、玉米、
10　蘋果早就是基改食物，連基改鮭魚都成了美食，這些食物已不知不覺上了我們的餐桌，很難從外觀辨別，因此怎麼能讓人吃得安心呢？

（科學雜誌編輯）

15　　由於基改作物既抗蟲害也抗除草劑，農夫因此大量使用除草劑，不必擔心影響作物，後果卻是昆蟲和雜草產生了抗藥性。某家取得基改種子專利的農業技術公司一方面販賣基改
20　種子，一方面生產更強的除草劑賣給農民。這家公司收購了全球大多數的種子公司，使種子價格居高不下，農民根本買不起，但卻又買不到天然的種子，這絕對不符合公平正義。基改
25　公司所說的「可以減少農藥使用」、「解決糧食不足問題」都非事實。過去15年，美國因為種植基改作物，農藥總用量增加了約1億8千3百萬公斤。即便全球基改作物早已大量增

加，世界各地仍有飢荒。因此，從 30
「農藥使用量上升」和「賣基改種子兼賣農藥」的事實來看，基改公司真正的目的並不是想滿足大家對食物的需要，而是為了商業利益。難道我們還要繼續買這種「欺騙的種子」嗎？ 35

（大學教授）

　　聽完前面兩位的意見後，我認為基改作物不但會造成嚴重經濟損失，也正在威脅國人的健康。政府應該立法禁止種植和進口，以照顧本地農民 40
的利益、保障食品安全和維護消費者的權益。我們不需要這種神奇食物，那只不過是廠商行銷的手段而已。基改食物將會讓我們付出嚴重的代價。我們要選擇接受，還是拒絕？聰明的 45
人都知道，自己的健康，掌握在自己手中。

（主持人）

　　到底，基因改造是好，是壞？是未來美夢的實現，還是正在形成的災 50
難？恐怕需要更多時間來證明。今天節目的時間到了，我們下次再見。

課文理解

請在( )打✓

1 根據第二段我們可以知道這位家庭主婦最擔心：
( ) 基改食物上了餐桌。
( ) 基改鮭魚成了美食。
( ) 昆蟲的種類與數量越來越少。

2 這位編輯認為種子價格居高不下的原因是：
( ) 加入能抗除草劑的基因。
( ) 基改公司掌握了全世界多數的種子。
( ) 買基改種子也需買他們生產的除草劑。

3 下面哪些說法，使這位編輯認為基改公司賣的是「欺騙的種子」？
( ) 農民買不起基改種子。
( ) 解決糧食不足的問題。
( ) 基改可以減少農藥使用。
( ) 世界各地仍然還有飢荒。
( ) 全球基改作物早已大量增加。
( ) 基改作物抗蟲害也抗除草劑。

4 這位大學教授認為「基改食物將會讓我們付出嚴重的代價」指的是？
( ) 廠商行銷的手段。
( ) 立法禁止種植和進口。
( ) 造成嚴重經濟損失，也正在威脅國人的健康。

5 這位大學教授認為「神奇食物」是指基改食品：
( ) 危害健康。
( ) 預防疾病。
( ) 能解決飢荒問題。

6 下面分別為哪一段論點？請你在 ( ) 寫＃2, ＃3。
( ) 基改公司擁有專利，解決糧食不足與減少農藥都是欺騙，真正的目的是商業利益。
( ) 不符合公平正義。
( ) 基改有害健康、影響自然環境。

生詞 New Words 🎧 02-06

				課文二
1.	昆蟲	kūnchóng	N	insect
2.	不孕	búyùn	Vs	infertile, barren
3.	罹患	líhuàn	Vpt	to come down with, be stricken with, suffer from
4.	癌症	áizhèng	N	cancer
5.	蘋果	píngguǒ	N	apple
6.	鮭魚	guīyú	N	salmon
7.	不知不覺	bùzhī bùjué	Id	without even realizing it, before you even know it, without one even noticing
8.	辨別	biànbié	V	to distinguish, tell apart

生詞 New Words

9.	安心	ānxīn	Vs	to have peace of mind, set one's mind at rest
10.	雜誌	zázhì	N	magazine, journal
11.	編輯	biānjí	V	to edit
12.	後果	hòuguǒ	N	consequence, result
13.	雜草	zácǎo	N	weed
14.	某	mǒu	Det	certain, some
15.	專利	zhuānlì	N	patent
16.	農民	nóngmín	N	farmer
17.	收購	shōugòu	V	to acquire, buy out
18.	居高不下	jūgāo búxià	Id	remain high, won't come down
19.	絕對	juéduì	Adv	absolutely, in no way
20.	符合	fúhé	Vst	to meet with, conform with
21.	非	fēi	Vst	not (classical Chinese)
22.	事實	shìshí	N	fact, truth
23.	種植	zhòngzhí	V	to plant, cultivate
24.	總用量	zǒng yòngliàng	Ph	total dosage
25.	公斤	gōngjīn	N	kilogram
26.	即便	jíbiàn	Conj	even if, despite
27.	兼	jiān	Adv	concurrently, simultaneously
28.	欺騙	qīpiàn	V	to deceive, scam, cheat
29.	國人	guórén	N	(our) fellow countrymen
30.	立法	lìfǎ	V-sep	to make a law
31.	以	yǐ	Adv	so as to, such that
32.	維護	wéihù	V	to safeguard, protect
33.	神奇	shénqí	Vs	magical, miraculous
34.	手段	shǒuduàn	N	means, measure
35.	付出	fùchū	V	to pay (a heavy price for)
36.	代價	dàijià	N	(to pay a heavy) price
37.	掌握	zhǎngwò	V	to hold, grasp, control

語法點 🎧 02-07

1 **原文**：這些食物已不知不覺上了我們的餐桌，很難從外觀辨別，怎麼能讓人吃得安心呢？

結構：怎麼能…呢？ (zěnme néng…ne?) How could one possibly…?

解釋：表示否定，也可以說「哪能…呢」，強調不可能如此，或是不應該如此。

例句：要是沒有言論自由，政府的決策，怎麼能受到人民的監督呢？

◀ **練習** 請選擇合適的詞語完成句子。

> 說真話　成功　欣賞　錯過　不被洗腦

(1) 你不好好努力工作，＿＿＿＿＿＿＿＿＿＿＿＿＿＿＿＿＿呢？

(2) 一旦政府把發言權當做政治工具，民眾＿＿＿＿＿＿＿＿＿＿＿＿＿＿呢？
又＿＿＿＿＿＿＿＿＿＿＿＿＿＿＿？

(3) 這麼好的電影，我們＿＿＿＿＿＿＿＿＿＿＿＿＿＿呢？

2 **原文**：因此從「農藥使用量上升」和「基改種子兼賣農藥」的事實來看，基改公司真正的目的並不是想滿足大家對食物的需要，而是為了商業利益。

結構：從…來看 (cóng …láikàn) It would appear from A that…

解釋：從＋（事）來看（看來）：觀察某事後做出結論。

例句：從過度使用農藥的情形來看，消費者只能選擇購買有機食品了。

◀ **練習** 請選擇合適的詞語完成句子。

> 環保的觀點　目前這個國家的社會現象　網路霸凌現象

(1) ＿＿＿＿＿＿＿＿＿＿＿＿＿＿＿＿＿，政府應該制定更嚴格的法律來約束言論自由。

(2) ＿＿＿＿＿＿＿＿＿＿＿＿＿＿＿＿＿＿＿＿＿，貧富懸殊是最大的問題。

(3) ＿＿＿＿＿＿＿＿＿＿＿＿＿，鼓勵人民騎腳踏車上班是解決城市空氣汙染有效的方式之一。

3 **原文**：政府應該立法禁止種植和進口，以照顧本地農民的利益、保障食品安全和維護消費者的權益。

結構：以… (yǐ…) so as to, such that…

解釋：口語的「就可以」、「才能」。

例句：我們應事先做好準備，以減少颱風帶來的災害。

◀ 練習 請選擇合適詞語與完成句子。

> 維護公司形象　照顧更多老人　爭取自己的權益

(1) 針對人口老化問題，政府已有完整的措施與政策，以 _____。

(2) 民眾因為政府不合理的勞工政策 (láogōng zhèngcè, labor policy)，有人在媒體發表文章，也有人上街抗議，以 _____。

(3) 經理表示，我們應做好品質管理，以 _____。

論點呈現

請再讀一遍文章，找出作者反對基改食品的三個論點：

	一	二	三
論點	基改有害健康、影響生態環境。		

作者提出的論點，你都同意嗎？請表達你的意見，並提出其他的新論點。

同意：_____。

不同意：_____。

新論點：_____。

口語表達

1 根據論點找出文章中重要的表達方式。

論點	一	二	三
表達方式	◆ …說，… ◆ 越來越多…指出 ◆ 怎麼能…呢？	◆ 由於…因此… ◆ 一方面A一方面B ◆ 絕對不符合…	◆ …所說的…都非事實 ◆ 即使…仍… ◆ 從…的事實來看… ◆ …真正的目的並不是…而是… ◆ 難道…嗎？

2 請用上面的句式說明貴國基改食品的政策和食品標示的做法。（至少使用 3 個）。請你比較班上同學，不同國家有何不同的做法。

重點詞彙

一、詞語活用

1 請找出合適的搭配並和同學討論這些詞組的意思：

V	N
增加（B. C. D.） 解決（ ）	A. 公平正義
減少（ ） 影響（ ）	B. 基改作物
引起（ ） 造成（ ）	C. 農藥
維護（ ） 威脅（ ）	D. 問題
種植（ ） 符合（ ）	E. 權益
	F. 專利

2 使用以上搭配的詞組討論以下問題：

(1) 為了維護農民的權益，你認為最好的政策是什麼？

(2) 你認為什麼方法可以有效解決農藥使用問題？

(3) 種植基改作物可能造成哪些問題？

(4) 基改公司將傳統種子改造成為基改種子並且擁有專利，高價賣給農民，是否符合公平正義？你的看法如何？

3 兩個學生一組，根據以下的詞彙搭配討論及完成句子：

(1) 請跟同學討論，把下面的詞填入表格中：

避免　規定　條件　造成　真假　預防　方向　發生　需要　是非　好壞

辨別＋N	V＋災難	符合＋N
・好壞	・發生	・條件

(2) 利用上面的詞組，完成下面的句子並回答問題：

a. 你知道如何辨別水果的 _____ 嗎？一位果農專家說，顏色越深就越甜，此外，越重也代表水越多，一般來說，只要符合這兩個 _____ 就不至於買錯。

b. _____ 災難發生的原因常常是因為缺乏監督或是不符合 _____ ，政府應該加強管理，才能 _____ 災難一再發生。

c. 申請獎學金應該符合哪些條件？

d. 基改食品在包裝上應符合什麼規定？

e. 你知道如何辨別非基改食品的真假嗎？

二、四字格 🎧 02-08

1 不知不覺 bùzhī bùjué

解釋：沒有感覺到。

功能：狀語

例句：

(1) 阿水是越南來的新移民，在台灣努力工作，不知不覺就過了五年，存了不少錢給家人蓋了一棟房子。

(2) 五月天的音樂，能讓人在不知不覺中放鬆心情，紓解壓力。

(3) 安安在夜市一會兒吃小吃，一會兒玩遊戲，不知不覺就把錢都花完了。

2 居高不下 jūgāo búxià

解釋：價格、數字 (shùzì, number) 等持續在高位而無法下降。

功能：謂語、定語

例句：

(1) 雖然房價居高不下，但還是有很多人為了擁有自己的生活空間，努力存錢買房子。（謂）

(2) 一連來了好幾個颱風，使農作物損失慘重，蔬果價格因此居高不下。（謂）

(3) 經濟專家對目前青年失業率居高不下的現象提出警告；若政府不努力改善此情況，會產生嚴重的社會問題。（定）

三、易混淆語詞

1

災害 zāihài	自然災害往往給農作物帶來重大的損失。	N
災難 zāinàn	確實做好公共安全，才能避免重大災難的發生。	N

說明：

	災害	災難
語義	常指自然界造成的危害，如水災，旱災、天然災害等。	常用來形容天災人禍所帶給人的痛苦與傷害。
搭配	發生～｜嚴重的～｜自然～	導致～｜避免～｜重大～

練習

颱風地震等天然_____雖然無法避免，但像火災這樣的人為_____絕對是我們可以預防的。

2

明白 míngbái	連這種小事都不明白，你真是白念了這麼多年書了。	Vst
清楚 qīngchǔ	我外婆雖然已經 98 歲了，但她不僅身體健康，頭腦也特別清楚。	Vs

說明：

	明白	清楚
語義	有知道的意思，強調易懂。	強調事物不模糊 (móhú, vague)。
搭配	～內容｜～道理｜～意思	目標～｜認識～｜頭腦～

練習

我今天終於_____為什麼李剛到了北京卻沒見到王玲。因為李剛沒看_____就坐上了高鐵，結果坐到了南京，當然找不到王玲。

3

後果 hòuguǒ	他無法得到老闆的信任是做事不負責的後果。	N
結果 jiéguǒ	(1)經過長時間的努力，結果他終於順利拿到獎學金。 (2)能順利拿到獎學金是他長時間努力的結果。	Conj/N
效果 xiàoguǒ	你認為語言交換能達到理想的學習效果嗎？	N

說明：

	後果	結果	效果
語義	事情發展不好的結果。	指事情最後的狀況。	指事物行為或做法產生有效的作用。
搭配	嚴重的～｜可怕的～ 不顧…的～｜避免…的～	研究～｜比賽～｜ 努力的～｜理想的～	廣告～｜學習～ 化妝～

◀ 練習

為了減重，他做了好幾次整型手術。＿＿＿＿＿＿＿，沒什麼＿＿＿＿＿＿＿，還差一點死了，真沒想到整型的＿＿＿＿＿＿＿如此嚴重。

延伸練習

◎引用

　　引用研究報告、媒體資訊和專家、名人的說法來支持自己的論點是在口語辯論中是最常用的方法，下面是本課中出現的「引用」的句式和詞語。

句式	科學家證實…/ 專家們已經提出警告…/ 最新的一項報導指出…/ 英國有位農業專家也表示…/ 按照我國的法律…. / 報上說…/ 愈來愈多的報導指出… 基改公司所說的…並非（都非）事實 /
詞語	提出　認為　強調　證實　表示

練習：

請以引用的方式告訴大家一個與「食品安全」有關的新聞。

_____

_____

_____

_____

_____

語言實踐

一、訪問

採訪調查：採訪三個台灣人，記錄他們對基改的看法，並報告你採訪的結果。請寫出3-5個採訪的問題。

1	
2	
3	
4	
5	

二、辯論練習：「上課可不可以使用手機」

1 我贊成「上課使用手機」
兩個學生一組一起討論，列出贊成的三個論點和支持此論點的例子，並選擇其中一個論點，完成一段短文。

		論點一	論點二	論點三
論點	上課使用手機的優點	做為緊急聯絡使用。		
支持				
結論				

2 我反對「上課使用手機」

兩個學生一組討論，列出三個反對論點和支持此論點的例子。選擇其中一個論點，完成一段短文。

		論點一	論點二	論點三
論點	上課使用手機的三個缺點。	上課時手機發出鈴響，影響老師和同學上課。		
支持	舉例說明這些缺點的影響。			
結論	你要向贊成上課使用手機的人說什麼？			

3 全班分兩組：一組正方，一組反方，每組四位同學分別為「學生、父母、老師和眼科醫生」。請你站在他們的立場來表達支持或反對「上課使用手機」。

	正方	反方
	學生/父母/老師/眼科醫生	學生/父母/老師/眼科醫生
論點		
引用例子		
結論		

LESSON 3

第三課
整型好不好

引言 🎧 03-01

隨著社會風氣的開放，現代人對整型的接受度越來越高，除了一些因意外傷害非整型不可的人以外，更多人是為了替自己加分而整型。反對的聲音仍然存在，不少電影、連續劇也討論這個議題。到底整型好不好？

課前活動

1 你在哪些地方看過整型的廣告？

2 你認為他們為什麼想整型？他們想整成什麼樣？為什麼想整成那樣？

3 你贊成整型嗎？為什麼？

4 你的朋友中是否有人有整型的經驗？你覺得如何？

5 請與同學討論，比較東西方想整型的部位有什麼不同？

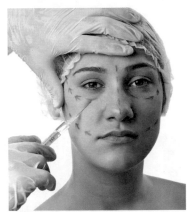

整型前　　整型後

LESSON 3

內在特質
更勝外表美醜

避以貌取人 日本推"不看臉"快速相親

🎧 03-02

近年來，人們越來越重視外表，整型有年輕化的趨勢，甚至出現了「顏值」這樣的詞。贊成的人認為，整型可以帶來自信、增加機會，完全是與他人無關的個人選擇。然而事實上，整型卻深深地影響著整個社會的價值觀。 5

整型真能讓人更美、更有自信嗎？並不盡然。許多想要整型的年輕人拿著明星的照片，要求醫生整出一樣的高鼻子、大眼睛，這是媒體洗腦的結果。不少亞洲人認為白皮膚、細腰、豐胸、長腿、高挺的鼻子、水汪汪的大眼才是美。記得媒體報導了某場的選 10
美比賽，三十四位參賽者幾乎都長得一樣！那是他們原來的樣子嗎？很多人原本就長得不差，只因為在意外界的眼光而不斷整型，這不是和「整型可以帶來自信」相互矛盾嗎？

外貌無法為我們帶來美滿的感情、順利的職涯， 15
只有內在才可以。由於越來越多的人認為現在社會「以貌取人」，因此不計一切要讓自己看起來更英俊、漂亮，好讓自己獲得更多青睞或機會。然而，一項研究指出，男女在選擇對象的時候，友善和智力比外表更重要。同樣地，職場上需要的能力，例如團隊合作、領導能力、溝通能力等，都不是整型能帶來的。把時間和金錢投資 20
在這些內在能力上，才是更重要的。

整型畢竟是醫療行為，儘管技術日漸進步，但是媒體仍常報導整型失敗的例子：有的人整型後胸部大小不一、鼻子歪斜、臉部變形，甚至有人在手術中因失血過多而死。更有不少人整型後飽受各種後遺症、副作用之苦。這些問題都證明，無論醫療科技多麼進步， 25
整型手術還是有一定的風險，對生理和心理都會帶來巨大衝擊，並不值得拿自己的生命來冒險。

整型原來是希望幫助那些遭受意外、影響健康的人重建外觀、恢復身體功能及信心，如今卻成為追求自信和獲得機會的捷徑。雖然這是個人的選擇，但當整型從「需要」變成「想要」，進而形成 30
一股風氣時，我們就不得不更謹慎地看待它所帶來的影響。

請在（　）打 ✓

1 在第二段中，作者 (zuòzhě, author) 主要認為：

（　）整型無法讓人更有自信。
（　）參加選美比賽的人都整型過。
（　）年輕人受到社會的影響，所以變得沒有自信。

2 在第二段中，作者主要在說明：

（　）整型與自信的關係。
（　）整型對比賽的影響。
（　）年輕人對整型的看法。

3 在第三段中，作者認為整型無法帶來什麼？

（　）理想的對象。
（　）職場上需要的能力。
（　）感情和職涯上的機會。

4 第四段中，作者用什麼方式支持自己的論點：

（　）新聞報導。
（　）研究結果。
（　）專家說法。

5 關於整型，作者主要有哪些論點：

（　）實力比外表更重要。
（　）無法增加獲得青睞的機會，不值得投資。
（　）手術多少有一點風險，可能會讓人後悔。
（　）只有整型失敗才會給人帶來衝擊和影響。
（　）是追求自信和機會的捷徑，但是影響很大。
（　）整型無法增加自信，讓人看不到自己的優點。

生詞 New Words 🎧 03-03

				引言
1.	風氣	fēngqì	N	ethos, mood (said of society, a nation, etc.)
2.	開放	kāifàng	N	(nominalized from its verb form) to open up to the outside world; liberal, non-conservative
3.	意外	yìwài	N	accident
4.	存在	cúnzài	Vs	to exist

				課文一
1.	內在	nèizài	N	internal quality
2.	特質	tèzhí	N	characteristic, quality
3.	勝	shèng	Vst	be superior to, to win (classical Chinese)
4.	醜	chǒu	Vs	ugly
5.	顏值	yánzhí	N	"face value" (play on words)
6.	他人	tārén	N	other people, others
7.	不盡然	bújìnrán	Vs	not necessarily so
8.	要求	yāoqiú	V	to request, demand
9.	整出	zhěngchū	V	to produce (through plastic surgery)
10.	鼻子	bízi	N	nose
11.	皮膚	pífū	N	skin

生詞 New Words

12.	細	xì	Vs	thin, slender
13.	腰	yāo	N	waist, small of the back
14.	豐胸	fēngxiōng	N	large breasts
15.	高挺	gāotǐng	Vs	to be high-bridged (said of noses)
16.	水汪汪	shuǐwāngwāng	Vs	to be "doe-eyed"
17.	參賽	cānsài	Vi	to take part in a competition
18.	眼光	yǎnguāng	N	judgment, how others look at you
19.	矛盾	máodùn	Vs	contradictory
20.	外貌	wàimào	N	looks, appearance, exterior
21.	美滿	měimǎn	Vs	happy, fulfilled (said of families, lives, marriages, etc.)
22.	職涯	zhíyá	N	career
23.	以貌取人	yǐmào qǔrén	Id	judge a book by its cover; judge by appearance (said of people)
24.	不計一切	bújì yíqiè	Id	do whatever it takes
25.	英俊	yīngjùn	Vs	handsome
26.	獲得	huòdé	Vpt	to obtain, attain
27.	青睞	qīnglài	N	special attention and favor
28.	對象	duìxiàng	N	significant other, boyfriend/girlfriend, object of love
29.	智力	zhìlì	N	intelligence
30.	同樣	tóngyàng	Vs	in the same way; similar
31.	團隊	tuánduì	N	team
32.	金錢	jīnqián	N	money
33.	投資	tóuzī	V/N	to invest; investment
34.	行為	xíngwéi	N	behavior
35.	儘管	jǐnguǎn	Conj	even though, although
36.	日漸	rìjiàn	Adv	with each day, with each passing day, gradually
37.	失敗	shībài	Vp	to fail
38.	胸部	xiōngbù	N	breast, chest
39.	大小不一	dàxiǎo bùyī	Id	in diffcrent sizes, of various sizes
40.	變形	biànxíng	Vp	to be deformed
41.	失血	shīxiě	Vp-sep	to lose blood
42.	過	guò	Adv	excessively
43.	飽受	bǎoshòu	Vpt	to suffer greatly from
44.	後遺症	hòuyízhèng	N	after-effects, sequela
45.	副作用	fùzuòyòng	N	side-effects
46.	多麼	duōme	Adv	how
47.	冒險	màoxiǎn	V-sep	to risk, take risk, adventure
48.	如今	rújīn	Adv	nowadays, today
49.	捷徑	jiéjìng	N	shortcut
50.	進而	jìn'ér	Adv	furthermore
51.	謹慎	jǐnshèn	Vs	careful, cautious
52.	看待	kàndài	V	to regard

語法點　　　🎧 03-04

1 原文：近年來，整型**有**年輕化的**趨勢**。

結構：有…的趨勢 (yǒu…de qūshì)　a tendency towards...

解釋：事情或現象往…（方向）發展。

例句：隨著國際的交流，跨國婚姻有增加的趨勢。

◀ 練習 請選擇合適的詞語完成句子。

> 年輕化　高齡化　日漸 Vs/V　越來越 Vs

(1) 現代社會中，懷孕婦女的年齡 ＿＿＿＿＿＿＿＿＿＿＿＿＿＿＿＿ 。

(2) 隨著對食品安全的重視，選擇有機食品的人 ＿＿＿＿＿＿＿＿＿＿＿＿＿＿＿ 。

(3) 網路霸凌事件 ＿＿＿＿＿＿＿＿＿＿＿＿＿＿＿ ，除了靠法律約束，人們在享受言論
自由的同時，也要為自己的言論負責。

2 原文：由於越來越多人認為現在社會「以貌取人」，因此**不計一切**要讓自己看起來更
英俊、漂亮。

結構：不計一切 (bújì yíqiè)　to undertake something at any cost

解釋：為了達到目的，不考慮所有的代價或後果，執行後面的動作。

例句：(1) 弟弟曾經不計一切幫助我，重建我的事業。
　　　(2) 他不計一切代價，只為了要得到世界第一。

◀ 練習 請使用「不計一切」完成下面的句子，並與同學討論誰是說話者：

> 找到所有受困民眾　　爭取言論自由　　代價
> 逃離家鄉　　留下他　　改善就業環境

(1) ＿＿＿＿＿＿＿：由於失業率不斷提高，因此我們會不計一切 ＿＿＿＿＿＿＿＿＿＿＿＿ ，
解決失業人口日漸增加的問題。

(2) ＿＿＿＿＿＿＿：政府不應該限制人民的言論自由，人民必須不計一切 ＿＿＿＿＿＿＿＿
＿＿＿＿＿ 。

(3) ＿＿＿＿＿＿＿：這個球員很有天分，表現也相當好，所以我們會 ＿＿＿＿＿＿＿＿＿＿
＿＿＿＿＿ 。

(4) ＿＿＿＿＿＿＿：為了追求美好的將來，我願意 ＿＿＿＿＿＿＿＿＿＿＿＿ ，就算要付出
所有的財產也沒關係。

(5) ＿＿＿＿＿＿＿：雖然已經過了黃金 72 小時，但是救援行動仍會持續，我們會 ＿＿＿＿
＿＿＿＿＿＿＿＿＿ 。

(6) ＿＿＿＿＿＿＿：我之所以 ＿＿＿＿＿＿＿＿＿＿＿＿ ，就是因為不要每天活在隨時發生
戰爭的威脅中。

3 原文：越來越多的人…不計一切要讓自己看起來更英俊、漂亮，好讓自己獲得更多青睞或機會。

結構：獲得…（的）青睞 (huòdé…(de) qīnglài) to win someone's favor

解釋：得到…的欣賞或喜愛。

例句：政府多項鼓勵生育的措施，並沒有獲得年輕人的青睞，因此少子化仍是目前的問題。

◀ 練習 請選擇合適的詞語完成句子。

> 系花　　老闆　　選民　　政府

(1) 他總是很仔細地處理工作上的事，因此 ＿＿＿＿＿＿＿＿＿＿＿＿＿＿＿＿＿ 。

(2) 他不計一切代價，又是送花，又是請客，就是為了要 ＿＿＿＿＿＿＿＿＿＿＿＿＿＿＿＿＿ 。

(3) 他提出「廉能、富足」的口號，希望幫助國家擺脫經濟困境，因此
＿＿＿＿＿＿＿＿＿＿＿＿＿＿＿＿＿ 。

4 原文：把時間和金錢投資在這些內在能力上，才是更重要的。

結構：把 A 投資在 B 上 (bǎ A tóuzī zài B shàng) to invest A in B

解釋：把時間或金錢花在某方面，希望能得到更多好處。

例句：由於以貌取人是人的天性，因此不能怪那些把金錢投資在外表上的人。

◀ 練習 請選擇合適的詞語完成句子。

> 外表　　事業　　孩子　　充實自己　　學習最新的專業知識　　喜歡的事物

(1) 為了讓自己在職場上更有競爭力，我把時間 ＿＿＿＿＿＿＿＿＿＿＿＿＿＿＿＿＿ 。

(2) 都是因為我沒有把時間 ＿＿＿＿＿＿＿＿＿＿＿＿＿＿＿＿＿ ，我們親子之間的關係才會漸漸變遠。

(3) 生命是有限的，要把精神 ＿＿＿＿＿＿＿＿＿＿＿＿＿＿＿＿＿ ，才不會後悔。

5 原文：…更有不少人整型後飽受各種後遺症、副作用之苦。

結構：飽受…之苦 (bǎoshòu …zhī kǔ) to suffer greatly from the ills of...

解釋：受到很多…（方面）的痛苦。

例句：由於政府過度發展經濟、不重視環保，因此許多國家飽受自然災害之苦。

練習 請選擇合適的詞語完成句子。

> 塞車　歧視　戰爭　少子化

(1) 雖然我們現在的生活很幸福，但是在我們看不到的地方，還有很多人 _____。

(2) 他因為家庭經濟不好，在學校總是 _____。

(3) 由於交通問題日漸嚴重，因此每到上下班時間，民眾總是 _____。

6 原文：整型原來是希望幫助那些遭受意外、影響健康的人重建外觀…，如今卻成為追求自信和機會的捷徑。

結構：原來 A，如今 B (yuánlái A, rújīn B) a well-meaning A has degenerated into an awful B

解釋：以前 A，現在 B。用來說明情況改變。

例句：這個地方原來是政治經濟中心，如今卻沒落了。

練習 請使用「原來 A，如今 B」的句式完成句子。

(1) 台灣中部原來滿山遍野到處可以看到鹿，_____。

(2) 許多剛來的外籍配偶原來都有寂寞、焦慮的心情，但是透過志工的幫忙，這些新移民 _____，也建立了良好的人際關係了。

(3) 言論自由原來是為了保障人民表達意見的權利，_____。

7 原文：當整型從「需要」變成「想要」，進而形成一股風氣時，我們就不得不更謹慎地看待它所帶來的影響。

結構：從 A，進而 B (cóng A, jìn'ér B) to change further into B from A

解釋：說明進一步的情況或行為。

例句：他在世界沖煮咖啡大賽中獲得冠軍後，從一個咖啡師變成咖啡明星，進而成了大老闆，開了許多家咖啡連鎖店。

練習 請選擇合適的詞語完成句子。

> 深入政治　　　　　　培養保護自然的觀念
> 了解當地與世界的關係　變成無人不知無人不曉的民主運動

(1) 他打算從經濟著手，進而 _____，一步一步解決問題。

(2) 這個活動，從一場小小的抗議，進而 _____。

(3) 他希望這次的戶外教學，學生能從認識各種動植物，進而 _____。

(4) 在這門課中，我們希望學生能從了解當地的歷史，進而 _____。

論點呈現

1 請再讀一遍文章，找出作者反對整型的三個論點：

	一	二	三
論點	只是為了符合社會對美的標準，因此看不到自己的優點。		

2 作者提出的論點，你都同意嗎？請表達你的意見，並提出其他的新論點。

同意：＿＿＿＿＿＿＿＿＿＿＿＿＿＿＿＿＿＿＿＿＿＿＿＿＿＿＿。

不同意：＿＿＿＿＿＿＿＿＿＿＿＿＿＿＿＿＿＿＿＿＿＿＿＿＿。

新論點：＿＿＿＿＿＿＿＿＿＿＿＿＿＿＿＿＿＿＿＿＿＿＿＿＿。

口語表達

1 根據論點找出文章中重要的表達方式。

論點	一	二	三
表達方式	◆ …真（的）能…嗎？ ◆ 並不盡然。 ◆ 這是…的結果 ◆ 只因為…而… ◆ 這不是和…相互矛盾嗎？	◆ A無法…，B才能。 ◆ 儘管…，然而… ◆ 不計一切… ◆ 好讓… ◆ 根據…指出， ◆ 同樣地，… ◆ 把…投資在…上，…才是…	◆ …畢竟… ◆ 儘管…，但是… ◆ 有的…，甚至…，更有不少人… ◆ 飽受…之苦 ◆ 值得+V ◆ 拿…來冒險 ◆ 無論…，還是… ◆ 對…帶來衝擊

2 請用上面的句式談談你對「刺青 (cìqīng, tattoos)」的看法。
（至少使用 3 個）

重點詞彙

一、詞語活用

1

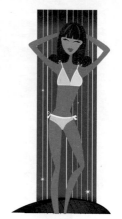

高 /___矮___、細 /_____、	腰、眼、胸、皮膚、鼻子、
長 /_____、高挺 /_____、	腿、臉、眼皮、髮
豐滿 /_____	

(1) 請寫出 / 查出 左欄的相反詞。

(2) 請利用左右兩欄組合出十個詞 _____。

(3)「蘿蔔腿、鷹勾鼻、丹鳳眼、國字臉、瓜子臉、水桶腰、櫻桃小嘴、啤酒肚」描述的是什麼樣的外表？請與同學討論。

(4) 請描述一下你的家人 / 理想的對象 / 某位明星。

(5) 你認為台灣人外表的特色是什麼？哪些外表特色是貴國人喜愛的？

2 兩人一組，可看書或查字典，討論出其他可以用的詞，並填入表格中。討論以後完成下面句子：

日漸＋ V / Vs	N ＋不一	過＋ Vs
• 增加 • 減少	• 大小 • 深淺	• 長 / 短 • 多 / 少

(1) 由於現代人使用手機的時間 _____，因此手機成癮的例子

_____。

(2) 他的頭髮 _____，顏色又 _____，無法給人精神奕奕的感覺，難怪得不到面試官的青睞。

二、四字格 🎧 03-05

以貌取人 yǐmào qǔrén

解釋：根據外表來選擇。

功能：謂語

例句：

(1) 外表不代表一切，不要再以貌取人了。

(2) 我們常說不要以貌取人，但現實就是外表好看的人比較容易得到信任或幫助。

我的外表由我自己決定

🎧 03-06

　　近年來，社會吹起一股整型風，接受整型手術的人不分男女老少，甚至出現「整型旅遊」這樣的產品，可見整型已從醫療行為變成極具潛力的消費商品。反對 5
者總是用一堆道德的理由阻止，然而追求完美是人的天性，也是個人的選擇。若沒有好處，怎麼會讓那麼多人不計一切代價去整型？

　　長得好看到底有沒有好處？絕對有。第一印象非常重要，而整型手術就像化 10
妝、打扮一樣，是一種讓你更漂亮、更有自信的方式，對求職、人際關係都有幫助。許多職業都把外貌列入考量，像是公關、業務行銷、時尚設計產業等。我的朋友接受雙眼皮手術之後，看起來精神奕奕。整 15
型為她帶來自信，不論是面試或追求愛情，機會都多了許多。

　　有人認為整型違反自然，那樣的美麗是假的，就給整型貼上「造假、欺騙」的標籤。這種說法並不公平，外表佔優勢的人也往往無法理解。人生來就有智力和外表的差異，天生不夠聰明的人，可以靠後天的努力爭取機會，為什麼長 20
相平平的人就不能利用醫學技術縮小美醜的差距？

　　許多人對整型的看法停留在可怕的後遺症、副作用上，認為整型是危險的手術，這無疑是媒體經常報導負面新聞的結果。隨著醫學技術的進步，使用的器材及藥品越來越安全，風險已大幅降低。整型醫生也會事先評估患者的動機、心理狀態，再決定是否執行手術。 25

　　身體是自己的，自己的樣子當然由自己決定。「身體髮膚受之父母」這樣的想法已經落伍了，就像穿衣服、剪頭髮一樣，不會對別人造成任何影響，所以根本不需要理會他人的眼光，自己開心就好。

　　如果整型能讓一個人更喜歡自己，有何不可？

課文理解

請在（　）打 ✓

1 在第一段中，「若沒有好處，怎麼會讓那麼多人不計一切代價去整型？」意思是：

（　）如果希望整型有好處，就要付出代價。

（　）如果整型沒有好處，會有很多人考慮代價。

（　）如果整型沒有好處，不會有那麼多人不計一切代價去做。

2 在第二段中，作者主要在說明：

（　）雙眼皮手術對找工作和人際關係有幫助。

（　）透過改變外型，提升自信，並得到更多機會。

（　）從事公關、業務、設計等工作的人大部分都整型過。

3 作者主要<u>不同意</u>以下哪些論點：

（　）實力比外表更重要。

（　）整型是造假、欺騙的行為。

（　）整型手術的風險高，包括後遺症及心理影響。

（　）身體是父母給我們的，不能傷害，這是落伍的想法。

4 關於整型，作者主要有哪些論點：

（　）手術風險已降低。

（　）人都有愛美、喜歡美好事物的天性。

（　）利用整型改善天生的缺點並沒有錯。

（　）整型可以增加自信，進而帶來更多機會。

（　）費用已經大幅降低，大部分的人負擔得起。

（　）每個人有為自己的身體做決定的權利，不必管他人想法。

生詞 New Words 03-07

課文二				
1.	吹	chuī	V	to blow (used in the text to mean a trend has been "circulating" or "stirring")
2.	旅遊	lǚyóu	N	tour, trip
3.	極具	jíjù	Vst	to strongly possess (classical Chinese)
4.	潛力	qiánlì	N	potential
5.	理由	lǐyóu	N	reason
6.	天性	tiānxìng	N	nature, instinct
7.	列入	lièrù	V	to include, take into
8.	考量	kǎoliáng	N	consideration
9.	公關	gōngguān	N	public relations
10.	時尚	shíshàng	N	fashion, trend
11.	產業	chǎnyè	N	industry
12.	眼皮	yǎnpí	N	eyelid

生詞 New Words

13.	精神奕奕	jīngshén yìyì	Id	full of vigor/life/vitality
14.	違反	wéifǎn	V	to violate, go against
15.	假	jiǎ	Vs	false, fake, bogus
16.	造假	zàojiǎ	Vi	to cheat, deceive
17.	標籤	biāoqiān	N	label
18.	優勢	yōushì	N	advantage
19.	理解	lǐjiě	Vst	to understand
20.	生來	shēnglái	Ph	from birth (＝出生以來)
21.	差異	chāyì	N	difference
22.	天生	tiānshēng	Adv	inherently
23.	後天	hòutiān	N	in later stages of development
24.	長相	zhǎngxiàng	N	appearance, looks
25.	平平	píngpíng	Vs	plain, average, mediocre
26.	醫學	yīxué	N	medical science
27.	縮小	suōxiǎo	V	to shrink, shorten
28.	差距	chājù	N	gap, distance between
29.	無疑	wúyí	Adv	undoubtedly
30.	器材	qìcái	N	equipment
31.	藥品	yàopǐn	N	drug, medicine
32.	大幅	dàfú	Adv	substantially, sharply
33.	事先	shìxiān	Adv	beforehand, in advance
34.	評估	pínggū	V	to evaluate, assess
35.	患者	huànzhě	N	patient
36.	動機	dòngjī	N	motivation
37.	狀態	zhuàngtài	N	state, situation
38.	執行	zhíxíng	V	to carry out, execute
39.	身體髮膚受之父母	shēntǐ fǎfū, shòuzhī fùmǔ	Id	your body, from your hair to your skin, is a gift from your parents (suggests that you have a responsibility to cherish and care for it)
40.	剪	jiǎn	V	to cut (with scissors)
41.	理會	lǐhuì	V	to pay attention to
42.	有何不可	yǒuhé bùkě	Id	What's wrong with that? and why not? what's the harm in that?

語法點　　　🎧 03-08

1 原文：若沒有好處，**怎麼會讓那麼多人不計一切代價去整型**？

結構：若 A，怎麼會 B ？ (ruò A, zěnme huì B?) Should A be true, how could B be the case?

解釋：常用在反駁的時候，說話人用後句已經發生的情形，證明前句的說法不存在、是錯的。

例句：若學中文對將來的前途沒有幫助，怎麼會有那麼多人選中文系？

◀ 練習　請用「若 A，怎麼會 B ？」反駁以下說法。

(1)「基改食品危害人體健康」：

(2)「減稅、延長產假可以鼓勵生育」：

(3)「學歷越高，就業越容易」：

(4)「我沒有劈腿」：

2 原文：許多職業都**把外貌列入考量**，像是公關、業務行銷、時尚設計產業等。

結構：把 A 列入 B (bǎ A, lièrù B) to include A as part of B

解釋：「列入」後面常用的有「考量、名單 (míngdān, list of names)、清單 (qīndān, list) 範圍 (fànwéi, range)」。可使用被動：「A 被…列入 B」。

例句：政府把少子化、高齡化等問題，列入今年必須解決的問題清單中。

◀ 練習　請各選擇 A 和 B 中合適的詞語完成句子。

A	B
性別　年齡　世界史 對健康的影響　紅肉	黑名單　考試範圍　考量 讓人罹患癌症的食物名單

(1) 做問卷調查的時候，往往會 _____。

(2) 這次的期末考試，會 _____。

(3) 討論基改食品的優缺點的時候，不能只考慮經濟價值，也應該 _____
_____。

(4) 世界衛生組織 _____。

(5) 由於這個購物網站販賣仿冒品，因此被政府 _____。

3 原文：有人認為整型違反自然，那樣的美麗是假的，就給整型貼上「造假、欺騙」的標籤。

結構：給 A 貼上 B 的標籤 (gěi A tiēshàng B de biāoqiān) to label A as B

解釋：對某人或某事有不完整或帶有歧視的看法。也可以使用被動形式：「A 被⋯貼上 B 的標籤」。

例句：我從小到大，都被貼上了大大小小的標籤，像是會讀書，有禮貌。

◀ 練習　請選擇合適的詞語完成句子。

> 啃老族　迷信　怪物　保守

(1) 因為利用科技改變了食物的基因，因此基改食物常 ＿＿＿＿＿＿＿＿＿＿＿＿
＿＿＿＿＿＿＿＿＿＿＿＿。

(2) 由於東西方文化的不同，因此有些相信風水的人常常 ＿＿＿＿＿＿＿＿＿＿＿
＿＿＿＿＿＿＿＿＿＿＿＿。

(3) 這所學校對學生的服裝有嚴格的規定，因此 ＿＿＿＿＿＿＿＿＿＿＿＿＿＿＿
＿＿＿＿＿＿＿＿＿＿＿＿。

(4) 人們給那些不能自食其力、靠父母生活的人 ＿＿＿＿＿＿＿＿＿＿＿＿＿＿＿
＿＿＿＿＿＿＿＿＿＿＿＿＿＿＿＿。

4 原文：認為整型是危險的手術，這**無疑**是媒體經常報導負面新聞的結果。

結構：無疑是⋯ (wúyíshì…) there can be no doubt that...

解釋：表示「不必懷疑，一定是這樣」。

例句：居住在紐約的人來自世界各地，那裡無疑是一個文化、種族大熔爐。

◀ 練習　請選擇合適的詞語完成句子。

> 受到媒體洗腦結果　一種歧視　神奇食物
> 拿自己的生命來冒險　自己嚇自己

(1)「一白遮三醜」、「超過 50 公斤就是胖」這樣的看法 ＿＿＿＿＿＿＿＿＿＿＿
＿＿＿＿＿＿＿＿＿＿＿。

(2) 直到現在都沒有足夠證據可以證明外星人的存在，因此，一天到晚擔心外星人
攻擊地球 ＿＿＿＿＿＿＿＿＿＿＿。

(3) 明知道那裡常發生天災，還要住在那裡，＿＿＿＿＿＿＿＿＿＿＿＿＿＿＿＿。

(4) 基因改造的食物不但有豐富的營養價值，也讓大家在享用美味的同時，達到預
防疾病的效果，＿＿＿＿＿＿＿＿＿＿＿。

論點呈現

1 請再讀一遍文章，找出作者贊成整型的三個論點：

	一	二	三
論點	整型後可以增加自信，對求職，人際關係都有幫助。		

2 作者提出的論點，你都同意嗎？請表達你的意見，並提出其他的新論點。

同意：_____

不同意：_____

新論點：_____

口語表達

1 根據論點找出文章中重要的表達方式。

論點	一	二	三
表達方式	◆ 到底…？ ◆ …就像…一樣，是… ◆ 對…有幫助 ◆ 把…列入考量 ◆ 為…帶來… ◆ 不論…都…	◆ 有人認為…，就給…貼上…的標籤 ◆ …並不…，也無法… ◆ A可以…，為什麼B就不能…？	◆ 對…的看法停留在…上 ◆ 無疑是 ◆ 隨著…，…已大幅…

2 請用上面的句式談談「模特兒」這個工作。
（至少使用 3 個）

重點詞彙

一、詞語活用

1 參考課文或詞典，將右欄填入左欄中：

◆ 形成＿＿＿＿＿＿	A. 標籤
◆ 列入＿＿＿＿＿＿	B. 狀態
◆ 貼上＿＿＿＿＿＿	C. …風氣
◆ 縮小＿＿＿＿＿＿	D. 手術
◆ 理會＿＿＿＿＿＿	E. 問題
◆ 違反＿＿＿＿＿＿	F. 自然
◆ 評估＿＿＿＿＿＿	G. 風險
◆ 執行＿＿＿＿＿＿	H. 差距
◆ 獲得＿＿＿＿＿＿	I. 考量
◆ 在意＿＿＿＿＿＿	J. …眼光
	K. 青睞

(1) 跟同學討論，利用左欄的詞組，寫出五個問句。

例如：形成…風氣 ➡ 近幾年來，為什麼手機付款會形成一股風氣？

a. ＿＿＿＿＿＿＿＿＿＿＿＿＿＿＿＿＿＿＿＿＿＿＿＿＿＿＿＿＿＿＿＿ 。

b. ＿＿＿＿＿＿＿＿＿＿＿＿＿＿＿＿＿＿＿＿＿＿＿＿＿＿＿＿＿＿＿＿ 。

c. ＿＿＿＿＿＿＿＿＿＿＿＿＿＿＿＿＿＿＿＿＿＿＿＿＿＿＿＿＿＿＿＿ 。

d. ＿＿＿＿＿＿＿＿＿＿＿＿＿＿＿＿＿＿＿＿＿＿＿＿＿＿＿＿＿＿＿＿ 。

e. ＿＿＿＿＿＿＿＿＿＿＿＿＿＿＿＿＿＿＿＿＿＿＿＿＿＿＿＿＿＿＿＿ 。

f. ＿＿＿＿＿＿＿＿＿＿＿＿＿＿＿＿＿＿＿＿＿＿＿＿＿＿＿＿＿＿＿＿ 。

g. ＿＿＿＿＿＿＿＿＿＿＿＿＿＿＿＿＿＿＿＿＿＿＿＿＿＿＿＿＿＿＿＿ 。

(2) 跟同學一起討論上面的問題。

2 兩人一組，可看書或查字典，討論出其他可以用的詞，並填入表格中。討論以後完成下面句子：

(1) 請將下列的詞語填入表格內：

> 特色　　反應　　成長　日夜　性別　國籍　表現　改變　價值　殺傷力　成績
> 老少　　吸引力　潛力　提高　演技　年齡　種族　你我　長相　增加　　男女
> 破壞力　上升　　影響力

不分＋N	N＋平平／出色	大幅＋V	極具＋N
• 男女 • 老少	• 長相 • 成績	• 增加／上升	• ～力： 　破壞力、影響力、 　吸引力

(2) 利用表格內的搭配詞組，完成下面的句子：

a. 由於手機對現代人來說 ＿＿＿＿＿＿＿，因此現代人使用手機的時間 ＿＿＿＿＿＿＿。

b. 雖然這個計畫的對象 ＿＿＿＿＿＿＿，誰都可以參加，但是只有 ＿＿＿＿＿＿＿ 的人，才有可能得到面試的機會，＿＿＿＿＿＿＿ 的人，大概在一開始就被拒絕了。

c. 市場對這個商品 ＿＿＿＿＿＿＿，不如預期，因此公司希望請一位 ＿＿＿＿＿＿＿ 的明星來推銷，希望它的販賣情況能 ＿＿＿＿＿＿＿。

二、四字格 🎧 03-09

1 精神奕奕 jīngshén yìyì

解釋：形容很有精神的樣子。

功能：謂語、狀語

例句：

(1) 他看起來精神奕奕的，一點都不像得了癌症的人。（謂）

(2) 這些爺爺奶奶，每天都精神奕奕地和大家一起做運動。（狀）

2 有何不可 yǒuhé bùkě

解釋：有什麼不可以。意思是當然可以。

功能：謂語

例句：

(1) 不管是畫畫還是電玩，都是放鬆心情的辦法，只要不影響功課，（玩電玩）有何不可？

(2) 烹飪 (pēngrèn, cooking) 食物本來就是讓食材產生化學變化，成為美食，加入一點無害的食品添加物，有何不可？

延伸練習

◎反駁

在反駁他人論點時，我們常先指出我們所不同意的論點，然後說明自己的看法，並再進一步說明舉例支持自己的看法，最後再總結。因此大概可以分成四部分：

	例子	表達方式
對方的論點	身體髮膚受之父母。	有人認為…
自己的看法	這樣的想法已經落伍了。	…並不公平
進一步說明比較、舉例、引用（報導或研究結果等）	就像穿衣服、剪頭髮一樣，不會對別人造成任何影響，所以根本不需要理會他人的眼光，自己開心就好。	A 可以…，為什麼 B 就不能…？
小結	如果整型能讓一個人更喜歡自己，有何不可？	如果…，有何不可？

舉例 (jǔlì, provide examples)、引用 (yǐnyòng, cite, quote)、小結 (xiǎojié, section summary)

(1) 和同學討論，找出本課其他段落 (duànluò, paragraph)、或是前幾課中反駁對方論點的表達方式，並填入表格中。

(2) 練習使用這些表達方式，寫一段話反駁以下論點：
- ◆ 選誰都一樣，投票也無法解決問題。
- ◆ 其他國家的人口移入，會降低人口素質。
- ◆ 學歷越來越沒有用。
- ◆ 考慮未來職業的時候，興趣比將來的發展更重要。
- ◆ 劈腿是不負責任的行為。
- ◆ 風水是迷信的行為。

語言實踐

◎情況一

恭喜你當了爸爸／媽媽了！ 你帶著緊張又興奮的心情，從醫生手中接過你的小孩一看！ 長得完全不像你們夫妻！ 這是怎麼回事？

1 演戲：
  (1) 兩人一組，分別扮演先生、太太，討論你們之間可能出現的對話，並把對話演出來。
  (2) 對話包括：發現問題（描述孩子與夫妻長相的差異）、解釋、最後結果（吵架？想出辦法？）。

2 討論：
  (1) 要是你的先生／太太整型過，可是你一直不知道，你認為這是一種欺騙的行為嗎？
  (2) 要是你是孩子，你發現你跟你的父母長得一點都不像，你會怎麼想？
  (3) 要是你的孩子問你，為什麼長得跟你們夫妻不像，你怎麼解釋？
  (4) 交往／結婚以前，你會不會讓對方知道你整型過？要是對方告訴你他整型過，你還會繼續交往／決定結婚嗎？

◎情況二

孩子考上了理想的大學，同時下週也是他 18 歲的生日。你和你的先生／太太有一筆 50 萬的獎金，你們在討論要送什麼給孩子當做生日及慶祝考上大學的禮物。一個人想把整型手術當做禮物送給孩子，另一個人則希望全家一起去旅行兩個星期，把這個旅行當做禮物。

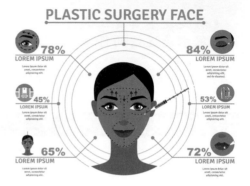

1 演戲：

(1) 兩人一組，分別扮演先生、太太，討論你們之間可能出現的對話，並把對話演出來。

(2) 對話包括：說明情況（為什麼要送禮物）、說明自己的選擇及理由、結果（送什麼）。

2 討論：

(1) 如果你是孩子，你要哪個禮物？為什麼？

(2) 如果你有一筆錢，你會把錢投資在外表還是內在？請仔細說你的做法。

第四課
傳統與現代

引言 🎧 04-01

2016 年 6 月，西班牙有上萬民眾為了抗議政府決定刪減鬥牛的補助而走上街頭，他們高舉著牌子：「我們要保護文化傳統」。同時，動物保護團體也在各地遊行示威，他們主張：「鬥牛既不是藝術，也不是文化」。究竟鬥牛這項傳統活動應該保存還是廢止？引發正反兩方激烈討論。

課前活動

1 你參加過這些活動嗎？請你談談你的經驗。

　　a. 放天燈　　　　**b.** 神豬比賽　　　　**c.** 中秋節烤肉　　　　**d.** 鹽水蜂炮

2 這些傳統活動許多人喜歡參加，也有不少人反對舉辦，你認為反對的原因是什麼？你的看法如何？

3 請說說看，貴國有哪些傳統活動有人贊成也有人反對？贊成與反對保存的主要原因是什麼？你的看法如何？

傳統具有文化與經濟上的重要意義

🎧 04-02

鬥牛是西班牙古老的傳統，有千年歷史。最早是把牛當做拜神的祭品，十九世紀時成為西班牙的全民運動。

自 1743 年第一座鬥牛場在馬德里出現至今，西班牙全國鬥牛場已超過 400 座。鬥牛士穿著十六世紀華麗的傳統服飾在鬥牛場中表演，一面利用手中的紅
5　色披風激怒公牛，一面隨著音樂以優雅的姿勢避開攻擊，可說是文化與藝術的完美結合。鬥牛士必須具備過人的勇氣、熟練的技術和冒險的精神，也是年輕人崇拜與學習的對象。鬥牛不但代表西班牙的傳統精神，更是重要的歷史文化。

旅遊業是西班牙最重要的收入來源，每年 3 月到 9 月的鬥牛旺季，總是吸引來自世界各地的遊客前往觀賞，其中奔牛節也是西班牙傳統文化的重頭戲，
10　當地民眾和許多年輕的外國遊客，都在此享受與牛狂奔的刺激，以及西班牙人的熱情。鬥牛的相關活動每年都為西班牙政府帶來 2.8 億歐元的財政收入，提供 20 萬人就業機會。一旦廢止，對西班牙來說，將會是一場經濟災難。因此，這項傳統活動絕對有保存的必要。

鬥牛傳統之所以保留到現在，正是因為它代表了西班牙獨特的文化魅力和
15　民族精神，也為戲劇、音樂、繪畫提供了無數靈感。例如諾貝爾文學獎得主——美國作家海明威在西班牙觀看奔牛節活動後寫了《太陽照常升起》這本小說，使奔牛節成為舉世聞名的節日。2013 年，西班牙政府認為鬥牛不但不應該廢止，國家反而有責任保存並繼續推廣，於是將鬥牛列為國家保護的文化遺
20　產，希望大家都能尊重這個由來已久的傳統。

請在（ ）打 ✓

1 在第一段中，作者主要是說明：
（　） 為什麼要以牛拜神。
（　） 十九世紀時的鬥牛歷史。
（　） 鬥牛的傳統已超過千年。

2 在第二段中，「過人的勇氣」所指的是鬥牛士在表演過程中：
（　） 必須激怒公牛。
（　） 必須保持優雅的姿勢。
（　） 必須穿著華麗的傳統服飾。

3 在第三段中，「重頭戲」是指：
（　） 鬥牛西班牙重要的收入來源。
（　） 西班牙傳統文化最重要的活動。
（　） 3 月到 9 月是鬥牛吸引遊客重要的旺季。

4 鬥牛這項傳統活動絕對有保存的必要。原因是：
（　） 能提供 20 萬人就業機會。
（　） 西班牙人都能享受與牛狂奔的刺激。
（　） 為西班牙政府帶來 2.8 億歐元的財政收入。
（　） 鬥牛不但代表西班牙的傳統精神，更是重要的歷史文化。

5 下面分別為哪一段論點？請你在（ ）寫 ＃ 2，＃ 3，＃ 4。
（　） 鬥牛是藝術靈感的來源，許多藝術作品因此而產生。
（　） 鬥牛增加就業機會，也是國家重要的財政收入來源。
（　） 鬥牛是西班牙的傳統精神與歷史文化，鬥牛士是年輕人學習的對象。

生詞 New Words 🎧 04-03

				引言
1.	刪減	shānjiǎn	V	to cut, cut back on (as in funds, personnel, etc.)
2.	鬥牛	dòuniú	N	bullfighting
3.	街頭	jiētóu	N	the streets (used in phrases like "take to the streets")
4.	舉	jǔ	V	to raise, hold up
5.	示威	shìwēi	Vi	to demonstrate, rally
6.	主張	zhǔzhāng	V/N	to advocate a view or a standard
7.	保存	bǎocún	V	to preserve
8.	廢止	fèizhǐ	V	to abolish
9.	引發	yǐnfā	Vst	to set off, trigger
10.	正反	zhèngfǎn	N	protesters and supporters, pros and cons
11.	兩方	liǎngfāng	N	both parties, the two sides
12.	激烈	jīliè	Vs	intense, fierce

生詞 New Words

				課文一
1.	具有	jùyǒu	Vst	to have, possess
2.	祭品	jìpǐn	N	offering to god(s), sacrificial items
3.	全民	quánmín	N	all the people
4.	座	zuò	M	measure for large objects like mountains, castles, gigantic temples on hilltops
5.	鬥牛場	dòuniú chǎng	N	bullfighting ring
6.	馬德里	Mǎdélǐ	N	Madrid
7.	至今	zhìjīn	Adv	to this day, heretofore
8.	鬥牛士	dòuniú shì	N	bullfighter
9.	華麗	huálì	Vs	magnificent, resplendent
10.	服飾	fúshì	N	clothing and accessories, apparel, costume
11.	一面	yímiàn	Adv	on the one hand, on the other; (do A), while (doing B)
12.	披風	pīfēng	N	cape
13.	激怒	jīnù	V	to infuriate, excite
14.	公牛	gōngniú	N	bull
15.	優雅	yōuyǎ	Vs	graceful, elegant
16.	姿勢	zīshì	N	posture, position, poses
17.	結合	jiéhé	N/V	union, blend; to combine, unite, blend
18.	過人	guòrén	Vs	insurpassable
19.	熟練	shóuliàn	Vs	adept, skillful, proficient
20.	崇拜	chóngbài	Vst	to worship, adore
21.	旺季	wàngjì	N	peak season
22.	遊客	yóukè	N	visitor, tourist
23.	前往	qiánwǎng	V	to go to, head to
24.	觀賞	guānshǎng	V	to view, enjoy the view of
25.	奔牛節	Bēnniújié	N	The Running of the Bulls (in Pamplona)
26.	重頭戲	zhòngtóuxì	N	the main event
27.	狂奔	kuángbēn	Vi	to run madly, run like crazy
28.	歐元	Ōuyuán	N	Euro
29.	必要	bìyào	N	need
30.	獨特	dútè	Vs	unique
31.	魅力	mèilì	N	charisma
32.	戲劇	xìjù	N	drama, play
33.	無數	wúshù	Vs-attr	countless

生詞 New Words

34.	靈感	línggǎn	N	inspiration
35.	諾貝爾	Nuòbèi'ěr	N	Nobel
36.	得主	dézhǔ	N	winner
37.	作家	zuòjiā	N	writer, author
38.	海明威	Hǎimíngwēi	N	Ernest Hemingway
39.	觀看	guānkàn	V	to watch
40.	小說	xiǎoshuō	N	novel
41.	舉世聞名	jǔshì wénmíng	Id	world-famous
42.	推廣	tuīguǎng	V	to promote
43.	遺產	yíchǎn	N	heritage
44.	由來已久	yóulái yǐjiǔ	Id	age-old

語法點

 04-04

1 **原文**：自 1743 年第一座鬥牛場在馬德里出現至今，西班牙全國鬥牛場已超過 400 座。

結構：自…至今 (zì…zhìjīn) from... to this day

解釋：從…到現在。

例句：這所大學的語言中心自 1956 年成立至今幾十年，是台灣最大的華語教學機構。

◀ **練習** 請在「自…至今」中插入合適的詞語完成句子。

> 去年　推出後半年　古　2008 年

(1) 根據調查報告指出，美國某新手機遊戲去年夏天推出時，全球使用人數高達 2,850 萬，但 ＿＿＿＿＿＿＿，玩家已減少 80% 至 500 萬左右。

(2) 這個樂團 ＿＿＿＿＿＿＿ 已舉辦超過十場世界演唱會，深受大家的喜愛。

(3) 在旅遊業競爭激烈的環境下，這家知名的公司 ＿＿＿＿＿＿＿ 已裁員 500 人，是這兩年來最多的一次。

(4) 如何能長生不老 ＿＿＿＿＿＿＿ 仍然是大家所喜歡討論的話題。

2 原文：鬥牛士穿著十六世紀華麗的傳統服飾在鬥牛場中表演，一面利用手中的紅色披
風激怒公牛，一面隨著音樂以優雅的姿勢避開攻擊…

結構：一面 A 一面 B (yímiàn A yímiàn B) engage in two events simultaneously

解釋：描述兩個動作同時進行，「一邊 A 一邊 B」的書面語。

例句：地震後，救災人員進入災難發生現場，一面搜尋來不及逃生的民眾，一面還得
注意可能再次倒塌的大樓，情況十分危險。

◀ 練習 請用「一面 A 一面 B」改寫句子。

(1) 她們準備上台表演前，除了好奇地看著舞台前的觀眾，也互相 (hùxiāng, reciprocally)
整理服裝，興奮得不得了。

_____。

(2) 家明的母親在餐廳，氣兒子只顧著跟女朋友說話，還想著這頓又貴又難吃的晚
餐，心裡很不高興。

_____。

(3) 美真在整型醫院，聽著醫生說明整型後的效果，但也擔心手術可能發生的風險
與後遺症，讓她既緊張又期待。

_____。

3 原文：這項傳統活動絕對有保存的必要。

結構：有…的必要 (yǒu…de bìyào) there is a need to…, is in order

解釋：一定要。也可以說「有必要…」。否定用法：「沒有…的必要」，也可以說「沒
有必要…」。

例句：政府宣布放颱風假後卻無風又無雨。看來，颱風假到底該不該放，政府相關部
會絕對有討論的必要。

◀ 練習 請使用「（沒）有…的必要」改寫下面的句子。

例：絕對有必要討論 ➡ 絕對有討論的必要。

(1) 為了使民眾了解這項新政策，政府有必要進一步說明。

_____。

(2) 我們有必要保護言論自由，因為這是讓有價值的想法，在這個混亂的時代裡，
發出聲音的唯一方式。

_____。

(3) 我們應該把時間和金錢投資在內在能力上，實在沒有必要整型。

_____。

(4) 無論醫療科技多麼進步，整型手術對生理和心理都會帶來巨大衝擊，沒有必要
拿自己的健康來冒險。

_____。

4 原文：西班牙政府認為鬥牛不但不應該廢止，國家反而有責任保存並繼續推廣。

結構：不但不（沒）A 反而 B (búdànbù(méi) A, fǎn'ér B) not only should we not A, we should B on the contrary

解釋：不但不 ＋「說話人事先想到的情況」，反而 ＋「出現與說話人所想的情況不同或是發生不合理的情況」。

例句：我認為整型不但不能讓人更有自信，反而會帶來生理和心理的巨大衝擊。

◀ 練習 請使用「不但不（沒）A 反而 B」完成句子和對話。

(1) 今天是假日，可是老闆不但沒讓我們放假，反而 ＿＿＿＿＿＿＿＿＿＿＿＿。

(2) 研究報告指出，基改食品不但不能減少農藥使用，反而 ＿＿＿＿＿＿＿＿＿＿＿＿
＿＿＿＿＿＿＿＿＿＿＿。

(3) A：你看了醫生，吃了藥以後，是不是覺得好一點了？
    B：＿＿＿＿＿＿＿＿＿＿＿＿＿＿＿＿＿。

(4) A：家明被網友誤解、惡意批評、諷刺與攻擊，一定很生氣吧！要是我，早就得了憂鬱症了。
    B：＿＿＿＿＿＿＿＿＿＿＿＿＿＿＿＿＿＿＿＿＿，心情完全不受影響。

5 原文：西班牙政府……於是**將**鬥牛**列為**國家保護的文化遺產。

結構：將 A 列為 B (jiāng A liè wéi B) to define A as B

解釋：第三課的「把 A 列入 B」。B 常常是考量、名單、範圍，意思是 A 是 B 裡面的其中一部分。「將 A 列為 B」後面不加「的考量、名單、範圍」意思是使 A 成為 B，A 是 B。也可使用被動形式：「A 被列為 B」。

例句：為保存傳統語言，政府將原住民族的語言列為國家語言。

◀ 練習

(1) 請你選出合適的搭配，然後用「將 A 列為 B」完成下面的句子。

將 A		列為 B
五月天	(**c**)	a. 最值得去參觀的景點
今天的小考	( )	b. 重要工作
故宮博物院	( )	c. 最受歡迎的團體
華語教學推廣	( )	d. 正式的成績

例：報紙媒體將五月天列為最受歡迎的團體。

a. 老師說會 ＿＿＿＿＿＿＿＿＿＿＿＿＿＿＿＿＿＿＿＿＿＿＿＿＿＿＿＿＿ 。

b. 遊客 ＿＿＿＿＿＿＿＿＿＿＿＿＿＿＿＿＿＿＿＿＿＿＿＿＿＿＿＿＿＿＿ 。

c. 教育部 ＿＿＿＿＿＿＿＿＿＿＿＿＿＿＿＿＿＿＿＿＿＿＿＿＿＿＿＿＿ 。

(2) 請以被動形式：「A 被 (S) 列為 B」完成上面的句子。

例：五月天被報紙媒體列為最受歡迎的團體。

a. ＿＿＿＿＿＿＿＿＿＿＿＿＿＿＿＿＿＿＿＿＿＿＿＿＿＿＿＿＿＿＿＿＿＿ 。

b. ＿＿＿＿＿＿＿＿＿＿＿＿＿＿＿＿＿＿＿＿＿＿＿＿＿＿＿＿＿＿＿＿＿＿ 。

c. ＿＿＿＿＿＿＿＿＿＿＿＿＿＿＿＿＿＿＿＿＿＿＿＿＿＿＿＿＿＿＿＿＿＿ 。

論點呈現

1 請再讀一遍文章，找出各段中贊成鬥牛的論點：

	一	二	三
論點	鬥牛是西班牙的傳統精神與歷史文化，是年輕人學習的對象。		

2 作者提出的論點，你都同意嗎？請表達你的意見，並提出其他的新論點。

同意：＿＿＿＿＿＿＿＿＿＿＿＿＿＿＿＿＿＿＿＿＿＿＿＿＿＿＿。

不同意：＿＿＿＿＿＿＿＿＿＿＿＿＿＿＿＿＿＿＿＿＿＿＿＿＿。

新論點：＿＿＿＿＿＿＿＿＿＿＿＿＿＿＿＿＿＿＿＿＿＿＿＿＿。

口語表達

1 據論點找出文章中重要的表達方式。

論點	一	二	三
表達方式	◆ 最早是… ◆ 自…至今… ◆ 一面A一面B ◆ 可說是… ◆ 不但…更是重要的…		

2 平溪天燈節是新北市平溪區在每年元宵節所舉辦的活動，許多知名媒體，包括 Discovery、CNN 新聞網等，都把平溪天燈節列為全球前幾名必遊景點。不過天燈到底該不該放，在傳統、商機與環保問題的互相矛盾中，也引發
了激烈的討論。請用上面的句式談談你對「放天燈」的看法。（至少使用 3 個）

重點詞彙

一、詞語活用

1 參考課文或詞典，將右欄填入左欄中：

◆ 刪減 ＿＿＿＿＿＿＿＿＿	A. 遊客
◆ 走上 ＿＿＿＿＿＿＿＿＿	B. 公牛
◆ 保護 ＿＿＿＿＿＿＿＿＿	C. 街頭
◆ 激怒 ＿＿＿＿＿＿＿＿＿	D. 勇氣
◆ 避開 ＿＿＿＿＿＿＿＿＿	E. …的刺激
◆ 享受 ＿＿＿＿＿＿＿＿＿	F. …的機會
◆ 提供 ＿＿＿＿＿＿＿＿＿	G. …補助
◆ 吸引 ＿＿＿＿＿＿＿＿＿	H. 姿勢
◆ 具備 ＿＿＿＿＿＿＿＿＿	I. 傳統文化
◆ 吸引人的 ＿＿＿＿＿＿＿	J. 攻擊
◆ 優雅的 ＿＿＿＿＿＿＿＿	K. 重頭戲

(1) 跟同學討論，並利用搭配的詞組寫出問句。

例：吸引遊客：你認為故宮博物院之所以能吸引遊客的原因是什麼？

a. ＿＿＿＿＿＿＿＿＿＿＿＿＿＿＿＿＿＿＿＿＿＿＿＿＿＿＿＿ 。

b. ＿＿＿＿＿＿＿＿＿＿＿＿＿＿＿＿＿＿＿＿＿＿＿＿＿＿＿＿ 。

c. ＿＿＿＿＿＿＿＿＿＿＿＿＿＿＿＿＿＿＿＿＿＿＿＿＿＿＿＿ 。

d. ＿＿＿＿＿＿＿＿＿＿＿＿＿＿＿＿＿＿＿＿＿＿＿＿＿＿＿＿ 。

e. ＿＿＿＿＿＿＿＿＿＿＿＿＿＿＿＿＿＿＿＿＿＿＿＿＿＿＿＿ 。

f. ＿＿＿＿＿＿＿＿＿＿＿＿＿＿＿＿＿＿＿＿＿＿＿＿＿＿＿＿ 。

(2) 跟同學一起討論並回答上面你所寫出的問題。

2 兩人一組，根據下面的詞語搭配討論及完成下面句子：

(1) 請跟同學討論，把下面的詞填入表格中：

生產	專業的	經營方式	責任	銷售	過人的	畢業
旅遊	現代的	特質與能力	危險／風險	競爭優勢	結婚	災難
完美的	熱門景點		熟練的	旺季	消費	

N＋旺季	Vs＋的技術	避開＋N	獨特的＋N
‧生產	‧熟練的	‧旺季	‧競爭優勢

(2) 利用上面的詞，完成下面的句子並回答問題：

a. 這家公司之所以能長久經營，正是因為他們有＿＿＿＿＿＿＿＿和

＿＿＿＿＿＿＿＿＿，每年在＿＿＿＿＿＿＿＿期間，總能突破銷售紀錄。

b. 又到了六月的＿＿＿＿＿＿＿＿，社會新鮮人在求職時，除了良好的外語能力

以外，具有＿＿＿＿＿＿＿＿和＿＿＿＿＿＿＿＿才有可能獲得老闆的青睞

和工作機會。

c. 過年是＿＿＿＿＿＿＿＿，如果出門怕塞車，最好＿＿＿＿＿＿＿＿，到風

景優美的大學參觀也是不錯的選擇。

二、四字格 🎧 04-05

1 舉世聞名 (jǔshì wénmíng)

解釋：非常有名，全世界都知道。

功能：謂語、定語

例句：

(1) 這座寺廟舉世聞名，每年都有幾十萬遊客到此參觀。（謂）

(2) 海明威寫了不少舉世聞名的小說，是一位無人不知，無人不曉的作家。（定）

(3) 台北 101 大樓是舉世聞名的建築，其獨特的外觀結合防風、防震的科技，吸引了無
數的遊客前往參觀。（定）

2 由來已久 (yóulái yǐjiǔ)

解釋：事情從發生到現在，已經有很長時間了。

功能：謂語、定語

例句：

(1) 陳家兄弟整天吵架早已不足為奇，他們之間的仇恨由來已久。（謂）

(2) 中國人過年與家人團聚吃年夜飯是由來已久的文化傳統。（定）

(3) 夜市和路邊小吃，是台灣由來已久的社會經濟活動，也是人們的生活方式之一。
（定）

過時的傳統，不利生命教育

2016 年 7 月，一位職業鬥牛士被公牛刺死，全球觀眾透過電視轉播，也都看到了這幕血淋淋的畫面。

西班牙每年約有 2000 場鬥牛活動，每場表演平均有三到六頭公牛死亡。在 20 分鐘的表演過程中，公牛不斷受到折磨與痛苦，最後被一劍一劍地刺倒在地，若是公牛刺死了鬥牛士，這頭公牛的母親就必須賠上生命。不管是對鬥牛士或是公牛，這種傷害生命的過時傳統，無論如何都不應該存在。

俗話說得好，「不要把自己的快樂，建築在別人的痛苦上」。我們都知道這句話的道理，卻還是自私地為自己的快樂而虐待動物。全西班牙目前已有 42 所鬥牛學校，為十五歲的學生開設鬥牛課程，教導孩子們鬥牛的技巧，未來以鬥牛為職業，簡直是不可思議！有報導指出，全球每年約有 25 萬頭公牛因鬥牛而死亡，難道動物不能享有生存和不受傷害的權利嗎？鬥牛士這種傷害動物的職業值得尊敬嗎？社會不斷進步，觀念也應該隨著改變，任何不人道、以文化之名傷害生命的活動都應該廢止，不要再讓無辜的公牛與鬥牛士失去寶貴生命。

近年來全球保護動物的觀念不斷提升，越來越多的西班牙人走上街頭，抗議這個古老的文化傳統；社群網站「臉書」也認為鬥牛既殘忍又暴力，禁止刊登鬥牛照片；世界動物保護組織也高喊：「現在該是廢止鬥牛的時候了。」民意調查顯示，高達 58％的西班牙人反對鬥牛，僅 19％的人支持。可見，多數西班牙人也認為這個傳統無須保存。事實上，西班牙第二大城市巴塞隆納在 2004 年就宣布禁止鬥牛活動，另有 42 個城市也反對鬥牛，目的就是希望不要再有任何人或牛因此受傷或死亡。

沒有人有權利把虐待動物當成娛樂活動，保護動物的重要性遠遠超過保存一個不人道的傳統。反對鬥牛最好的方法，就是到西班牙旅遊時拒絕入場參觀鬥牛，這樣一來，鬥牛活動就能澈底消失。

課文理解

請在（ ）打 ✓

1 在第一段中，作者用什麼方式做為文章的開始：
（ ） 研究結果。
（ ） 專家說法。
（ ） 新聞報導。

2 在第二段中，作者主要在說明：
（ ） 公牛 20 分鐘的表演過程。
（ ） 公牛的母親必須賠上生命。
（ ） 鬥牛是傷害生命的過時傳統。

3 在第三段中，「不要把自己的快樂建築在別人的痛苦上」意思是指鬥牛活動：
（ ） 使自己快樂卻使別人痛苦。
（ ） 使別人痛苦，自己也不快樂。
（ ） 可使自己快樂，也使別人快樂。

4 在第三段中，全西班牙目前有 42 所鬥牛學校，為十五歲的學生開設鬥牛課程，教導孩子們鬥牛的技巧，未來以鬥牛為職業。這個做法使作者覺得：

（ ） 焦慮不安。
（ ） 難以想像。
（ ） 喘不過氣。
（ ） 刻骨銘心。

5 在第四段中，作者用什麼方式支持自己的論點？
（ ） 新聞報導。
（ ） 專家說法。
（ ） 研究結果。
（ ） 調查結果。

6 下面分別為哪一段論點？請你在（ ）寫 ＃2, ＃3, ＃4, ＃5。
（ ） 動物也享有生命權和不受傷害的權利，應該受到重視。
（ ） 任何傳統習俗都不應傷害生命。
（ ） 鬥牛非藝術而是殘忍暴力的娛樂活動，應該廢止。
（ ） 保護動物比保存不人道傳統更重要，我們應該拒絕參觀鬥牛活動。

 生詞 New Words 04-07

		課文二		
1.	過時	guòshí	Vs	passé, obsolete
2.	不利	búlì	Vs	disadvantageous to, detrimental to
3.	刺	cì	V	to stab, gore
4.	觀眾	guānzhòng	N	viewing audience
5.	轉播	zhuǎnbò	V/N	to rebroadcast, transmission, relay
6.	幕	mù	M	measure for scenes

生詞 New Words

7.	血淋淋	xiělínlín	Vs	bloody, gory
8.	畫面	huàmiàn	N	scene, graphics
9.	頭	tóu	M	measure for cattle (i.e., a head of cattle)
10.	死亡	sǐwáng	Vp	to die
11.	折磨	zhémó	N/V	torment; to torture
12.	賠上	péishàng	V	to pay as compensation
13.	俗話	súhuà	N	saying
14.	道理	dàolǐ	N	principle, truth, reason
15.	自私	zìsī	Vs	selfish
16.	虐待	nüèdài	V	to abuse, maltreat
17.	開設	kāishè	V	to start, open up (a course)
18.	課程	kèchéng	N	course
19.	教導	jiàodǎo	V/N	to teach; instruction
20.	享有	xiǎngyǒu	Vst	to enjoy (a privilege)
21.	不人道	bùréndào	Vs	inhumane
22.	無辜	wúgū	Vs	innocent
23.	寶貴	bǎoguì	Vs	precious
24.	提升	tíshēng	V	to elevate, raise (as in awareness)
25.	社群	shèqún	N	social group, community (as in social network, social media)
26.	殘忍	cánrěn	Vs	to be cruel
27.	刊登	kāndēng	V	(for a media) to carry (a photo, article), publish
28.	高喊	gāohǎn	V	to shout, scream, cry out
29.	顯示	xiǎnshì	V	to show, reveal
30.	高達	gāodá	Vst	as high as
31.	僅	jǐn	Adv	only
32.	無須	wúxū	Vaux	need not
33.	巴塞隆納	Bāsàilóngnà	N	Barcelona
34.	宣布	xuānbù	V	to announce
35.	娛樂	yúlè	N	recreation, amusement, entertainment
36.	入場	rùchǎng	Vi	to enter (a venue)
37.	澈底	chèdǐ	Adv	completely, thoroughly

語法點

🎧 04-08

1 原文：過時的傳統，**不利**生命教育

結構：不利（於）/ 有利（於）A (búlì(yú)/yǒulì(yú) +VP/N) to not be helpful for/to be helpful for

解釋：不利於 A 是指對 A 沒有好處，有負面的影響；有利於 A 是指對 A 有好處，有正面的影響。

例句：

(1) 過度依賴進口不利於經濟發展。

(2) 多吃蔬果多運動有利於身體健康。

◀ 練習 請使用「不利（於）/ 有利（於）A」的句式完成句子。

(1) 政府推出悠遊卡消費百元送二十元的活動，＿＿＿＿＿＿＿＿＿＿＿＿＿＿＿＿。

(2) 種植基改作物將對自然環境造成威脅且 ＿＿＿＿＿＿＿＿＿＿＿＿＿＿＿＿。

(3) 在全球化的趨勢與競爭中，網路科技較有利於跨國性企業，反而 ＿＿＿＿＿＿＿＿
＿＿＿＿＿＿＿＿＿＿＿＿＿＿＿＿。

2 原文：在 20 分鐘的表演**過程中**，公牛不斷受到折磨與痛苦。

結構：在…過程中 (zài…guòchéng zhōng) over the course of …

解釋：在某件事情進行的時候。

例句：經過多次的沙盤推演，家明在面試的過程中很有自信地展現出自己的優點，因此獲得面試官的青睞。

◀ 練習 請使用「在…過程中」的句式完成句子。

(1) 在 ＿＿＿＿＿＿＿＿＿，他只專心處理每個球，不理會輸贏和觀眾的反應，終於得到冠軍。

(2) 許多學生 ＿＿＿＿＿＿＿＿ 紛紛離開座位，引發了是否尊重教授的激烈討論。

(3) 一個人離鄉背井，到了新的環境，＿＿＿＿＿＿＿＿＿，難免會因碰到問題而恐懼不安。

3 原文：世界動物保護組織也高喊：「現在該是廢止鬥牛的時候了。」

結構：是…的時候了 (shì…de shíhòu le) it's high time that…

解釋：強調現在應該…了。否定用法：（還）不是…的時候。

例句：

(1) 已經 12 點了，別再上網了！現在該是睡覺的時候了。

(2) 才下午四點呢！還不是吃飯的時候，我們先去看個電影吧！

練習 請你用「是…的時候」、「（還）不是…的時候」把下面的句子改成肯定和否定句。

(1) 我的任務還沒有完成，還不能下台。

　　＿＿＿＿＿＿＿＿＿＿＿＿＿＿＿＿＿＿＿＿＿＿＿＿＿＿＿＿＿＿。

　　＿＿＿＿＿＿＿＿＿＿＿＿＿＿＿＿＿＿＿＿＿＿＿＿＿＿＿＿＿＿。

(2) 兒子啊！你大學畢業這麼久了，又有穩定的工作，應該交個女朋友吧！

　　＿＿＿＿＿＿＿＿＿＿＿＿＿＿＿＿＿＿＿＿＿＿＿＿＿＿＿＿＿＿。

　　＿＿＿＿＿＿＿＿＿＿＿＿＿＿＿＿＿＿＿＿＿＿＿＿＿＿＿＿＿＿。

(3) 西班牙的鬥牛活動可不是每天都有的，你現在去看不到鬥牛。

　　＿＿＿＿＿＿＿＿＿＿＿＿＿＿＿＿＿＿＿＿＿＿＿＿＿＿＿＿＿＿。

　　＿＿＿＿＿＿＿＿＿＿＿＿＿＿＿＿＿＿＿＿＿＿＿＿＿＿＿＿＿＿。

4 原文：保護動物的重要性遠遠超過保存一個不人道的傳統。

結構：A 遠遠超過 B (A yuǎnyuǎn chāoguò B) A far surpasses B

解釋：A 和 B 有非常大的不同，強調 A＞B 很多。

例句：業務經理對這份工作的要求遠遠超過我的能力，看來，現在該是另謀發展的時候了。

練習 請使用「A 遠遠超過 B」的句式完成句子。

(1) 這家公司今年手機的銷售量，＿＿＿＿＿＿＿＿＿＿＿＿＿＿＿＿＿＿。

(2) 我支持的候選人當選了！這次選舉競爭激烈，本來以為只是小贏，沒想到，
　　＿＿＿＿＿＿＿＿＿＿＿＿＿＿＿＿＿＿＿＿。

(3) 這次颱風災情慘重，＿＿＿＿＿＿＿＿＿＿＿＿＿＿＿＿＿＿＿。

論點呈現

1 請再讀一遍文章，找出作者反對鬥牛的三個論點：

	一	二	三
論點	任何傳統習俗都不應傷害生命。		

2 作者提出的論點，你都同意嗎？請表達你的意見，並提出其他的新論點。

同意：＿＿＿＿＿＿＿＿＿＿＿＿＿＿＿＿＿＿＿＿＿＿＿＿＿＿＿＿。

不同意：＿＿＿＿＿＿＿＿＿＿＿＿＿＿＿＿＿＿＿＿＿＿＿＿＿＿。

新論點：＿＿＿＿＿＿＿＿＿＿＿＿＿＿＿＿＿＿＿＿＿＿＿＿＿＿。

口語表達

1 根據論點找出文章中重要的表達方式。

論點	一	二	三
表達方式	◆ 每年約有⋯ ◆ 平均有⋯ ◆ 在⋯過程中 ◆ 最後⋯ ◆ 不管⋯ ◆ 無論如何⋯		

2 每年一到中秋節，政府相關部門與不少媒體都建議「中秋不烤肉」，還有許多相關新聞如環保、健康、肉類供需問題等，引起不少人的討論。到底中秋節烤肉引發哪些問題，請你上網查查，並用上面的句式談談你對中秋節烤肉活動的看法。（至少使用 3 個）

重點詞彙

一、詞語活用

1 請找出合適的搭配並和同學討論這些詞組的意思：

V		N
賠上（ **b** ） 虐待（ ）		a. 動物
傷害（ ） 改變（ ）		b. 生命
提升（ ） 保存（ ）		c. 傳統
Vs		d. 觀念
過時的（ ） 無辜的（ ）		e. 活動
寶貴的（ ） 激烈的（ ）		
由來已久的（ ）		

2 請使用上面的詞組完成句子。

(1) 俗話說得好「時間就是金錢」，所以我們不該浪費 ＿＿＿＿＿＿＿＿＿。

(2) 這種 ＿＿＿＿＿＿＿＿＿ 的過時傳統，值得繼續保存下去嗎？

(3) 「男大當婚，女大當嫁」已經是個 ＿＿＿＿＿＿＿＿＿ 了。

(4) 什麼！你打算整型？整型存在很大的風險，甚至會 ＿＿＿＿＿＿＿＿＿，你應該
＿＿＿＿＿＿＿＿＿，一個人的內在與能力遠遠超過外表。

(5) 端午節划龍舟是台灣 ＿＿＿＿＿＿＿＿＿，此項 ＿＿＿＿＿＿＿＿＿ 非常受外國學生
歡迎。

3 兩個學生一組，把下面的詞填入表格中，並完成對話的句子。

生命	改革	語言能力	居住環境	時間	金錢
失敗	工作效率	專業技術	放棄	了解	事業

賠上＋N	澈底＋V	提升＋N
• 生命	• 失敗	• 工作效率

(1) A：家明和如玉昨天還一起吃飯有說有笑，怎麼今天就分手了呢？

　　B：因為如玉為了幫家明創業，賠上了 ＿＿＿＿＿＿＿＿＿ ，但家明不但不想好好
　　　　工作還天天喝酒和如玉大吵大鬧，如玉想了很久，如果再這樣繼續下去甚至會
　　　　＿＿＿＿＿＿＿＿＿ ，最後她只好決定 ＿＿＿＿＿＿＿＿＿ 這段感情。

(2) A：為了將來求職順利，你認為在學期間應該做好什麼準備？

　　B：為了將來求職順利，我認為要先 ＿＿＿＿＿＿＿＿＿ 自己的興趣，在學期間應該
　　　　提升 ＿＿＿＿＿＿＿＿＿ ，除此之外也要提升自己的 ＿＿＿＿＿＿＿＿＿ 。

(3) A：住在夜市附近的居民總是抗議太吵太髒，你有什麼建議？

　　B：我認為政府應該提升 ＿＿＿＿＿＿＿＿＿ ，＿＿＿＿＿＿＿＿＿ 夜市管理的政策以
　　　　提升 ＿＿＿＿＿＿＿＿＿ 。

二、易混淆語詞

1

具有 jùyǒu	台灣各式各樣的小吃都具有地方特色。	Vst
具備 jùbèi	這份工作必須具備很好的外語能力。	Vst

說明：

	具有	具備
語義	具有和具備都表示擁有。都可搭配—條件、能力、實力、基礎。	
用法	強調「有」，後面不可以＋「了」。 例：鬥牛士的勇氣和精神對西班牙年輕人具有很大的影響力。	強調「達到」一定的要求，應該有而且不可缺少。後面可以＋「了」。 例：這家公司需要的條件我都具備了。
搭配	～功能｜～經驗｜～特色｜～魅力｜～影響力｜～競爭力	～條件｜～能力｜～功能｜～知識｜～特質｜～特色

◀ 練習

家明對申請這份工作相當 ＿＿＿＿＿＿ 信心，認為自己一定會被公司錄取，因為他 ＿＿＿＿＿＿ 了這份工作所需要的所有條件。

2

推廣 tuīguǎng	陳先生種植有機蔬果非常成功，因此他到處演講，推廣他的經驗與方法。	V
推行 tuīxíng	目前政府正在推行新的退休金制度，還不知道能不能獲得多數民眾的認同。	V
執行 zhíxíng	這項政策，公司已執行了很多年了，但卻沒有得到任何預期的效果。	V

說明：

	推廣	推行	執行
語義	強調「廣」，放大某事物的作用和影響範圍 (fànwéi, scope, range)。	強調「行」，普遍施行某事物。	按照規定或是法律馬上去進行或已經進行的事。
搭配	值得～｜可以～｜願意～	～政策｜～制度｜～計畫｜	～政策｜～法律｜～規定｜

練習

通常要改造大企業很困難，建議可以挑幾個小組訓練，先把他們改造的經驗分享_____到整個組織，等這些方法可以了，再把新的制度_____到全公司，另外領導人還得確實_____這些新的規定，才容易成功。

3

權利 quánlì	言論自由就是指人人都可以按照個人意願表達意見和想法的權利。	N
權力 quánlì	就算你是經理，也不能濫用你的權力。	N

說明：

	權利	權力
語義	是指國民按照法律規定所享有的權力和利益。	來自政治上或工作上的力量。
搭配	享受～｜享有～｜維護～｜珍惜～｜～義務｜～責任	濫用～｜利用～｜國家～｜政府～

練習

參加全民健康保險是每一個國民受到法律上保障的_____，沒有人有改變的_____。

4

風險 fēngxiǎn	投資生意都有一定的風險，因此投資人應小心謹慎地選擇投資的產品與方式。	N
危險 wéixiǎn	(1)開車使用行動電話，真是太危險了。 (2)新聞報導指出，昨日的強烈颱風已有 20 人受傷，且有生命的危險，提醒大家今天最好減少外出。	Vs/N
冒險 màoxiǎn	按照法律的規定，肉類食品是不能帶上飛機的，你為什麼要冒險呢？	V-sep

說明：

	風險	危險	冒險
語義	是指事件發生與否的不確定性。常指投資利潤方面。	常指人身安全方面。	是指在已經知道危險的情況下進行某種活動。
搭配	投資～｜管理～ 評估～｜承擔～	想法～｜做法～ 方式～	不值得～｜太～了

◀ 練習

A：我打算去整型，想整出像明星一樣的高鼻子和大眼睛，可是又怕有 _____。

B：你有這種想法是很 _____ 的，一個人的內在與能力遠遠超過美麗的外表，實在不值得拿自己的健康來 _____，把金錢投資在內在能力上，才是更重要的。

延伸活動

◎時間與特點敘述

在給別人介紹故事、歷史文化或是物品時，我們常常需要提到時間來做為開始（開場白）並說明地點與事物的重點。下面是我們學過的詞和句式。

(一) 時間敘述

時間點	期間
◆ 2016年6月	◆ 自1743年⋯至今
◆ 十九世紀時	◆ 每年3月到6月⋯
◆ 自1743年	◆ 從2008年到現在
◆ 目前	◆ 自1985年以來⋯
◆ 未來	◆ 過去25年裡⋯直到現在⋯
◆ 是⋯的時候了（強調現在）	◆ 15年間
◆ 當⋯的時候	◆ 近年來
	◆ 多年來

(二) 特點可從下面三個方面來敘述

特點說明句式		
說明由來	優點	地位
◆ 成立於⋯	◆ 受到⋯的歡迎	◆ 具有⋯的地位
◆ ⋯是由⋯所設計/生產	◆ 為⋯帶來了影響	◆ 是舉世聞名的⋯
◆ 在⋯帶領/指導下	◆ 不僅⋯還⋯	◆ 將A列為B
◆ 之所以A是因為B	◆ 結合了A和B	◆ ⋯使⋯成為⋯
	◆ 一面A一面B	
	◆ 有利於⋯	
	◆ 符合⋯的需要	

◀ 練習 請用上面的時間和特點敘述句式來描述貴國產品或活動的具體特色。

(一) 特點敘述

_____ 。

_____ 。

_____ 。

語言實踐

一、辯論練習：「電腦必將完全取代書本」

在一次市長選舉中，某候選人曾提出「未來教室」計劃，打算在 150 所小學提供學生 iPad 於上課時使用。你贊成這種做法嗎？你有用電腦閱讀的習慣嗎？你覺得跟紙本比起來有哪些好處、哪些壞處呢？你認為未來電腦一定會完全取代書本嗎？

全班同學分成正方與反方兩組，根據此題目列出贊成和反對的 3 個論點和支持論點的例子，並選擇正反各一個論點完成一段短文。

1 我同意「電腦必將完全取代書本」。

	一	二	三
論點	iPad 就像個人圖書館，可看的書遠遠超過家裡的。		
支持例子	隨著社會進步發展，人們使用工具時當然是選擇功能最好的。 好比說，坐飛機 12 個小時，你打算看 10 本書，難道你願意帶 10 本書上飛機嗎？只要有 iPad，完全沒有這個必要！		
總結			

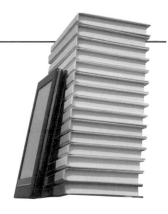

2 我認為「電腦不能取代書本」。

	一	二	三
論點	書本比電腦有更好的學習效果。		
支持例子	根據美國華盛頓大學所做的研究結果：在紙張上閱讀比在螢幕上閱讀的效率更好。研究者指出，閱讀書本能讓你在不知不覺中運用定位與認知，幫助你記得書中的內容。		
總結			

_____

_____

_____

二、調查與報告

狩獵 (shòuliè, hunting) 文化是台灣原住民的傳統，也是一些原住民家庭主要的經濟來源，但經過支持者與動物保護團體雙方多年的示威抗議，一直無法在傳統文化與尊重動物之間取得平衡與共識。一般人怎麼看原住民的狩獵文化活動？請跟同學一起設計採訪的問題，訪問三個台灣人，並報告你採訪的結果。

問題 ：

1.	
2.	
3.	
4.	
5.	

第五課
代理孕母，帶來幸福？

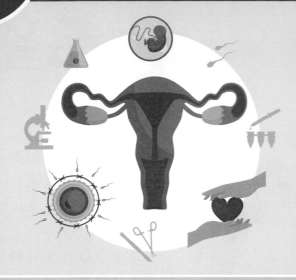

引言 🎧 05-01

現代科技日新月異，代理孕母成了熱門話題。在倫理、法律、醫學尚未整合完全的今天，代理孕母合法化對需求者來說，是一線希望？還是一場惡夢？

案例一 英國一名年輕單身男同志一直想擁有自己的孩子，母親為了完成他的心願，自願當代理孕母，成功生下「他們的」兒子，成為英國第一個透過代理孕母生下孩子的單身男子。

案例二 一對澳洲夫婦委託代理孕母生下一對龍鳳胎，卻只帶走女嬰，遺棄了身體有缺陷的男嬰。

案例三 一位已有四名子女的三十七歲美國婦女，想要為第二任丈夫生小孩，因無法再懷孕，她十八歲的女兒毛遂自薦，表示願意擔任代理孕母。但心理醫生表示，女兒若生下孩子，將對所有家人造成嚴重的心理影響。

課前活動

1 在你的國家「代理孕母」是否合法？就你所知，哪些國家已將「代理孕母」合法化？

2 為什麼有人需要找代理孕母生孩子？可能的原因有哪些？
☐ 因疾病無法懷孕 ☐ 年紀過大不適合生育
☐ 想有孩子的同志 ☐ 有傳宗接代壓力的單身貴族
☐ 有經濟壓力 ☐ 其他 _____

3 你認為在家庭中一定要有孩子才能算是幸福嗎？對想要有孩子卻又不孕的夫妻，你會給他們什麼建議？為什麼？

不孕者的唯一希望

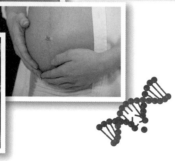

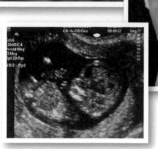

05-02

擁有自己的孩子是許多人的夢想。然而，這看似簡單的夢想讓許多人費盡千辛萬苦仍無法實現。

5　　現代人因為壓力或者身體等因素，不能生育的情形越來越普遍。自七〇年代以來，歐美各國不斷有人請代理孕母代替自己懷孕生子，以實現生育下一代的願望。生兒育
10　女是人類最基本的需求，尤其是東方社會的婦女，如果不能為家庭傳宗接代，通常身心皆承受外界難以想像的壓力。甚至有些婦女因無法

懷孕，不得已只好請姊妹、親戚代孕，沒想到孕母卻和先生發生婚外 15 情，結果造成家庭破碎。為了不讓這樣的悲劇發生，合法代孕成了唯一的希望。

　　目前全球已有荷蘭等十個以上的國家將代理孕母合法化。透過合 20 法的代孕機構，雙方都能得到應有的保障，滿足了需求者擁有自己孩子的渴望，代孕者也有機會改善生活。這是市場供需的問題，利人利己，正是雙贏的政策。
25

　　反觀台灣，生育率連續多年排名全球倒數第一，政府始終只鼓勵能夠生育的婦女，提供各項補助措施，卻忽視有代孕需求的夫妻，這根本就是一種歧視。若想提高生育 30 率，政府應該立法協助，而非全面禁止。

　　在長輩及家人的期待下，許多不孕夫妻為了擁有自己的孩子，努力嘗試各種方法、忍受一般人想像 35 不到的痛苦之後，還是無法如願。孩子對這些家庭深具意義，讓代理孕母合法化，既是尊重夫妻對生育的自主權，也可以避免出國找代孕的可能風險。政府實在應該給不孕 40 者、代孕者多一個選擇的機會。

請在（　）打 ✓

1 在第二段中，作者主要在：
（　）說明什麼是代理孕母。
（　）說明人類傳宗接代的好處。
（　）說明人類對生兒育女的需求。

2 在第二段中，作者認為：
（　）合法代孕是不孕者的唯一希望。
（　）合法代孕會造成家庭破碎的悲劇。
（　）歐美各國請人代孕是七〇年代的事。
（　）東方社會婦女通常有傳宗接代的壓力。

3 在第三段中，「雙方」指的是：
（　）荷蘭與其他國家。
（　）代孕者與代孕機構。
（　）代孕需求者與代孕者。
（　）代孕需求者與代孕機構。

4 在第四段中，作者認為政府不該：
（　）提高生育率。
（　）全面禁止代孕。

（　）提供各項補助措施。
（　）忽視有代孕需求的夫妻。

5 第五段中，作者認為代孕合法化對不孕者有何好處？
（　）能出國找代理孕母又能降低風險。
（　）不但能提供生育的選擇，還能提供一個代理生育的機會。
（　）可以符合長輩和家人的期待，也不需忍受不孕的痛苦。

6 下面分別是文章裡哪一段的論點？請你在（　）寫 ＃2，＃3，＃4，＃5。
（　）代孕合法使代孕需求及代孕者有選擇的權利。
（　）代孕能提高生育率，政府應重視不孕夫妻的需要。
（　）代孕合法化能避免因無法傳宗接代而產生的家庭悲劇。
（　）透過代孕合法機構，需求者能擁有自己的孩子，代孕者也能改善家庭生活，正是利人利己的雙贏政策。

生詞 New Words 05-03

		引言		
1.	代理孕母	dàilǐ yùnmǔ	Ph	surrogate mother
2.	案例	ànlì	N	case, instance
3.	名	míng	M	measure for people (formal)
4.	同志	tóngzhì	N	homosexual, gay
5.	心願	xīnyuàn	N	wish, heart's desire
6.	自願	zìyuàn	Vaux	to volunteer, out of one's own wish
7.	對	duì	M	measure for things or people that come in matching pairs
8.	委託	wěituō	V/N	to commission, to charge with; commission

生詞 New Words

9.	龍鳳胎	lóngfèng tāi	Ph	twins (one boy and one girl)
10.	遺棄	yíqì	V	to abandon, desert
11.	缺陷	quēxiàn	N	defect, imperfection
12.	任	rèn	M	measure for terms (e.g., first term as president)
13.	丈夫	zhàngfū	N	husband
14.	懷孕	huáiyùn	Vp-sep	to be pregnant
15.	毛遂自薦	máosuì zìjiàn	Id	volunteer one's services, recommend oneself
16.	日新月異	rìxīn yuèyì	Id	to advance with each passing day
17.	倫理	lúnlǐ	N	ethics
18.	整合	zhěnghé	V	to integrate
19.	合法化	héfǎhuà	Vp	to legalize
20.	需求	xūqiú	N	demand, need, requirements
21.	一線希望	yíxiàn xīwàng	Id	a ray of hope, minimal possibility
22.	惡夢	è'mèng	N	nightmare

課文一

1.	看似	kànsì	Vst	seemingly, look like, seem
2.	費盡	fèijìn	V	to take great pains to, exert great effort to
3.	千辛萬苦	qiānxīn wànkǔ	Id	untold hardships, innumerable trials and tribulations
4.	因素	yīnsù	N	factor, element
5.	皆	jiē	Adv	all (same as 都 but formal)
6.	承受	chéngshòu	V	to bear, withstand, put up with
7.	不得已	bùdéyǐ	Vs	to have no choice but to, to be forced to, have to
8.	代孕	dàiyùn	Vi	to surrogate, to perform surrogacy
9.	婚外情	hūnwàiqíng	N	extramarital affair
10.	破碎	pòsuì	Vs	to break, shatter
11.	悲劇	bēijù	N	tragedy
12.	雙方	shuāngfāng	N	both parties
13.	渴望	kěwàng	N/Vst	longing, yearning; to long for, yearn for
14.	供需	gōngxū	N	supply and demand
15.	利人利己	lìrén lìjǐ	Id	benefit both oneself and others
16.	雙贏	shuāngyíng	Vi	win-win
17.	反觀	fǎnguān	V	looking back on, contrasting this with, when we reflect on
18.	連續	liánxù	Adv	continuously, in a row, successively
19.	排名	páimíng	Vst	to rank
20.	倒數	dàoshǔ	Vs-attr	counting backward, from the end, from the bottom of the list (in English, 倒數第二名 can be translated "second worst/lowest/least")

生詞 New Words

21.	始終	shǐzhōng	Adv	all the while, all along, invariably
22.	忽視	hūshì	V	to ignore, neglect, overlook
23.	夫妻	fūqī	N	husband and wife, married couple
24.	協助	xiézhù	V	to assist
25.	長輩	zhǎngbèi	N	elder, one's superior
26.	忍受	rěnshòu	Vst	to endure, suffer
27.	如願	rúyuàn	Vs-sep	as one hopes, as one wishes
28.	自主權	zìzhǔquán	N	right to make one's own decisions, autonomy

語法點

05-04

1 原文：甚至有些婦女因無法懷孕，**不得已**只好請姊妹、親戚代孕，沒想到孕母卻和先生發生婚外情，結果造成家庭破碎。

結構：不得已… (bùdéyǐ...) to have no choice but to, to be forced to, have to

解釋：強調心裡非常不願意，可是沒有別的辦法，後面常與「只好、才、又」。可以當謂語或定語，如：…實在不得已、…這是不得已的事。

例句：(1) 家明為了改善家裡的生活，休學去工作是不得已的事。
　　　(2) 儘管很多人反對，可是為了使國家退休金制度符合公平正義，政府不得已只好刪減軍、公、教人員的退休金。

◀ 練習 請使用「不得已… 只好／才／又」完成句子。

(1) 這家公司的福利和待遇都很好，但因離家實在太遠，每天需早出晚歸，
_____ 只好放棄這個工作。

(2) 由於父親失業，家明付不出這學期學費，_____。

(3) 這家公司因為不賺錢，已經兩個月付不出員工的薪水，_____
_____。

2 原文：…將代理孕母合法化………**反觀**台灣，…卻忽視有代孕需求的夫妻，這根本就是一種歧視。

結構：反觀 (fǎnguān) on the other hand,……

解釋：「反觀」後面須與前面不同或是相反 (xiāngfǎn, opposite) 的例子或情況。

例句：城市的孩子教育資源豐富，下了課去補習班或參加各式各樣的活動，反觀鄉下的教育資源卻遠遠不如城市，城鄉差距越來越大。

✏️練習 請以相反的角度，完成「反觀」後面的句子。

(1) 一項在網路「你會為美麗去整型嗎？」的調查顯示，75% 的網友表示不會，他們認為自然最好。反觀 8% 的網友認為 ＿＿＿＿＿＿＿＿＿＿＿＿＿＿＿＿，還有 17% 的網友表示正在考慮中。

(2) 贊成基改的人認為，基改食物不但有豐富的營養價值，還能達到預防疾病的效果。反觀 ＿＿＿＿＿＿＿＿＿＿＿＿＿＿＿＿＿＿＿＿＿＿＿＿＿＿＿＿＿。

(3) 西班牙第二大城市巴塞隆納在 2004 年就宣布禁止鬥牛活動，反觀 ＿＿＿＿＿＿＿
＿＿＿＿＿＿＿＿＿＿＿＿＿＿＿＿＿＿＿＿＿＿＿＿＿＿＿＿＿＿＿＿＿＿＿＿＿。

3 原文：政府始終只鼓勵能夠生育的婦女，…卻忽視有代孕需求的夫妻。

結構：始終 (shǐzhōng) has continued to, invariably

解釋：從開始到結束動作持續不斷或到現在為止情況不變。常用於對某件事情所做的結論。不能加時間詞。

例句：媒體在標題加上「？、懷疑、可能」這種模糊方式來避開責任，法律卻始終處罰不到他們。

✏️練習 請使用「始終」完成句子。

(1) 我雖然已經認識他 20 年了，但我始終 ＿＿＿＿＿＿＿＿＿＿＿＿＿＿＿＿。

(2) 即便有許多研究指出基改食品並不會對健康有害，但還是有不少人
＿＿＿＿＿＿＿＿＿＿＿＿＿＿＿。

(3) 政府提出多項措施，希望能鼓勵生育，解決少子化的問題，但許多年輕夫妻
＿＿＿＿＿＿＿＿＿＿＿＿＿＿＿。

4 原文：讓代理孕母合法化，既是尊重夫妻對生育的自主權，也可以避免出國找代孕的可能風險。

結構：既 A，也 B (jì A yě/yòu B) it would not only A, it would also B

解釋：口語：不但 A 還 / 而且 / 也 B。

例句：捷運站附近的「張家牛肉麵」，既美味，價錢也合理。

✏️練習 請使用「既 A，也 B」完成句子。

(1) 基因改造的食物 ＿＿＿＿＿＿＿＿＿＿＿＿＿＿＿，＿＿＿＿＿＿＿＿＿＿＿＿＿＿＿。

(2) 代理孕母合法化，需求者 ＿＿＿＿＿＿＿＿＿＿，代孕者 ＿＿＿＿＿＿＿＿＿＿，
正是雙贏的政策。

(3) 制定嚴格的法律來約束言論自由 ＿＿＿＿＿＿＿＿＿＿＿，＿＿＿＿＿＿＿＿＿＿＿。

論點呈現

1 請再讀一遍文章，找出各段中贊成代理孕母合法化的論點：

	一	二	三
論點	生兒育女是人類最基本的需求，代孕是不孕夫妻的唯一希望。		

2 作者提出的論點，你都同意嗎？請表達你的意見，並提出其他的新論點。

同意：＿＿＿＿＿＿＿＿＿＿＿＿＿＿＿＿＿＿＿＿＿＿＿＿＿＿＿＿＿＿。

不同意：＿＿＿＿＿＿＿＿＿＿＿＿＿＿＿＿＿＿＿＿＿＿＿＿＿＿＿＿。

新論點：＿＿＿＿＿＿＿＿＿＿＿＿＿＿＿＿＿＿＿＿＿＿＿＿＿＿＿＿。

口語表達

1 根據論點找出文章中重要的表達方式。

論點	一	二	三
表達方式	◆ 因為…等因素，… ◆ 自…以來 ◆ …尤其是…，如果不能…通常… ◆ …甚至…，不得已只好… ◆ 沒想到…結果… ◆ 為了…，…成了…		

2 根據日本媒體報導，一位 53 歲的婦女順利地為女兒生下一名男嬰，因此「代理孕母」的合法性也再度在日本引發激烈的討論。請用上面的句式介紹一個代孕的案例並說明支持的看法。（至少使用 3 個）

重點詞彙

一、詞語活用

1 請找出合適的搭配並和同學討論這些詞組的意思：

V		N
實現（　　）承受（　　　）		a. …夢想
忍受（　　）完成（　　　）		b. …壓力
委託（　　）擔任（　　　）		c. 家庭
造成（　　）遺棄（　　　）		d. 心願
避免（　　）提供（　　　）		e. 代理孕母
提高（　　）發生（　　　）		f. 男嬰
		g. …悲劇
Vs		h. 現代科技
不得已的（　　　　）		i. 痛苦
破碎的（　　　　）		j. 補助
有缺陷的（　　　　）		k. 選擇
有彈性的（　　　　）		l. 生育率

2 請使用上面合適的詞組完成句子。

例：為了完成創業的夢想，他放棄醫師的高薪，回鄉下開民宿。

(1) 我選擇到代孕機構＿＿＿＿＿＿＿＿＿＿＿＿，一方面是想改善家庭經濟，一方面是想幫助不孕夫妻＿＿＿＿＿＿＿＿＿＿＿＿。

(2) 小林換新工作實在是＿＿＿＿＿＿＿＿＿＿＿＿，因為工作負擔太重，工作時間太長，使他無法＿＿＿＿＿＿＿＿＿＿＿＿，只好另謀發展。

(3) 為了＿＿＿＿＿＿＿＿＿＿＿＿，政府除了＿＿＿＿＿＿＿＿＿＿＿＿以外，更重要的是讓勞工在工作時間上＿＿＿＿＿＿＿＿＿＿＿＿，才能讓父母在不放棄工作的情況下願意生孩子，照顧孩子。

3 跟同學討論，並利用搭配的詞組寫出問句並回答這些問題。

例：擔任代理孕母：如果代理孕母合法化，你願不願意擔任代理孕母？為什麼？

a. ＿＿＿＿＿＿＿＿＿＿＿＿＿＿＿＿＿＿＿＿＿＿＿＿＿＿＿＿＿＿＿＿＿＿。

b. ＿＿＿＿＿＿＿＿＿＿＿＿＿＿＿＿＿＿＿＿＿＿＿＿＿＿＿＿＿＿＿＿＿＿。

c. ＿＿＿＿＿＿＿＿＿＿＿＿＿＿＿＿＿＿＿＿＿＿＿＿＿＿＿＿＿＿＿＿＿＿。

d. ＿＿＿＿＿＿＿＿＿＿＿＿＿＿＿＿＿＿＿＿＿＿＿＿＿＿＿＿＿＿＿＿＿＿。

e. ＿＿＿＿＿＿＿＿＿＿＿＿＿＿＿＿＿＿＿＿＿＿＿＿＿＿＿＿＿＿＿＿＿＿。

二、口語和書面語的表達轉換

1 請把下面句子中的**劃線詞語**填上相同意思的書面詞語。

> a. 非　b. 許多　c. 不斷　d. 目前　e. 然而　f. 皆　g. 以　h. 協助
> i. 仍　j. 身心　k. 自…以來　l. 將　m. 看似
> n. 應　o. 生子　p. 費盡千辛萬苦　q. 已　r. 歐美各國　s. 無法

(1) 擁有自己的孩子是很多 (b.) 人的夢想。可是（　　　　），這看起來好像（　　　　）簡單的夢想讓很多（　　　　）人用了各種困難、困苦的辦法（　　　　）還是（　　　　）沒有辦法（　　　　）實現。

(2) 從七〇年代到現在（　　　　），歐洲美洲等每一個國家（　　　　）一直不停地（　　　　）有人請代理孕母代替自己懷孕生孩子（　　　　），來（　　　　）實現生育下一代的願望。

(3) 如果不能為家庭傳宗接代，通常身體和心理（　　　　）都（　　　　）承受外界難以想像的壓力。

(4) 現在（　　　　）全球已經（　　　　）有荷蘭等十個以上的國家把（　　　　）代理孕母合法化。透過合法的代孕機構，雙方都能得到應該（　　　　）有的保障。

(5) 針對不孕的夫妻，政府應該立法幫助（　　　　），而不是（　　　　）全面禁止。

2 聽說轉換：A、B 兩人一組，請 A 念出上面口語的句子，B 將聽到的句子轉換成書面語的表達方式。
> 例：A：從七〇年代到現在
> 　　B：自七〇年代以來

三、四字格 🎧 05-05

1 日新月異　rìxīn yuèyì
解釋：每天都有新事物，每個月都有不同的變化。指發展或進步得很快。
功能：狀語、定語、謂語
例句：
(1) 隨著現代科技日新月異地進步，未來有許多工作都將由人工智慧所取代。（狀）
(2) 人工智慧的發展將給企業帶來日新月異的挑戰。（定）
(3) 由於網路科技日新月異，使得人們購物方式也有了巨大改變。（謂）

2 一線希望 yíxiàn xīwàng

解釋：還有一點極小的可能性。

功能：賓語

例句：

(1) 他們因為戰爭不得已離開自己的國家。即便有生命危險，他們都相信還有繼續活下去的一線希望。

(2) 儘管他的病不容易好起來，但只要有一線希望，就不應放棄。

(3) 倫敦 (Lúndūn, London) 一棟 24 層的公寓大樓發生火災，至今死亡人數 已高達 79 人，但在門口等待的親人都不放棄最後的一線希望。

3 毛遂自薦 máosuì zìjiàn

解釋：自我推薦。毛遂是古代人名。

功能：定語、謂語

例句：

(1) 老闆最欣賞毛遂自薦的員工，因為這代表積極的工作態度。（定）

(2) 想要有更好的前途，就要靠自己爭取機會，毛遂自薦有何不可呢？（謂）

(3) 最近幾年，當志工已是一種風氣，若該機構剛好不缺人，建議可以先毛遂自薦留下資料。（謂）

4 千辛萬苦 qiānxīn wànkǔ

解釋：指各種各樣的困難與辛苦。

功能：賓語、狀語

例句：

(1) 為了完成出國留學的夢想，即便費盡千辛萬苦，我也要努力達成。（賓）

(2) 我母親一人千辛萬苦地把我養大，我絕對不會讓她失望。（狀）

(3) 王玲經過千辛萬苦，最後終於成為一位舉世聞名的小說家。（賓）

5 利人利己 lìrén lìjǐ

解釋：對別人和自己都有好處。也可以說「利人又利己」。

功能：定語、謂語

例句：

(1) 推廣「全民不抽菸」活動，是一件利人又利己的好事。（定）

(2) 出門購物自備袋子、吃飯自帶筷子。既省錢也環保，利人利己。（謂）

(3) 有機蔬果市場透過宅配方式販賣能帶來巨大商機，是利人利己的生意。（定）

四、易混淆語詞

1			
缺陷 quēxiàn	這個孩子雖有生理上的缺陷，但學習非常努力。		N
缺點 quēdiǎn	這個孩子很聰明，但唯一的缺點是不夠努力。		N

說明：

	缺陷	缺點
語義	強調天生的；不完美的缺點。	後天的錯誤或不好的習慣。
用法	身體的～｜心理的～ 設計有～｜系統有～	工作上的～｜習慣有～｜做法有～ 個性上的～｜～太多｜～嚴重 找不到～

◀ 練習

雖然家明出生時手和腳就有 ＿＿＿＿＿，但他不論在做人做事，工作學習方面對自己始終要求完美，希望自己沒有任何 ＿＿＿＿＿。

2			
滿足 mǎnzú	(1) 爸爸一定會滿足你的心願，支持你出國留學的。 (2) 只要能申請到大學，我就很滿足了。		V/Vs
滿意 mǎnyì	(1) 他才來不到兩個月，老闆很滿意他的工作表現。 (2) 我申請到哈佛大學，讓父母非常滿意。		Vst

說明：

	滿足（Vs）	滿意（Vst）
語義	感到足夠而沒有別的要求了	符合他人或自己的心願而感到高興。
用法	～…的要求｜～…的條件 ～…的需要｜～…的願望	～…的產品｜～…的服務 ～…的結果｜～…的回答

◀ 練習

根據市場調查，有四分之三的新人完全不 ＿＿＿＿＿ 職前訓練，其實學習得靠自己，即使是大公司也很難 ＿＿＿＿＿ 個人的需求。

3

渴望 kěwàng	**(1)** 家明非常渴望出國留學,可是家裡的經濟條件無法滿足他的願望。 **(2)** 這些人因戰爭不得不離鄉背井,只能用文章表達內心對家鄉的渴望。	Vst/N
希望 xīwàng	**(1)** 東方社會婦女都希望能為家庭傳宗接代。 **(2)** 以他的成績若要申請獎學金,根本沒有希望。	Vst/N
願望 yuànwàng	這本小說的女主角展現了女性追求願望與自我實現的決心。	N
心願 xīnyuàn	她唯一的心願就是想擁有自己的孩子。	N

說明:

	渴望	希望	願望	心願
語義	想實現希望的心情不但緊急而且非常重要。	一般心裡想要的某種情況,常反映未來的願望,使用的範圍 (fànwéi, range, scope) 廣,可用於國家社會大眾。	對一件事物的美好希望與期待。	往往是不容易實現的事。

◀ **練習**

我父親一直努力賺錢,因 ＿＿＿＿＿ 致富而忽視了家庭生活,但自從母親得了癌症以後,他現在唯一的 ＿＿＿＿＿ 就是成立癌症研究中心,培養醫學研究人員,＿＿＿＿＿ 能幫助所有罹患癌症病人,滿足大家擁有健康的 ＿＿＿＿＿。

4

承受 Chéngshòu	旅行業者擔心持續低價競爭將承受嚴重後果。	Vst
忍受 rěnshòu	夜市的臭豆腐攤傳出的「香」氣，令許多人無法忍受。	Vst

說明 ：

	承受	忍受
語義	接受某種負擔。	忍耐 (rěnnài, endure) 而不表現出來。
用法	～的衝擊 ｜ ～的損失 ｜ ～的痛苦 ｜ ～的折磨 ｜ ～的壓力	～孤單 ｜ ～寂寞 ｜ ～抱怨 ｜ ～虐待

◀ 練習

小玲既無法 _____ 工作上的壓力，又難以 _____ 獨自一人在家的寂寞，
因此常和網友聊天，希望能得到網友的安慰與支持。

科技不該毫無限制

「生兒育女是人類最基本的需求」這句話固然沒錯,但就倫理而言,不孕者需求的是孩子,不是商品,不能把孩子當成商品來交易。國外研究指出,當孩子知道自己是代理孕母的「產品」時,容易缺乏自信,否定自己,進而造成家庭關係緊張。此外,請人代孕者大多經濟富裕,而代孕者多屬弱勢族群,代理孕母一旦合法,等於把人際關係商品化,不僅會造成社會階級不平等,間接鼓勵「金錢可以買到任何服務」、「有錢人更容易傳宗接代」等錯誤的價值觀,也因可選擇性別生育,造成男女比例差異過大,對家庭關係、人口結構都有嚴重影響。

即使代理孕母合法化,需求者也會擔心孕母是否有抽菸、喝酒等影響胎兒健康的不良習慣。代孕者也必須承擔懷孕過程中失去健康生命的風險,以及生產後與孩子分離的心理壓力。這些問題絕對不是一張契約能夠解決的。更何況,擔任仲介角色的代孕機構是否涉及人口販賣,在法律上規範不易。

且一旦代理孕母合法化後,此種交易行為恐難以管理,到時黑白不分、是非不明的各種社會亂象將紛紛

出現:女人想當媽又要保持身材,買精子就行;男人想當爸又不想結婚,找代孕就搞定。這是我的自由,只要我喜歡,有什麼不可以。然而,生命無法代理,人體不是工具,母親的角色無法、也無人可以取代,每個孩子都是獨一無二的,都應該受到尊重,他們也想知道:我是怎麼來的?我真正的媽媽是誰?如果我是個有缺陷的孩子,你們還會要我嗎?

總之,醫學科技進步解決了代孕的問題,但不應該毫無限制地運用,違反自然,讓整個社會付出代價。

課文理解

請在（　）打 ✓

1 在第一段中，作者認為：
（　）我們應鼓勵有錢人傳宗接代。
（　）生兒育女非人類最基本的需求。
（　）代孕合法化對家庭、社會、國家都有嚴重影響。

2 在第二段中，作者主要在說明：
（　）法律如何規範代孕契約。
（　）代孕機構常涉及人口販賣。
（　）需求者與代孕者可能有的風險。

3 在第三段中，「男人想當爸又不想結婚，找代孕就搞定」的意思是？
（　）找代孕是男人的權利和自由。
（　）男人不想結婚一定要找代孕協助。
（　）代孕能完成單身男人擁有孩子的夢想。

4 在第三段中，作者提到的各種亂象是指：
（　）男人不想結婚卻想當爸。
（　）代孕生下的孩子可能有缺陷。
（　）女人只是為了保持身材而找代孕生子。

5 關於反對代孕合法化，作者提到哪些論點：
（　）代孕造成各種社會亂象。
（　）代孕使有缺陷的孩子不受到尊重。
（　）醫學再進步也解決不了代孕問題。
（　）需求者與代孕者都有極大的風險。
（　）法律不易規範代孕契約與代孕機構。
（　）代孕造成社會階級不平等、男女比例差異過大。
（　）孕母容易缺乏自信，否定自己，造成家庭關係緊張。

生詞 New Words 05-07

課文二				
1.	固然	gùrán	Adv	granted, certainly, while it is definitely true that
2.	交易	jiāoyì	Vi	to trade, transact, carry out a transaction
3.	屬	shǔ	Vst	to belong to, be part of (a category)
4.	族群	zúqún	N	group of people (e.g., ethnic group, disadvantaged group)
5.	等於	děngyú	Vst	tantamount to, equal to
6.	階級	jiējí	N	class (in society)
7.	間接	jiànjiē	Adv	indirectly

生詞 New Words

8.	錯誤	cuòwù	N	mistake
9.	性別	xìngbié	N	sex, gender
10.	抽菸	chōuyān	Ph	to smoke a cigarette
11.	胎兒	tāi'ér	N	fetus
12.	不良	bùliáng	Vs-attr	harmful, bad
13.	分離	fēnlí	Vi	to be separated from
14.	契約	qìyuē	N	contract, agreement
15.	仲介	zhòngjiè	N	intermediary, agent, middleman
16.	角色	jiǎosè	N	role
17.	涉及	shèjí	Vst	to involve, relate to
18.	規範	guīfàn	V/N	to regulate, standardize; standard
19.	黑白不分	hēibái bùfēn	Id	cannot tell truth from non-truth
20.	是非不明	shìfēi bùmíng	Id	cannot tell truth from non-truth
21.	紛紛	fēnfēn	Adv	one after another, in succession
22.	精子	jīngzǐ	N	sperm
23.	搞定	gǎodìng	V	to have it resolved
24.	獨一無二	dúyī wú'èr	Id	unique, one of a kind
25.	總之	zǒngzhī	Adv	to sum it up, in short, in conclusion

語法點　🎧 05-08

1 原文：「生兒育女是人類最基本的需求」這句話固然沒錯，但…不能把孩子當成商品來交易。

結構：…固然 A 但 B (gùrán A dàn B) admittedly A, but B

解釋：口語：「雖然 A 可是 B」。但語氣比「雖然」更強烈，常用在反駁他人的看法，但不能放於句首。

例句：網路科技固然給人們帶來便利，但也不該因過於使用網路而忽視人際關係。

◀ 練習　請使用「…固然 A 但 B」來反駁 A 的意見。

(1) A：我認為只要是文化遺產都值得保存。

　　 B：＿＿＿＿＿＿＿＿＿＿＿＿＿＿＿＿＿＿＿＿＿＿＿＿＿

(2) A：整型能給人帶來自信，讓人更喜歡自己，有何不可！

　　 B：＿＿＿＿＿＿＿＿＿＿＿＿＿＿＿＿＿＿＿＿＿＿＿＿＿。

(3) A：言論自由是每個人的權利，即便立場不同，也能大膽地表達自己的意見與想法。

　　 B：＿＿＿＿＿＿＿＿＿＿＿＿＿＿＿＿＿＿＿＿＿＿＿＿＿。

2 原文：…但就倫理而言，不孕者需求的是孩子，不是商品，不能把孩子當成商品來交易。

結構：就…而言 (jiù…ér yán) as far as … is concerned

解釋：口語：「從…＋ 事 來說／來看」。

例句：外國人學習中文，就寫漢字而言，是比學習其他語言難一些。

◀ 練習　請使用「就…而言」完成句子。

(1) ＿＿＿＿＿＿＿＿，第一個印象非常重要，許多職業都把外貌列入考量，整型能使人更有自信，使求職更順利，有何不可？

(2) ＿＿＿＿＿＿＿＿＿，房子外面的環境以及房子裡面的布置、裝飾等對一個人的個性、健康、命運都是有影響的。

(3) 請從下面幾個方面，使用「就…而言」來談談你現在居住的地方。

　　❶ 交通的便利性＿＿＿＿＿＿＿＿＿＿＿＿＿＿＿＿＿＿＿＿

　　❷ 周邊的環境＿＿＿＿＿＿＿＿＿＿＿＿＿＿＿＿＿＿＿＿＿

　　❸ 租金的價格＿＿＿＿＿＿＿＿＿＿＿＿＿＿＿＿＿＿＿＿＿

3 原文：這些問題**絕對不是**一張契約能夠解決**的**。

結構：絕對不是…的 (juéduì bú shì…de) it is definitely not...

解釋：一定不是或做不到的事。

例句：俗話說得好「金錢不是萬能的」。也就是說，有些東西，比方說，「愛情」絕對不是金錢能夠買到的。

◀ 練習 請使用「絕對不是…的」改寫句子。

(1) 不孕夫妻傳宗接代的壓力，一般人不了解。

_____。

(2) 單靠美麗的外表不能建立一個人的自信，內在與實力才能。

_____。

(3) 這麼複雜的問題，孩子無法解決。

_____。

(4) 老師請我收集的資料很多，兩、三天無法完成。

_____。

(5) 網路上攻擊、諷刺的言論，許多人都無法輕鬆面對，有人因此而得了憂鬱症，甚至自殺。

_____。

論點呈現

請再讀一遍文章，找出各段中反對代理孕母的三個論點：

	一	二	三
論點	代孕對家庭關係、人口結構與價值觀都造成嚴重影響。		

這三個論點，你都同意嗎？請表達你的意見，並提出其他的新論點。

同意：_____

不同意：_____

新論點：_____

口語表達

1 根據論點找出文章中重要的表達方式。

論點	一	二	三
表達方式	◆ 就…而言 ◆ …固然…，但… ◆ …指出，…造成… ◆ 另外，A大多…B多屬… ◆ 一旦…不僅…也… ◆ 對…有…影響 ◆ 把…商品化，將…		

2 你是一位衛生福利部的政府官員，你認為代理孕母和需求者的條件必須受到限制，於是準備向上司報告代理孕母合法化需制定的法律規範以及你制定這些規範的原因。請用上面的句式和下面提供的資料來說明。（至少使用4個）

請參考下面幾個方面：

(1) 關於代孕者：外表、年齡、學歷、行為、居住環境。

(2) 關於需求者：年齡、單身、同志、不孕夫妻、選擇性別、需要多少財產證明、無限制。

重點詞彙

一、詞語活用

1 參考課文或字典，請將右欄可搭配詞語填入左欄。

◆ 缺乏＿＿＿＿＿	A. 自己／別人
◆ 承擔＿＿＿＿＿	B. 自然／法律
◆ 保持＿＿＿＿＿	C. 代價
◆ 否定＿＿＿＿＿	D. …的角色
◆ 失去＿＿＿＿＿	E. 生命／健康
◆ 擔任＿＿＿＿＿	F. 自信
◆ 違反＿＿＿＿＿	G. 風險
◆ 付出＿＿＿＿＿	H. 身材

2 跟同學討論，並利用前面搭配的詞組寫出問句，並相互回答問題。

例：承擔風險：你認為代理孕母若合法化，需求者可能要承擔哪些風險？

(1) _____。

(2) _____。

(3) _____。

(4) _____。

(5) _____。

3 請跟同學討論，把下面的詞填入表格中：

| 差異 | 適應 | 推廣 | 壓力 | 通過 | 整合 | 年紀 | 風雨 |
| 地震 | 轉換 | 經營 | 溝通 | 設計 | 損失 | 營養 | 申請 |

N＋過大	V＋不易	V/N＋不良
• 年紀	• 推廣	• 營養

4 使用上面合適的詞組完成句子。

(1) 這家公司因投資 _____ 過大，_____ 不易，使得員工紛紛離職，至於公司是否宣布倒閉，業務經理表示，下週公司將開會討論再做處理。

(2) 今天白天因 _____ 過大，造成許多樓房倒塌，有關這些建築是否涉及 _____ 不良，必須再進一步調查。

(3) 因為經濟不景氣，造成許多公司紛紛裁員。有些企業和員工的 _____ 不良，雙方無法達到共識，員工只好走上街頭抗議。然而部分員工表示，雖然每天長時間加班，工作 _____ 過大，但工作 _____ 不易，他們寧願降低薪資也不願意被裁。

(4) 跨國企業的經營往往因兩國的文化 _____ 過大，員工到國外工作往往有 _____ 不良的現象，而國外分公司各有獨立的資訊系統，因此 _____ 不易。

二、四字格 🎧 05-09

1 黑白不分 hēibái bùfēn、是非不明 shìfēi bùmíng

解釋：黑白是黑色和白色，也可以說「是非不明」，意思是分不清楚對與錯。

功能：定語、補語、謂語

例句：

(1) 言論自由是每一個人的權利，但不能因為立場不同就以黑白不分的言論攻擊別人。（定）

(2) 他把事情弄得是非不明，讓大家以為他說的都是對的。（補）

(3) 他總是能把黑的說成白的，白的說成黑的，簡直是黑白不分、是非不明。（謂）

2 獨一無二 dúyī wúèr

解釋：是唯一的一個。指沒有相同或可以相比的。

功能：定語、謂語

例句：

(1) 每一個人都有獨一無二的外表與個性，即便是雙胞胎 (shuāngbāotāi, twins) 也不例外。（定）

(2) 每個網路與電腦都有獨一無二的地址 (dìzhǐ, address)，才能方便管理。（定）

(3) 這裡的氣候與美景是世界上獨一無二的。（謂）

三、易混淆語詞

1 此外 cǐwài	(1) 基改食物能預防疾病，此外（另外），還能提供我們一天所需要的營養。 (2) 目前只能靠大幅提高生產力才能擺脫經濟困境，此外沒有別的方法了。	Conj
另外 lìngwài	(1) 鬥牛吸引來自世界各地的遊客前往觀賞。此外（另外），奔牛節也是西班牙傳統文化的重頭戲。 (2) 今天在街頭抗議的，一邊是支持鬥牛的民眾，另外一邊是動物保護團體。 (3) 雖然母親的角色無人可以取代，但為了擁有自己的小孩，有些不孕夫婦不得已只好另外想辦法。	Conj/Det/Adv

說明：

	此外	另外
語義	「另外」當連詞 Conj 用法時，與「此外」相同。表示除了上面說的事物或情況，還有別的。	
用法	「此外」只能當 Conj，不能當定語和狀語。 「此外」多用於書面語，後面接否定句時強調事情的唯一性。	「另外」可當定語和狀語。

練習

安同平日除了在電腦公司上班，還有 ＿＿＿＿＿＿＿ 一份週末上班的工作，
＿＿＿＿＿＿＿，他還要利用晚上的時間到補習班學中文，日子過得相當忙碌。

2

規則 guīzé	不管是遊戲或是運動比賽，都應該遵守比賽規則。	N
規定 guīdìng	(1) 老師規定上課的時候不能使用手機。 (2) 上課不能使用手機是老師的規定。	V/N
規範 guīfàn	(1) 法律應該規範濫用言論自由的情況。 (2) 濫用言論自由的情況，需要法律的嚴格規範。 (3) 這篇文章用詞很不規範，需要再次修改。	V/N/ Vs

說明：

	規則	規定	規範
語義	大家一起遵守的制度。	V：某人或某單位對某一事物做出關於方式、方法或數量、品質的決定。 N：指規定的內容， **例**：上課不能使用手機是老師的規定。	N：必須遵守的標準。 V：使符合標準。 Vs：合乎標準
搭配	交通～｜管理～｜比賽～	法律～｜公司～｜學校～	社會～｜道德～｜語言～

練習

小自交通 ＿＿＿＿＿＿＿，大至國家法律 ＿＿＿＿＿＿＿，政府都必須有清楚的
＿＿＿＿＿＿＿，民眾才能知道如何遵守。

延伸練習

◎以假設（jiǎshè, hypotheses）與反問（fǎnwèn, rhetorical questions）強調觀點

當我們在進行辯論或是想表示與對方不同意見時，我們可以運用下面的句式和步驟：

1 以「假設」的方式來說明：「如果／即使對方的觀點成立，將會發生哪些情況」。
2 進一步說明影響及後果。
3 以反問句式來強調自己的觀點。

	表達方式	範例
❶ 假設句式	若是…（就） 即使／即便…也 就算…也	即使代理孕母合法化，需求者也會擔心孕母是否有抽菸、喝酒等影響胎兒健康的不良習慣。
❷ 進一步說明影響及後果	一旦…不僅…也／還…（造成） 一旦…就／也（造成）…（甚至）…	代理孕母一旦合法，不僅會造成社會階級不平等，也因可選擇性別生育，造成男女比例差異過大，甚至對家庭關係、人口結構都有嚴重影響。
❸ 反問句式	◆ 難道…嗎？ ◆ 怎麼能／會／還…？ ◆ 哪有…呢？ ◆ 還有…嗎？ ◆ …有什麼不好呢？	難道我們可以因醫學科技進步，就毫無限制地運用而使整個社會付出代價嗎？

◀ **練習** 下面的論點，請你站在反對的立場，用上面三個步驟來強調自己的觀點。

❶ 雖然看起來像是限制言論自由，但是版主有刪除言論的權力。	
❷ 基因改造能解決糧食不足問題。	
❸ 醫學技術日新月異，整形風險已大幅降低。	
❹ 雖然會帶來壓力，但是考試是不可缺少的。	

語言實踐

一、辯論練習：反駁家庭應「男主外女主內」

「男主外女主內」顧名思義就是男人負責在外面工作，要賺錢養家；所以妻子也稱丈夫為「外子」女人負責家裡的大小事，比如做飯、洗衣服、照顧小孩等。

但現今社會已有許多職業婦女也一樣賺錢養家，甚至也有男主內女主外的家庭。

根據下面贊成「男主外女主內」的看法，請你使用學過的表達方式，從三個方面：1. 工作表現 2. 男女天性特質 3. 社會共識，來反駁家庭應「男主外女主內」的論點。

	贊成「男主外女主內」	反駁贊成者的論點
1.	男人比女人更適合在外工作，比女人有更好的領導力，更能承受工作壓力與責任。	
2.	男女天生特質不同，女人一旦結婚生子，就適合在家工作，這是女人的天性。	
3.	「男主外女主內」是由來已久的傳統，符合大眾看法與社會共識。	

二、角色扮演

角色A：你是一位不孕者，渴望擁有自己的孩子，於是費盡千辛萬苦到美國找合法代理孕母，透過代孕機構的安排，今天就要與一位可能合適的孕母見面，為了避免代孕可能發生的風險，你想問問前來面談的孕母一些有關個人生活習慣、代孕契約的法律責任和擔任孕母的原因與想法。

角色B：你是一位代孕者，今天要與代孕需求者見面，談談你對擔任代孕的想法，並回答對方的問題。

角色A請寫出至少五個問題，角色B想想如何回答角色A可能提出的問題。

角色 A　問	角色 B　答
1 你為什麼想擔任代理孕母？	
2	
3	
4	
5	
6	
7	
8	

面談後請回答問題：

1 請問需求者，你認為這位面談者適合擔任孕母嗎？她符合你的需求嗎？為什麼？

2 請問代孕者，面談後你認為你能拿到這份代孕契約嗎？為什麼？

NOTE

第六課
死刑的存廢

引言 🎧 06-01

死刑的存廢始終爭議不斷,廢與不廢很難在短時間內突破僵局。不管支持或反對死刑制度,人們都各自有其選擇的理由。

課前活動

1 請給右圖一個合適的標題:

_____

2 為什麼要有死刑?

3 當你遇到法律、制度不合理時,你會怎麼辦?

4 你同意「不管任何理由,都不能殺人!」這句話嗎?

☐ 同意　　☐ 不同意
☐ 無所謂　☐ 不知道

5 請說說看,你對死刑有什麼看法?

6 在你的國家,最重的刑罰是什麼?

贊成?　　反對?

死刑 能 嚇阻 並 隔離罪犯

無端殺人 唯一死刑

🎧 06-02

「隨機殺人」、「為了領保險金殺害親人」、「商人大賣黑心食品」…面對這類社會案件，如果你是法官會怎麼判呢？有期徒刑、無期徒刑，還是死刑？判決的考量是為了給死者一個交代、以彌補家屬失去親人的痛苦，或者是為了符合社會大眾的期待，還是不讓犯人有機會出獄傷害別人呢？相信你的心中有著一把尺。

站在社會大眾的立場，死刑有存在的必要。因為在現行制度下，即使被判無期徒刑的人也有假釋出獄的機會，只有死刑才可以將罪犯永久與社會隔離，被害家屬不用害怕遭到報復，一般大眾也可以安心過日子。若以判無期徒刑取代死刑，政府須付出的金錢數目非常大，甚至得提供醫療及養老，等於用納稅人的錢來養罪犯。

懲罰可以有效嚇阻犯罪。以交通罰單為例，知道闖紅燈會被開罰單，大部分的人會因此遵守規則。同理，如果知道犯了某些罪可能會被判死刑，多少會擔心嚴重的後果而不敢犯罪。換句話說，死刑仍能有效控制多數人的行為，具有維持的價值。

相較於人權團體重視的是罪犯的生命，反對廢除死刑者看重的則是被害人的生命價值，認為應該給死者一個交代。更何況，除非死者是孤兒，不然殺了一個人也等於毀了一個家庭。難怪許多被害人家屬氣憤地表示：「我們如何不恨？幸虧還有政府能為我們報仇，雖說以人道的方式執行死刑也還是太便宜他了！」

家屬希望廢死團體不要用「置身事外」的態度跟他們談「放下」、原諒凶手，而是能感同身受地想像一下死者生前的恐懼與家屬一輩子的心痛。若拿出「人權的天平」來衡量，坦白說，以判死來撫慰死者與家屬只是「剛剛好」而已。

課文理解

請在（ ）打 ✓

1 這篇文章的作者認為：

（ ） 人們會因為懲罰而不敢做壞事。
（ ） 站在整體社會經濟的角度，應該判凶手無期徒刑。
（ ） 為了讓凶手能感同身受，因此死刑有存在的必要。

2 第三段第六行的「後果」的意思是：

（ ） 指事情太晚發生。
（ ） 指得到不好的結果。
（ ） 指接下來發生的情況。

3 第四段第三行的「看重」的意思是：

（ ） 覺得重要。
（ ） 覺得嚴重。
（ ） 覺得很多。

4 第四段中，「除非死者是孤兒，不然殺了一個人也等於毀了一個家庭。」的意思是：

（ ） 死者的家人也會因此受害。
（ ） 只有被害者是孤兒的情況，才會毀了他的家庭。
（ ） 被害者是孤兒的話，死了就像是全家人都死了。

5 作者怎麼開始他的論點？

（ ） 提問。
（ ） 說明情況。
（ ） 直接表達。

6 在最後一段中，哪一句話能代表本篇的結論？

生詞 New Words 🎧 06-03

				引言
1.	死刑	sǐxíng	N	capital punishment, the death penalty
2.	存廢	cúnfèi	N	preservation or abolishment, to preserve or to abolish (contracted word from 保存 + 廢除)
3.	爭議	zhēngyì	N	controversy
4.	僵局	jiāngjú	N	stalemate, deadlock, impasse
5.	各自	gèzì	Adv	each, respectively

				課文一
1.	嚇阻	hèzǔ	V	to deter (through intimidation)
2.	隔離	gélí	V	to isolate, separate, quarantine
3.	罪犯	zuìfàn	N	criminal
4.	隨機	suíjī	Adv	randomly
5.	殺害	shāhài	V	to murder, kill

生詞 New Words

6.	黑心	hēixīn	Vs-attr	darkened heart; evil mind (黑心食品 = unsafe food, i.e., made by profit-oriented people/companies with no conscience)
7.	案件	ànjiàn	N	(legal) case
8.	法官	fǎguān	N	judge
9.	判	pàn	V	to judge, rule, give sentencing
10.	有期徒刑	yǒuqí túxíng	Ph	prison term (sentencing with a fixed prison term)
11.	無期徒刑	wúqí túxíng	Ph	life sentence (i.e., no chance of parole)
12.	死者	sǐzhě	N	the dead person, the murder victim
13.	交代	jiāodài	N	a satisfactory answer, briefing, accountability
14.	彌補	míbǔ	V	to make up for, compensate for
15.	家屬	jiāshǔ	N	family, family members
16.	或者	huòzhě	Conj	or
17.	犯人	fànrén	N	criminal, prisoner
18.	出獄	chūyù	Vi	to be released from prison (監獄, jiānyù, prison)
19.	把	bǎ	M	measure for "graspable" objects like rulers, chairs, salt, etc.
20.	尺	chǐ	N	ruler
21.	現行	xiànxíng	Vs-attr	existing, current
22.	假釋	jiǎshì	Vi	parole
23.	永久	yǒngjiǔ	Adv	forever, permanently
24.	害怕	hàipà	Vs	to be afraid of, to fear
25.	報復	bàofù	V/N	to retaliate, get revenge; vengeance
26.	納稅	nàshuì	V-sep	to pay taxes
27.	懲罰	chéngfá	N/V	punishment; to punish
28.	犯罪	fànzuì	V-sep	to commit a crime
29.	罰單	fádān	N	ticket (for a fine)
30.	闖紅燈	chuǎng hóngdēng	Ph	run a red light (闖, to rush, break through; 紅燈, red light)
31.	開	kāi	V	to write (a ticket)
32.	同理	tónglǐ	Adv	by the same token, similarly
33.	換句話說	huànjùhuà shuō	Ph	in other words, to put it another way
34.	維持	wéichí	V	to keep, maintain
35.	相較於	xiāngjiào yú	Ph	in comparison to, compared to (classical Chinese)
36.	人權	rénquán	N	human rights
37.	廢除	fèichú	V	to abolish
38.	被害人	bèihàirén	N	victim
39.	孤兒	gū'ér	N	orphan
40.	不然	bùrán	Conj	otherwise
41.	毀	huǐ	V	to destroy
42.	氣憤	qìfèn	Vs	indignant, angry

生詞 New Words

43.	恨	hèn	Vst	to hate
44.	報仇	bàochóu	V-sep	to get revenge, get vengeance
45.	便宜	piányí	Vst	to let somebody off easy
46.	置身事外	zhìshēn shìwài	Id	to remain aloof, sit on the sidelines, not be involved
47.	放下	fàngxià	V	let it go, let it be, "forgive"
48.	凶手	xiōngshǒu	N	murderer, killer
49.	感同身受	gǎntóng shēnshòu	Id	to empathize, feel like own experience
50.	生前	shēngqián	N	during one's life, before one's death
51.	恐懼	kǒngjù	N	fear
52.	心痛	xīntòng	Ph	the pain in one's heart, heartbreak, heartache
53.	天平	tiānpíng	N	balance, scales
54.	衡量	héngliáng	V	to weigh, evaluate
55.	坦白	tǎnbái	Vs	honesty, honest (坦白說 = to be honest/frank/candid)
56.	撫慰	fǔwèi	V	to console, comfort
57.	剛剛好	gānggāng hǎo	Ph	just right, just enough, just the right amount, time, color, etc. (meaning here: justice done)

語法點

 06-04

1 **原文**：站在社會大眾的立場，死刑有存在的必要。

結構：站在…的立場 (zhàn zài …de lìchǎng) from the perspective of…; standing in the shoes of…

解釋：從…的角度來看事情、討論一件事情。

例句：企業合作時，必須站在對方的立場考慮問題，才能達到雙贏。

◀ **練習** 請使用「站在…的立場」完成句子。

(1) 小張賣保險的業績是全公司第一名，這是因為他總是可以 ＿＿＿＿＿＿＿＿＿＿＿

＿＿＿＿＿＿。

(2) 關於同志結婚這件事，站在 ＿＿＿＿＿＿＿＿＿＿＿＿＿ 是不贊成的。

(3) 那個候選人因 ＿＿＿＿＿＿＿＿＿＿＿＿＿，所以贏得許多弱勢族群的選票。

2 原文：懲罰可以有效嚇阻犯罪。**以**交通罰單**為例**，知道闖紅燈會被開罰單，大部分的人會因此遵守規則。

結構：以⋯為例 (yǐ...wéi lì) take...for example

解釋：用⋯來當例子。

例句：法律規定不可以有性別歧視。以找工作為例，不能在廣告上限制性別。

◀ 練習 請使用「以⋯為例」完成句子。

(1) 學歷高並不代表成功，以知名的 ＿＿＿＿＿＿＿，他們連大學都沒畢業。

(2) 臺灣有很多為行動不方便的人設計的無障礙空間，以 ＿＿＿＿＿＿＿＿＿＿，各站都有為他們設計的電梯。

(3) 有很多受人喜愛的漫畫或小說會被拍成電影，以 ＿＿＿＿＿＿＿＿＿，就是我最喜歡的。

3 原文：如果知道犯了某些罪可能會被判死刑，多少會擔心嚴重的後果而不敢犯罪。**換句話說**，死刑仍能有效控制多數人的行為。

結構：換句話說 (huànjùhuà shuō) in other words; put another way

解釋：用另外一種說法來表示。

例句：阿月退休後就養隻貓當寵物，離鄉的孩子只有過年才回去看她。換句話說，平常的日子她都自己一個人。

◀ 練習 請完成「換句話說」的句子。

(1) 醫生說他不能吃太刺激的食物。換句話說，＿＿＿＿＿＿＿＿＿＿＿＿。

(2) 對於用過的東西，他總是 ＿＿＿＿＿＿＿＿＿＿＿。換句話說，他是一個＿＿＿＿＿＿＿＿＿＿ 的人。

(3) 那個國家的氣溫再冷也不會到零下。換句話說，＿＿＿＿＿＿＿＿＿＿＿＿。

(4) 他吃豬肉、牛肉時一定要配紅酒，吃雞肉、魚時就配白酒。換句話說，他是一個 ＿＿＿＿＿＿＿＿＿＿ 的人。

4 原文：**相較於**人權團體重視的是罪犯的生命，反對廢除死刑者看重的**則是**被害人的生命價值。

結構：相較於 A，B 則是… (xiāngjiào yú A, B zé shì…) compared with A, B…; in contrast to A, B…

解釋：和 A 比起來，B 比較…。

例句：相較於歐美的物價，這裡的食物則是便宜很多。

◀ 練習 請完成「相較於」後面的句子。

(1) 相較於去年，＿＿＿＿＿＿＿＿＿＿＿＿＿＿ 明顯地減少。

(2) 相較於台灣的教育方式，＿＿＿＿＿＿＿＿＿＿＿＿。

(3) 相較於把錢存在銀行，＿＿＿＿＿＿＿＿＿＿＿ 多多了。

5 原文：**除非**死者是孤兒，**不然**殺了一個人也等於毀了一個家庭。

結構：除非 A，不然 B (chúfēi A, bùrán B) unless A, otherwise B

解釋：只有在…情況下這麼做，否則的話…。

例句：他的電腦中了勒索病毒 (bìngdú, Blackmail virus)，所有的資料都被鎖起來 (suǒqǐlai, locked) 了。現在除非在一個星期內付對方錢，不然就永遠打不開。

◀ 練習 請使用「除非 A，不然 B」完成句子。

(1) 這個仿冒名牌的皮包做得跟正牌的一模一樣，除非 ＿＿＿＿＿＿＿＿＿＿＿＿＿，
不然 ＿＿＿＿＿＿＿＿＿＿＿。

(2) 王太太被檢查出不孕症，這下子，除非 ＿＿＿＿＿＿＿＿＿＿＿＿，不然 ＿＿＿＿＿＿＿＿＿＿＿＿。

(3) 北部的房價一直居高不下，＿＿＿＿＿＿＿＿＿＿＿＿＿。

論點呈現

1 請再讀一遍文章，找出作者支持死刑的三個論點：

	1	2	3
論點	死刑有效隔離罪犯，不讓他再度犯罪。		

2 作者提出的論點，你都同意嗎？請表達你的意見，並提出其他的新論點。

同意：_____。

不同意：_____。

新論點：_____。

口語表達

1 根據論點找出文章中重要的表達方式。

論點	1	2	3
表達方式	◆ 站在…的立場 ◆ …有…必要。 ◆ 在現行制度下… ◆ 即使…也… ◆ 只有…才可以… ◆ 若以A取代B… ◆ …等於（是）…		

2 根據以下的報導，請利用上面的句式談談你對「監獄設備」的看法。（至少使用 3 個）

報導1：「犯人們絕食抗議監獄的設備太糟。」

報導2：「英國花了 1.3 億英鎊蓋了高級監獄，設備齊全，還有健身房。」

報導3：「隨著監獄裡年紀大的犯人越來越多，國家花費許多金錢改善監獄的設備，讓監獄的環境適合高齡的犯人。」

重點詞彙

一、詞語活用

1 關於死刑存廢的想法和意見，你會怎麼形容？找一找課文、查詞典，或是跟同學討論：

(1) 有存在的 / _____ / _____ 必要

(2) 嚴重的 / _____ / _____ 後果

(3) 人道的 / _____ / _____ 方式

(4) 置身事外的 / _____ / _____ 態度

2 兩人一組，可看書或查字典，互相討論並完成下面的練習：

• 隨機	A. 出獄
• 黑心	B. 大眾
• 符合	C. 殺人
• 假釋	D. 徒刑
• 社會	E. …的期待
• 無期	F. 食品

(1) 請利用以上左右兩欄組合出五個詞組：

例如：隨機殺人

_____   _____   _____

_____   _____

(2) 將上面組合好的詞填入下面的短篇：

　　李先生曾是一個工廠的老闆，因賣 _____ ，而被判了十五年的有期徒刑。當他坐牢坐到第五年時，因在獄中的表現良好而 _____ 。沒想到他出獄後，無法忍受 _____ 對他的批評，在公園 _____ 。結果假釋不但沒讓他 _____ ，好好重新做人，反而又被抓去關，判了 _____ 。

(3) 請用上面的詞組提出問題，並互相回答問題。

例如：在你的國家發生過什麼的隨機殺人的案件嗎？

a.

b.

c.

3 兩個學生一組,根據以下的詞彙搭配討論及完成句子:

(1) 請跟同學討論,把下面的詞填入表格中。

> 傳統　僵局　陪伴　限制　隔離　傷害　百億
> 消失　解決　技術　保存　服務　紀錄　保留

突破 +N	永久 +V
• 僵局	• 隔離

(2) 利用上面的詞組寫五個句子:

> **例如**:今天日本跟韓國的球賽分數一直是 0:0,到最後一分鐘,韓國才突破僵局,以 1:0 得到冠軍。

a. _____。

b. _____。

c. _____。

d. _____。

e. _____。

f. _____。

二、詞義聯想

1 請試著解釋這些詞的意思是什麼?

獄中:_____　　罰站:_____　　犯錯:_____

坐牢:_____　　犯法:_____

2 利用上面的詞,完成句子:

(1) 王先生因 _____ 而被法官判了十年,也就是說他得 _____ 了。
一想到未來在 _____ 的日子,他忍不住哭了起來。

(2) 那個孩子因 _____ 而被媽媽要求 _____。

三、四字格 🎧 06-05

1 置身事外 (zhìshēn shìwài)

> 解釋：形容一個人覺得這件事跟自己沒關係，表現出不關心、不在意的態度。

> 功能：謂語、定語

> 例句：

(1) 看到我的好友有困難，我一定盡力幫忙，怎麼可能置身事外？（謂）

(2) 地球是人類生長的地方，大家都得注意環保，不應有置身事外的態度。（定）

(3) 發生戰爭時，沒人能夠置身事外，每個人的生活多少會受到影響。（謂）

2 感同身受 (gǎntóng shēnshòu)

> 解釋：自身承受，感覺某事好像發生在自己身上一樣。

> 功能：狀語、謂語

> 例句：

(1) 他看這部電影時，因主角悲慘的遭遇，感同身受地哭了。（狀）

(2) 地震過後，全民應與災民感同深受，提供救援與協助，絕不能置身事外。（謂）

(3) 陳小姐身邊的朋友都沒有孩子，所以教養孩子這類的話題跟她們說了也是白說，畢竟她們沒有經驗，實在很難感同身受。（謂）

(4) 老王終於找到了新工作，看他那麼興奮，我真可以感同身受。（謂）

報復作法無濟於事

即使國際人權組織致力推動廢除死刑，但在亞洲許多國家，廢死仍是條漫漫長路。政府有責任保護人民的安全，但死刑卻是讓某些人的生命不再受到保護。死刑同樣是殺人行為，「法律規定不可以殺人，國家卻可以殺人」，這個刑罰的存在顯得很矛盾。

除了推動廢死，人權團體也費了很多心力救出被冤枉的人。在他們的努力下，有些原已等待槍決的罪犯活著回了家。可見無論科技多麼進步、犯案證據多麼充足，都不能百分之百保證法官不會誤判。對主張維持死刑的人來說，這是「為了社會安全不得不承受的失誤」，然而生命無價，一旦發生誤判且執行死刑，再多的賠償金也難以彌補。

再壞的人都有善良的一面，無論犯下多麼殘忍的罪，生命都是可貴的，罪犯的人權也需要受到保護。受害人與家屬的遭遇雖然讓人同情，但執行死刑也換不回親人的生命，若能選擇原諒、放下或和解，透過教育使罪犯認錯，給他們重新做人的機會，應該比執行死刑更加有意義，這樣的大愛是社會不應放棄的理想。

廢除死刑並非忽視被害人家屬的感受。只是，用「一命還一命」的懲罰方法來讓家屬心裡好受一點，不但是種不健康的態度，也毀了罪犯的家庭，讓他們同樣承受失去親人的痛苦。也就是說，死刑只是報復的工具。

目前歐洲各國多已廢除死刑，甚至是加入歐盟的條件之一，可見廢死已逐漸形成一股世界潮流。除了跟人權觀念的提升有關，也因為各國政府逐漸意識到死刑無法解決犯罪問題，因此唯有從教育做起，多關心身旁需要幫助的人，打造友善的社會環境，才能根本解決。

課文理解

請在 ( ) 打 ✓

1 這篇文章的作者認為：

( ) 既然法律規定不可以殺人就不可以殺人。

( ) 判凶手死刑能讓被害者家屬感覺舒服些。

( ) 就算凶手死了也換不回被害人的生命，對家屬沒幫助。

2 第二段第二行的「冤枉」的意思是：

( ) 犯錯被人發現。

( ) 曾因犯罪而入獄。

( ) 被人誤解，其實是無辜的。

3 第三段中，作者的意思是：

( ) 再善良的人也會做壞事。

( ) 希望受害人與家屬能同情壞人，不要放棄壞人。

( ) 希望受害人與家屬能原諒壞人，再給他一個機會。

4 第五段中，「目前歐洲各國多已廢除死刑，甚至是加入歐盟的條件之一，可見廢死已逐漸形成一股世界潮流。」的意思是：

( ) 廢除死刑才跟得上流行。

( ) 廢除死刑是一種世界的趨勢。

( ) 沒加入歐盟的國家都還沒廢除死刑。

5 作者在第一段中提到了亞洲國家，在結論時則提到歐洲國家，這算是一種什麼樣的論說方式？

( ) 加強語氣。

( ) 提問與解釋。

( ) 前後互相對應。

6 在最後一段中，哪一句話能代表本篇的結論？

_____

 生詞 New Words 🎧 06-07

			課文二	
1.	無濟於事	wújì yúshì	Id	to not help the situation, does not do anybody good, of no use
2.	致力	zhìlì	Adv	with all might and mind
3.	推動	tuīdòng	V	to promote, push
4.	漫漫長路	mànmàn chánglù	Id	a long road, there is still a long way to go
5.	刑罰	xíngfá	N	punishment, penalty
6.	顯得	xiǎnde	Vaux	to appear, seem, come off as
7.	費	fèi	V	to exert (lit. pay out)
8.	心力	xīnlì	N	effort (physical and mental)
9.	冤枉	yuānwǎng	V	to be wronged, treated unjustly

生詞 New Words

10.	槍決	qiāngjué	N/V	execution by shooting; to execute by shooting
11.	犯案	fàn'àn	Vp-sep	to be implicated in a crime
12.	充足	chōngzú	Vs	ample, sufficient, adequate
13.	保證	bǎozhèng	V/N	to guarantee; guarantee
14.	誤判	wùpàn	V/N	to err in judicial judgement; erroneous judgement, miscarriage of justice
15.	失誤	shīwù	N	mistake, error
16.	無價	wújià	Vs	priceless
17.	賠償	péicháng	N/V	compensation, reparation; to compensate, make reparations
18.	善良	shànliáng	Vs	good and kind
19.	一面	yímiàn	Ph	side (i.e., a good side)
20.	可貴	kěguì	Vs	valuable, priceless
21.	同情	tóngqíng	Vst/N	to sympathize; sympathy
22.	換不回	huànbùhuí	Ph	cannot get it back
23.	和解	héjiě	Vi	to reconcile, make up
24.	認錯	rèncuò	V-sep	to admit one's error
25.	重新	chóngxīn	Adv	anew, afresh
26.	大愛	dà'ài	N	great love, love at the highest level
27.	感受	gǎnshòu	N	feelings
28.	只是	zhǐshì	Adv	but at the same time, we must realize that
29.	一命還一命	yímìng huán yímìng	Id	a life for a life, an eye for an eye
30.	好受	hǎoshòu	Vs	to feel better
31.	也就是說	yějiùshìshuō	Ph	that is to say, that is, i.e.
32.	歐盟	Ōuméng	N	the EU, European Union
33.	潮流	cháoliú	N	trend
34.	意識到	yìshìdào	Vpt	to be conscious of, to be aware of
35.	唯有	wéiyǒu	Adv	only by
36.	身旁	shēnpáng	N	next to, around you
37.	打造	dǎzào	V	to create, implement
38.	根本	gēnběn	Adv	completely, fundamentally, thoroughly

語法點

🎧 06-08

1 原文：這個刑罰的存在**顯得**很矛盾。

結構：顯得 +VP/S (xiǎnde + VP/S) to appear, seem; come off as

解釋：很清楚、明顯地表現出某一種情況。

例句：他第一次參加演講比賽，相較於其他有經驗的參賽者，顯得特別緊張。

◀ 練習 請使用「顯得」完成句子。

(1) 情人節時，街上雙雙對對，王先生剛跟女朋友分手，一個人去餐廳用餐，顯得

_____。

(2) 小歐常常工作時過度專心，對於旁邊發生的事物_____，所以
有人以為他是一個冷漠的人。

(3) 他一進教室就熱情地跟大家打招呼，心情_____。

2 原文：再壞的人都**有**善良**的一面**。

結構：有…的一面 (yǒu…de yí miàn) have a side that is...; have a... side

解釋：指人、事、物的一個方面。

例句：廢除死刑這個議題，因為有好的一面，也有壞的一面，沒有一定的答案，所以
產生極大的爭議。

◀ 練習 請使用「有…的一面」完成句子。

(1) 你別看那偶像看起來很完美，事實上她也有 _____。

(2) _____，但他也有溫柔的一面。

(3) 開心一點，別擔心那麼多，事情總有 _____。

3 原文：用「一命還一命」的懲罰方法來讓家屬心裡好受一點，不但是種不健康的態度…。
也就是說，死刑只是報復的工具。

結構：也就是說 (yějiùshìshuō) that is to say, that is, in other words

解釋：用不同的說法來補充說明，表示的意思是一樣的。

例句：「光」每秒可走 30 萬公里，「一光年」是「光」走一年的距離。而地球距離月
亮約 38 萬公里，也就是說，月光只要約 1.3 秒的時間就傳到地球了。

◀ 練習 請使用「也就是說」完成句子。

(1) 這個國家近十年來乳癌的發生率已達到 50%，也就是說每兩個人就有 _____
_____。

(2) 有人開玩笑，說全球最有錢的人－比爾蓋茲如果看到地上有一百元鈔票，他不會花時間彎腰去撿，_____。

(3) 一般人對工作的看法，總是以薪資或職位高低來比較，其實工作合不合適才是最重要的，_____。

4 原文：死刑無法解決犯罪問題，因此**唯有**從教育做起，多關心身旁需要幫助的人，打造友善的社會環境，**才**能根本解決。

結構：唯有 A，才 B (wéiyǒu A, cái B) only by... can...

解釋：只有這個條件、只有這麼做，才能…

例句：唯有注意飲食、保持運動的習慣，才能有健康的身體。

◀ 練習 請完成「唯有 A，才 B」的條件或結果。

(1) 女人唯有 _____，才能脫離傳統的束縛。

(2) _____，才知道誰是自己真正的朋友。

(3) 唯有豐富的獎金，才 _____。

論點呈現

請再讀一遍文章，找出作者反對死刑的三個論點：

	1	2	3
論點	避免法官誤判，冤枉了人。		

表達你對本文（課文二）的意見，並提出其他不同的論點。

同意：_____

不同意：_____

新論點：_____

口語表達

1 根據論點找出文章中重要的表達方式。

論點	1	2	3
表達方式	◆ …同樣是… ◆ …顯得矛盾 ◆ 除了…也… ◆ 在…的努力下 ◆ …，可見… ◆ 無論…多麼…都… ◆ 對…來說 ◆ 然而… ◆ 一旦…再Vs的N也…		

2 以目前的法律，犯了兩次罪，需處罰兩次，例如某人今天偷了兩次錢，又打傷兩個人還用髒話罵人，若偷錢一次罰兩年加上打人一次罰一年再加上用髒話罵人罰五萬，則一共要坐六年牢且罰錢。請用這些詞語和句式談談你對「一罪一罰」的看法。（至少使用 3 個）

重點詞彙

一、詞語活用

1 連連看，請將左右欄的詞進行配對。

◆ （花）費	A. 廢死（政策）
◆ 漫漫	B. 遭遇
◆ 同情	C. 感受
◆ 推動	D. 心力
◆ 忽視	E. 長路

2 將上面的詞組填入下面短篇：

我的好友敏華才剛結婚不到半年，就時常和先生吵架，昨天她又來找我抱怨，她說先生只重視工作，總是 _____ 她的 _____，想到未來 _____，實在不想多 _____ 繼續走下去，因此打算離婚了。我非常 _____ 她的 _____。

二、詞義聯想

1 猜一猜這些詞語的意思是什麼？

賠錢：＿＿＿＿＿＿＿　　賠本：＿＿＿＿＿＿＿　　證人：＿＿＿＿＿＿＿

證物：＿＿＿＿＿＿＿　　顯瘦：＿＿＿＿＿＿＿

2 用以上的詞語完成句子：

(1) 這個商品的成本是五十元，老闆現卻因急需現金而以四十元＿＿＿＿＿＿＿＿＿＿＿＿＿賣出，真是賣一個賠一個。

(2) 不但有＿＿＿＿＿＿＿＿＿＿＿＿，還有＿＿＿＿＿＿＿＿＿＿＿＿到法院證明自己是親眼看到的，證據這麼充足，法官不會冤枉他的。

(3) 他對股票一點都沒研究，不懂卻買了許多，難怪最後＿＿＿＿＿＿＿＿＿＿＿＿＿。

(4) 有人以為穿黑色的衣服就可以＿＿＿＿＿＿＿＿＿＿＿＿，其實並不盡然，得看整體的搭配。

三、四字格 🎧 06-09

無濟於事 (wújì yúshì)

解釋：對於事情的解決沒有什麼幫助。（可使用於事情發生前或發生後）

功能：謂語

例句：

(1) 事情已經發生了，無論多生氣、後悔也無濟於事，還是想辦法解決吧！

(2) 雖然政府用補助計畫來鼓勵婦女們生孩子，但對提高生育率仍然無濟於事。

(3) 關於開放移民的政策，兩方的支持者都不願改變想法，對於問題的解決無濟於事。

(4) 你平常不用功，考前又沒準備，現在哭是無濟於事的。

(5) 事情已經發生，你再怎麼怪他也無濟於事，再說他已經認錯了，就原諒他這一次吧！

延伸練習

◎譬喻 (pìyù, similes) 說明

除了使用具體 (jùtǐ, concrete) 的方式說明自己的論點，也可利用譬喻的方式來說明自己的立場。使用譬喻能把抽象 (chōuxiàng, abstract) 的事物說得更生動 (shēngdòng, vivid)，讓論點更易懂，同時對言論也有加分的效果。

方法 1

當兩個不同的人事物有著相似點，可以利用那個相似的特質，配合以下這些連接詞來強調所說明的事物。

• 常使用一些連接詞或句型：（就）好像、就像是、好比、有如、似乎、就等於、像…一樣。

例子：

1 整型手術就像化妝、打扮一樣，是一種讓你更漂亮、更有自信的方式。(L3)

2 整型就像剪頭髮、穿衣服一樣，不會對別人造成任何影響。(L3)

3 基改食品究竟安不安全，是大家都關心的話題，就像手機、核能一樣，帶給我們方便，卻也可能危害健康。(L2)

4 時間快得就像閃電一樣。

5 她的笑容像春天的花開。

方法 2

也可以不使用連接詞，直接說出與事物相似的對象。

例子：

1 後母臉：最近的天氣真是「春天後母臉」啊！(B3, L3)

2 尺：如果你是法官會怎麼判呢？有期徒刑、無期徒刑，還是死刑？相信你的心中有著一把尺。

3 天平：若拿出「人權的天平」來衡量，坦白說，以判死來撫慰死者與家屬只是「剛剛好」而已。

◀ 練習

(1) 請形容今天的心情：＿＿＿＿＿＿＿＿＿＿＿＿＿＿＿＿＿

(2) 請描述一位名人：＿＿＿＿＿＿＿＿＿＿＿＿＿＿＿＿＿＿

(3) 請推薦自己喜歡的食物：＿＿＿＿＿＿＿＿＿＿＿＿＿＿＿

(4) 臺灣在你心中像是＿＿＿＿＿＿，請試著介紹它：＿＿＿＿＿＿

(5) 請形容自己的外型特色：＿＿＿＿＿＿＿＿＿＿＿＿＿＿＿

(6) 請想像並說明死刑犯的情緒：＿＿＿＿＿＿＿＿＿＿＿＿＿

語言實踐

一、公聽會─參加陪審團 (péishěntuán, jury)

下面都是根據真實故事改編的案子。

老師是法官，學生是陪審團的一員。請陪審團想一想這六個案子，根據舉手通過的人數決定法官怎麼判，最後說明理由。

			關五年	關十年	關二十年	無期徒刑	死刑
1 	亨利		○	○	○	○	○
	殺人只因為興趣，喜歡上殺人的感覺。已經殺了幾百個人了。						
2 	林千如		○	○	○	○	○
	為了領保險金，殺了媽媽、婆婆、先生，另外也準備殺了自己的孩子。						
3 	鄭小傑		○	○	○	○	○
	21歲學生。為了引起大家的注意，拿兩把刀在捷運殺人，最後死了4個人，24個人受傷。						
4 	吳阿誠		○	○	○	○	○
	不高興女友要求分手，所以拿刀殺了女友。他在16年內已殺了2個女友。						
5 	馬加家		○	○	○	○	○
	努力念書的大學生，也是個孝順的孩子。但因家裡窮，長期被室友們欺負，最後殺了4個室友。						
6 	高新統		○	○	○	○	○
	52歲商人為了賺錢，製作假油、假酒，造成許多無辜的民眾吃了、喝了這些假的東西而得癌症。						

二、問卷調查－體罰 (tǐfá, corporal punishment) 與鼓勵

俗語說：「不打不成器」、「嚴師出高徒」、「棒下出孝子」，而西方也有類似的說法 "spare the rod, spoil the child"。體罰，根據現行法律規定是不允許的，家長、教師都不可體罰孩子，但體罰還是普遍存在的，懲罰方式也分很多種，所達到的效果也不同。一般人怎麼看體罰呢？請以下面的問卷，訪問五個親友。

- 不打不成器：bùdǎ bùchéngqì, spare the rod, spoil the child
- 嚴師出高徒：yánshī chū gāotú, strict teachers produce outstanding students
- 棒下出孝子：bàngxià chū xiàozǐ, caning effects virtues

1 問卷調查

❶ 贊成「零體罰」，應以鼓勵取代。	☐ 贊成　☐ 沒意見　☐ 不贊成
❷ 同意體罰具有嚇阻性。	☐ 同意　☐ 沒意見　☐ 不同意
❸ 請問您認為以處體罰作為懲罰的作法，適當嗎？	☐ 適當　☐ 沒意見　☐ 不適當
❹ 你是否曾被體罰過？	☐ 是　☐ 否　☐ 其他：＿＿＿＿
❺ 你同意體罰的優點大於缺點嗎？	☐ 同意　☐ 沒意見　☐ 不同意
❻ 體罰是否會在心中造成不好的影響？	☐ 是　☐ 否　☐ 其他：＿＿＿＿
❼ 你是否同意被體罰以後的行為或表現會改善？	☐ 同意　☐ 沒意見　☐ 不同意

2 整理、分析
如：有＿＿＿＿＿％的人贊成「零體罰」。

＿＿＿＿＿＿＿＿＿＿＿＿＿＿＿＿＿＿＿＿＿＿＿＿＿＿＿＿＿＿＿＿＿＿＿

＿＿＿＿＿＿＿＿＿＿＿＿＿＿＿＿＿＿＿＿＿＿＿＿＿＿＿＿＿＿＿＿＿＿＿

3 報告結果
從問卷結果，可以知道…＿＿＿＿＿＿＿＿＿＿＿＿＿＿＿＿＿＿＿＿＿＿＿

＿＿＿＿＿＿＿＿＿＿＿＿＿＿＿＿＿＿＿＿＿＿＿＿＿＿＿＿＿＿＿＿＿＿＿

NOTE

第七課
增富人稅＝減窮人苦？

引言 🎧 07-01

當政府為了「財政問題」傷腦筋時，有人認為富人應多繳稅來幫助社會，使多數人受益。但也有人認為富人的財富是他們應得的，因此要求他們多繳是不公平的。請問你比較支持哪一種主張？讓我們來思考一下人權與社會責任的關係吧！

課前活動

閱讀古老的英國民間故事—紅母雞

　　紅母雞和她的小雞住在一起，羊、豬、牛是她的鄰居。紅母雞想種小麥 (xiǎomài, wheat)，當她請鄰居幫忙時，鄰居卻說：「不行，我們太忙了。」因此她自己種小麥。當小麥長高了，紅母雞請鄰居們來幫忙，鄰居卻也拒絕說：「不行，我們得讀書。」因此她只好自己來。紅母雞要將小麥做成麵粉，再加上奶粉、鹽、蜂蜜做成麵包，當她請鄰居幫忙時，他們卻都說：「不，我們超累的。」紅母雞烤好了香噴噴的麵包，說：「小雞，開動囉！」此時鄰居卻來到門口，羊、豬、牛說：「好餓哦！能給我們一點麵包嗎？」紅母雞心想：「我該分給他們嗎？給他們對我來說公平嗎？」

1 如果你是紅母雞，你會把一點麵包分給鄰居嗎？

2 你覺得分一點麵包給鄰居，對紅母雞公平嗎？不分給鄰居有錯嗎？為什麼？

3 這個故事，有什麼好方法可以比較公平呢？

4 請回想自己說過：「不公平！」這句話，是在什麼情況下發生的？你覺得應該怎樣才算公平？

政府有責維持社會公平

07-02

清晨，六歲的阿月不像同齡的孩子一樣去上學，而是跟著媽媽到田裡工作。前年，收成前遇上了天災，害得阿月父母做了一整年白工，農田也被沖走一大半，損失慘重。現在，這家人只能靠著一小塊不值錢的田地，種著青菜勉強過日子。同樣地，隔壁村六歲的阿國是個可憐的孤兒，從小與外婆相依為命。他看著一身病痛的外婆每天工作十到十二小時，總是很懂事地主動洗衣、煮飯。阿國希望趕快長大，賺錢改善家裡的經濟，讓外婆不用那麼辛苦。

很明顯地，這兩個孩子的家庭都需要經濟援助，但是錢都在別人的口袋裡。對他們來說，所謂「公平的起跑點」根本不存在，只因出生時的環境比較差，賺起錢來自然比較吃力。雖然生活在同一片土地上，有些人一生下來就擁有大量的家產，有些人努力一輩子卻一無所有。因此，對於富人累積大量財富，而遊民與貧戶持續增加的現象，政府不能只是袖手旁觀，應該以提高富人納稅比例的方式來縮小貧富差距，調整社會公平性，創造平等的機會。

也許有人認為，政府要求富人多繳稅，卻為了減輕窮人的負擔而提供許多津貼，等同於拿富人的錢來補貼窮人。但話說回來，人人都是社會的一分子，不能只自私地要求國家為你做了什麼，而是應問自己為國家做了什麼。來舉個北歐國家的例子吧！很多人羨慕北歐的社會福利，那裡的人民，即使是長期生病在家、失業，政府都會提供約75%的基本工資來照顧，更別說對弱勢團體的完善福利政策了。國家之所以能出手這麼大方，就在於政府在制定政策時考慮了多數人的利益，把富人存著不用的錢進行「收入再分配」，建立完善的醫療、養老、失業補助的制度，提供人們遇到困難時的保障，讓大家共享更好的社會福利。

倘若富人還是不服，其實可以換個角度來看：如果政府不透過稅收照顧窮人，那麼窮人可能為了生存而犯罪，到時每個人走在路上都提心吊膽的，政府也需要花更多預算加派警力以維護治安。從經濟的角度來看，不是更不划算嗎？

課文理解

請在（　）打 ✓

1 這篇文章的作者認為：

（　）要富人多繳稅是不公平的。

（　）政府應該維持社會公平，加重富人稅。

（　）富人應該為了降低犯罪率而多繳稅。

2 第二段第四行，「『公平的起跑點』根本不存在」的意思是：

（　）大家各自往不同的方向跑—指大家的目標不同。

（　）沒規定從哪開始跑—指沒有確定的起跑位置。

（　）還沒跑就輸了—指本身具備的條件不夠。

3 第二段第六行的「吃力」的意思是：

（　）加油、努力。

（　）吃了很多苦。

（　）很費力氣、很辛苦。

4 最後一段第一行的「不服」的意思是：

（　）服務不好。

（　）穿簡單的衣服。

（　）不接受、不同意。

5 第三段中，你認為哪一句話最有說服力，最能讓富人接受而願意繳更多的稅？

_____。

6 作者最後怎麼做總結？最後一段與先前幾段有什麼不一樣？

_____。

生詞 New Words 🎧 07-03

			引言	
1.	傷腦筋	shāng nǎojīn	Id	to cause a headache, a pain in the neck, to be knotty/troublesome (said of issues or problems)
2.	受益	shòuyì	Vp	to be benefited, to benefit (from)
3.	財富	cáifù	N	wealth
4.	思考	sīkǎo	V	to ponder

			課文一	
1.	清晨	qīngchén	N	early morning
2.	同齡	tónglíng	Vs	to be of the same age
3.	遇上	yùshàng	Vpt	to encounter, come across
4.	白工	báigōng	N	work done in vain, wasted work
5.	沖走	chōngzǒu	V	to be washed away
6.	（一）大半	(yí) dàbàn	Ph	a huge portion of, more than half

生詞 New Words

7.	慘重	cǎnzhòng	Vs	heavy (said of losses)
8.	值錢	zhíqián	Vs	valuable
9.	村	cūn	N	village
10.	可憐	kělián	Vs	pitiful, pitiable, poor
11.	相依為命	xiāngyī wéimìng	Id	to depend on each other (for survival)
12.	一身病痛	yìshēn bìngtòng	Id	illness and pain all over the body
13.	懂事	dǒngshì	Vs	sensible, to have a good head on one's shoulders
14.	主動	zhǔdòng	Adv	take the initiative, take it upon oneself to
15.	援助	yuánzhù	V / N	to assist; assistance, aid
16.	口袋	kǒudài	N	pocket
17.	吃力	chīlì	Vs	to entail strenuous effort, be a strain
18.	家產	jiāchǎn	N	family property
19.	一無所有	yìwú suǒyǒu	Id	have nothing at all, not own a thing in the world, penniless
20.	對於	duìyú	Prep	as to, with regard to, to
21.	累積	lěijī	V	to accumulate
22.	貧戶	pínhù	N	households below poverty line
23.	袖手旁觀	xiùshǒu pángguān	Id	stand by and watch, sit there twiddling one's thumbs, not lift a finger
24.	調整	tiáozhěng	V/N	to adjust; adjustment
25.	創造	chuàngzào	V	to create
26.	津貼	jīntiē	N	allowance (as in travel allowance)
27.	等同	děngtóng	Vst	tantamount to, equivalent to
28.	補貼	bǔtiē	V/N	to subsidize; subsidy
29.	分子	fènzǐ	N	member (of an organisation)
30.	舉例	jǔlì	V-sep	to give an example
31.	工資	gōngzī	N	pay, salary
32.	完善	wánshàn	Vs	fully devised, perfect
33.	出手	chūshǒu	Vi	to spend, hand out, pay out
34.	大方	dàfāng	Vs	generous, magnanimous
35.	在於	zàiyú	Vst	to lie in (the fact that), consist in
36.	進行	jìnxíng	V	to carry out, conduct, undertake
37.	共享	gòngxiǎng	V	to share, enjoy
38.	倘若	tǎngruò	Conj	if, in the event that, supposing
39.	不服	bùfú	Vs	to refuse to accept, unconvinced
40.	稅收	shuìshōu	N	tax revenue
41.	生存	shēngcún	Vi/N	to survive, exist; survival
42.	提心吊膽	tíxīn diàodǎn	Id	on tenterhooks, nervous
43.	警力	jǐnglì	N	police force
44.	治安	zhì'ān	N	public security

語法點　🎧07-04

1　原文：當政府為了「財政問題」**傷腦筋**時，有人認為富人應多繳稅來幫助社會。

結構：**為了…傷腦筋** (wèile…shāng nǎojīn) to be vexed about, to have a headache because of, to be troubled about

解釋：為了想怎麼解決一件事花很大的心力。

例句：林小姐下個月得參加一場正式的宴會，現在她為了當天得怎麼打扮、要穿什麼禮服而傷腦筋。

◀ 練習　請使用「為了…傷腦筋」完成句子。

(1) 小張想舉辦一場很浪漫的婚禮，但他為了 _____ 而傷腦筋，最後他決定 _____ 。

(2) 他不想 _____ ，所以選擇租房子，而不買房子。

(3) 現代許多年輕夫妻都為了如何一邊工作一邊 _____ 而大傷腦筋。

2　原文：六歲的阿月**不像**同齡的孩子一樣去上學，**而是**跟著媽媽到田裡工作。

結構：**不像 A，而是 B** (bú xiàng A, ér shì B) unlike A, B...; B, unlike A ...

解釋：強調 B 的情況與 A 不同。

例句：小陳的日文很好，但其實小陳不像一般人花錢去語言中心學，而是在家聽著流行歌學的。

◀ 練習　請使用「不像 A，而是 B」完成句子。

(1) 李先生和李太太對於教養孩子有不同的想法，在和孩子相處上，他們並不像一般的父母要孩子聽他們的話，_____ 。

(2) 他的工作不像大多數人那樣可以 _____ ，而是每天加班到半夜，累得跟狗一樣。

(3) 這次客戶抱怨的問題，並不像以前的那麼容易解決，而是得 _____ _____ 。

3　原文：政府要求富人多繳稅，卻為了減輕窮人的負擔而提供許多津貼，**等同於**拿富人的錢來補貼窮人。

結構：**A 等同於 B** (A děngtóng yú B) to be tantamount to, equivalent to

解釋：A 就跟 B 一樣。

例句：(1) 專家說長期又喝酒又抽菸等同於慢性自殺。
　　　(2) 小明打傷了同學，對方父母打算告小明，小明的父親知道後急著去跟對方說，坐牢等同於毀了這個孩子的人生，希望對方能給小明一次機會。

◀ 練習 請使用「A 等同於 B」完成句子。

(1) 報上說，一杯珍珠奶茶的熱量等同於 _____，若一天喝一杯，又不運動的話，約二十天會胖一公斤。

(2) _____ 等同於被判了死刑，一點希望也沒有。

(3) 現在不會使用電腦的人 _____。

4 原文：國家之所以能出手這麼大方，**就在於**政府在制定政策時考慮了多數人的利益，把富人存著不用的錢進行「收入再分配」。

結構：…之所以 A，就在於 B (…A zhī suǒyǐjiù zàiyú B) the reason A is because B, B cuases A to be like this

解釋：會出現 A 這樣的情況是因為 B。

例句：看了那個企業家的自傳後才明白，他之所以那麼成功，就在於他對待人們的態度。

◀ 練習 請使用「…之所以 A，就在 B」完成句子。

(1) 大家之所以不敢相信王小姐會得到最佳女主角的原因，就在於 _____
_____。

(2) 人民之所以對政府不滿意，就在於 _____。

(3) 「蒙娜麗莎」(Méngnàlìshā, Mona Lisa) 這幅畫之所以那麼有名，_____
_____。

5 原文：政府也需要花更多預算加派警力以維護治安。**從**經濟**的角度來看**，不是更不划算嗎？

結構：從…的角度來 +V (cóng…de jiǎodù lái +V) from the perspective of, from the point of view of

解釋：從不同方向或觀點。

例句：餐廳老闆如果能從客人的角度來思考，就會了解客人真正的需求。

◀ 練習 請使用「從…的角度來 +V」完成句子。

(1) 雖然旅客總抱怨過海關檢查行李浪費很多時間，但 _____，這是非常必要的。

(2) 找一份工作時應 _____ 來衡量，不要太在意別人的想法。

(3) 新員工固然比較聽話，但 _____ 來考慮，新員工還得訓練，所花費的成本比留住老員工要高得多。

論點呈現

1 請再讀一遍文章，找出作者支持增富人稅的三個論點：

	1	2	3
論點	增富人稅可以縮小貧富差距。		

2 作者提出的論點，你都同意嗎？請表達你的意見，並提出其他的新論點。

同意：＿＿＿＿＿＿＿＿＿＿＿＿＿＿＿＿＿＿＿＿＿＿＿＿＿＿＿＿。

不同意：＿＿＿＿＿＿＿＿＿＿＿＿＿＿＿＿＿＿＿＿＿＿＿＿＿＿。

新論點：＿＿＿＿＿＿＿＿＿＿＿＿＿＿＿＿＿＿＿＿＿＿＿＿＿＿。

口語表達

1 根據論點找出文章中重要的表達方式。

論點	1	2	3
表達方式	◆ 不像 A 而是 B ◆ 只能靠…勉強… ◆ 同樣地… ◆ 很明顯地… ◆ 對…來說 ◆ 所謂…根本不存在 ◆ 自然比較… ◆ 雖然…，有些人…有些人卻… ◆ 因此，對於…現象，不能只是… ◆ 應該以…的方式來…		

2 請任選下面一題，用上面的句式談談你的看法。
（至少使用 3 個）

(1) 你認為有錢人之所以有錢的原因是什麼？除了運氣、家庭等天生條件之外，他們在後天的行為上有什麼特別的？

(2) 你希望政府加重比爾蓋茲 (Bǐ'ěrgàizī, Bill Gates) 的稅嗎？

重點詞彙

一、詞語活用

1 請將下面的動詞和名詞組合出五個詞組。

V	N
・改善 ・提高 ・累積 ・縮小 ・維護	A. 財富 B. 治安 C. 稅收 D. 差距 E. 經濟

a. _____

b. _____

c. _____

d. _____

e. _____

2 請用上面的詞組表達你的看法。

(1) 常聽人為了追求愛情說：「年齡不是問題，身高不是距離，體重不是壓力。」這句話是什麼意思？你能接受哪種差距？_____

_____。

(2) 古人說「不患寡而患不均」(bú huànguǎ ér huàn bùjūn, inequality, rather than want/lack, is the cause of trouble)，意思是「民生問題不是擔心分得少，而是擔心資源沒有平均、合理的分配。」

_____

_____

3 請用上面的詞組提出問題，並與同學討論。

例如：改善治安：你認為死刑可以改善治安嗎？

a. _____

b. _____

c. _____

d. _____

4 兩個學生一組，根據以下的詞彙搭配討論及完成句子：

(1) 請跟同學討論，把下面的詞填入表格中：

> 經濟　　過日子　　吃力　　維持　　生活
> 接受　　高漲　　　環境　　反對　　留下來

改善 + N	勉強 + V	自然 +Vs
• 經濟	• 過日子	• 吃力

(2) 利用上面的詞組，完成下面的句子：

城市裡的醫療機構和工作機會多，生活也方便，大家都想住在這裡，房價和租金＿＿＿＿＿＿＿。許多在這裡工作的年輕人，他們的薪水只能＿＿＿＿＿＿＿，沒有辦法忍受高房價和租金的痛苦。因此他們只好走向街頭抗議，希望政府能夠＿＿＿＿＿＿＿。

二、詞義聯想

1 請與同學討論以下跟「吃」、「白」和「出手」相關的詞，猜猜他們的意思。

> 吃：吃得慣、吃力、吃香、吃苦、吃虧、吃驚、吃醋、吃豆腐、吃父母
> 白：白吃、白喝、白工、白忙、白天、白日夢、白雲
> 出手：出手大方、出手打人、出手不凡、出手幫人、出手得分

2 每組選擇兩個不同意思的詞組，寫下來並互相提問。

例如：台灣的菜你吃得慣嗎？／妳覺得吃苦的人一定能成功嗎？

(1) ＿＿＿＿＿＿＿＿＿＿＿＿＿＿＿＿＿＿＿＿＿＿＿＿＿＿＿＿＿＿＿＿

(2) ＿＿＿＿＿＿＿＿＿＿＿＿＿＿＿＿＿＿＿＿＿＿＿＿＿＿＿＿＿＿＿＿

(3) ＿＿＿＿＿＿＿＿＿＿＿＿＿＿＿＿＿＿＿＿＿＿＿＿＿＿＿＿＿＿＿＿

三、相反詞

1 連一連

- 主動
- 縮小 ·
- 吃力 ·
- 大方 ·
- 完善 ·
- 自私 ·

- · A. 放大
- · B. 無私
- · C. 輕鬆
- · D. 被動
- · E. 小氣
- · F. 不足

2 請利用上面連出來的詞組提出問題，並與同學討論：

例如：在打掃家裡這件事上，你是主動的，還是被動的？

(1) _____

(2) _____

(3) _____

(4) _____

(5) _____

四、四字格 🎧 07-05

1 相依為命 xiāngyī wéimìng

解釋：互相依靠過日子（常是生活困苦的情況下）。

功能：謂語、定語

例句：

(1) 美美的父母因一場意外過世，所以她從五歲起就和爺爺兩人相依為命，日子過得很辛苦。（謂）

(2) 陳光明申請上國外的大學，想到得離開相依為命的弟弟，就很放不下心。（定）

2 一無所有 yìwú suǒyǒu

解釋：什麼都沒有（通常指錢財）。

功能：謂語、定語

例句：

(1) 有些人擁有一切卻還是因不滿足而不快樂，但也有人幾乎一無所有，卻仍快樂過日子。（謂）

(2) 王先生生意失敗，不但銀行存款不到一百元，連家具都賣掉換現金了，現在可以說是一無所有了。（謂）

(3) 大家都說「狗是人類的好朋友」，連你一無所有的時候，所有的人都離你而去，狗也不會離開你。（定）

3 袖手旁觀 xiùshǒu pángguān

解釋：把手放在袖子裡，站在旁邊看著事情發生。比喻看到別人有困難，不關心也不幫忙。

功能：謂語、定語

例句：

(1) 她是我的好友，現在需要幫忙，我怎麼能袖手旁觀？（謂）

(2) 每次上級 (shàngjí, higher authorities) 要來檢查，大家都忙成一團，他卻總在一旁袖手旁觀。（謂）

(3) 雖然你們兩個部門的想法不同，但公司遭遇困難時，任何一方都沒有袖手旁觀的理由。（定）

4 提心吊膽 tíxīn diàodǎn

解釋：描述心情就像手裡提著心，膽也吊得高高的。形容非常擔心、害怕而無法平靜下來。

功能：謂語、狀語

例句：

(1) 原來老闆要裁員只是個謠言，害大家提心吊膽了很多天。（謂）

(2) 她才剛學會開車就上高速公路，真讓人看了提心吊膽。（謂）

(3) 新來的經理非常嚴格而且脾氣暴躁，使得他每天都提心吊膽地去上班。（狀）

應尊重個人自由與權利

07-06

　　小張在哈佛大學旁聽，課堂上教授提出了一個問題請大家思考：「想像你是名急診室的醫生，同時來了六個病人，一個需要心臟、另一個需要肺臟、第三個需要腎臟……，每個人都非常急迫地需要器官移植，否則就活不下去，可是並沒有捐贈者。你突然想到，隔壁房間有個人正全身麻醉等著做健康檢查。請問你會拿走他的器官來救其他五個人嗎？」大多數同學搖頭。教授接著提出「對富者加稅，對貧者減稅」的話題：「抽一個有錢人的稅，可以滿足許多人的迫切需要，但在考慮眾人利益的同時，是否應該尊重個人的自由與權利呢？」課程最後，現場多數人同意「不應為了滿足多數人而奪取他人生命、自由或財產。」

　　這堂課讓小張心有所感。奮鬥多年，如今他的孩子已經長大，生活還算過得去。從小，當別人在玩樂時，他犧牲了休閒，把自己埋在書堆裡；長大後，日夜不停地工作。一路走來，他都比別人更認真，現在的社會地位與收入是他應得的。然而今年，當他看到繳稅單時，忍不住叫了一聲「天呀！要繳好多稅喔！聽說政府還打算要我們繳更多的稅，這樣努力賺錢還有什麼意義呢？」在旁那無所事事、領著低收入津貼的表弟酸酸地回：「誰叫你賺那麼多！人生短暫，那麼拼做什麼？『不怕賺錢少，就怕走得早』像我每天不必工作、睡到自然醒多好？」小張苦笑地回：「歪理，如果大家都跟你一樣當米蟲，國家經濟怎麼會好？」

　　努力工作似乎成為一種懲罰，小張仍舊不明白自己做錯了什麼，甚至開始懷疑自己的付出是否值得。政府利用稅收來「劫富濟貧」，聽起來是關心窮人，但忽視了被劫者背後的辛苦，他不偷不搶，付出了時間與成本，卻被強制收稅奪走收入，被迫「捐款」，讓眼紅者分享自己努力的成果，這真不合理。那些習慣不勞而獲的人長期依靠社會福利，不但對國家沒幫助，也成為政府的負擔。

　　所謂的公平正義，不是把上層階級往下拉，應是把弱勢的低層階級往上推，提供弱勢者工作機會，協助他們用自己的力量脫離貧窮，而非像強盜一樣，搶錢多的人來養窮人，這樣只會打擊人們想積極創富的心，反而影響國家經濟發展。再說，得到的稅金，是否真能有效運用、真正縮小貧富差距？都還有待討論。總而言之，政府不應介入社會財富重分配的過程。

課文理解

請在（　）打 ✓

1 這篇文章的作者認為：

（　）努力工作是不值得的。

（　）富人應為了縮小貧富差距而多繳稅。

（　）不應為了多數人的利益而忽視個人自由權。

2 第二段作者想要表達的是：

（　）放棄別的，只專心做一件事。

（　）想要有現在的地位，就應比別人更認真。

（　）努力付出不一定能得到公平的結果。

3 第二段第七行，「拼」的意思是：

（　）非常地努力、盡力地去做。

（　）想不開。

（　）在乎、覺得重要。

4 第二段第六行，「誰叫你賺那麼多！」的意思是：

（　）人生短暫，應該要把握現在，好好享受。

（　）因為賺得比較多，所以要繳比較多稅是應該的。

（　）賺來的錢是辛苦錢，卻因此要繳比較多稅不太合理。

5 第三段中，什麼事情是不合理的？

_____

6 最後一段中，作者提出什麼建議？

_____

生詞 New Words 🎧 07-07

			課文二	
1.	哈佛大學	Hāfó Dàxué	N	Harvard University
2.	課堂	kètáng	N	classroom
3.	心臟	xīnzàng	N	heart (organ)
4.	肺臟	fèizàng	N	lung
5.	腎臟	shènzàng	N	kidney
6.	急迫	jípò	Vs	urgent, pressing
7.	器官	qìguān	N	organ
8.	移植	yízhí	V	to transplant
9.	捐贈	juānzèng	V	to donate
10.	突然	túrán	Adv	suddenly
11.	全身	quánshēn	N	entire body
12.	麻醉	mázuì	V	to anesthetize (全身麻醉 general anesthesia)

生詞 New Words

13.	抽	chōu	V	to levy (a tax)
14.	迫切	pòqiè	Vs	urgent
15.	眾人	zhòngrén	N	people in general, the multitude
16.	奪取	duóqǔ	V	to seize, take by force
17.	堂	táng	M	measure for classes (in terms of minutes; not for courses, classrooms, or students that make up a class)
18.	奮鬥	fèndòu	Vi	to struggle, strive
19.	犧牲	xīshēng	V	to sacrifice
20.	埋	mái	V	to bury
21.	繳稅單	jiǎoshuìdān	N	tax form
22.	無所事事	wúsuǒ shìshì	Id	have nothing to do, to lay idle (here, unemployed)
23.	短暫	duǎnzhàn	Vs	transient, short, brief
24.	拼	pīn	Vs	to work hard
25.	醒	xǐng	Vp	to wake up, awaken
26.	苦笑	kǔxiào	Vi	to smile bitterly/wryly, to force a smile
27.	歪理	wāilǐ	N	preposterous argument (i.e., that's dumb! What idiot thought that up?!)
28.	米蟲	mǐchóng	N	sponge, parasite (lit. a rice bug)
29.	仍舊	réngjiù	Adv	still
30.	劫富濟貧	jiéfù jìpín	Id	steal from the rich and give to the poor (spirit of Robin Hood)
31.	強制	qiǎngzhì	Adv	by force into, coerced into
32.	奪走	duózǒu	V	to take away, snatch
33.	被迫	bèipò	Vs	to be forced, compelled
34.	捐款	juānkuǎn	V-sep	to donate money
35.	眼紅	yǎnhóng	Vs	to covet, envious
36.	分享	fēnxiǎng	V	to share
37.	成果	chéngguǒ	N	outcome, result
38.	不勞而獲	bùláo érhuò	Id	to reap where one has not sown, get something for nothing
39.	依靠	yīkào	V	to rely on, depend on
40.	拉	lā	V	to pull
41.	貧窮	pínqióng	N	poverty
42.	強盜	qiángdào	N	robber
43.	打擊	dǎjí	V	to strike a blow to
44.	創富	chuàngfù	Vi	to create wealth
45.	介入	jièrù	V	to intervene, get involved in

語法點

🎧 07-08

1 原文：不應為了滿足多數人而奪取他人生命、自由或財產。

結構：為了 A 而 B (wèile A ér B) to engage in B for the sake of A

解釋：指為了某個目的而做某事。

例句：地球上已經有很多種類的動物逐漸消失了，人們實在不應該為了滿足自己生活的享受而破壞環境。

◀ 練習 請使用「為了 A 而 B」完成句子。

(1) 人生是自己的，不應為了滿足父母＿＿＿＿＿＿＿＿＿＿＿＿＿＿＿＿＿＿＿。

(2) 不應為了滿足暫時的快樂而＿＿＿＿＿＿＿＿＿＿＿＿＿＿＿＿＿＿＿。

(3) 許多人選擇吃素的理由是因為他們認為人類不應＿＿＿＿＿＿＿＿＿＿＿＿＿＿
＿＿＿＿＿＿。

2 原文：他不偷不搶，付出了時間與成本，卻被強制收稅奪走收入，被迫「捐款」。

結構：被迫＋VP (bèipò ＋ VP) to be forced to, to be compelled to, to be coerced into

解釋：受到強力的逼迫，沒有別的辦法，只好…。

例句：當年政府為了國家發展收了許多土地，許多原住民被迫離開平地，搬往深山裡。

◀ 練習 請使用「被迫＋Vp」完成句子。

(1) 地震造成電廠功能無法使用，因此＿＿＿＿＿＿＿＿＿＿＿＿＿＿＿＿＿＿＿。

(2) 根據歷史，那個國家因為戰敗而＿＿＿＿＿＿＿＿＿＿＿＿＿＿＿＿＿＿＿。

(3) 原本後天的考試因＿＿＿＿＿＿＿＿＿＿＿＿＿＿＿＿被迫延後舉行。

3 原文：得到的稅金，是否真能有效運用、真正縮小貧富差距？都還有待討論。

結構：是否 A 還有待 B (shìfǒu A hái yǒu dài B) whether or not A , will be workable depends on the results of B

解釋：事情的情況是不是 A，還需要等 B 才知道。

例句：這個方法目前看起來的效果不錯，但是否真的可以全面施行，還有待進一步的觀察。

◀ 練習 請完成「是否 A 還有待 B」的句子。

(1) ＿＿＿＿＿＿＿＿＿＿ 是否 ＿＿＿＿＿＿＿＿＿＿，還有待證實。

(2) ＿＿＿＿＿＿＿＿＿＿ 和這個疾病是否 ＿＿＿＿＿＿＿＿＿＿，還有待科學家進行多方面研究。

(3) 從 ＿＿＿＿＿＿＿＿＿＿ 看來，＿＿＿＿＿＿＿＿＿＿，還有待警察調查。

論點呈現

1 請再讀一遍文章，找出作者反對增富人稅的三個論點：

論點	一	二	三
	不應為滿足多數人而奪取他人財產。		

2 作者提出的論點，你都同意嗎？請表達你的意見，並提出其他的新論點。

同意：＿＿＿＿＿＿＿＿＿＿＿＿＿＿＿＿＿＿＿＿＿＿＿＿＿＿＿＿＿＿＿＿

不同意：＿＿＿＿＿＿＿＿＿＿＿＿＿＿＿＿＿＿＿＿＿＿＿＿＿＿＿＿＿＿

新論點：＿＿＿＿＿＿＿＿＿＿＿＿＿＿＿＿＿＿＿＿＿＿＿＿＿＿＿＿＿＿

口語表達

1 根據論點找出文章中重要的表達方式。

論點	一	二	三
表達方式	◆ 可以滿足…需要 ◆ …的同時，是否… ◆ 從小…長大後… ◆ 一路走來S都… ◆ 然而…不免… ◆ 還有什麼意義呢？		

2 「想像你是名電車司機，列車正以 100 公里的速度往前開，突然發現煞車 (shàchē, brakes) 壞了，而前方有五個工人正在修理馬路，這時右邊有另一條路，路上站著一個人。你可以右轉撞死那個人，好讓那五個工人活命，請問你會轉向嗎？」請用上面的句式回答：（至少使用 3 個）

重點詞彙

一、詞語活用

1 連一連。

■ 滿足・　　　　　　・A. 貧窮
■ 考慮・　　　　　　・B. 權利
■ 尊重・　　　　　　・C. 需要
■ 奪取・　　　　　　・D. 利益
■ 脫離・　　　　　　・E. 財產

2 請用上面的詞組提出問題，並與同學討論。

例如：有哪些方法可以脫離貧窮？

a. _____

b. _____

c. _____

d. _____

e. _____

3 請與同學討論下面與顏色有關的詞語是什麼意思：

◆ 眼紅、紅單、紅人、紅牌、開紅盤　　◆ 黃牛、黃湯、黃毛丫頭、黃泉
◆ 黑心、黑道、黑官、黑社會、黑名單　　◆ 白眼、白頭、白手起家、白領
◆ 綠帽、臉都綠了　　　　　　　　　　◆ 藍圖、藍領

二、詞義聯想

1 猜一猜這些詞的意思是什麼？

全身：＿＿＿＿＿＿＿　　抽稅：＿＿＿＿＿＿＿　　日夜不停：＿＿＿＿＿＿＿

重分配：＿＿＿＿＿＿＿　　書堆：＿＿＿＿＿＿＿　　稅金：＿＿＿＿＿＿＿

2 改寫：請利用上面生詞改寫及完成下面這段短文。

　　小林看了一眼繳稅單，感到整個身體冷了起來，他不禁搖頭，抱怨政府強制收稅。他一連熬了幾天的夜，把自己埋在書裡，研究關於政府稅收的資料，最後他認為，政府收來的稅是很難按照財富比例再次進行分配的。

_____

_____

三、四字格 🎧 07-09

1 無所事事 wúsuǒ shìshì

解釋：沒什麼事做，很閒的樣子。

功能：謂語、定語、狀語

例句：

(1) 許多人認為如果給孩子太多自由的時間，他們會無所事事，因此父母安排孩子補習，老師們也給了很多作業。（謂）

(2) 他不想退休後在家當一個無所事事的人，因此打算最近要開一家小餐廳。（定）

(3) 你還這麼年輕，怎麼可以就這麼無所事事地一天過著一天呢？（狀）

2 劫富濟貧 jiéfù jìpín

解釋：搶有錢人的錢去幫助窮人。

功能：謂語、定語

例句：

(1) 羅賓漢 (Luóbīnhàn, Robin Hood) 常劫富濟貧，所以受人尊敬，約從 13 世紀開始，羅賓漢就是英格蘭家喻戶曉的知名人物。（謂）

(2) 大多數富人的財富都是靠自己努力賺來的，以劫富濟貧的方式來奪取個人的基本財產權，你認為合理嗎？（定）

(3) 日本在台時期有個有名的人物叫廖添丁，雖然他有多次強盜入獄的紀錄，但他劫富濟貧的行為卻受到人們的稱讚。（定）

3 不勞而獲 bùláo érhuò

解釋：自己懶得做事，只想得到好處。

功能：謂語、定語

例句：

(1) 你若沒有吃苦的精神，總想著不勞而獲，很難找到滿意的工作。（謂）

(2) 有人說：「除了貧窮，天下沒有不勞而獲的東西」，你同意這句話嗎？（定）

(3) 他從不羨慕那種中了樂透 (lètòu, lottery)，不勞而獲的有錢人。（定）

延伸練習

◎內在情感的描述——**誇飾** (kuāshì, hyperbole)

美國一個知名的演員 Kevin Spacey 曾說過：「在行銷的領域中，故事就是一切。」這句話說明了，在說服別人時，與其講一堆道理，都不如說一則讓人能感同身受的故事，更能達到傳達訊息與觀念的目的。

在古代，有以說故事為職業的「說書人」，在他講到故事的重心時，為了讓聽者留下很深的印象，常使用的技巧就是誇飾法。誇飾法，顧名思義就是用一種誇張的方法來描述，讓故事更具吸引力，也讓說者更有魅力。

誇飾的表達方式

❖ **放大**：「他餓得可以吃下一頭牛。」、「這話都說了幾百次了。」
❖ **縮小**：「他說話比蚊子的聲音還小。」、「那個地方安靜得連根細針掉到地上都聽得到。」
❖ **成語**：如本書學過的「千辛萬苦、提心吊膽、一無所有…」等。
(1) 這看似簡單的夢想讓許多人費盡千辛萬苦仍無法實現。
(2) 這個地區小偷很多，每個人走在路上都提心吊膽。
(3) 有些人抓住機會成功了，有些人努力一輩子卻一無所有。

◀ 練習

a) 看圖猜故事
   請與同學互相交換一張照片，以對方的照片為背景（猜想照片中的人物、職業、學歷等背景），針對不同描寫對象（人物、空間、時間、物體……），運用一些誇飾寫下一個故事。

   _____

   _____

   _____

b) 說一個你想分享的故事
   （書籍、電影、電視劇都可以）

語言實踐

◎短篇故事──《離開歐美拉斯城的人》(The Ones Who Walk Away from Omelas) ──美國科幻文學作家 Ursula K. Le Guin

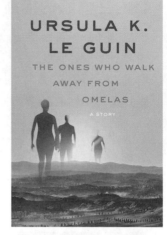

　　歐美拉斯是一個完美無瑕疵的快樂小城。這個城市規劃完善，居民人人幸福快樂。

　　只是在這城裡有個秘密：大家永遠享受幸福的唯一條件，是必須犧牲一個無辜的孩子，把他鎖在地下室一間黑暗的房間中，獨自過著沒人照顧的悲慘生活，無論這個孩子是否缺乏營養，都不能放他出來，不然整座城市的美麗與人民的幸福都會消失。

　　一些人在知道真相後大哭一場，然後故意忘記；但也有些人選擇離開，只是離開這城市的人也不知道，要去的地方是個怎樣的地方。

❖ **不同的立場**：這是一個曾得過雨果獎 (Yǔguǒ jiǎng, Hugo Award) 的短篇故事，為了眾人的幸福得犧牲一個孩子，如果你是這座城市的居民，在知道真相後，你會怎麼做？為什麼？請站在不同的角度（如：基本人權、市長的職責、道德…等）列出三個理由，並完成一段短文。

_____

_____

_____

❖ **練習說故事**：請跟兩個親友敘述這個故事，並記錄下他們聽完後的想法與態度。

_____

_____

_____

❖ **身邊的情況**：雖然這不是一個真實的故事，但在我們的實際生活中卻有許多為了多數的利益得犧牲少數的相似情況（如：動物實驗、請乞丐離開…），請舉例並寫下：

_____

_____

_____

LESSON 8

第八課
左右為難的難民問題

Photo credit: Azzam Daaboul

引言 🎧 08-01

一張三歲男童在海邊溺死的照片震驚全球，使大家對難民的問題更加地關心和同情。然而，在接連發生恐怖攻擊事件後，民眾又開始對政府的開放政策表達不滿。如何解決難民危機，正考驗著各國政府的智慧。

課前活動

1 請你和同學討論，這幾張圖片說明什麼？可能發生什麼樣的情況。

2 關於「難民」與「移民」，你了解多少？請回答下面的問題。

(1) 為了脫離貧窮或是更好的發展機會而遷移他國的人稱為 _____。

(2) 因為戰爭、種族或政治原因，使生命受到威脅而遷移他國的人稱為 _____。

(3) 亞洲哪些國家也曾有難民問題？

(4) 你覺得哪個國家最歡迎難民？哪個國家收容的難民最多？

(5) 哪個國家移民他國的人數最多？哪個國家接受他國移民的人數最多？

(6) 亞洲哪個國家的富人移民他國的人數最多？你想，一般人為何移民？

❶ 子女教育　　❷ 嚮往 (xiàngwǎng, to long for, dream of, aspire to) 西方價值觀　　❸_____

❹_____　❺_____　❻_____　❼_____　❽_____

(7) 目前歐美各國紛紛出現拒絕難民的聲音，你認為反對的原因是什麼？

163

各國分擔責任，化危機為轉機

08-02

海面上，難以數計的屍體讓人怵目驚心。因為宗教或戰爭的原因，幾百萬難民冒著生命危險，離鄉背井、飄洋過海，只是為了能到一個安全的地方好好活著。

根據聯合國的統計，至2015年底止，全世界有六千多萬難民申請庇護，人數創下歷史新高，人權觀察組織就表示：「全球正面臨一個歷史性的難民危機，目前正是需要各國團結的時候。」

2016年9月，聯合國在紐約召開了史上第一次難民高峰會，一百九十三國領袖和代表承諾將保護難民人權、協助難民就業，並消除國人仇外的心理。就如美國前總統歐巴馬在會議中所言：「難民本身不是威脅，而是戰爭及恐怖主義的受害者。」人道與自由向來是西方國家的重要價值，難民問題並非單一國家的責任，只有透過國際社會共同合作與分擔才能解決。人道危機正是各國合作的轉機，仇恨與排外只會使難民更加難以融入社會，帶來更大的傷害。

短時間收容難民或許會對收容國的財政造成負擔，但從長期來看，只要提供語言與職業訓練，就能使他們自食其力。越早讓難民就業，他們就能越早融入社會。研究指出，貧窮的新移民都想為了安定的生活而努力工作。在歐洲人口老化與勞動力不足的情況下，這正是把難民危機轉化為生產力的大好機會。他們不但能為歐洲各國停滯不前的經濟帶來好處，也對國家稅收有所貢獻。

2016年的里約奧運，首度出現由難民組成的代表隊。有位因逃離戰火而斷了一條腿的難民，也為參加殘障奧運的游泳比賽而努力，他說：「我要忘掉過去、重新開始生活，有一天，我要以英雄的身分再回到我的國家。」另一位索馬利亞籍女性難民18歲時逃離戰火，靠著自己的努力取得美國哈佛大學碩士，成為聯合國公共衛生專家之後，回到自己的國家參選總統，希望能為國家創造繁榮和幸福。

每個人都是世界的一分子，應該用友善與尊重的態度，不分國籍、種族、膚色與性別，幫助難民早日成為我們的同事和鄰居，重新建立幸福的家庭。希望下一代在讀到這段歷史時，看到的是，我們曾經一起努力扶持那些需要被保護的人們。

課文理解

請在（　）打 ✓

1 這篇文章的作者認為：

（　）長期收容難民會對收容國造成財政負擔。

（　）應該用友善與尊重的態度對待難民，不分國籍種族膚色。

（　）讓難民到安全的地方，是唯一化國家危機為轉機的方法。

2 第一段到第二段，作者主要在：

（　）說明各國所面臨的危機。

（　）說明世界人口成長的速度。

（　）提醒人民注意難民的現象。

3 關於第四段，作者主要想表示：

（　）也許收容難民能為收容國帶來好處。

（　）短時間收容難民或許會對收容國的財政造成負擔。

（　）讓難民長時間待著，能為收容國停滯不前的經濟帶來好處。

4 關於第五段，作者主要想說明：

（　）難民也有參加奧運比賽的權利。

（　）難民逃難的經驗，有助於奧運比賽。

（　）難民的精神值得學習，他們需要的只是機會。

5 關於第六段，作者主要想表示：

（　）希望我們的同事和鄰居中有難民。

（　）希望下一代要讀難民的歷史故事。

（　）我們應該幫助難民重新建立幸福的家庭。

6 整篇文章中，哪一句話能代表本篇的結論？

生詞 New Words 08-03

	引言			
1.	左右為難	zuǒyòu wéinán	Id	in a dilemma, be in a bind, in a predicament, in a fix
2.	難民	nànmín	N	refugees
3.	男童	nántóng	N	boy, male child
4.	溺死	nìsǐ	Vp	to drown (to death), die from drowning
5.	震驚	zhènjīng	Vpt	to shock, stun, startle
6.	接連	jiēlián	Adv	in succession, in a row
7.	事件	shìjiàn	N	incident, episode
8.	不滿	bùmǎn	Vs	discontent, unhappy with

	課文一			
1.	分擔	fēndān	V	to share a burden, share responsibility
2.	化	huà	V	to turn into, change into, convert into, transform into
3.	轉機	zhuǎnjī	N	(life-saving) opportunity
4.	海面	hǎimiàn	N	the surface of the ocean/sea
5.	難以數計	nányǐ shùjì	Id	countless (lit. hard to calculate)

生詞 New Words

6.	屍體	shītǐ	N	corpse, body
7.	怵目驚心	chùmù jīngxīn	Id	shocked to witness
8.	冒	mào	V	to risk
9.	聯合國	Liánhéguó	N	United Nations, UN
10.	止	zhǐ	Ptc	until (classical Chinese)
11.	庇護	bìhù	N	asylum
12.	人數	rénshù	N	number of people
13.	面臨	miànlín	V	to face, confront
14.	團結	tuánjié	Vi	to unite, form solidarity with
15.	召開	zhàokāi	V	to convene, hold (a meeting)
16.	高峰會	gāofēng huì	N	Summit (meeting)
17.	領袖	lǐngxiù	N	leader, head of a state
18.	消除	xiāochú	V	to eliminate
19.	仇外	chóuwài	Vs	anti-foreign
20.	前 -	qián	N	former-, ex-
21.	歐巴馬	Ōubāmǎ	N	Barack Obama (former US president)
22.	會議	huìyì	N	conference, meeting
23.	主義	zhǔyì	N	"-ism" (as in terrorism, Communism)
24.	受害者	shòuhàizhě	N	victim
25.	向來	xiànglái	Adv	always, all along
26.	單一	dānyī	Vs-attr	one, single (any one country's responsibility)
27.	共同	gòngtóng	Adv	together, jointly
28.	排外	páiwài	Vi	anti-foreign, xenophobic
29.	融入	róngrù	V	to integrate, blend in
30.	收容	shōuróng	V	to offer refuge to
31.	或許	huòxǔ	Adv	perhaps, probably
32.	勞動力	láodònglì	N	manpower
33.	轉化	zhuǎnhuà	Vi	to change into, transform into
34.	里約	Lǐyuē	N	Rio, Brasil
35.	奧運	Àoyùn	N	Olympics
36.	首度	shǒudù	Adv	first time
37.	代表隊	dàibiǎoduì	N	representative team, team representing
38.	逃離	táolí	V	to escape from, flee from
39.	戰火	zhànhuǒ	N	fires of war
40.	殘障	cánzhàng	N	physical disability
41.	忘掉	wàngdiào	Vpt	to forget
42.	英雄	yīngxióng	N	hero
43.	身分	shēnfèn	N	identification
44.	索馬利亞	Suǒmǎlìyà	N	Somalia
45.	之後	zhīhòu	N	subsequent to that
46.	參選	cānxuǎn	V	to run in an election
47.	膚色	fūsè	N	skin color
48.	早日	zǎorì	Adv	soon
49.	扶持	fúchí	V	to support, help, aid, assist

語法點　🎧 08-04

1 原文：各國分擔責任，化危機為轉機。

結構：化 A 為 B (huà A...wéi B)　to transform A into B, turn A into B

解釋：把…轉成、改變成…。

例句：俗話說「化悲憤 (bēifèn, grief and anger) 為力量」，是希望有人在難過時，可以把負面的情緒轉成幫助前進的力量。

◀ 練習 請使用一組合適的詞語完成句子。

> 垃圾 ➡ 資源　愛心 ➡ 實際行動　腐朽 (fǔxiǔ, decay) ➡ 神奇

(1) 那個畫家不過在小明的畫上畫了幾筆，原本難看的樹木居然變成一幅美麗的風景畫，真是 _____ 啊！

(2) 那場災難造成許多房屋倒塌，各地居民紛紛 _____，有錢捐錢，有力出力。

(3) 政府把回收的廢紙做成再生紙，把罐子壓碎做成汽車的材料，像這樣 _____ _____ 的方式，非常環保。

2 原文：**根據**聯合國**的統計**，至 2015 年底止，全世界有六千多萬難民申請庇護。

結構：根據…的統計 / 根據…的資料顯示 (gēnjù...de tǒngjì, gēnjù...de zīliào xiǎnshì)　according to... statistics, according to information from the...

解釋：這訊息的來源是按照…資料。

例句：每個人都應有運動的習慣，但不應過度。根據對舞者問卷的統計，從小學跳舞的女生，約有八成都受過傷。

◀ 練習 請使用「根據…的統計」或「根據…的資料顯示」完成句子。

(1) _____，我們常用的漢字約有四千八百多個。

(2) 根據這次民意調查的資料顯示，_____。

(3) _____，有 64% 的民眾，會利用一半以上的年假安排國外旅遊。

3 原文：人道與自由**向來**是西方國家的重要價值。

結構：向來 (xiànglái)　has/have always been, all along

解釋：一向，一直是這樣的情況。

例句：這家企業的錄取標準向來嚴格，其政策是「寧缺勿濫」。

◀ 練習 請使用「向來」完成句子。

(1) 別擔心客人抱怨的事，_____ 是他最擅長的，他一定能處理這個危機的。

(2) 我向來給人 _____ 的印象，但我其實是個 _____ 的人。

(3) 這場球賽實在太精彩了，連 _____ 變得非常活潑，談起這場比賽，話都停不下來。

論點呈現

1 請再讀一遍文章，找出三個贊成收容難民的論點：

	一	二	三
論點			

2 作者提出的論點，你都同意嗎？請表達你的意見，並提出其他的新論點。

同意：_____。

不同意：_____。

新論點：_____。

口語表達

1 根據論點找出文章中重要的表達方式。

論點	一	二	三
表達方式			

2 「牆」有許多不同的功能。萬里長城是中國為了不讓北方的民族進攻而建造的牆。最近美國也針對移民問題提出了在邊界上「築高牆」的政策。另外在祕魯 (Milǔ, Peru) 也有一道知名的牆，表面上是為了保護人民隔離罪犯，事實上卻是將窮人和富人分為兩區。請利用上面的句式談談你對「築高牆」來隔離人的看法。（至少使用 4 個）

_____

_____

_____

_____

重點詞彙

一、相近詞

1 找出意思相近的詞。

> 接連　　或許　　共同　　首度　　之後　　早日

A. 第一次 _____

B. 早一點，快一點 _____

C. 以後 _____

D. 一起 _____

E. 一個接著一個 _____

F. 可能 _____

2 利用上面的詞完成文章：

　　最近在許多國家 _____ 發生難民事件，一些非政府組織 _____ 進入這些國家的邊界地帶拍了許多影片。他們選在 6 月 20 日世界難民日播放，就是為了讓大家能親眼看見難民們所面臨的困境，希望能集合全世界的力量 _____ 協助這些難民。這些照片刊登 _____，立刻引起全球的關注。他們要求各國領袖不能再袖手旁觀，應該討論對策，_____ 解決各國難民的問題，同時，他們也希望能透過影片讓大家感同身受，_____ 就能阻止未來悲劇的發生。

二、詞語活用

```
會議      分擔    冒    戰火    難民    融入
弱勢團體   壓力    消除   社會    收容    逃離
扶持      風險    責任   仇恨    危險    召開
```

1 先把上面的詞組按動詞和名詞分類。

V：召開、_____

N：會議、_____

2 這些動詞和名詞怎麼相互搭配？請至少寫出六個搭配的詞組。

搭配詞組：召開會議 /_____

_____

3 將上面完成搭配的詞組，擴展成更大的詞組。

例如：召開國家安全會議

(1) _____。

(2) _____。

(3) _____。

4 許多難民選擇德國，主要是因為德國針對難民提供這些協助：
- 等待庇護結果時：免費住宿、免費醫療、小孩可以免費上學、發放基本生活費。
- 通過申請後：提供德語課、文化課程、職業訓練。

(1) 你認為德國政府為什麼要這麼做？請用以上 #**2** 的詞組來回答。

_____

(2) 請選擇一個身分，並以這個身分，提出你對難民問題的看法：

難民	一般民眾	德國總理	人權團體代表

例如：針對是否開放邊界問題，我以 _____ 身分來表示我的意見。我個人認為⋯

三、四字格 🎧 08-05

1 左右為難 zuǒyòu wéinán

[解釋]：左也不好，右也不好。形容不管怎麼做都有難處 (nánchù, difficulty)。

[功能]：謂語、定語

[例句]：

(1) 即使當老師多年，在教育學生上還是常讓他左右為難。不給壓力學生不會進步，但要求太嚴格學生也會抗議。（謂）

(2) 這幾位面試者的表現都很不錯，到底錄取哪一個，真是讓面試官左右為難。（謂）

(3) 根據媒體報導，大企業因政府加收富人稅而紛紛放棄原來的投資計畫。這使政府在稅收政策上面臨了左右為難的困境。（定）

2 難以數計 nányǐ shùjì

[解釋]：形容數量多得無法計算。

[功能]：謂語、定語、補語

[例句]：

(1) 實驗室進行這項計畫已經五年了，用於研究的時間和金錢實在難以數計，大家都非常期待最後的成果。（謂）

(2) 人們往往容易忘記戰爭所帶來難以數計的死傷和損失。（定）

(3) 每年到了櫻花季節，來這裡賞花的遊客多得難以數計，最好提早訂好火車票。（補）

3 怵目驚心 chùmù jīngxīn

[解釋]：看到可怕的畫面而震驚、害怕。形容非常恐怖。

[功能]：謂語、定語

[例句]：

(1) 一打開報紙就看見許多暴力新聞，真讓人怵目驚心。（謂）

(2) 強烈地震過後，這個地區的房子幾乎全倒，怵目驚心的畫面讓人難忘。（定）

四、易混淆詞

1

逃離 táolí	今天電視節目的主題是「如何在最短時間內逃離火災現場」。	V
脫離 tuōlí	醫生表示，這個鬥牛士受傷的情況很嚴重，尚未脫離生命危險。	Vpt

說明：

	逃離	脫離
語義	逃避和離開。 例：逃離西班牙 此罪犯目前已逃離西班牙。	離開並跟某種身分、關係或情況不再有任何關係。 例：脫離西班牙（指獨立建國） 加泰隆尼亞 (Catalonia) 欲脫離西班牙，爭取獨立。
用法	～現場｜～＋（地方）	～關係｜～困境｜～貧窮

練習

雖然許多難民 _____ 了戰火，但卻仍無法 _____ 貧窮。

2

承諾 chéngnuò	政府承諾給人民的福利，怎麼能說改就改呢！這是從前政府對人民的承諾啊！	V/N
答應 dāying	當他問我是否要參與這項計畫時，我馬上就答應了。	V

說明：

	承諾（V）	答應（V）
語義	答應別人要做的事。	表示同意。
搭配	勉強～｜不敢～｜～幫助｜～照顧	勉強～｜不敢～｜～幫助｜～照顧
用法	對/向＋人＋～＋事	～＋人＋事

練習

母親一直捨不得我離家。為了能讓母親 _____ 我出國留學，我向母親 _____，在國外拿到學位後，一定回國陪伴她。

3			
扶持 fúchí	政府應扶持傳統文化，透過國際文化交流機會，推廣觀光產業。		V
支持 zhīchí	(1) 希望大家都能支持這位有理想的政治人物參選總統。 (2) 為全民服務是我的願望，我一定會爭取大家的支持。		V/N

說明：

	扶持	支持
語義	強調金錢上、經濟方面的幫助、照顧。	強調贊同、鼓勵。
用法	相互～｜共同～｜	獲得～｜爭取…～

◀ 練習

為了 _____ 產業發展，政府提供許多輔助經費以 _____ 、鼓勵年輕人創業。

國家安全 應優先於 人道

經濟不景氣，歐洲各國失業率居高不下，許多國家已無力收容難民，因為無論在生活安置、醫療、教育和社會福利各方面，都是一筆非5 常大的支出，增加政府的財政負擔。許多人擔心會因此導致工資下降，賦稅增加，對當地居民的生活與就業造成壓力。長期下來，難民問題將使社會對立、貧富懸殊的情況更為嚴重。

10 根據歐盟的一份調查統計顯示，難民中約有60%是「經濟難民」，也就是說，大部分的難民並非來自戰爭中的國家，許多人只不過是想移民到歐洲找份工作、追求更好的生活罷15 了。還有報導指出，有40%的德國經濟學家認為，難民將使國家經濟每況愈下，拖垮歐洲整體競爭力，歐盟整合也將更加困難。

2015年就有超過一百萬人在德國20 申請庇護，沒有任何國家能夠在短時間內收容這麼大量的外來人口。現實世界往往不能只從「人道」的角度來考慮，忽略難民所帶來的問題。例如，由於無法一一過濾難民身分，讓恐怖分子有機可乘，歐洲各25 國接二連三發生恐怖攻擊，原來繁榮穩定的國家如今連出門都讓人擔心害怕。開放政策使得宗教和文化差異的問題更加嚴重，種族衝突、社會矛盾、犯罪率升高，在在都使人們30 對政府失去信心。當地居民不但抗議設置難民營，甚至還攻擊難民，雙方的關係越來越緊張。當政府無法保障人民的安全，當人道與國家安全衝突時，關閉邊界是唯一的選擇。 35

再說，由於通往歐洲的路線受到了人口販子的控制，因此開放邊界等於是鼓勵更多難民把生命和大把金錢交託給那些人口販子，助長了人口販運的問題。根據統計，自2000年至40 2015年，為了前往歐洲，移民與難民已經向人口販子支付了160億歐元。這無疑是與西方向來強調的人道精神互相矛盾。

這些問題，使得當時決定收容難45 民的德國總理梅克爾也不得不承認低估了開放邊界所帶來的傷害，以及難民融入社會的困難。難民議題與戰爭息息相關，唯有世界和平才能根本解決問題。世界各國應討論對策，共同50 解決難民危機與人口販運，同時努力結束戰爭以減少難民，這才是首要之務。

課文理解

請在（　）打 ✓

1 這篇文章的作者認為：

（　）人道是需要被重視的。

（　）和人道比起來，國家安全是更重要的。

（　）難民中有很多是危險人物，大家要小心。

2 第一段中，作者主要想說的是：

（　）難民會造成收容國的失業率提高。

（　）關於醫療和社會福利應該優先提供給收容國的人民。

（　）現在歐洲各國經濟情況已經很不好了，無法再收容難民。

3 第二段中的經濟「難民」指的是：

（　）經濟情況不好的難民。

（　）會拖垮國家經濟的難民。

（　）寧可當難民，也不願意在自己的國家工作的人。

4 在第三段裡，「無法一一過濾難民身分」的意思是：

（　）沒有一個好辦法可以過濾難民的身分。

（　）沒有辦法一個一個地檢查難民的背景。

（　）沒有辦法讓難民一個一個地進入收容國。

5 關於第四段，下面哪一個是對的：

（　）作者鼓勵把難民交給人口販子。

（　）開放邊界會讓人口販運的問題更嚴重。

（　）難民沒錢生活，卻有錢支付人口販子，這點實在很矛盾。

6 作者舉了哪些例子說明不應該開放邊界收留難民？

_____

_____

_____

生詞 New Words 🎧 08-07

	課文二			
1.	優先	yōuxiān	Vs	to be given priority
2.	無力	wúlì	Vst	incapable of, powerless to
3.	安置	ānzhì	V	to make proper living arrangements for
4.	支出	zhīchū	N/V	expenditure; to expend
5.	導致	dǎozhì	V	to cause, result in, lead to
6.	賦稅	fùshuì	N	taxes
7.	居民	jūmín	N	resident
8.	對立	duìlì	Vs	to oppose, be in opposition to, be antagonistic

生詞 New Words

9.	罷了	bàle	Ptc	merely, that's it, that is all
10.	德國	Déguó	N	Germany
11.	每況愈下	měikuàng yùxià	Id	to deteriorate, go downhill, go from bad to worse
12.	拖垮	tuōkuǎ	V	to pull down with, drag down
13.	忽略	hūlüè	V	to ignore, overlook
14.	一一	yīyī	Adv	one by one, separately
15.	過濾	guòlǜ	V	to filter
16.	有機可乘	yǒujī kěchéng	Id	take advantage of a situation
17.	接二連三	jiē'èr liánsān	Id	one after another, in rapid succession
18.	衝突	chōngtú	Vs	to conflict
19.	升高	shēnggāo	Vp	to increase, rise
20.	在在	zàizài	Adv	in all aspects (classical Chinese)
21.	設置	shèzhì	V	to establish, set up
22.	難民營	nànmínyíng	N	refugee camp
23.	關閉	guānbì	V	to close down
24.	邊界	biānjiè	N	border
25.	通往	tōngwǎng	V	to go to, lead to
26.	交託	jiāotuō	V	to entrust (one's safety, life, etc.) to
27.	人口	rénkǒu	N	human
28.	販子	fànzi	N	trafficker
29.	助長	zhùzhǎng	V	to foster, encourage (negatively)
30.	支付	zhīfù	V	to make a payment to
31.	總理	zǒnglǐ	N	chancellor, prime minister, premier
32.	梅克爾	Méikè'ěr	N	Merkel (German chancellor)
33.	承認	chéngrèn	V	to admit, confess
34.	低估	dīgū	V	to underestimate
35.	和平	hépíng	Vs/N	peaceful; peace
36.	對策	duìcè	N	countermeasure, strategy
37.	販運	fànyùn	N	trafficking, smuggling, transporting
38.	首要之務	shǒuyào zhīwù	Id	top/first priority, the most important issue

語法點 　　　　　　　　　　　　　　　　　　🎧 08-08

1 原文：國家安全應**優先於**人道。

結構：A 優先於 B (A yōuxiān yú B) to take precedence to, have priority over

解釋：在先後上，應該先做 A；在地位上，A 比 B 高。

例句：對王太太來說，家庭永遠優先於她的事業。

◀ 練習 請使用「A 優先於 B」完成句子。

(1) _____ 應該優先於個人利益。

(2) 當車子想右轉卻看到行人要過馬路時，_____ 優先於 _____。

(3) 王老先生死後留下一棟房子。根據法律規定，_____ 優先於 _____ 得到這棟房子。

2 原文：大部分的難民並非來自戰爭中的國家，許多人**只不過**是想移民到歐洲找份工作、追求更好的生活**罷了**。

結構：只不過…罷了 (zhǐbúguò…bàle) merely (... that's all)

解釋：只是這樣而已。

例句：這件事沒有所謂的對與錯，你們兩個只不過立場不同罷了。

◀ 練習 請使用「只不過…罷了」完成句子。

(1)「白皮膚、細腰、豐胸、長腿、高挺的鼻子、水汪汪的大眼」才能算是美嗎？
_____。

(2) 我們不需要把基改科技當成怪物，自己嚇自己。「基因改造」，簡單的說 _____
_____。根據研究結果，基改作物跟傳統作物一樣安全。

(3) 有些婦女不是自己不能懷孕，_____。一旦代理孕母合法化，這樣的社會亂象將紛紛出現。難道我們應該鼓勵「金錢可以買到任何服務」這樣錯誤的價值觀嗎？

(4) 張經理離開電子業到餐飲業工作，很快就適應新的環境。對他而言，做生意的基本概念都一樣，_____。

3 原文：難民議題**與**戰爭**息息相關**，唯有世界和平才能根本解決問題。

結構：A 與 B 息息相關 (A yǔ B xíxí xiāngguān) A and B are closely related

解釋：比喻 (bǐyù, similes) A、B 兩件事的關係非常密切 (mìqiè, truly parallel)。

例句：房地產的趨勢與國家的經濟情況息息相關。

◀ 練習 請使用兩件「息息相關」的事情完成句子。

(1) ＿＿＿＿＿＿＿＿＿＿息息相關，難怪「如何辨別黑心商品」的演講才剛開放報
名，人數就滿了。

(2) 要知道＿＿＿＿＿＿＿＿＿＿＿＿＿，所以你往海裡丟垃圾，最後傷害的是自己。

(3) ＿＿＿＿＿＿＿＿＿＿＿＿＿＿＿＿＿＿，為了讓下一代有更好的生活，沒有
人可以置身事外。

論點呈現

請再讀一遍文章，找出作者反對收容難民的三個論點：

	一	二	三
論點			

作者提出的論點，你都同意嗎？請表達你的意見，並提出其他的新論點。

同意：＿＿＿＿＿＿＿＿＿＿＿＿＿＿＿＿＿＿＿＿＿＿＿＿＿＿＿＿＿＿＿

不同意：＿＿＿＿＿＿＿＿＿＿＿＿＿＿＿＿＿＿＿＿＿＿＿＿＿＿＿＿＿

新論點：＿＿＿＿＿＿＿＿＿＿＿＿＿＿＿＿＿＿＿＿＿＿＿＿＿＿＿＿＿

口語表達

1 根據論點找出文章中重要的表達方式。

論點	一	二	三
表達方式			

2 一些難民逃離了戰爭，離開家鄉來到一個新的國家，學習說著新的語言，基本的食衣住行都成了問題。請試著想像你一無所有地在一個新的國家，該如何生存？請用這些上面和句式談談。（至少使用4個）

重點詞彙

一、相反詞

1 找出下列詞語的相反詞：

> 收入　　否認　　注意　　高估

◆ 忽略：

◆ 承認：

◆ 低估：

◆ 支出：

二、詞語活用

(1) 跟同學討論或查字典，找出搭配下列的詞語：

◆ ＿＿＿＿＿＿邊界	◆ 安置＿＿＿＿＿＿＿
◆ ＿＿＿＿＿＿衝突	◆ 設置＿＿＿＿＿＿＿
◆ ＿＿＿＿＿＿對策	◆ 拖垮＿＿＿＿＿＿＿
	◆ 過濾＿＿＿＿＿＿＿
	◆ 承認＿＿＿＿＿＿＿
	◆ 低估＿＿＿＿＿＿＿
	◆ 忽略＿＿＿＿＿＿＿
	◆ 導致＿＿＿＿＿＿＿
	◆ 助長＿＿＿＿＿＿＿

(2) 問題討論：

在貴國，發生過哪些以上的情形或問題？請說明情形以及你的看法，並與同學討論是否有其他解決辦法。

例如：在我的國家，有很多人爬山的時候發生意外。為了預防意外再度發生，政府提出的對策是在山上多設置救護站。我認為…

三、四字格 🎧 08-09

1 每況愈下 měikuàng yùxià

解釋：表示情況越來越糟糕。

功能：謂語、定語

例句：

(1) 根據調查，因教育政策改革不當 (búdàng, inappropriate)，反而讓學生的程度逐漸下降，讀書風氣也每況愈下。（謂）

(2) 每況愈下的健康讓他不得不打算提早退休，讓身體好好休息。（定）

(3) 隨著大樓、工廠越蓋越多，公園綠地越來越少，空氣品質也跟著每況愈下。（謂）

(4) 許多工人的生活品質不但未隨著時代的進步而提升，甚至每況愈下，連生存都有困難。（謂）

2 有機可乘 yǒujī kěchéng

解釋：指有機會可以利用。

功能：定語、謂語

例句：

(1) 此商品嚴重的瑕疵問題，不但造成企業的危機，也提供了競爭者有機可乘的空間。（定）

(2) 不要隨意下載網路上的影片，才不會讓駭客有機可乘，進入你的電腦系統 (xìtǒng, system)。（謂）

(3) 他離開時未關好車門，讓偷車賊 (zéi, thief) 發現有機可乘，一開門就把車開走了。（謂）

3 接二連三 jiē'èr liánsān

解釋：形容一個接著一個，連續不斷。

功能：定語、狀語

例句：

(1) 這一星期內接二連三的交通意外，反映出這條路上的安全措施須再加強。（定）

(2) 最近媒體接二連三地報導法官判決不公的案件，引發群眾對司法的不滿。（狀）

(3) 隨著少子化現象越來越嚴重，一些幼兒園、嬰幼兒用品店接二連三地倒閉。（狀）

4 首要之務 shǒuyào zhīwù

解釋：最重要的任務 (rènwù, mission)、事情。

功能：主語、賓語

例句：

(1) 失業問題嚴重，新總統一上任後，首要之務就是提升國內的就業率。（主）

(2) 交通部把解決塞車問題列入今年的首要之務。（賓）

四、易混淆語詞

1			
安置 ānzhì	(1) 近日因地震導致房子倒塌，政府目前暫時將 80 多位居民安置在民眾活動中心。 (2) 你是否了解難民在收容國的安置情況？		V/N
設置 shèzhì	這家公司為了配合政府的鼓勵生育政策，在公司設置了幼稚園與托育中心，目的就是希望能減輕父母的負擔。		V

說明：

	安置	設置
語義	適當 (shìdàng, suitable, appropriate, fitting) 安排人和事物。	設立 (shèlì, set up, found, establish)。
用法	～措施｜～計畫｜～機構｜ ～老人 / 兒童 / 難民｜ （人）到＋（地方）	～提款機｜～電動車充電站｜ ～太陽能電廠｜～辦事處

 練習

為了因應老人化社會，政府將推行完善的老人 ＿＿＿＿＿＿＿＿ 政策，在老人中心內 ＿＿＿＿＿＿＿＿ 餐廳、圖書館和活動中心，並有專業的醫療人員服務，使老人得到最好的照顧。

2

庇護 bìhù	(1)沒有一個國家能庇護得了難以數計的難民。 (2)因政治觀點不同或因種族、宗教的原因遭受迫害者,可以申請政治庇護。	V/N
保護 bǎohù	(1)警察的責任就是保護人民的生命與財產的安全。 (2)父母對子女過度的保護,往往讓他們無法獨立。	V/N

說明:

	庇護	保護
語義	(1) 包庇 (bāobì, to shelter, harbor, protect) 掩護 (yǎnhù, to cover, screen, shield) (2)指一國對因政治原因而遭受處罰的外國人給予保護並拒絕交還的一項國際法。	適當照顧使其不受傷害。
用法	政治～｜～中心 / 所	～環境｜～權益｜～自己｜～安全

練習

受到_____的難民一般都被安置在難民營,跟所有居民一樣,他們的安全也將受到政府的_____。

3

現實 xiànshí	(1)在經濟不景氣的大環境中必須面對現實,充實內在、等待機會表現自己。 (2)他只跟有錢人做朋友,真是現實。	N/Vs
實際 shíjì	(1)透過在當地觀察,才能實際了解難民困苦的生活。 (2)他是一個很實際的人,絕對不會為了提升「顏值」而整型。	Adv/Vs

說明:

	現實	實際
語義	(1)真實 (zhēnshí, real, true) 的環境。 (2)只特別注意眼前的利益(用於批評)。	(2) 真的。
用法	在～條件中 / 下｜現實中 逃避～｜面對～ ～環境｜～世界	在～情況中 / 下｜實際上 ～接觸｜～證明 ～影響｜～了解

◀ 練習

逃避 _____ 無法解決問題，只有 _____ 付出行動，問題才能一一解決。

4			
相關 xiāngguān	專家表示，對於國人少子化的問題，政府應該指示相關部門，盡快提出生育補助福利措施。		Vs
有關 yǒuguān	(1) 同學們正在討論的議題與難民有關。 (2) 請你把有關當地交通的問題，給大家說明一下。		Vs/Ptc

說明：

		相關	有關
語義		指關係密切。	「有關係的」或「涉及的」、「有關」往往是說某事物涉及的多個方面。
語法		A 與 B 相關 相關＋（的）＋N	「有關」當 Vs 時，與「相關」用法一樣，可以互換。「有關」為 Ptc 時＝關於。可在句首。 例：有關難民的安置，德國總理承認忽略了難民適應環境與融入社會的問題。（＊相關）

◀ 練習

最近這幾年在德國所發生的殺人事件都與恐怖主義和開放難民 _____，而這議題也與德國總理是否能繼續連任息息 _____。

延伸練習

◎以報導數據支持觀點

我們常常引用 (yǐnyòng, cite) 調查數據 (shùjù, data, statistics)，來支持自己的論點。在引用調查數據的時候，常常需要說明這些內容：

調查單位、時間、方式主題

- 由⋯（單位）⋯所做的調查顯示，⋯
- ⋯（單位）⋯在⋯（時間）⋯公布一項調查結果，⋯
- 針對⋯（主題）⋯
- 採用/以⋯電話/問卷/訪談/網路⋯方式

數據結果

- 數字：X分之Y/百分之_____/_____成/_____個百分點
- ⋯的人占 _____
- 有 _____ 的人（強烈）支持/反對/認為/贊成/表示⋯
- 高達/超過/不到/低於+_____的人+V _____
- 以上的人+V
- ⋯的人 增加/減少/有/下跌/上升 _____個百分點
- ⋯的人 大幅/小幅/微幅＋上升/下降/增加/減少 _____

- 大約/近/逾+_____
- 創⋯（時間）⋯以來的新高/低
- A是B的_____倍
- A以_____比_____領先/落後B
- A小贏/大贏/小輸/大輸B+_____個百分點
- A 遙遙領先/遠遠落後B+_____個百分點
- A跟B不相上下 (bùxiāng shàngxià, about the same, neck and neck)
- 有⋯還有⋯；其中；另外；⋯則⋯

呈現意義

- 從這項調查結果來看，⋯
- 這項調查結果說明了⋯
- 有⋯趨勢

例如：

　　這是由 TNS 針對英國民眾對公投脫歐 (gōngtóu tuō'Ōu, referendum on Brexit) 所做的調查。調查結果顯示，有百分之三十六的民眾支持脫歐，有百分之三十四的民眾反對脫歐，另外有百分之二十三的民眾尚未決定，大約有百分之七的民眾表示不會去投票。從這些調查結果來看，支持和反對的比率不相上下。支持脫歐的只小贏兩個百分點，而距離投票日期還有一段時間，百分之二十三尚未決定的民眾將左右公投的結果。如何爭取他們的支持，是雙方要努力的方向。

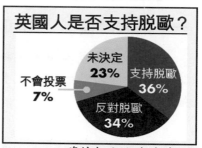

資料來源：調查機構TNS

◀ 練習

　　下面是關於難民收留情形的調查報告，請利用左頁的表達方式，成段說明難民收留情形。

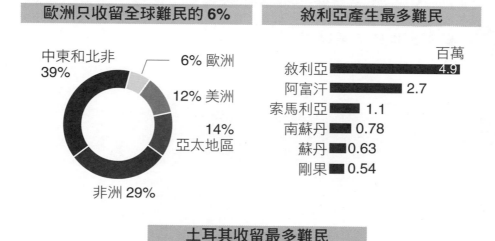

歐洲只收留全球難民的 6%

中東和北非 39%
6% 歐洲
12% 美洲
14% 亞太地區
非洲 29%

敘利亞產生最多難民

百萬
敘利亞 4.9
阿富汗 2.7
索馬利亞 1.1
南蘇丹 0.78
蘇丹 0.63
剛果 0.54

土耳其收留最多難民

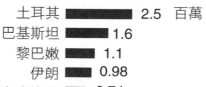

土耳其 2.5 百萬
巴基斯坦 1.6
黎巴嫩 1.1
伊朗 0.98
衣索比亞 0.74
約旦 0.66

資料來源：http://a.udn.com/focus/2016/09/20/24656/index.html?from=udn-referralnews_ch2artbottom

語言實踐

一、辯論練習：「用和平的方法可以阻止恐怖攻擊」

　　將學生分成兩組，根據主題列出同意、不同意的三個論點和支持論點的例子，並選擇兩方各一個論點完成一段短文。

1 我認為「用和平的方法可以阻止恐怖攻擊」。

	一	二	三
論點	暴力無法根本解決問題。		
支持例子			
總結			

_____

_____

_____

_____

_____

2 我不認為「用和平的方法可以阻止恐怖攻擊」。

	一	二	三
論點	「和平」只是一個理想，不實際。沒有一套真正有效的和平解決方法。		
支持例子			
總結			

二、調查報告

請依照你的興趣，上網找一份調查（任何主題都可以）選擇 (1) 或 (2) 的方式，並在課堂上報告。報告的內容需使用前面延伸活動的引用調查數據方式和表達方式。

(1) 主題、調查內容及結果、你的看法或立場。

(2) 主題、你的立場或看法、用調查內容和結果支持你的看法。

NOTE

第九課
有核到底可不可？

引言 🎧 09-01

「核電廠的存廢」一直是許多國家熱烈討論的社會議題，與經濟、環境，乃至個人生命財產安全息息相關，你我都無法置身事外。

課前活動

1 要是停電了，就算只停電半天，對你的生活會造成什麼影響呢？

2 「核能」讓你聯想到的是什麼？
☐ 破壞 ☐ 發展 ☐ 癌症 ☐ 其他：＿＿＿＿＿＿＿

3 你參觀過核電廠嗎？如果沒有，你會想去參觀一下嗎？為什麼？

4 你知道哪些發電的方式？

 **A** 水力發電 **B** 火力發電  **C** 風力發電  **D** 太陽能發電 **E** 核能發電

5 某國的核電廠發生事故後，根據研究單位檢測，輻射值已經在安全值內，食品中也未檢測出輻射汙染，你會前往該國旅遊或吃當地的食物嗎？為什麼？

如發生意外，後果無法承擔

🎧 09-02

你可以想像自己住的城市不遠處有座核電廠嗎？會不會擔心有一天輻射外洩，甚至發生爆炸，來不及逃離呢？這不是危言聳聽，正因核電廠有著致命風險，所以「反核」一直都是不退燒的社會議題。雖然核能發電行之有年，但從美國三哩島、烏克蘭車諾比，到日本福島核災事件，都顯示人類控制核電的能力仍然不足。

以臺灣為例，在這座小島上就有超過三座的核電廠，且皆被列為「全球最危險等級」，人口過度密集是原因之一，加上臺灣位於地震帶上，地震頻率高，核電廠卻離海邊及城市不遠，得同時面對地震、海嘯、洪水等威脅。若發生七級以上的強震，恐怕無法讓數百萬人及時逃離。就像是一顆未爆的炸彈，如何讓人能安心睡覺？

就算沒有立即危險，輻射的問題也令人擔憂。《歐洲癌症護理雜誌》所提供的數字以及德國的研究資料都顯示核電廠周圍居民罹癌的比例偏高。日本福島核災事件發生後，六年之間，青少年罹癌人數也超過一百五十人。許多例子都證明輻射會讓正常的細胞變成癌細胞，也可以說核能發電廠製造出了讓人容易生病的環境。

除了看不見的輻射威脅，看得見的核廢料處理更是一大難題。核廢料造成的輻射汙染超過數百年，無論是埋在土裡還是丟到海底，長遠來看都不太可行。更糟糕的是，有些國家選擇犧牲住在偏遠地區的人民，把他們的家當做核廢料的「垃圾場」，這種做法更是任誰都無法接受。

多年前，許多國家為了因應大量用電需求而蓋了核電廠。當時，再生能源技術不足且設備昂貴，從經濟的角度考量，選擇最低成本的核能發電是可以理解的。然而，核電風險究竟多高？如何妥善控制核輻射？廢料又應如何處理？皆是令人頭痛且仍無解的難題。沒有什麼比安全與健康更重要的了。人們不應該為了害怕電價上漲而選擇生活在危險當中，努力發展再生能源以取代核能發電才是正確的道路。

課文理解

請在（ ）打 ✓

1 這篇文章的作者認為：
- （ ） 核能的安全性不低。
- （ ） 萬一發生意外，人們很難及時逃離。
- （ ） 核能的成本高，努力發展再生能源以取代核能發電。

2 根據第二段的內容，臺灣的核電廠被列為「全球最危險等級」的原因，下面哪項錯誤：
- （ ） 人口過度密集。
- （ ） 臺灣太常發生地震了。
- （ ） 核電廠的設計跟炸彈一樣。

3 第三段作者主要想說的是：
- （ ） 住在核電廠附近的居民容易罹患癌症。
- （ ） 不只德國，連日本的核電廠都有輻射。

- （ ） 核電廠沒有立即危險，可是會讓人身體不健康。

4 第四段中，作者對核廢料的處理有何看法？
- （ ） 核廢料很難處理，讓人很傷腦筋。
- （ ） 處理核廢料最好的方法是埋在土裡還是丟到海底？
- （ ） 把核廢料放置在偏遠地區，算是犧牲當地的居民，但似乎也沒更好的辦法。

5 在最後一段中，關於成本，作者的意見為何？

生詞 New Words 🎧 09-03

		引言		
1.	核電廠	hédiànchǎng	N	nuclear power plant
2.	熱烈	rèliè	Vs	fervent, ardent
3.	乃至	nǎizhì	Adv	and even
		課文一		
1.	遠處	yuǎnchù	N	a distant location
2.	輻射	fúshè	N	radiation
3.	外洩	wàixiè	Vi	to leak
4.	爆炸	bàozhà	Vp	to explode
5.	危言聳聽	wéiyán sǒngtīng	Id	alarmist talk, inflammatory statement
6.	致命	zhìmìng	Vs	lethal, fatal
7.	退燒	tuìshāo	Vp	to reduce fever, wane
8.	行之有年	xíngzhī yǒunián	Id	in use for years, long-established

生詞 New Words

9.	三哩島	Sānlǐdǎo	N	Three Mile Island, PA, USA
10.	烏克蘭	Wūkèlán	N	Ukraine
11.	車諾比	Chēnuòbǐ	N	Chernobyl
12.	福島	Fúdǎo	N	Fukushima
13.	核災	hézāi	N	nuclear disaster
14.	核電	hédiàn	N	nuclear power
15.	列為	lièwéi	Vst	to be ranked as, listed as
16.	等級	děngjí	N	level, grade
17.	位於	wèiyú	Vst	to be located at
18.	海嘯	hǎixiào	N	tsunami
19.	洪水	hóngshuǐ	N	flood
20.	數百萬	shùbǎiwàn	Ph	several millions, millions
21.	及時	jíshí	Adv	in time, in a timely manner
22.	顆	kē	M	measure for round objects, e.g., bombs
23.	炸彈	zhàdàn	N	bomb
24.	立即	lìjí	Adv	immediately, at once
25.	令	lìng	Vst	to cause, make, let
26.	擔憂	dānyōu	Vst	worried, concerned
27.	歐洲癌症護理雜誌	Ōuzhōu Áizhèng Hùlǐ Zázhì	Ph	European Journal of Cancer Care
28.	數字	shùzì	N	number, figures
29.	周圍	zhōuwéi	N	around, surrounding, on the periphery
30.	罹癌	lí'ái	Vp	to be stricken with cancer
31.	偏	piān	Adv	slightly
32.	青少年	qīngshàonián	N	adolescents
33.	細胞	xìbāo	N	cell
34.	製造	zhìzào	V	to manufacture, produce, make
35.	廢料	fèiliào	N	waste, waste materials
36.	可行	kěxíng	Vs	feasible
37.	偏遠	piānyuǎn	Vs	rural, distant
38.	任誰	rèn shéi	Ph	anybody
39.	因應	yīnyìng	V	to deal with, handle
40.	再生能源	zàishēng néngyuán	Ph	renewable energy
41.	妥善	tuǒshàn	Adv	adequately, properly
42.	頭痛	tóutòng	Vs	a headache, a pain
43.	無解	wújiě	Vs	have no solution, be unsolvable
44.	難題	nántí	N	difficult problem, tough problem
45.	正確	zhèngchuè	Vs	accurate

語法點

🎧 09-04

1 原文：「核電廠的存廢」一直是許多國家熱烈討論的社會議題，與經濟、環境，**乃至**個人生命財產安全息息相關。

結構：A、B 乃至（於）C (A、B nǎizhì (yú) C) A, B, and even C

解釋：A、B 甚至 C，達到一個程度。

例句：螢幕上消失多年的大明星王小姐突然出現在這家健身中心，她的出現引起了現場的人、媒體記者，乃至於國外新聞媒體的注意。

◀ 練習 請根據主題，完成「乃至（於）」的句子。

(1) 隨著原料漲了兩倍，＿＿＿＿＿、＿＿＿＿＿ 乃至（於）＿＿＿＿＿＿＿
＿＿＿＿＿，都貴得不可思議。

(2) 少子化的問題越來越嚴重，＿＿＿＿＿、＿＿＿＿＿ 乃至（於）＿＿＿＿＿＿
＿＿＿＿＿＿，都已倒閉。

(3) 那個畫家的技術實在厲害，＿＿＿＿＿、＿＿＿＿＿ 乃至（於）＿＿＿＿＿＿＿
＿＿＿＿＿＿ 畫得都跟真的一樣。

2 原文：許多例子都證明輻射會讓正常的細胞變成癌細胞，**也可以說**核能發電廠製造出了讓人容易生病的環境。

結構：A，也可以說 B (A，yě kěyǐ shuō B) you could say…, in other words…, that is to say…

解釋：從另一個角度 B 來說明 A。

例句：海洋公園 (hǎiyáng gōngyuán, marine park) 一個個關閉了，因大家慢慢意識到所謂的動物表演，其實是違反動物的自然天性，也可以說是在虐待動物。

◀ 練習 請使用「A，也可以說 B」完成句子。

(1) 校長 (xiàozhǎng, principal, school president) 鼓勵大家趁在校時多參加社團，因為參加社團可以學習與人合作和培養團隊精神，＿＿＿＿＿＿＿＿＿＿＿＿＿＿＿＿＿＿＿
＿＿＿＿＿。

(2) 政府想利用增「富人稅」來解決貧富不均的問題，富人卻因此不再投資，造成經濟倒退，＿＿＿＿＿＿＿＿＿＿＿＿＿＿＿＿＿＿＿＿＿＿＿。

(3) 代理孕母是否合法化，贊成和反對的人都各自有他們的道理，＿＿＿＿＿＿＿＿
＿＿＿＿＿＿＿＿＿。

3 原文：…，把他們的家當做核廢料的「垃圾場」，這種做法更是**任誰都**無法接受。

結構：任誰都… (rèn shéi dōu…) anybody, nobody (in negative sentences)

解釋：不管是誰都…。

例句：《看見台灣》的導演齊柏林在拍攝 (pāishè, filming, shooting)《看見台灣 2》時，不幸因飛機掉落而過世，這個新聞任誰都感到震驚、遺憾與難過。

◀ 練習 請使用「任誰都」完成句子。

(1) 廣告說這個產品非常適合老年人使用，不但功能簡單易懂，字體也夠大，價錢也合理，任誰都 ＿＿＿＿＿＿＿＿＿＿＿＿＿＿＿＿＿＿＿ 。

(2) 她 ＿＿＿＿＿＿＿＿＿＿＿＿＿＿＿＿＿＿＿ ，走在路上任誰都會多看一眼。

(3) 這個政府隨意亂花人民的納稅錢，＿＿＿＿＿＿＿＿＿＿＿＿＿＿＿＿＿＿＿ 。

4 原文：多年前，許多國家為了**因應**大量用電需求而蓋了核電廠。

結構：因應 (yīnyìng) to respond to, deal with

解釋：隨機處理狀況。

例句：政府為了因應遊行所可能帶來的交通混亂而派出一千名警力。

◀ 練習 請完成「因應」的句子。

(1) 因應高齡化的時代，許多產業紛紛掌握銀髮商機，＿＿＿＿＿＿＿＿＿＿＿＿ 。

(2) 為了經濟的發展，政府決定 ＿＿＿＿＿＿＿＿＿＿＿＿＿＿＿＿ ，以因應夏天供電不足的困境。

(3) 為因應颱風 ＿＿＿＿＿＿＿＿＿＿＿＿＿＿＿ ，政府宣布明天停止上班上課。

論點呈現

1 請再讀一遍文章，找出作者反對核電廠的三個論點。

	一	二	三
論點			

作者提出的論點，你都同意嗎？請表達你的意見，並提出其他的新論點。

同意：＿＿＿＿＿＿＿＿＿＿＿＿＿＿＿＿＿＿＿＿＿＿＿＿＿＿＿ 。

不同意：＿＿＿＿＿＿＿＿＿＿＿＿＿＿＿＿＿＿＿＿＿＿＿＿＿ 。

新論點：＿＿＿＿＿＿＿＿＿＿＿＿＿＿＿＿＿＿＿＿＿＿＿＿＿ 。

口語表達

1 根據論點找出文章中重要的表達方式。

論點	一	二	三
表達方式			

2 如果你知道，你所使用的眼藥水、化妝品，大都是經過動物實驗 (shíyàn, lab experiment)，犧牲了上百隻動物的生命才得來的，你還會繼續使用嗎？請利用上面的句式談談你對「動物實驗」的看法。（至少使用 4 個）

重點詞彙

一、詞義聯想

1 請試著解釋這些詞語的意思是什麼？

未爆彈：_____　　核武器：_____

昂貴：_____　　無解：_____

道路：_____

2 跟同學討論，利用這些詞語寫出一句與新聞有關的句子。

例如：今天在大湖的工地，發現一顆未爆彈，軍方立刻趕到現場處理。

(1) _____。

(2) _____。

(3) _____。

(4) _____。

二、詞語活用

1 關於一件事情產生的結果、話題或處理的方式，你應該怎麼形容？
找一找課文、查字典，或是跟同學討論：

(1) 致命的 / ＿＿意外的＿＿ / ＿＿＿＿＿＿ 　風險

(2) 退燒的 / ＿＿＿＿＿＿ / ＿＿＿＿＿＿ 　議題

(3) 間接地 / ＿＿＿＿＿＿ / ＿＿＿＿＿＿ 　控制

2

◆ 承擔	A. 密集
◆ 及時	B. 後果
◆ 比例	C. 逃離
◆ 過度	D. 偏高

(1) 請利用以上左右兩欄組合出三個詞組。
例如：承擔後果

＿＿＿＿＿＿＿＿＿　　＿＿＿＿＿＿＿＿＿　　＿＿＿＿＿＿＿＿＿

(2) 將上面組合好的詞組填入下面的短篇：

　　林小姐嫌空間不足而把自己家中的雜物 (záwù, knickknacks) 放在樓梯間，鄰居們覺得這些物品所佔的空間＿＿＿＿＿＿＿＿＿，因此一連五天不斷敲門警告要她搬進屋內，沒想到＿＿＿＿＿＿＿＿＿地抗議，反而讓她氣得連鞋櫃也拿出來放，導致火災發生時，有三個住戶無法＿＿＿＿＿＿＿＿＿而受重傷。法官認為林小姐得為整件事＿＿＿＿＿＿＿＿＿，所以判她坐牢兩年。

3 兩個學生一組，根據以下的詞彙搭配討論及提出問題：

(1) 請跟同學討論，把下面的詞填入表格中。

輻射	失敗	關心	責備	秘密	擔心	現實
使用	資料	傷心	毒氣	問題	開發	挑戰
困難	冷氣	死亡	消息	威脅	密集	保護

N ＋外洩	過度＋ Vst/V	面對＋ N
• 瓦斯	• 密集	• 威脅

(2) 利用上面的詞組提出問題或回答問題：

例如：A 同學：為什麼熱水器不應該裝在室內？
　　　B 同學：萬一**瓦斯外洩**，那後果將很嚴重。

- N ＋外洩：_____

_____

- 過度＋ Vst/V：_____

_____

- 面對＋ N：_____

_____

三、四字格 🎧 09-05

1 危言聳聽 wéiyán sǒngtīng

解釋：故意說些讓人吃驚、害怕的話。

功能：謂語、定語、狀語

例句：

(1) 你別擔心，他不過是危言聳聽，嚇嚇你罷了。（謂）

(2) 這不是危言聳聽的報導，如果你再繼續吃這些化學食物，有一天會罹癌的。（定）

(3) 這些雜誌為了引起大眾的注意，總是危言聳聽地報導一些不實的消息。（狀）

2 行之有年 xíngzhī yǒunián

解釋：這件事已經實行了很多年了。

功能：定語、謂語

例句：

(1) 每年提供獎學金給外國學生已是教育部行之有年的招生政策。（定）

(2) 本公司透過參加國際展覽會來推廣商品已行之有年，今年卻因經費不足而被迫取消。（謂）

(3) 垃圾分類制度在台灣已行之有年，資源回收率年年增加，顯示許多民眾已經具備垃圾分類的概念。（謂）

最環保、最經濟的發電方式

核能發電讓你聯想到什麼？爆炸？環境破壞？還是癌症？歷史上發生過的核電廠事故，是否讓你對核能發電產生恐懼？其實，核電的負面形象多半來自媒體過度放大核災發生的可能性。

首先，我們應該要了解，每座核電廠的地理環境、建廠考量、運作方式都不相同，因而在安全性上有著極大的差異。曾經發生的核電廠事故，原因也各有不同，有的是天災，有的是人為疏失，跟核電廠本身沒有直接關係，應該被視為獨立事件，而非一概而論地說「核電廠是顆不定時炸彈」。其次，與風力、水力、火力、太陽能等發電方式相比，核能發電的研究結果比較完整，也更能控制風險。此外，核電廠發生災害的機率也最低，甚至十億年才可能發生一次核災，遠低於被雷打到的機率，實在不需要過度擔心。長遠來看，碳排放量低的核能才是最環保的發電方式之一。可惜，這些有利的因素往往被人們忽略。

事實上，火力發電會製造空氣汙染，產生大量的二氧化碳以加速溫室效應；水力發電會嚴重破壞河流、傷害魚類；風力發電會產生噪音，影響民眾的生活品質。無論風力、水力、地熱或太陽能等發電方式，除了技術還不夠成熟，也都受天然條件影響而有所限制，若想全面取代核能發電，可能出現能源不足的情況，而政府的解決之道，就是只能向人民收取高額電費。如此不但會惹來民怨，還可能導致工業停擺，經濟倒退。

反觀核能發電，不但成本低、效率高，又能穩定供電，人民不用擔心無電可用，也能提供外商優良的投資環境，民生效益大。總之，再生能源的技術還不成熟、設備成本高且供電量比不上核能發電，即便核能電廠有安全上的隱憂，但它所帶來的便利與經濟價值卻是其他綠色能源難以替代的。

課文理解

請在（　）打 ✓

1 這篇文章的作者認為：

（　）雖然核電會造成空氣汙染，但不會汙染河流。

（　）為了節約能源，政府應向人民收取高額電費。

（　）核電其實沒那麼危險，是網路新聞過度放大發生意外的機率。

2 第二段第六行的「疏失」的意思是什麼：

（　）失敗了。

（　）失去很多。

（　）不小心做錯。

3 第二段中，下面哪項<u>不是</u>核能的優點？

（　）碳排放量低。

（　）蓋核電廠不需考慮地理環境。

（　）研究結果比較完整，也更能控制風險。

（　）跟別的發電廠比，核電廠發生災害的機率最低。

4 根據本文的說法，關於各發電方式的敘述，哪個<u>錯誤</u>？

（　）水力發電會嚴重破壞河流、傷害魚類。

（　）核能的碳排放量低，另外它的安全性也最高。

（　）風力發電會產生噪音，影響民眾的生活品質。

（　）火力發電會製造空氣汙染，產生大量的二氧化碳以加速溫室效應。

5 在最後一段中，哪一句話能代表本篇的結論？

生詞 New Words 09-07

				課文二
1.	環保	huánbǎo	Vs	environmentally friendly
2.	聯想	liánxiǎng	Vi	to associate with in the mind, think of
3.	事故	shìgù	N	accident
4.	運作	yùnzuò	N	operation
5.	疏失	shūshī	N	negligence
6.	視為	shìwéi	Vst	to regard as
7.	一概而論	yígài érlùn	Id	to make sweeping generalizations
8.	定時	dìngshí	Vs-attr	to be fixed in time（定時炸彈＝time bomb）
9.	風力	fēnglì	N	wind power
10.	水力	shuǐlì	N	water power, hydropower
11.	火力	huǒlì	N	thermal power

生詞 New Words

12.	太陽能	tàiyángnéng	N	solar power
13.	相比	xiāng bǐ	Vi	to be compared to
14.	機率	jīlǜ	N	chance (of something happening), likelihood
15.	雷	léi	N	lightening
16.	碳	tàn	N	carbon
17.	排放量	páifàngliàng	N	emissions
18.	有利	yǒulì	Vs	beneficial to
19.	二氧化碳	Èryǎnghuàtàn	N	carbon dioxide
20.	溫室	wēnshì	N	greenhouse
21.	效應	xiàoyìng	N	effect
22.	河流	héliú	N	river
23.	魚類	yúlèi	N	fish
24.	噪音	zàoyīn	N	noise
25.	地熱	dìrè	N	geothermal
26.	成熟	chéngshóu	Vp	mature
27.	解決之道	jiějué zhīdào	Id	solution
28.	收取	shōuqǔ	V	to charge, collect
29.	高額	gāo'é	Vs-attr	high (amount of money, tariff, profit, etc.)
30.	惹	rě	V	to cause, provoke, incur, stir up
31.	民怨	mínyuàn	N	popular discontent, public anger
32.	工業	gōngyè	N	industry
33.	停擺	tíngbǎi	Vp	to stop, to come to a halt
34.	倒退	dàotuì	Vp	to reverse, regress
35.	效率	xiàolǜ	N	efficiency
36.	供	gōng	V	to supply
37.	外商	wàishāng	N	foreign company/businessman
38.	優良	yōuliáng	Vs	fine, excellent, good
39.	民生	mínshēng	N	people's well-being/livelihood
40.	效益	xiàoyì	N	benefit
41.	設備	shèbèi	N	equipment
42.	隱憂	yǐnyōu	N	hidden concerns, worries
43.	綠色	lǜsè	N	green (color)
44.	替代	tìdài	V	alternative

語法點　🎧 09-08

1 原文：與風力、水力、火力、太陽能等發電方式**相比**，核能發電的研究結果比較完整。

結構：（A）與 B 相比，… (A yǔ B xiāngbǐ, ...) when A is compared with B, ...

解釋：A 跟 B 比較…，後面可以應對 A 或 B 的評論

例句：現代女性越來越晚婚，與二十年前相比，平均結婚年齡晚了三歲多，約二十九歲左右。

◀ 練習 請使用此句式及所提供的詞語完成句子。

(1) 雖然他的個子 185cm 算是滿高的，＿＿＿＿＿＿＿＿＿，＿＿＿＿＿＿＿＿＿。（籃球隊員）

(2) 李將軍貪汙腐敗，但 ＿＿＿＿＿＿＿＿＿，＿＿＿＿＿＿＿＿＿。（前任）

(3) 一般的安卓 (Ānzhuó, Android) 手機 ＿＿＿＿＿＿＿＿＿，＿＿＿＿＿＿＿＿＿。（蘋果 (iPhone) 手機）

2 原文：核電廠發生災害的機率也最低，甚至十億年才可能發生一次核災，**遠低於**被雷打到的機率。

結構：遠 Vs 於… (yuǎn Vs yú…) to be far/much lower than …

解釋：事情的狀況比後面所說事物的程度 Vs 多了。

例句：經國家健康單位調查發現，民眾若有三個孩子，第三胎是男孩的比率遠高於女孩的，這有可能是重男輕女的現象。

> 高　　低　　大　　小　　落後

◀ 練習 請使用此句式並選擇合適的詞改寫以下的句子。

(1) 根據民調結果顯示，這次的市長選舉，李先生的支持率有 80%，而林先生的為 20%。

＿＿＿＿＿＿＿＿＿＿＿＿＿＿＿＿＿＿＿＿＿＿＿＿＿＿

(2) 該國政府說國內的失業率為 3%，但根據某一間媒體的報導，發現實際上是 6%。

＿＿＿＿＿＿＿＿＿＿＿＿＿＿＿＿＿＿＿＿＿＿＿＿＿＿

(3) 在圖書館讀書的效率跟在家比起來高多了，難怪一早門還沒開就有許多學生在排隊等著進去。

＿＿＿＿＿＿＿＿＿＿＿＿＿＿＿＿＿＿＿＿＿＿＿＿＿＿

(4) 隨著人們對資料存放的需求大增，現在無論是電腦或手機的內部存放空間跟十年前比起來大了很多。

＿＿＿＿＿＿＿＿＿＿＿＿＿＿＿＿＿＿＿＿＿＿＿＿＿＿

3 原文：無論風力、水力、地熱或太陽能等發電方式，除了技術還不夠成熟，也都受天然條件影響**而有所**限制。

結構：受 A 而有所 B (shòu A ér yǒu suǒ B…) because of/by… are/have… (natural English tends to switch the order, i.e., are/have… because of/by…)

解釋：因 A 的情況，所以 B。

例句：許多人在安排旅行時，常會受交通預算限制而有所顧慮。

◀ 練習 請選擇 A 和 B 中合適的詞語並完成句子。

A	B
◆ 政治壓力影響 ◆ 季節的不同 ◆ 性別的差異	◆ 改變 ◆ 保留 ◆ 改善 ◆ 不同

(1) 菜單上「時價」的意思是產品的價格會受 ＿＿＿＿＿＿ 而有所 ＿＿＿＿＿＿ 。

(2) 法律規定，男女平等，工作合約不可以受 ＿＿＿＿＿＿ 而有所 ＿＿＿＿＿＿ 。

(3) 當記者問到罪犯的情況，警方的態度受 ＿＿＿＿＿＿ 而有所 ＿＿＿＿＿＿ 。

論點呈現

1 請再讀一遍文章，找出作者支持核電廠的三個論點。

	一	二	三
論點			

2 作者提出的論點，你都同意嗎？請表達你的意見，並提出其他的新論點。

同意：＿＿＿＿＿＿＿＿＿＿＿＿＿＿＿＿＿＿＿＿＿＿＿＿＿＿＿＿＿＿＿＿＿＿

不同意：＿＿＿＿＿＿＿＿＿＿＿＿＿＿＿＿＿＿＿＿＿＿＿＿＿＿＿＿＿＿＿＿

新論點：＿＿＿＿＿＿＿＿＿＿＿＿＿＿＿＿＿＿＿＿＿＿＿＿＿＿＿＿＿＿＿＿

口語表達

1 根據論點找出文章中重要的表達方式。

論點	一	二	三
表達方式			

2 請用上面的句式，談一談你對「複製人」的看法。（至少使用 4 個）

重點詞彙

一、詞語活用

◆ 負面	A. 民怨
◆ 地理	B. 環境
◆ 運作	C. 形象
◆ 人為	D. 方式
◆ 惹來	E. 疏失

1 請寫出適合的搭配詞組。

a. _____

b. _____

c. _____

d. _____

e. _____

2 請將所上面的詞組填入下面的短篇：

　　由於這家公司的 ＿＿＿＿＿＿，導致資料外洩，大家才知道，原來這家公司超抽地下水已經嚴重破壞當地的 ＿＿＿＿＿＿，還排放汙水至河川，導致魚類死亡，因此 ＿＿＿＿＿＿，紛紛要求工廠立即停工。雖然他們大喊冤枉，也積極地開放給民眾參觀他們工廠的 ＿＿＿＿＿＿，卻仍然在人們心中留下難以改變的 ＿＿＿＿＿＿。

二、詞義聯想

1 猜猜下面**粗體**詞語的意思，並找出每種發電方式合適的說法（選項可重複）。

A 水力發電

B 火力發電

C 風力發電

D 太陽能發電

E 核能發電

❶ 需有充足的日照時間。
❷ 建築發電廠的成本高。
❸ 造成嚴重的空氣汙染，加重溫室效應。
❹ 製造噪音。
❺ 建廠容易、成本低。
❻ 導致大量的鳥類死亡。
❼ 供電不足，發電量無法滿足大城市的需求。
❽ 材料可以重複使用，不會造成能源危機。
❾ 材料用完就沒有了。
❿ 傷害員工肺部健康。
⓫ 產生的廢料具有輻射線。
⓬ 萬一電廠發生事故，可能造成大量傷亡。
⓭ 風力和風向常常改變，供電量無法穩定。
⓮ 佔用大片的土地。
⓯ 維護成本高。

三、四字格 🎧 09-09

1 一概而論 yígài érlùn

> 解釋：用同一種標準來看事情、評估事情。

> 功能：狀語、謂語

> 例句：

(1) 上課使用手機可以快速查詢資料，不應一概而論地禁止使用。（狀）

(2) 外國的科技有好有壞，進口的產品不一定是好的，不能一概而論。（謂）

2 解決之道 jiějué zhīdào

> 解釋：解決事情的好方法。

> 功能：主語、賓語

> 例句：

(1) 不想讓孩子受別人霸凌，解決之道就是讓孩子學會保護自己。（主）

(2) 這次的國際環保大會的目標是希望各國對環境汙染問題，提出一個完美的解決之道。（賓）

延伸練習

◎以比較方式支持觀點

　　將兩個或兩個以上的事物一起比較，能使說明更具說服力。利用表格加入重要訊息，並將資料分類。如同在本篇課文中，作者利用與風力、水力、火力、太陽能發電互相比較的方式來說明核能的優缺點，加強效果。

文章中常用的比較句式：

比較	比起來
相比之下…	比不上
比不上…	不像…一樣
遠 Vs 於…	跟（與）…一樣
與…一樣	

◀ 練習 1

	優點	缺點
核能發電	環保、經濟、低成本	天災、人禍無法預防，一旦發生意外，後果無法承擔。
風力發電		
火力發電		
水力發電		
太陽能發電		

◀ 練習 2

選擇一個你支持的發電方式，並用比較的方法，反駁其他的發電方式，說服別人認同你的想法。

_____

_____

_____

_____

_____

語言實踐

一、辯論練習：「大眾交通工具應該廢除博愛座」

將學生分成贊成及反對兩組，根據主題列出贊成和反對的 3 個論點和支持論點的例子，並選擇兩方各一個論點完成一段短文。

1 我贊成「廢除博愛座」

	一	二	三
論點	博愛座容易發生糾紛與爭議。		
支持例子			
總結			

博愛座 Priority Seats
請優先將座位給需要的旅客。
Please give your seat to those in need.

2 我反對「廢除博愛座」

	一	二	三
論點	有需要的人會不好意思開口。		
支持例子			
總結			

_____

_____

_____

_____

二、報紙新聞分析：

❖ 以下是四種人們反對核電的理由：

a. 核事故：擔心核電廠發生意外而輻射物質跑出，汙染作物並容易使居民罹患癌症。

b. 核廢料處理：擔心核廢料的擺放，長時間對居民的健康有害。

c. 核武擴散 (héwǔ kuòsàn, the spread of nuclear weapons)：擔心核廢料會被製造成核武器 (héwǔqì, nuclear weapons)。

d. 核恐怖：擔心核電廠可能被恐怖分子攻擊。

1 下面八則新聞分別表現了哪些反核的理由？請將它們分類

a. 核事故	b. 核廢料處理	c. 核武擴散	d. 核恐怖
	❻		

❶ 1945 年，美國對日本的廣島市和長崎市使用核武器，造成十幾萬居民死亡，到 1950 年止，由於癌症或相關疾病，約有 20 萬人死亡。

❷ 1979 年，美國賓州三哩島的核能電廠發生意外，輻射外洩。

❸ 1986 年，烏克蘭的車諾比核電廠發生爆炸。爆炸引發大火並造成大量輻射外洩。

❹ 2004 年，日本關西核電廠意外，造成四死七輕重傷。

❺ 2011 年，因地震所引發的海嘯使日本福島核電廠發生核輻射外洩，受汙染人數無法估計 (gūji, estimate)，為歷史上第二大的核災事故。

❻ 2015 年，「人民不能生活在恐懼的環境！」核廢料置 (zhì, to be placed in) 宜蘭？宜蘭地方人士強調反對到底。

❼ 2015 年，陸欲鯨吞 (jīngtūn, to hog, to take it all for oneself) 全球核廢料！美國學者擔憂中國想將「核廢物變核武器」。

❽ 2015 年，臺灣禁止進口日本輻射汙染區食品。所有日本進口食品須附產地或檢驗證明 (jiǎnyàn zhèngmíng, certificate of inspection)。

2 你對這些新聞的心得是什麼？

_____

_____

_____

_____

_____

NOTE

LESSON 10　第十課
同性婚姻合法化

課前活動

1 跟同學討論下面的問題是否正確。

(1)（　　　）全世界第一個通過同性婚姻法律的國家是德國。

(2)（　　　）LGBT 是同性戀的縮寫 (suōxiě, abbreviation)

(3)（　　　）「出櫃」(chūguì, come out of the closet) 的意思是告訴大家自己是同性戀者。

(4)（　　　）彩虹旗代表支持同性戀，上面一共有 7 種顏色。

(5)（　　　）世界人權宣言 (Shìjiè Rénquán Xuānyán, Universal Declaration of Human Rights) 第 16 條規定：成年的男人和女人，不受種族、國籍和宗教之限制，皆有權結婚與建立家庭。

(6)（　　　）西元 1990 年以前，人們認為同性戀是精神病 (jīngshénbìng, mental disorder)。

2 到目前為止，哪些國家已經通過同性婚姻合法化？＿＿＿＿＿＿＿＿＿＿＿。

3 問問同學：在他們國家，同性戀者有哪些權利？
國籍＿＿＿＿＿＿：□ 結婚　□ 同居　□ 領養　□ 繼承 (jìchéngin, herit)
＿＿＿＿＿＿＿＿＿＿＿＿＿＿＿＿＿＿＿（不只問一個同學）

4 請讀課文一、二的第一段，用一句話分別介紹這兩篇文章：

(1) 這是一篇＿＿＿＿＿＿＿＿＿＿＿＿＿＿＿文章。

(2) 這是一篇＿＿＿＿＿＿＿＿＿＿＿＿＿＿＿文章。

同性婚姻需要法律的保障

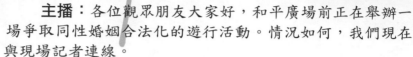

10-01

主播：各位觀眾朋友大家好，和平廣場前正在舉辦一場爭取同性婚姻合法化的遊行活動。情況如何，我們現在與現場記者連線。

記者：記者現在所在位置是和平廣場前，現場擠滿了參加活動的民眾，高喊「同志朋友，你們並不孤單！」，希望傳達出他們跟同志站在同一陣線的 5
立場。活動發起人表示，這個活動主要是希望政府能盡快通過同性婚姻法律。他說：「同性戀不是病，我們生來如此，和異性戀沒有兩樣。我們只是愛上相同性別的人，但這並沒有錯。我們也希望能跟相 10
愛的人組成家庭，和對方分享物質和精神生活。婚姻的核心是愛，是伴侶之間的事，與性別無關。相愛的兩個人結婚是基本人權。過去，不同種族、不同階級的人不能結婚，這些歧視與限制漸漸被打破。
同樣地，同性婚姻合法化也是往平權的方向努力。我們希望藉由這個活 15
動讓大家更了解我們，也替自己爭取應有的權利。」

說到法律面，一位參與活動的民眾表示：「即使跟同性伴侶生活了一輩子，得到家人朋友的認同，但在法律上，因為沒有擁有正式的合法關係，無法節稅、共享財產、領養小孩，在對方病危時也無法簽署文件，替他做出最好的決定。儘管彼此是生活中最親密的伙伴，卻是法律上的 20
陌生人，不能像異性戀伴侶一樣享有同樣的權益，這是不公平的。同性婚姻合法化能提供法律基礎，讓同性伴侶在財產、醫療、身分等方面享有應有的保障和權利。」

性別平權雖已是世界潮流，但目前的社會尚未取得共識。許多人會把同志跟性病、複雜的性關係等負面印象連在一起。對此，發起人說： 25
「這完全是一種偏見。同性戀並不等於隨便的性關係，這些問題同樣也會發生在異性戀者身上。當同性婚姻合法化，同性伴侶間的關係就跟異性伴侶一樣了，在法律的規定下得約束自己的行為，有了法律的保障，同性伴侶間的關係就能更穩定，也更願意承諾與負責。」

一位參加活動的異性戀者也表示：「我們常說有情人終成眷屬。承 30
認同志婚姻不是世界末日，也不會破壞家庭價值。不僅不影響異性婚姻者的生活及權利，反而還擴大了保障範圍，讓更多人能按照自己所喜愛的方式生活。」

隨著社會越開放、越多元，遊行者希望政府聽見他們的心聲，讓法案保障更多人。以上是記者在和平廣場前的報導。 35

課文理解

請在（　）打 ✓

1 在第二段中，活動發起人主要想表達：
（　）同性戀者跟異性戀者之間的相同和不同。
（　）從醫學角度證明同性戀者的健康沒有問題。
（　）不管是同性戀或是異性戀，只要是人，都有選擇結婚的權利。

2 在第三段中，民眾認為同志目前面臨最大的問題是：
（　）家人朋友不接受。
（　）同性伴侶受到社會歧視的眼光。
（　）同性伴侶無法擁有合法的伴侶權利和保障。

3 在第四段中，發起人的言論主要是：
（　）介紹目前趨勢。
（　）反駁反對者的論點。
（　）說明合法化的好處。
（　）說明同志面臨的困境。

4 報導中的受訪者想反駁哪些看法：
（　）合法化會使性病更流行。
（　）同性戀是一種病，需要醫治。

（　）合法化會破壞異性戀者的生活，縮小他們的權利。
（　）同志常有好幾個性伴侶，使傳統的家庭價值無法維持。

5 第四段的第二行中，「對此」的「此」指的是？
（　）社會共識。
（　）性病、複雜的性關係。
（　）許多人對同志的偏見。

6 文章裡提到哪些支持的論點？請你同時在（　）寫下哪一段？
（　）這是世界潮流，不可違反。
（　）可以減少性病，保障健康。
（　）同性戀是天生的病，這是偏見。
（　）要是受到法律約束，就不能隨便離婚。
（　）可以提供法律基礎，解決法律方面的問題。
（　）不管同性異性，都有權利結婚和建立家庭。

生詞 New Words 🎧 10-02

				課文一
1.	同性	tóngxìng	Vs-attr	to be of the same gender
2.	主播	zhǔbò	N	newscaster, anchor
3.	記者	jìzhě	N	reporter, journalist, correspondent
4.	連線	liánxiàn	Vi	to be online with, be connected with
5.	傳達	chuándá	V	to convey
6.	陣線	zhènxiàn	N	ranks, front
7.	發起	fāqǐ	V	to initiate, launch, start
8.	盡快	jìnkuài	Adv	as soon/quickly as possible

生詞 New Words

9.	同性戀	tóngxìngliàn	N	homosexual, gay
10.	異性戀	yìxìngliàn	N	heterosexual, straight
11.	相同	xiāngtóng	Vs	identical
12.	相愛	xiāng'ài	Vs	in love, to love each other
13.	核心	héxīn	N	core
14.	伴侶	bànlǚ	N	companion, mate, partner
15.	無關	wúguān	Vs	to have nothing to do with, be unrelated
16.	打破	dǎpò	V	to break, shatter
17.	平權	píngquán	N	equal rights
18.	藉由	jièyóu	Prep	through, by
19.	節稅	jiéshuì	Vi	to reduce, save on taxes
20.	病危	bìngwéi	Vs	critically ill
21.	簽署	qiānshù	V	to sign
22.	文件	wénjiàn	N	document
23.	彼此	bǐcǐ	N	each other, one another
24.	親密	qīnmì	Vs	intimate
25.	伙伴	huǒbàn	N	partner
26.	陌生	mòshēng	Vs	unacquainted, not mutually known
27.	性病	xìngbìng	N	sexually transmitted disease, STD
28.	偏見	piānjiàn	N	prejudice, bias
29.	身上	shēnshàng	N	himself, themselves
30.	異性	yìxìng	Vs-attr	opposite sex
31.	有情人終成眷屬	yǒuqíngrén zhōngchéng juànshǔ	Id	the lovers finally got married, every Jack has his Jill
32.	末日	mòrì	N	the end of the world
33.	擴大	kuòdà	V	to expand
34.	範圍	fànwéi	N	scope, range, extent
35.	心聲	xīnshēng	N	heartfelt wishes, aspirations
36.	法案	fǎ'àn	N	bill, act

語法點

🎧 10-03

1 原文：…民眾，高喊「同志朋友，你們並不孤單！」希望傳達出他們跟同志站在同一陣線的立場。

結構：A 跟 B 站在同一陣線 (A gēn B zhàn zài tóng yī zhènxiàn) A and B stand together on s/t, A and B are on the same side

解釋：不同團體的人，為了達到共同目的而形成的聯盟 (liánméng, alliance)。

例句：總統承諾會傾聽 (qīntīng, listen attentively) 人民的心聲，並且帶領政府，和人民站在同一陣線。

◀ 練習 請選擇合適的詞語完成下面的句子。

> 學生　聯合國　孕母　不孕症夫妻　仲介
> 動物保護組織　文史學家　觀光業者

(1) 因為難民問題威脅到國家安全，因此這些國家 ＿＿＿＿＿＿＿＿＿＿＿＿＿＿＿，選擇關閉國界。

(2) 雖然代孕法案尚未通過，但為了龐大的商機，＿＿＿＿＿＿＿＿＿＿＿＿＿＿＿，希望政府盡快讓代孕合法化。

(3) 學校對教師霸凌學生情形漠不關心，導致學生自殺，使得許多家長都 ＿＿＿＿＿＿＿＿＿＿＿＿＿＿＿，抗議學校忽視問題，袖手旁觀。

2 原文：我們生來如此，**和異性戀沒有兩樣**。

結構：A 和（跟）B 沒有兩樣 (A hàn (gēn) B méi yǒu liǎngyàng) A is no different from B

解釋：A 跟 B 一樣；A 就好像 B。

例句：基改食品看起來跟一般食品沒有兩樣，大部分的人很難從外觀辨別，因此怎麼能吃得安心呢？

◀ 練習 選擇合適的詞語完成下面的句子。

> 普通人　強盜　慢性自殺　欺騙　判…死刑

(1) 雖然他得到了一大筆遺產，但是每天還是開著二手車，穿著簡單的衣服，看起來 ＿＿＿＿＿＿＿＿＿＿＿。

(2) 醫生警告民眾，晚睡 ＿＿＿＿＿＿＿＿＿＿＿＿＿＿＿，對健康的傷害遠遠超過想像。

(3) 為了得到選美比賽冠軍而去整型，＿＿＿＿＿＿＿＿＿＿＿＿，早晚會被發現的。

3 原文：婚姻的核心是愛，是伴侶之間的事，**與性別無關**。

結構：A 與（跟）B 無關 (A yǔ (gēn) B wúguān) A has nothing to do with B

解釋：A 跟 B 沒有關係。

例句：某些科學家認為，從地球的歷史來看，氣候變化是自然的一部分，跟人類活動無關。

◀ 練習 請使用「A 與（跟）B 無關」**否定**下面的說法，並說明你的意見。

(1) 網路霸凌這麼多，就是因為言論過於自由。

(2) 未來要從事什麼工作，最好多聽大家的意見再決定。

(3) 得癌症都是因為遺傳基因有問題。

(4) 他被罷免，主要是因為他有婚外情。

4 原文：許多人會把同志跟性病、複雜的性關係等負面印象連在一起。

結構：把 A 跟 B 連在一起 (bǎ A gēn B lián zài yìqǐ) connect A and B

解釋：A 跟 B 有關係，或是 A 給人 B 的印象。

例句：專家分析，商人早就把都市計畫與房價連在一起，使得現在房地產價格居高不下。

◀ 練習 請選擇 A 和 B 相關的詞語完成句子：

A	B
◆ 搖滾樂 (yáogǔnyuè, rock and roll)	◆ 證據
◆ 犯罪動機	◆ 吵、革命
◆ 投資案	◆ 市長貪汙
◆ 遊民	◆ 災害
◆ 特別的自然現象	◆ 迷信
◆ 風水	◆ 犯罪

(1) 由於搖滾樂團常常在音樂中批評政治，大喊大叫，因此很多人 ＿＿＿＿＿＿＿＿＿＿＿＿＿＿＿＿＿＿＿＿＿＿＿＿＿。

(2) 法官 ＿＿＿＿＿＿＿＿＿＿＿＿＿＿＿＿＿＿＿＿＿＿＿＿＿，很快就知道是誰殺了他。

(3) 雖然市長跟此投資案無關，而且法院判決已經還給他清白，但是很多人還是 ＿＿＿＿＿＿＿＿＿＿＿＿＿＿＿，所以他這場選戰打得非常辛苦。

(4) 有的人 ＿＿＿＿＿＿＿＿＿＿＿＿＿，認為那簡直是歪理，然而從空間和心理學的角度來看，還是有它的道理。

論點呈現

1 請再讀一遍報導，找出此文章支持同性婚姻的三個論點：

	一	二	三
論點			

2 報導裡的論點，你都同意嗎？請表達你的意見，並提出其他的新論點。

同意： _____。

不同意： _____。

新論點： _____。

口語表達

1 根據論點找出文章中重要的表達方式。

論點	一	二	三
表達方式			

2 請你站在變性人的立場，用上面的句式，談談一般人對「變性人」(biànxìngrén, transgender) 的偏見或刻板印象。（至少 4 個）

▲曾愷芯是台中一中首位公開成為變性人的教師

217

重點詞彙

一、詞語活用

1 跟同學討論，從課文或字典中找出可以搭配的動詞。 **例如**：傳達心聲。

◆ ＿＿＿＿＿＿心聲	◆ ＿＿＿＿＿＿認同
◆ ＿＿＿＿＿＿立場	◆ ＿＿＿＿＿＿文件
◆ ＿＿＿＿＿＿活動	◆ ＿＿＿＿＿＿範圍
◆ ＿＿＿＿＿＿歧視	◆ ＿＿＿＿＿＿法案
◆ ＿＿＿＿＿＿限制	◆ ＿＿＿＿＿＿共識
◆ ＿＿＿＿＿＿偏見	◆ ＿＿＿＿＿＿權利
◆ ＿＿＿＿＿＿印象	

2 利用上面的搭配，填入下面問題：

(1) 你認為現在的社會對哪一類的人有 ＿＿＿＿＿＿？你認為用什麼辦法可以 ＿＿＿＿＿＿ 這樣的歧視或偏見？

(2) 你最希望 ＿＿＿＿＿＿ 誰的認同？你會怎麼做來得到他的認同？要是你 ＿＿＿＿＿＿ 他的認同，你會怎麼做來 ＿＿＿＿＿＿ 你的心聲？

(3) 貴國人民／社會最近 ＿＿＿＿＿＿ 了什麼活動？他們想 ＿＿＿＿＿＿ 什麼？你認為政府＿＿＿＿他們的心聲了嗎？你會參加這樣的活動嗎？

(4) 貴國總統最近 ＿＿＿＿＿＿ 了什麼文件？這份文件對你有利嗎？

(5) 你認為「外國人應該 ＿＿＿＿＿＿ 跟本國人一樣的權利和保障」公平嗎？你希望政府 ＿＿＿＿＿＿ 還是 ＿＿＿＿＿＿ 給外國人的保障範圍？你會怎麼 ＿＿＿＿＿＿ 你的權利？

(6) 貴國人民在哪個問題上尚未 ＿＿＿＿＿＿ 共識？

3 跟同學討論上面的問題。

二、相反詞

1 請將正確的相反詞填入下表的第二欄：

斷線　異性　疏遠　熟悉　邊緣　非法　相反　相異

	相反詞		擴展
V	連線	斷線	跟…連線
Vs	合法 親密 陌生 相同		合法行為
N	同性 核心		同性朋友

2 請跟同學討論，將這些詞擴展成詞組，填入上表的第三欄。

例如：合法行為、跟記者連線。

3 請利用這些詞組寫一兩句表達對某件事的立場。

例如：我認為跟異性朋友出去玩，一定要先讓自己的男女朋友知道。

　　　　因為…。

(1)_____

(2)_____

(3)_____

4 跟同學討論 3. 中所提出的句子，並提出你的看法。

三、熟語 🎧 10-04

有情人終成眷屬 yǒuqíngrén zhōngchéng juànshǔ

解釋：彼此相愛的人最後終於成為夫妻。

功能：謂語

例句：

(1) 你們愛情長跑了八年，有情人終成眷屬，恭喜你們。

(2) 聽到偶像戀情曝光的消息，許多歌迷都紛紛上網留言，祝福他們的戀情能像童話故事一般，有情人終成眷屬。

(3) 聯誼活動的主持人：「有些人今天就看對了眼，一見鍾情。沒有一見鍾情的人沒關係，多給對方幾次機會，也許就能日久生情。但是不管是一見鍾情還是日久生情，祝福大家最後都能有情人終成眷屬，找到人生的另一半，白頭偕老。」

自由
不該是保護傘

🎧 10-05

主播 ： 鏡頭轉到國外。美國聯邦最高法院昨天做出判決，宣布同性伴侶結婚的權利應受憲法保障。消息一出，社群媒體紛紛換上彩虹旗慶祝這個歷史性的時刻。儘管如此，社會仍有許多反對的聲音。以下是駐外記者來自法國的報導。 5

記者： 當許多人正在歡慶美國聯邦最高法院的判決時，巴黎市中心擠進了數萬民眾反對同性婚姻合法化。我們來聽聽他們怎麼說。

民眾一： 從生物觀點來看，動物的本能之一就是生存，而繁衍下一代是生存的方式之一。為了繁 10 衍下一代而去尋找異性交配，這是自然法則。同性戀是不自然的，也不是婚姻制度裡預期的對象。因為婚姻的定義中需要一男一女的結合，唯有如此，雙方才能在生理和心理各方面互補，自然地生育下一代。然而，同性伴侶無法擁有自己 15 的孩子，男男、女女的組合違反自然，因此同性戀的婚姻是不可能成立的。

民眾二： 人類為了穩定社會結構而發展出婚姻制度，因此，婚姻不只是兩個人的自由選擇，更是與社會全體有關的公共議題。同性婚姻合法化將澈底改變婚姻、家庭的定義。我們需要重新解釋這些傳統詞彙，例如什 20 麼是爸爸、媽媽、夫妻？孩子要怎麼稱呼他們？而什麼又是「家」？同性伴侶無法生兒育女，我們如何靠家庭來維持建構社會的基礎？這是一場社會革命，不能只是以「包容」、「尊重多元」做為口號，而無視婚姻在人類文化上的意義，要求大眾改變婚姻的基本概念。

民眾三： 支持者認為每個人對婚姻都有自主權，有選擇伴侶的自由，法律、政 25 府或任何人都不該干涉或破壞。按照這個邏輯，彼此相愛、願意做出承諾、也願意負擔婚姻責任的兩個人，都應該納入法律保障範圍。那麼為什麼同性戀者可以，相愛的父女、母子、第三者卻不可以呢？自由不能拿來當做同性婚姻合法化的原則，因為法律不可能在同一個原則之下，只保障某些人而不保障其他人。一旦讓同性婚姻合法化，無 30 異間接鼓勵其他形式的伴侶關係，讓亂倫、不倫躲在自由的保護傘下有機可乘。

記者 ： 當白宮、巴黎鐵塔等世界地標打上彩虹燈光的同時，這些反對的聲音也不容忽視。人類社會將如何發展？有賴各界不斷對話與激辯。記者來自巴黎的報導。鏡頭交還給主播。 35

課文理解

請在（ ）打 ✓

1 美國宣布同性結婚的權利受憲法保障時，人們有哪些反應？

（ ） 到街上慶祝。

（ ） 到市中心抗議。

（ ） 在網路上使用彩虹旗圖案。

2 民眾一認為，為什麼婚姻制度中不能有男男、女女的組合？

（ ） 因為不符合定義。

（ ） 因為不是動物本能。

（ ） 因為無法生育違反自然。

3 民眾二認為，要是同性婚姻合法化會有什麼問題？

（ ） 孩子不會叫爸爸媽媽。

（ ） 同性伴侶生不出孩子，導致生育率降低。

（ ） 會使婚姻、家庭在人類文化上的意義改變。

4 民眾三是從哪個角度來反對同性婚姻合法化？

（ ） 自然觀點。

（ ） 法律觀點。

（ ） 文化觀點。

5 文章裡提到哪些論點？

（ ） 同性戀不能生育，違反自然。

（ ） 合法化的話，會導致生育率降低。

（ ） 結婚不只是兩個人的事，因此社會有權干涉。

（ ） 間接鼓勵開放的伴侶關係，導致愛滋病流行。

（ ） 威脅傳統婚姻內涵及家庭功能，影響家庭倫理概念。

（ ） 要是以自由當立法原則，亂倫及不倫就變成合法行為。

6 若是替這三位民眾的訪問加上小標題，你會寫什麼？

_____

_____

_____

7 再讀一次，下面句子哪個對（○）？哪個錯（✕）？並找出文中什麼詞可以取代灰色框中詞的意思。

（ ） 生孩子 是動物用來讓自己這個物種繼續存在地球上的一種方法。

_____

（ ） 在大自然中，動物會找同類發生性行為，不管同性或異性都可以。

_____

（ ） 若是同性婚姻合法化，可能需要修改詞典裡「家庭」的意思。

_____

（ ） 我們不能只要求大家接受同性婚姻合法化，可是不在乎婚姻的意義。

_____

（ ） 支持同性婚姻合法化的人認為，法律或政府不能管人民要跟誰結婚，因為每個人有自由。

_____

（ ） 如果同性婚姻合法化，那就會跟鼓勵其他伴侶關係一樣。

_____

（ ） 社會最後發展成什麼樣子，需要大家不停地討論。

_____

221

生詞 New Words 🎧 10-06

				課文二
1.	鏡頭	jìngtóu	N	lens, shot, scene
2.	聯邦	liánbāng	N	federal, federation, union
3.	彩虹	cǎihóng	N	rainbow
4.	旗	qí	N	flag, banner, standard
5.	時刻	shíkè	N	moment (in time)
6.	駐外	zhùwài	Vi	to be stationed abroad
7.	歡慶	huānqìng	V	to celebrate
8.	擠進	jǐjìn	Vpt	to crowd in, squeeze in
9.	生物	shēngwù	N	biology
10.	本能	běnnéng	N	instinct
11.	繁衍	fányǎn	V	to reproduce, propagate
12.	尋找	xúnzhǎo	V	to search for, seek
13.	交配	jiāopèi	Vi	to mate, copulate
14.	法則	fǎzé	N	law (natural, not legal laws)
15.	定義	dìngyì	N/V	definition; to define
16.	互補	hùbǔ	Vs	to complement each other
17.	組合	zǔhé	N/V	combination; to combine
18.	全體	quántǐ	N	as a whole, whole, entire, overall
19.	詞彙	cíhuì	N	word, term, vocabulary
20.	稱呼	chēnghū	V/N	to call; address, name
21.	建構	jiàngòu	V	to build, construct
22.	革命	gémìng	N/Vi	revolution; to have a revolution
23.	做為	zuòwéi	Vst	to serve as
24.	無視	wúshì	V	to disregard, defy
25.	干涉	gānshè	V	to interfere
26.	邏輯	luójí	N	logic
27.	納入	nàrù	V	to incorporate, include
28.	第三者	dìsānzhě	Ph	"third party" (i.e., the "other man/woman")
29.	原則	yuánzé	N	principle
30.	無異	wúyì	Vs	not different from, the same as, tantamount to
31.	形式	xíngshì	N	form
32.	亂倫	luànlún	N	incest
33.	不倫	bùlún	N	immorality
34.	白宮	Báigōng	N	White House
35.	巴黎鐵塔	Bālí Tiětǎ	Ph	Eiffel Tower
36.	打上	dǎshàng	V	to shine up on
37.	燈光	dēngguāng	N	lights

生詞 New Words

38.	不容忽視	bùróng hūshì	Id	cannot ignore, should not be ignored
39.	有賴	yǒulài	Vst	to depend on, contingent on
40.	各界	gèjiè	N	all walks of life, the public
41.	對話	duìhuà	Vi	to engage in dialogues
42.	激辯	jībiàn	Vi	to engage in robust debate, wrangle
43.	交還	jiāohuán	V	to give back to, to return to

語法點

🎧 10-07

1 原文：這是一場社會革命，不能只是以「包容」、「尊重多元」做為口號。

結構：以…做為口號 (yǐ…zuòwéi kǒuhào) use… as a slogan

解釋：用…當做口號。以…之名。

例句：人權團體往往以「尊重生命」做為口號，要求廢除死刑。

◀ 練習 請使用此句式及所提供的詞語完成句子。

> 公平正義　人道　非核家園　保存文化遺產
> 行行出狀元　和平、土地、麵包　追求完美

(1) 政府 _____，要求富人多繳稅。然而在我看來，這無疑是劫富濟貧。

(2) 各國領袖 _____，希望國際社會共同分擔難民問題，化危機為轉機。

(3) 支持鬥牛活動的團體 _____，要求西班牙政府繼續舉辦鬥牛活動。

(4) 1917 年列寧 (Lièníng, Vladimir Ilyich Lenin) _____，吸引許多民眾支持。

(5) 汽車公司 _____，推出最新款的產品。

2 原文：不能只是以「包容」、「尊重多元」做為口號，而**無視**婚姻在人類文化上的意義。

結構：無視⋯的 N (wúshì…de N) ignore the N of…

解釋：故意 (gùyì, deliberately) 忽略某個重要的部分；不把⋯放在眼裡。

例句：做為政治人物，不應該為了滿足自己的利益而無視人民的權益。

◀ 練習 請使用此句式並選擇合適的詞完成以下的句子。

> 文化差異可能帶來的衝突　　我們的勸告
> 這份合約在國際合作上的重要性　　日漸增加的體重
> 輿論的批評　　他們之間的差距

(1) 最近發生的難民衝突事件，要是繼續 _____，將來這些無家可歸的難民會成為社會安全的隱憂。

(2) 為了滿足口腹之慾，我決定 _____。

(3) 俗話說「不聽老人言，吃虧在眼前」，你若是再繼續 _____ _____，後果你自己負責。

(4) 為了國家的經濟利益，總統決定 _____，拒絕參加此會議，導致其他國家決定另想對策，這樣的結果不足為奇。

3 原文：一旦讓同性婚姻合法化，**無異**間接鼓勵其他形式的伴侶關係。

結構：A，無異（於）B (A wúyì (yú) B) A is no different from B, A is tantamount to B, A is the same as B

解釋：表示 A 的情況跟 B 沒有差異。「A 跟 B 沒有兩樣。」是比較口語、誇張的說法。

例句：政府強制收富人稅養窮人，這種劫富濟貧的手段，無異於強盜。

◀ 練習 請選擇合適的詞語完成下面的句子。

> 鼓勵建立一個警察國家　　一隻米蟲　　把錢丟進海裡
> 用人民繳的稅來養罪犯　　殺人兇手
> 工具人　　肉包子打狗　　異性戀之間的感情

(1) 在我看來，那些販賣黑心商品的商人，_____，應該判他們死刑才對。

(2) 支持網路審查，_____，怎麼能這麼做呢？

(3) 他只是愛上相同性別的人罷了，但是他們的愛 _____

(4) 若以判無期徒刑取代死刑，政府還須付出一大筆費用照顧他們，_____。

(5) 你明明知道他從來不還錢，還把錢借給他，_____ 有去無回。

4 原文：人類社會將如何發展？**有賴各界不斷對話與激辯。**

結構：A，有賴 B (A, yǒulài B) A hinges on B, A depends on B

解釋：有賴＝得靠；A 得靠 B 的幫助才能完成。

例句：市長表示，如何解決停滯不前的發展問題，有賴政府和地方討論出合理的預算分配。

◀ 練習 請選擇合適的詞語完成下面的句子。

> 兩個人不斷調整　　世界各國放下偏見
> 社會大眾自我約束　　清潔人員的打掃　　平日的練習
> 政府從整體住宅政策及補貼來紓解困境

(1) 難民問題是否能順利解決，＿＿＿＿＿＿＿＿＿＿＿＿，共同努力。

(2) 要使言論自由所導致的霸凌不再發生，＿＿＿＿＿＿＿＿＿＿。

(3) 感情發展的好壞，＿＿＿＿＿＿＿＿。光靠一個人努力是不夠的。

(4) 環保局表示，良好的公廁環境品質，除了＿＿＿＿＿＿之外，民眾也需要有公德心 (gōngdéxīn, concern for public good)，留給下一位使用者乾淨的品質，才能使公廁環境更進步。

(5) 期末考試考的是你聽說讀寫各方面的能力，這個能力＿＿＿＿＿＿＿＿＿＿＿，不可能靠一個晚上熬夜背一背就能提升。

(6) 局長指出，市民買不起房甚至租不到房的問題，＿＿＿＿＿＿＿＿＿＿＿＿＿＿＿＿＿＿＿＿＿＿，以減輕市民的壓力。

論點呈現

請再讀一遍報導，找出此文章反對同性婚姻的三個論點：

	一	二	三
論點			

報導裡的論點，你都同意嗎？請表達你的意見，並提出其他的新論點。

同意：＿＿＿＿＿＿＿＿＿＿＿＿＿＿＿＿＿＿＿＿＿＿＿＿＿＿＿＿＿＿＿＿

不同意：＿＿＿＿＿＿＿＿＿＿＿＿＿＿＿＿＿＿＿＿＿＿＿＿＿＿＿＿＿＿

新論點：＿＿＿＿＿＿＿＿＿＿＿＿＿＿＿＿＿＿＿＿＿＿＿＿＿＿＿＿＿＿

口語表達

1 根據論點找出文章中重要的表達方式。

論點	一	二	三
表達方式			

2 用上面的表達方式，談一談「婚姻與幸福」。
（至少使用 4 個）

重點詞彙

一、詞語活用

1 看課文或字典，找出可跟以下詞彙搭配的名詞：

干涉 _____ 　納入 _____ 　繁衍 _____ 　尋找 _____

互補 _____ 　交還 _____ 　稱呼 _____

(1) 將表格內的詞組填入下面句子中：

a. 越來越多人藉由交友網站 _____ 另一半，足見這是一個比較有效率的方式。

b. 情侶分手以後，對方送的東西最好 _____ 給對方。

c. 相較於個性 _____ ，個性相似的伴侶更能擁有穩定長久的關係。

d. 父母之所以 _____ 孩子的戀愛和婚姻，只不過是希望子女生活得更好罷了。

e. 兩性差異、關係乃至於平權等內容，都應該 _____ 小學的學習範圍中。

f. 隨著生物基因科技發展，科學家說，即使沒有卵子也能 _____ 後代，同性伴侶也有機會擁有自己的親生孩子。

g. 華人的家庭制度既複雜又難記，不如 _____ 對方的名字就好。

(2) 跟你的同學討論上面的句子，並說明你的看法。

_____

2 看課文或字典，跟同學討論後說明下表中詞彙的意思，並擴展詞彙：

V	N
◆ 破壞/違反/遵守	A. _____ 本能
◆ 按照	B. _____ 手段
◆ 擴大/縮小/超出	C. _____ 法則
◆ 列入/納入	D. _____ 革命
◆ 涉及	E. _____ 範圍
◆ 根據	F. _____ 原則
◆ (符)合	G. _____ 形式
◆ 發起	H. _____ 邏輯
◆ 毫無	I. _____ 制度
Vs	J. _____ 定義
◆ 天生的	
◆ 殘忍/和平的	
◆ 基本的	
◆ 清楚/模糊的	

(1) 看課文或字典，跟同學討論左欄的詞彙可以怎麼跟右欄搭配。例如：破壞＋原則／制度；天生的本能

(2) 用(1)的詞組寫出 3 個問題，並跟同學討論。

a. _____

b. _____

c. _____

3 兩個學生一組，根據以下的詞彙搭配討論及完成句子：

(1) 請跟同學討論，除了下面的詞組，還可以填入哪些搭配的詞：

不容＋（某人）＋V		
• 忽視	• 干涉	•
• 否認	• 錯過	•
• 挑戰	• 替代	•
• 分享	• 低估	•

(2) 利用上面的詞組，完成下面的句子：

a. 氣象報告說，這個颱風將會帶來驚人的雨量，可能帶來的威脅和破壞
＿＿＿＿＿＿＿＿。

b. 今年金馬影展以同性婚姻為主題，從家庭衝擊、領養討論到法律，都是國內電影院沒有播放過的電影，座位有限，＿＿＿＿＿＿＿＿。

c. 這個爭議與國家主權有關，＿＿＿＿＿＿＿＿。

d. 領導的地位是＿＿＿＿＿＿＿＿的，說話的時候，最好管好你自己的嘴。

延伸練習

◎爭議事件活動報導

在發生爭議或衝突時，必須客觀 (kèguān, objectively) 呈現 (chéngxiàn, present) 兩方立場，因此報導時常常以下面這種方式進行：

說明活動背景：時間、地點、人數、活動主題、活動目的、情況或氣氛等。

◆ …（時間）…（地方）正在舉辦一場…的活動
◆ …（事件）…引發…（活動），目前…
◆ …一出，…紛紛…
◆ S.發起…（活動）…，為了…走上街頭，要求…
◆ …可能…，也可能…。到底該…？
◆ 究竟該不該…？引發正反雙方激烈的討論。
◆ 不管是…還是…，雙方都…
◆ 以下是…

爭議主要內容：呈現雙方意見，或是提出爭議事件及反方意見。

◆ 主題：針對/對於/關於…（主題）…，S表示/認為/指出/強調/主張…
◆ 介紹立場及論點：從…的角度來V；以…的身分…；站在…的立場，…
◆ 介紹同一方其他論點：此外，…；再加上；不但…還…；尤其是；除了之外，…
◆ 介紹另一方意見：事實上；然而；另一方面；相較於A，B則是…

結論：再次說明活動目的、雙方爭議點，或是未來可能的解決辦法或後果。

◆ 以上是…
◆ 隨著…，…希望…
◆ …，而…
◆ S1…，S2則…

◆ 當…的同時，…也不容…
◆ A是否/究竟/能否…，還有待/有賴…

◆ A是…？還是…？恐怕需要更多…
◆ 如何…？考驗著…的智慧

語言實踐

一、活動報導方式也可以用來客觀表達自己對某一個爭議議題的理解或是客觀討論優缺點。請選擇本書中任何一個主題，客觀地報導正反雙方的論點。

例如：

　　台灣的大法官昨天做出支持同性婚姻的判決，消息一出，亞洲其他國家的同婚社群也紛紛站出來要求婚姻平權。合法化可能消除偏見，但也可能讓社會對立情況更嚴重，支持和反對雙方都透過媒體表達自己的心聲。

　　從法律的角度來看，支持者強調，結婚是基本人權，不應該因為性別而有所不同。此外，合法化可以解決目前法律在領養、繼承等各方面的問題。然而，反對者則指出，雖然婚姻是個人自由，但是法律不可能在自由的原則之下，只保障某些人。而且合法化會間接鼓勵亂倫或不倫等關係。

　　當大法官作出判決支持同婚時，社會上擔心的聲音也不容忽視。合法化究竟是人權進步的表現，還是會造成社會混亂，恐怕需要更多時間來證明。

◀ 練習 請選擇本書中任何一個主題，或是你感興趣的爭議話題，客觀地報告正反雙方的論點。

_____

_____

_____

_____

_____

二、請上網觀看一段與同志婚姻有關的影片（電影、短片、歌曲不限），或閱讀一本書，並跟同學介紹這段影片或這本書的內容。
　　內容包括：
　　■ 這是一個什麼樣的故事？
　　■ 讓你最感動或是印象最深的一句話／一幕。
　　■ 你的感想。

NOTE

中 - 英 Vocabulary Index (Chinese-English)

漢語拼音	正體	簡體	課數 - 課文 - 生詞序
A			
áizhèng	癌症	癌症	2-2-4
ànjiàn	案件	案件	6-1-7
ànlì	案例	案例	5- 引 -2
ānxīn	安心	安心	2-2-9
ānzhì	安置	安置	8-2-3
Àoyùn	奧運	奥运	8-1-35
B			
bǎ	把	把	6-1-19
báigōng	白工	白工	7-1-4
Báigōng	白宮	白宫	10-2-34
bàle	罷了	罢了	8-2-9
bàlíng	霸凌	霸凌	1-1-40
Bālí Tiětǎ	巴黎鐵塔	巴黎铁塔	10-2-35
Bāsàilóngnà	巴塞隆納	巴塞隆纳	4-2-33
bànlǚ	伴侶	伴侣	10-1-14
bàochóu	報仇	报仇	6-1-44
bàofù	報復	报复	6-1-25
bǎocún	保存	保存	4- 引 -7
bǎozhèng	保證	保证	6-2-13
bǎoguì	寶貴	宝贵	4-2-23
bāoróng	包容	包容	1-1-14
bāozhuāng	包裝	包装	2-1-61
bǎoshòu	飽受	饱受	3-1-43
bàozhà	爆炸	爆炸	9-1-4
bèihàirén	被害人	被害人	6-1-38
bèipò	被迫	被迫	7-2-33
bēijù	悲劇	悲剧	5-1-11
běnnéng	本能	本能	10-2-10
Bēnniújié	奔牛節	奔牛节	4-1-25
biànbié	辨別	辨别	2-2-8
biànhù	辯護	辩护	1-1-25
biānjí	編輯	编辑	2-2-11

漢語拼音	正體	簡體	課數 - 課文 - 生詞序
biānjiè	邊界	边界	8-2-24
biànxíng	變形	变形	3-1-40
biāoqiān	標籤	标签	3-2-17
biāoshì	標示	标示	2-1-62
biāotí	標題	标题	1-2-32
bǐcǐ	彼此	彼此	10-1-23
bìhù	庇護	庇护	8-1-11
bìngfēi	並非	并非	1-2-2
bìngwéi	病危	病危	10-1-20
bǐrú shuō	比如說	比如说	2-1-17
bìyào	必要	必要	4-1-29
bízi	鼻子	鼻子	3-1-10
bìzuǐ	閉嘴	闭嘴	1-2-26
bò	播	播	2-1-6
bùdéyǐ	不得已	不得已	5-1-7
bùfú	不服	不服	7-1-39
bújì yíqiè	不計一切	不计一切	3-1-24
bùjǐn	不僅	不仅	2-1-35
bújìnrán	不盡然	不尽然	3-1-7
bùláo érhuò	不勞而獲	不劳而获	7-2-38
búlì	不利	不利	4-2-2
bùliáng	不良	不良	5-2-12
búlùn	不論	不论	1-1-15
bùlún	不倫	不伦	10-2-33
bùmǎn	不滿	不满	8- 引 -8
bùrán	不然	不然	6-1-40
bùréndào	不人道	不人道	4-2-21
bùróng hūshì	不容忽視	不容忽视	10-2-38
bùshí	不實	不实	1-1-38
búyòng	不用	不用	1-2-3
búyùn	不孕	不孕	2-2-2
bùzhī bùjué	不知不覺	不知不觉	2-2-7
bǔtiē	補貼	补贴	7-1-28

漢語拼音	正體	簡體	課數-課文-生詞序
C			
cáifù	財富	财富	7-引-3
cǎihóng	彩虹	彩虹	10-2-3
cǎn	慘	惨	1-1-3
cǎnzhòng	慘重	惨重	7-1-7
cánrěn	殘忍	残忍	4-2-26
cánzhàng	殘障	残障	8-1-40
cānsài	參賽	参赛	3-1-17
cānxuǎn	參選	参选	8-1-46
chājù	差距	差距	3-2-28
chāyì	差異	差异	3-2-21
chǎnliàng	產量	产量	2-1-39
chǎnyè	產業	产业	3-2-11
cháoliú	潮流	潮流	6-2-33
chèdǐ	澈底	澈底	4-2-37
chéng	成	成	1-2-14
chéngguǒ	成果	成果	7-2-37
chéngshóu	成熟	成熟	9-2-26
chéngdān	承擔	承担	1-2-41
chéngrèn	承認	承认	8-2-33
chéngshòu	承受	承受	5-1-6
chéngfá	懲罰	惩罚	6-1-27
chēnghū	稱呼	称呼	10-2-20
Chēnuòbǐ	車諾比	车诺比	9-1-11
chǐ	尺	尺	6-1-20
chīlì	吃力	吃力	7-1-17
chóngbài	崇拜	崇拜	4-1-20
chónghài	蟲害	虫害	2-1-38
chóngzi	蟲子	虫子	2-1-7
chōngtú	衝突	冲突	8-2-18
chóngxīn	重新	重新	6-2-25
chōngzǒu	沖走	冲走	7-1-5
chōngzú	充足	充足	6-2-12
chǒu	醜	丑	3-1-4
chōu	抽	抽	7-2-13
chōuyān	抽菸	抽烟	5-2-10
chóuhèn	仇恨	仇恨	1-1-37
chóuwài	仇外	仇外	8-1-19
chuánbò	傳播	传播	1-2-16

漢語拼音	正體	簡體	課數-課文-生詞序
chuándá	傳達	传达	10-1-5
chuǎng hóngdēng	闖紅燈	闯红灯	6-1-30
chuàngfù	創富	创富	7-2-44
chuàngzào	創造	创造	7-1-25
chúcǎojì	除草劑	除草剂	2-1-57
chǔfá	處罰	处罚	1-1-13
chuī	吹	吹	3-2-1
chùmù jīngxīn	怵目驚心	怵目惊心	8-1-7
chūshǒu	出手	出手	7-1-33
chūyù	出獄	出狱	6-1-18
cì	刺	刺	4-2-3
cíhuì	詞彙	词汇	10-2-19
cōngmíng	聰明	聪明	1-2-31
cūn	村	村	7-1-9
cúnfèi	存廢	存废	6-引-2
cúnzài	存在	存在	3-引-4
cuòwù	錯誤	错误	5-2-8
D			
dà`ài	大愛	大爱	6-2-26
dàdòu	大豆	大豆	2-1-42
dàfāng	大方	大方	7-1-34
dàfú	大幅	大幅	3-2-32
dàxiǎo bùyī	大小不一	大小不一	3-1-39
dádào	達到	达到	2-1-26
dàibiǎoduì	代表隊	代表队	8-1-37
dàijià	代價	代价	2-2-36
dàilǐ yùnmǔ	代理孕母	代理孕母	5-引-1
dàiyùn	代孕	代孕	5-1-8
dǎjí	打擊	打击	7-2-43
dǎpò	打破	打破	10-1-16
dǎshàng	打上	打上	10-2-36
dǎzào	打造	打造	6-2-37
dānyī	單一	单一	8-1-26
dānyōu	擔憂	担忧	9-1-26
dàolǐ	道理	道理	4-2-14
dàoshǔ	倒數	倒数	5-1-20
dàotuì	倒退	倒退	9-2-34
dǎozhì	導致	导致	8-2-5

漢語拼音	正體	簡體	課數-課文-生詞序
dé	得	得	1-2-23
dézhǔ	得主	得主	4-1-36
Déguó	德國	德国	8-2-10
dēngguāng	燈光	灯光	10-2-37
děngjí	等級	等级	9-1-16
děngtóng	等同	等同	7-1-27
děngyú	等於	等于	5-2-5
dìdài	地帶	地带	1-2-37
dìrè	地熱	地热	9-2-25
dīgū	低估	低估	8-2-34
dǐkàng lì	抵抗力	抵抗力	2-1-37
dìngshí	定時	定时	9-2-8
dìngyì	定義	定义	10-2-15
dìsānzhě	第三者	第三者	10-2-28
dòngjī	動機	动机	3-2-36
dǒngshì	懂事	懂事	7-1-13
dòuniú	鬥牛	斗牛	4- 引 -2
dòuniú chǎng	鬥牛場	斗牛场	4-1-5
dòuniú shì	鬥牛士	斗牛士	4-1-8
duǎnzhàn	短暫	短暂	7-2-23
duì	對	对	5- 引 -7
duìcè	對策	对策	8-2-36
duìhuà	對話	对话	10-2-41
duìlì	對立	对立	8-2-8
duìxiàng	對象	对象	3-1-28
duìyú	對於	对于	7-1-20
duōme	多麼	多么	3-1-46
duóqǔ	奪取	夺取	7-2-16
duózǒu	奪走	夺走	7-2-32
dútè	獨特	独特	4-1-30
dúyī wú'èr	獨一無二	独一无二	5-2-24

E

è'mèng	惡夢	恶梦	5- 引 -22
èyì	惡意	恶意	1-2-12
Èryǎnghuàtàn	二氧化碳	二氧化碳	9-2-19

F

fǎ'àn	法案	法案	10-1-36
fǎguān	法官	法官	6-1-8

漢語拼音	正體	簡體	課數-課文-生詞序
fǎyuàn	法院	法院	1-2-38
fǎzé	法則	法则	10-2-14
fābiǎo	發表	发表	1-1-5
fāqǐ	發起	发起	10-1-7
fádān	罰單	罚单	6-1-29
fàn'àn	犯案	犯案	6-2-11
fànrén	犯人	犯人	6-1-17
fànzuì	犯罪	犯罪	6-1-28
fǎnguān	反觀	反观	5-1-17
fǎnyìng	反應	反应	1-1-4
fàngxià	放下	放下	6-1-47
fànwéi	範圍	范围	10-1-34
fányǎn	繁衍	繁衍	10-2-11
fànyùn	販運	贩运	8-2-37
fànzi	販子	贩子	8-2-28
fèi	費	费	6-2-7
fèijìn	費盡	费尽	5-1-2
fēi	非	非	2-2-21
fèichú	廢除	废除	6-1-37
fèiliào	廢料	废料	9-1-35
fèizhǐ	廢止	废止	4- 引 -8
fèizàng	肺臟	肺脏	7-2-4
fēndān	分擔	分担	8-1-1
fēnlí	分離	分离	5-2-13
fēnxiǎng	分享	分享	7-2-36
fènzǐ	分子	分子	7-1-29
fèndòu	奮鬥	奋斗	7-2-18
fēnfēn	紛紛	纷纷	5-2-21
fèngcì	諷刺	讽刺	1-2-22
fēngfù	豐富	丰富	2-1-24
fēngxiōng	豐胸	丰胸	3-1-14
fēnglì	風力	风力	9-2-9
fēngqì	風氣	风气	3- 引 -1
fēngzhù	封住	封住	1-1-47
fǒudìng	否定	否定	1-1-45
fúchí	扶持	扶持	8-1-49
fùchū	付出	付出	2-2-35
Fúdǎo	福島	福岛	9-1-12
fúhé	符合	符合	2-2-20

漢語拼音	正體	簡體	課數-課文-生詞序
fūqī	夫妻	夫妻	5-1-23
fūsè	膚色	肤色	8-1-47
fúshè	輻射	辐射	9-1-2
fúshì	服飾	服饰	4-1-10
fùshuì	賦稅	赋税	8-2-6
fǔwèi	撫慰	抚慰	6-1-56
fùzé	負責	负责	1-1-41
fùzuòyòng	副作用	副作用	3-1-45

G

漢語拼音	正體	簡體	課數-課文-生詞序
gānggāng hǎo	剛剛好	刚刚好	6-1-57
gānshè	干涉	干涉	10-2-25
gǎnshòu	感受	感受	6-2-27
gǎntóng shēnshòu	感同身受	感同身受	6-1-49
gāo'é	高額	高额	9-2-29
gāodá	高達	高达	4-2-30
gāofēng huì	高峰會	高峰会	8-1-16
gāohǎn	高喊	高喊	4-2-28
gāotǐng	高挺	高挺	3-1-15
gǎodìng	搞定	搞定	5-2-23
gébì	隔壁	隔壁	2-1-8
gélí	隔離	隔离	6-1-2
gèjiè	各界	各界	10-2-40
gèshì gèyàng	各式各樣	各式各样	2-1-14
gèzì	各自	各自	6- 引 -5
gémìng	革命	革命	10-2-22
gēnběn	根本	根本	6-2-38
gēnjù	根據	根据	1-2-7
gèrén	個人	个人	1-2-40
gōng	供	供	9-2-36
gōngxū	供需	供需	5-1-14
gōngguān	公關	公关	3-2-9
gōngjīn	公斤	公斤	2-2-25
gōngniú	公牛	公牛	4-1-14
gōngjí	攻擊	攻击	1-1-33
gōngjù	工具	工具	1-1-19
gōngyè	工業	工业	9-2-32
gōngzī	工資	工资	7-1-31
gòngshì	共識	共识	1-1-31

漢語拼音	正體	簡體	課數-課文-生詞序
gòngtóng	共同	共同	8-1-27
gòngxiǎng	共享	共享	7-1-37
gǔ	股	股	1-2-18
guàiwù	怪物	怪物	2-1-59
guǎn	管	管	1-2-30
guān	關	关	1-2-5
guānbì	關閉	关闭	8-2-23
guǎngbò jiémù	廣播節目	广播节目	2-1-3
guānkàn	觀看	观看	4-1-39
guānshǎng	觀賞	观赏	4-1-24
guānzhòng	觀眾	观众	4-2-4
gū'ér	孤兒	孤儿	6-1-39
guīfàn	規範	规范	5-2-18
guīyú	鮭魚	鲑鱼	2-2-6
gùmíng sīyì	顧名思義	顾名思义	1-1-10
guò	過	过	3-1-42
guòlù	過濾	过滤	8-2-15
guòmǐn	過敏	过敏	2-1-21
guòrén	過人	过人	4-1-18
guòshí	過時	过时	4-2-1
guòyú	過於	过于	1-1-35
guórén	國人	国人	2-2-29
gùrán	固然	固然	5-2-1

H

漢語拼音	正體	簡體	課數-課文-生詞序
Hāfó Dàxué	哈佛大學	哈佛大学	7-2-1
hǎimiàn	海面	海面	8-1-4
Hǎimíngwēi	海明威	海明威	4-1-38
hǎixiào	海嘯	海啸	9-1-18
hàipà	害怕	害怕	6-1-24
hányǒu	含有	含有	2-1-41
hǎojǐ zhǒng	好幾（種）	好几（种）	2-1-30
hǎoshòu	好受	好受	6-2-30
hédiàn	核電	核电	9-1-14
hédiànchǎng	核電廠	核电厂	9- 引 -1
héxīn	核心	核心	10-1-13
hézāi	核災	核灾	9-1-13
héfǎhuà	合法化	合法化	5- 引 -19
hēibái bùfēn	黑白不分	黑白不分	5-2-19
hēixīn	黑心	黑心	6-1-6

漢語拼音	正體	簡體	課數-課文-生詞序
héjiě	和解	和解	6-2-23
hépíng	和平	和平	8-2-35
héxié	和諧	和谐	1-2-42
héliú	河流	河流	9-2-22
hèn	恨	恨	6-1-43
héngliáng	衡量	衡量	6-1-54
hèzǔ	嚇阻	吓阻	6-1-1
hóngshuǐ	洪水	洪水	9-1-19
hòuguǒ	後果	后果	2-2-12
hòutiān	後天	后天	3-2-23
hòuyízhèng	後遺症	后遗症	3-1-44
huà	化	化	8-1-2
huáiyí	懷疑	怀疑	1-2-33
huáiyùn	懷孕	怀孕	5-引-14
huálì	華麗	华丽	4-1-9
huàmiàn	畫面	画面	4-2-8
huànbùhuí	換不回	换不回	6-2-22
huànjùhuà shuō	換句話說	换句话说	6-1-33
huánbǎo	環保	环保	9-2-1
huānqìng	歡慶	欢庆	10-2-7
huànzhě	患者	患者	3-2-35
huāshēng	花生	花生	2-1-22
huàtí	話題	话题	2-1-11
hùbǔ	互補	互补	10-2-16
huǐ	毀	毁	6-1-41
huídá	回答	回答	2-1-9
huíyìng	回應	回应	1-2-27
huīsè	灰色	灰色	1-2-36
huìyì	會議	会议	8-1-22
hūlüè	忽略	忽略	8-2-13
hùnluàn	混亂	混乱	1-1-49
hūnwàiqíng	婚外情	婚外情	5-1-9
huǒbàn	伙伴	伙伴	10-1-25
huòdé	獲得	获得	3-1-26
huǒlì	火力	火力	9-2-11
huòxǔ	或許	或许	8-1-31
huòzhě	或者	或者	6-1-16
hùshēnfú	護身符	护身符	1-2-15
hūshì	忽視	忽视	5-1-22

漢語拼音	正體	簡體	課數-課文-生詞序
húzuò fēiwéi	胡作非為	胡作非为	1-1-17
J			
jiǎ	假	假	3-2-15
jiǎshì	假釋	假释	6-1-22
jiāchǎn	家產	家产	7-1-18
jiāshǔ	家屬	家属	6-1-15
jiǎn	剪	剪	3-2-40
jiān	兼	兼	2-2-27
jiāngjú	僵局	僵局	6-引-4
jiàngòu	建構	建构	10-2-21
jiànjiē	間接	间接	5-2-7
jiāodài	交代	交代	6-1-13
jiāohuán	交還	交还	10-2-43
jiāopèi	交配	交配	10-2-13
jiāotuō	交託	交托	8-2-26
jiāoyì	交易	交易	5-2-2
jiàodǎo	教導	教导	4-2-19
jiǎoshuìdān	繳稅單	缴税单	7-2-21
jiàzhí	價值	价值	1-1-46
jíbiàn	即便	即便	2-2-26
jībiàn	激辯	激辩	10-2-42
jíbìng	疾病	疾病	2-1-28
jiē	皆	皆	5-1-5
jiē'èr liánsān	接二連三	接二连三	8-2-17
jiēlián	接連	接连	8-引-6
jiēshōu	接收	接收	1-1-11
jiéfù jìpín	劫富濟貧	劫富济贫	7-2-30
jiéhé	結合	结合	4-1-17
jiélùn	結論	结论	2-1-55
jiējí	階級	阶级	5-2-6
jiéjìng	捷徑	捷径	3-1-49
jiějué zhīdào	解決之道	解决之道	9-2-27
jièrù	介入	介入	7-2-45
jiéshuì	節稅	节税	10-1-19
jiētóu	街頭	街头	4-引-3
jièxiàn	界線	界线	1-引-2
jièyóu	藉由	藉由	10-1-18
jīgǎi	基改	基改	2-1-1

漢語拼音	正體	簡體	課數-課文-生詞序
jīgòu	機構	机构	2-1-51
jīlǜ	機率	机率	9-2-14
jīhuāng	飢荒	饥荒	2-1-40
jǐjìn	擠進	挤进	10-2-8
jíjù	極具	极具	3-2-3
jīliè	激烈	激烈	4-引-12
jīnù	激怒	激怒	4-1-13
jǐn	僅	仅	4-2-31
jìn'ér	進而	进而	3-1-50
jìnxíng	進行	进行	7-1-36
jìnkǒu	進口	进口	2-1-48
jǐnggào	警告	警告	2-1-31
jǐnglì	警力	警力	7-1-43
jīngrén	驚人	惊人	1-2-17
jīngshén yìyì	精神奕奕	精神奕奕	3-2-13
jīngzǐ	精子	精子	5-2-22
jìngtóu	鏡頭	镜头	10-2-1
jǐnguǎn	儘管	尽管	3-1-35
jìnkuài	盡快	尽快	10-1-8
jīnqián	金錢	金钱	3-1-32
jǐnshèn	謹慎	谨慎	3-1-51
jīntiē	津貼	津贴	7-1-26
jìpǐn	祭品	祭品	4-1-2
jípò	急迫	急迫	7-2-6
jíshí	及時	及时	9-1-21
jìzhě	記者	记者	10-1-3
jǔ	舉	举	4-引-4
jǔlì	舉例	举例	7-1-30
jǔshì wénmíng	舉世聞名	举世闻名	4-1-41
juānkuǎn	捐款	捐款	7-2-34
juānzèng	捐贈	捐赠	7-2-9
juécè	決策	决策	1-引-7
juéduì	絕對	绝对	2-2-19
jiǎosè	角色	角色	5-2-16
jūgāo búxià	居高不下	居高不下	2-2-18
jūmín	居民	居民	8-2-7
jùyǒu	具有	具有	4-1-1

K

漢語拼音	正體	簡體	課數-課文-生詞序
kāi	開	开	6-1-31

漢語拼音	正體	簡體	課數-課文-生詞序
kāifàng	開放	开放	3-引-2
kāishè	開設	开设	4-2-17
kàndài	看待	看待	3-1-52
kànsì	看似	看似	5-1-1
kāndēng	刊登	刊登	4-2-27
kàng'ái	抗癌	抗癌	2-1-20
kǎoliáng	考量	考量	3-2-8
kē	顆	颗	9-1-22
kèchéng	課程	课程	4-2-18
kètáng	課堂	课堂	7-2-2
kěguì	可貴	可贵	6-2-20
kělián	可憐	可怜	7-1-10
kěxíng	可行	可行	9-1-36
kěwàng	渴望	渴望	5-1-13
kēxuéjiā	科學家	科学家	2-1-23
kǒngjù	恐懼	恐惧	6-1-51
kǒudài	口袋	口袋	7-1-16
kuángbēn	狂奔	狂奔	4-1-27
kūnchóng	昆蟲	昆虫	2-2-1
kuòdà	擴大	扩大	10-1-33
kǔxiào	苦笑	苦笑	7-2-26

L

漢語拼音	正體	簡體	課數-課文-生詞序
lā	拉	拉	7-2-40
láiyuán	來源	来源	1-1-12
lànyòng	濫用	滥用	1-2-1
láodònglì	勞動力	劳动力	8-1-32
léi	雷	雷	9-2-15
lěijī	累積	累积	7-1-21
lí'ái	罹癌	罹癌	9-1-30
líhuàn	罹患	罹患	2-2-3
Liǎn shū	臉書	脸书	1-引-3
liánbāng	聯邦	联邦	10-2-2
Liánhéguó	聯合國	联合国	8-1-9
liánxiǎng	聯想	联想	9-2-2
liǎngfāng	兩方	两方	4-引-11
liángshí	糧食	粮食	2-1-33
liánxiàn	連線	连线	10-1-4
liánxù	連續	连续	5-1-18
lìchǎng	立場	立场	1-1-23

漢語拼音	正體	簡體	課數-課文-生詞序
lìfǎ	立法	立法	2-2-30
lìjí	立即	立即	9-1-24
lièrù	列入	列入	3-2-7
lièwéi	列為	列为	9-1-15
lǐhuì	理會	理会	3-2-41
lǐjiě	理解	理解	3-2-19
lǐyóu	理由	理由	3-2-5
lìng	令	令	9-1-25
línggǎn	靈感	灵感	4-1-34
lǐngxiù	領袖	领袖	8-1-17
lìrén lìjǐ	利人利己	利人利己	5-1-15
liúyán	留言	留言	1- 引 -5
Lǐyuē	里約	里约	8-1-34
lóngfèng tāi	龍鳳胎	龙凤胎	5- 引 -9
luànlún	亂倫	乱伦	10-2-32
luànxiàng	亂象	乱象	1-1-32
lúnlǐ	倫理	伦理	5- 引 -17
luójí	邏輯	逻辑	10-2-26
lǜsè	綠色	绿色	9-2-43
lǚyóu	旅遊	旅游	3-2-2

M

漢語拼音	正體	簡體	課數-課文-生詞序
Mǎdélǐ	馬德里	马德里	4-1-6
mái	埋	埋	7-2-20
mángdiǎn	盲點	盲点	1-1-22
mànmàn chánglù	漫漫長路	漫漫长路	6-2-4
mào	冒	冒	8-1-8
màoxiǎn	冒險	冒险	3-1-47
máodùn	矛盾	矛盾	3-1-19
máosuì zìjiàn	毛遂自薦	毛遂自荐	5- 引 -15
mázuì	麻醉	麻醉	7-2-12
Méikè'ěr	梅克爾	梅克尔	8-2-32
měikuàng yùxià	每況愈下	每况愈下	8-2-11
mèilì	魅力	魅力	4-1-31
měimǎn	美滿	美满	3-1-21
miànlín	面臨	面临	8-1-13
míbǔ	彌補	弥补	6-1-14
mìbù kěfēn	密不可分	密不可分	2-1-44
mǐchóng	米蟲	米虫	7-2-28
míng	名	名	5- 引 -3

漢語拼音	正體	簡體	課數-課文-生詞序
míngzuǐ	名嘴	名嘴	1-2-6
mínshēng	民生	民生	9-2-39
mínyuàn	民怨	民怨	9-2-31
móhú	模糊	模糊	1-2-34
mòrì	末日	末日	10-1-32
mòshēng	陌生	陌生	10-1-26
mǒu	某	某	2-2-14
mù	幕	幕	4-2-6

N

漢語拼音	正體	簡體	課數-課文-生詞序
nǎizhì	乃至	乃至	9- 引 -3
nànmín	難民	难民	8- 引 -2
nànmínyíng	難民營	难民营	8-2-22
nántí	難題	难题	9-1-44
nányǐ shùjì	難以數計	难以数计	8-1-5
nántóng	男童	男童	8- 引 -3
nàrù	納入	纳入	10-2-27
nàshuì	納稅	纳税	6-1-26
nèizài	內在	内在	3-1-1
nìmíng	匿名	匿名	1-2-10
nìsǐ	溺死	溺死	8- 引 -4
nóngliáng	農糧	农粮	2-1-2
nóngmín	農民	农民	2-2-16
nóngzuòwù	農作物	农作物	2-1-36
nüèdài	虐待	虐待	4-2-16
Nuòbèi'ěr	諾貝爾	诺贝尔	4-1-35

O

漢語拼音	正體	簡體	課數-課文-生詞序
Ōubāmǎ	歐巴馬	欧巴马	8-1-21
Ōuméng	歐盟	欧盟	6-2-32
Ōuyuán	歐元	欧元	4-1-28
Ōuzhōu Áizhènghùlǐ Zázhì	歐洲癌症護理雜誌	欧洲癌症护理杂志	9-1-27

P

漢語拼音	正體	簡體	課數-課文-生詞序
páifàngliàng	排放量	排放量	9-2-17
páimíng	排名	排名	5-1-19
páiwài	排外	排外	8-1-28
pàn	判	判	6-1-9
pànjué	判決	判决	1-1-7
péicháng	賠償	赔偿	6-2-17

漢語拼音	正體	簡體	課數-課文-生詞序
péishàng	賠上	赔上	4-2-12
piān	偏	偏	9-1-31
piānjiàn	偏見	偏见	10-1-28
piānyuǎn	偏遠	偏远	9-1-37
piányí	便宜	便宜	6-1-45
pīfēng	披風	披风	4-1-12
pífū	皮膚	皮肤	3-1-11
pīn	拼	拼	7-2-24
pínggū	評估	评估	3-2-34
píngguǒ	蘋果	苹果	2-2-5
pínghéng	平衡	平衡	1-1-24
píngpíng	平平	平平	3-2-25
píngquán	平權	平权	10-1-17
pínhù	貧戶	贫户	7-1-22
pínqióng	貧窮	贫穷	7-2-41
pòhuài	破壞	破坏	1-2-29
pòsuì	破碎	破碎	5-1-10
pòqiè	迫切	迫切	7-2-14

Q

漢語拼音	正體	簡體	課數-課文-生詞序
qí	旗	旗	10-2-4
qián	前-	前-	8-1-20
qiánwǎng	前往	前往	4-1-23
qiángdào	強盜	强盗	7-2-42
qiángzhì	強制	强制	7-2-31
qiāngjué	槍決	枪决	6-2-10
qiánlì	潛力	潜力	3-2-4
qiānshù	簽署	签署	10-1-21
qiānxīn wànkǔ	千辛萬苦	千辛万苦	5-1-3
qìcái	器材	器材	3-2-30
qìguān	器官	器官	7-2-7
qìfèn	氣憤	气愤	6-1-42
qīngchén	清晨	清晨	7-1-1
qīnglài	青睞	青睐	3-1-27
qīngshàonián	青少年	青少年	9-1-32
qíngxù	情緒	情绪	1-2-13
qīnmì	親密	亲密	10-1-24
qīpiàn	欺騙	欺骗	2-2-28
qìyuē	契約	契约	5-2-14
quánmín	全民	全民	4-1-3

漢語拼音	正體	簡體	課數-課文-生詞序
quánshēn	全身	全身	7-2-11
quántǐ	全體	全体	10-2-18
quányì	權益	权益	1-1-21
quèdìng	確定	确定	1-2-39
quēshǎo	缺少	缺少	2-1-46
quēxiàn	缺陷	缺陷	5- 引 -11

R

漢語拼音	正體	簡體	課數-課文-生詞序
rě	惹	惹	9-2-30
rèliè	熱烈	热烈	9- 引 -2
rèn	任	任	5- 引 -12
rèn shéi	任誰	任谁	9-1-38
rèncuò	認錯	认错	6-2-24
réngjiù	仍舊	仍旧	7-2-29
rénkǒu	人口	人口	8-2-27
rénquán	人權	人权	6-1-36
rénshù	人數	人数	8-1-12
réntǐ	人體	人体	2-1-54
rěnshòu	忍受	忍受	5-1-26
rìjiàn	日漸	日渐	3-1-36
rìxīn yuèyì	日新月異	日新月异	5- 引 -16
róngrù	融入	融入	8-1-29
rùchǎng	入場	入场	4-2-36
rújīn	如今	如今	3-1-48
rúyuàn	如願	如愿	5-1-27

S

漢語拼音	正體	簡體	課數-課文-生詞序
Sānlǐdǎo	三哩島	三哩岛	9-1-9
shāhài	殺害	杀害	6-1-5
shàncháng	擅長	擅长	1-2-35
shāng nǎojīn	傷腦筋	伤脑筋	7- 引 -1
shānghài	傷害	伤害	1-2-28
shānjiǎn	刪減	删减	4- 引 -1
shànliáng	善良	善良	6-2-18
shèbèi	設備	设备	9-2-41
shèzhì	設置	设置	8-2-21
shèjí	涉及	涉及	5-2-17
shēnfèn	身分	身分	8-1-43
shēnshàng	身上	身上	10-1-29

漢語拼音	正體	簡體	課數-課文-生詞序
shēntǐ fǎfū, shòuzhī fùmǔ	身體髮膚受之父母	身体发肤受之父母	3-2-39
shēnpáng	身旁	身旁	6-2-36
shèng	勝	胜	3-1-3
shēngchǎn	生產	生产	2-1-45
shēngcún	生存	生存	7-1-41
shēnglái	生來	生来	3-2-20
shēngqián	生前	生前	6-1-50
shēngwù	生物	生物	10-2-9
shēngwù kējì	生物科技	生物科技	2-1-50
shēngzhǎng	生長	生长	2-1-56
shēnggāo	升高	升高	8-2-19
shénqí	神奇	神奇	2-2-33
shènzàng	腎臟	肾脏	7-2-5
shèqún	社群	社群	4-2-25
shībài	失敗	失败	3-1-37
shīxiě	失血	失血	3-1-41
shīwù	失誤	失误	6-2-15
shìfēi bùmíng	是非不明	是非不明	5-2-20
shìgù	事故	事故	9-2-3
shìjiàn	事件	事件	8- 引 -7
shìshí	事實	事实	2-2-22
shìshí shàng	事實上	事实上	1-1-36
shìxiān	事先	事先	3-2-33
shíkè	時刻	时刻	10-2-5
shíshàng	時尚	时尚	3-2-10
shītǐ	屍體	尸体	8-1-6
shìwéi	視為	视为	9-2-6
shìwēi	示威	示威	4- 引 -5
shǐzhōng	始終	始终	5-1-21
shǒudù	首度	首度	8-1-36
shǒuyào zhīwù	首要之務	首要之务	8-2-38
shǒuduàn	手段	手段	2-2-34
shōugòu	收購	收购	2-2-17
shōuqǔ	收取	收取	9-2-28
shōuróng	收容	收容	8-1-30
shóuliàn	熟練	熟练	4-1-19
shòuhàizhě	受害者	受害者	8-1-24
shòuyì	受益	受益	7- 引 -2

漢語拼音	正體	簡體	課數-課文-生詞序
shǔ	屬	属	5-2-3
shuāngfāng	雙方	双方	5-1-12
shuāngyíng	雙贏	双赢	5-1-16
shùbǎi wàn	數百萬	数百万	9-1-20
shùzì	數字	数字	9-1-28
shūguǒ	蔬果	蔬果	2-1-19
shuǐlì	水力	水力	9-2-10
shuǐwāngwāng	水汪汪	水汪汪	3-1-16
shuìshōu	稅收	税收	7-1-40
shūshī	疏失	疏失	9-2-5
sǐ	死	死	2-1-10
sǐwáng	死亡	死亡	4-2-10
sǐxíng	死刑	死刑	6- 引 -1
sǐzhě	死者	死者	6-1-12
sīfǎ	司法	司法	1-1-6
sīkǎo	思考	思考	7- 引 -4
súhuà	俗話	俗话	4-2-13
suíjī	隨機	随机	6-1-4
suíyì	隨意	随意	1-2-8
Suǒmǎlìyà	索馬利亞	索马利亚	8-1-44
suōxiǎo	縮小	缩小	3-2-27

T

漢語拼音	正體	簡體	課數-課文-生詞序
tāi'ér	胎兒	胎儿	5-2-11
tàiyángnéng	太陽能	太阳能	9-2-12
tàn	碳	碳	9-2-16
tǎnbái	坦白	坦白	6-1-55
táng	堂	堂	7-2-17
tǎngruò	倘若	倘若	7-1-38
táolí	逃離	逃离	8-1-38
tārén	他人	他人	3-1-6
tèzhí	特質	特质	3-1-2
tiānpíng	天平	天平	6-1-53
tiānshēng	天生	天生	3-2-22
tiānxìng	天性	天性	3-2-6
tiáozhěng	調整	调整	7-1-24
tìdài	替代	替代	9-2-44
tíngzhǐ	停止	停止	1- 引 -6
tíngbǎi	停擺	停摆	9-2-33

漢語拼音	正體	簡體	課數-課文-生詞序
tīngzhòng	聽眾	听众	2-1-5
tíshēng	提升	提升	4-2-24
tíxīn diàodǎn	提心吊膽	提心吊胆	7-1-42
tónglǐ	同理	同理	6-1-32
tónglíng	同齡	同龄	7-1-2
tóngqíng	同情	同情	6-2-21
tóngxìng	同性	同性	10-1-1
tóngxìngliàn	同性戀	同性恋	10-1-9
tóngyàng	同樣	同样	3-1-30
tóngzhì	同志	同志	5- 引 -4
tōngwǎng	通往	通往	8-2-25
tóu	頭	头	4-2-9
tóutòng	頭痛	头痛	9-1-42
tóuzī	投資	投资	3-1-33
tuánduì	團隊	团队	3-1-31
tuánjié	團結	团结	8-1-14
tuīdòng	推動	推动	6-2-3
tuīguǎng	推廣	推广	4-1-42
tuìshāo	退燒	退烧	9-1-7
tuōkuǎ	拖垮	拖垮	8-2-12
tuǒshàn	妥善	妥善	9-1-41
túpò	突破	突破	2-1-32
túrán	突然	突然	7-2-10

W

漢語拼音	正體	簡體	課數-課文-生詞序
wāilǐ	歪理	歪理	7-2-27
wàimào	外貌	外貌	3-1-20
wàishāng	外商	外商	9-2-37
wàixiè	外洩	外泄	9-1-3
wàngdiào	忘掉	忘掉	8-1-41
wàngjì	旺季	旺季	4-1-21
wánshàn	完善	完善	7-1-32
wéichí	維持	维持	6-1-34
wéihù	維護	维护	2-2-32
wéitāmìng	維他命	维他命	2-1-18
wéifǎn	違反	违反	3-2-14
wéihài	危害	危害	2-1-12
wéijī	危機	危机	2-1-49
wéiyán sǒngtīng	危言聳聽	危言耸听	9-1-5

漢語拼音	正體	簡體	課數-課文-生詞序
wěituō	委託	委托	5- 引 -8
wēixié	威脅	威胁	1-2-21
wéiyī	唯一	唯一	1-1-50
wéiyǒu	唯有	唯有	6-2-35
wèiyú	位於	位于	9-1-17
wénjiàn	文件	文件	10-1-22
wēnshì	溫室	温室	9-2-20
wúgū	無辜	无辜	4-2-22
wúguān	無關	无关	10-1-15
wújì yúshì	無濟於事	无济于事	6-2-1
wújià	無價	无价	6-2-16
wújiě	無解	无解	9-1-43
wúlì	無力	无力	8-2-2
wúlǐ qǔnào	無理取鬧	无理取闹	1-1-26
wúnéng	無能	无能	1-1-8
wúqí túxíng	無期徒刑	无期徒刑	6-1-11
wúshì	無視	无视	10-2-24
wúshù	無數	无数	4-1-33
wúsuǒ shìshì	無所事事	无所事事	7-2-22
wúxū	無須	无须	4-2-32
wúyí	無疑	无疑	3-2-29
wúyì	無意	无意	1-2-20
wúyì	無異	无异	10-2-30
wúzuì	無罪	无罪	1-1-1
wùjiě	誤解	误解	1-1-42
wùpàn	誤判	误判	6-2-14
Wūkèlán	烏克蘭	乌克兰	9-1-10
wùzhí	物質	物质	2-1-58

X

漢語拼音	正體	簡體	課數-課文-生詞序
xì	細	细	3-1-12
xiǎnde	顯得	显得	6-2-6
xiǎnshì	顯示	显示	4-2-29
xiāng bǐ	相比	相比	9-2-13
xiāng'ài	相愛	相爱	10-1-12
xiāngjiào yú	相較於	相较于	6-1-35
xiāngtóng	相同	相同	10-1-11
xiāngyī wéimìng	相依為命	相依为命	7-1-11
xiànglái	向來	向来	8-1-25

漢語拼音	正體	簡體	課數-課文-生詞序
xiāngmín	鄉民	乡民	1-2-9
xiǎngyòng	享用	享用	2-1-25
xiǎngyǒu	享有	享有	4-2-20
xiànxíng	現行	现行	6-1-21
xiāochú	消除	消除	8-1-18
xiàoguǒ	效果	效果	2-1-29
xiàolǜ	效率	效率	9-2-35
xiàoyì	效益	效益	9-2-40
xiàoyìng	效應	效应	9-2-21
xiǎoshuō	小說	小说	4-1-40
xìbāo	細胞	细胞	9-1-33
xiělínlín	血淋淋	血淋淋	4-2-7
xiézhù	協助	协助	5-1-24
xìjù	戲劇	戏剧	4-1-32
xǐnǎo	洗腦	洗脑	1-1-20
xǐng	醒	醒	7-2-25
xìngbié	性別	性别	5-2-9
xìngbìng	性病	性病	10-1-27
xíngfá	刑罰	刑罚	6-2-5
xíngshì	形式	形式	10-2-31
xíngwéi	行為	行为	3-1-34
xíngzhī yǒunián	行之有年	行之有年	9-1-8
xìngyùn	幸運	幸运	1-1-9
xīnlì	心力	心力	6-2-8
xīnshēng	心聲	心声	10-1-35
xīntòng	心痛	心痛	6-1-52
xīnyuàn	心願	心愿	5- 引 -5
xīnzàng	心臟	心脏	7-2-3
xiōngbù	胸部	胸部	3-1-38
xiōngshǒu	凶手	凶手	6-1-48
xīshēng	犧牲	牺牲	7-2-19
xiùshǒu pángguān	袖手旁觀	袖手旁观	7-1-23
xuānbù	宣布	宣布	4-2-34
xúnzhǎo	尋找	寻找	10-2-12
xūqiú	需求	需求	5- 引 -20

Y 〜〜〜〜〜〜〜〜〜〜〜〜〜〜

漢語拼音	正體	簡體	課數-課文-生詞序
yángé	嚴格	严格	1-2-44

漢語拼音	正體	簡體	課數-課文-生詞序
yǎnguāng	眼光	眼光	3-1-18
yǎnhóng	眼紅	眼红	7-2-35
yǎnpí	眼皮	眼皮	3-2-12
yánlùn	言論	言论	1- 引 -1
yánzhí	顏值	颜值	3-1-5
yāo	腰	腰	3-1-13
yàopǐn	藥品	药品	3-2-31
yāoqiú	要求	要求	3-1-8
yáoyán	謠言	谣言	1-1-39
yějiùshìshuō	也就是說	也就是说	6-2-31
yǐ	以	以	2-2-31
yǐmào qǔrén	以貌取人	以貌取人	3-1-23
yíchǎn	遺產	遗产	4-1-43
(yí) dàbàn	（一）大半	（一）大半	7-1-6
yídàn	一旦	一旦	1-1-18
yígài érlùn	一概而論	一概而论	9-2-7
yìlái yìwǎng	一來一往	一来一往	1-1-28
yímiàn	一面	一面	4-1-11
yímiàn	一面	一面	6-2-19
yímìng huán yímìng	一命還一命	一命还一命	6-2-29
yíqiè	一切	一切	2-1-63
yìshēn bìngtòng	一身病痛	一身病痛	7-1-12
yìwú suǒyǒu	一無所有	一无所有	7-1-19
yíxiàn xīwàng	一線希望	一线希望	5- 引 -21
yīyī	一一	一一	8-2-14
yīkào	依靠	依靠	7-2-39
yīlài	依賴	依赖	2-1-47
yīncǐ	因此	因此	1-1-44
yīnsù	因素	因素	5-1-4
yīnyìng	因應	因应	9-1-39
yǐnfā	引發	引发	4- 引 -9
yīngjùn	英俊	英俊	3-1-25
yīngxióng	英雄	英雄	8-1-42
yǐnyōu	隱憂	隐忧	9-2-42
yíqì	遺棄	遗弃	5- 引 -10
yìshìdào	意識到	意识到	6-2-34
yìwài	意外	意外	3- 引 -3
yìyì	意義	意义	1-1-43

漢語拼音	正體	簡體	課數-課文-生詞序
yìxìng	異性	异性	10-1-30
yìxìngliàn	異性戀	异性恋	10-1-10
yīxué	醫學	医学	3-2-26
yízhí	移植	移植	7-2-8
yǒngjiǔ	永久	永久	6-1-23
yǒuhé bùkě	有何不可	有何不可	3-2-42
yǒujī kěchéng	有機可乘	有机可乘	8-2-16
yǒulài	有賴	有赖	10-2-39
yǒulì	有利	有利	9-2-18
yǒuqí túxíng	有期徒刑	有期徒刑	6-1-10
yǒuqíngrén zhōngchéng juànshǔ	有情人終成眷屬	有情人终成眷属	10-1-31
yǒuxīn	有心	有心	1-2-19
yóukè	遊客	游客	4-1-22
yóulái yǐjiǔ	由來已久	由来已久	4-1-44
yōuliáng	優良	优良	9-2-38
yōushì	優勢	优势	3-2-18
yōuxiān	優先	优先	8-2-1
yōuyǎ	優雅	优雅	4-1-15
yōuyùzhèng	憂鬱症	忧郁症	1-2-24
yuǎnchù	遠處	远处	9-1-1
yuánliào	原料	原料	2-1-60
yuánzé	原則	原则	10-2-29
yuānwǎng	冤枉	冤枉	6-2-9
yuánzhù	援助	援助	7-1-15
yuèbiàn yuèmíng	越辯越明	越辩越明	1-1-30
yuēshù	約束	约束	1-2-45
yùfáng	預防	预防	2-1-27
yúlè	娛樂	娱乐	4-2-35
yúlèi	魚類	鱼类	9-2-23
yùmǐ	玉米	玉米	2-1-43
yùnzuò	運作	运作	9-2-4
yùshàng	遇上	遇上	7-1-3

Z

漢語拼音	正體	簡體	課數-課文-生詞序
zácǎo	雜草	杂草	2-2-13
zázhì	雜誌	杂志	2-2-10
zàishēng néngyuán	再生能源	再生能源	9-1-40

漢語拼音	正體	簡體	課數-課文-生詞序
zàiyú	在於	在于	7-1-35
zàizài	在在	在在	8-2-20
zànchéng	贊成	赞成	2-1-13
zāo	遭	遭	1-1-2
zàojiǎ	造假	造假	3-2-16
zǎorì	早日	早日	8-1-48
zǎowǎn	早晚	早晚	2-1-34
zàoyīn	噪音	噪音	9-2-24
zé	則	则	1- 引 -4
zé	則	则	1-2-25
zhàdàn	炸彈	炸弹	9-1-23
zhǎngbèi	長輩	长辈	5-1-25
zhǎngxiàng	長相	长相	3-2-24
zhàngfū	丈夫	丈夫	5- 引 -13
zhǎngwò	掌握	掌握	2-2-37
zhànhuǒ	戰火	战火	8-1-39
zhǎnxiàn	展現	展现	1-1-16
zhàokāi	召開	召开	8-1-15
zhémó	折磨	折磨	4-2-11
zhěngchū	整出	整出	3-1-9
zhěnghé	整合	整合	5- 引 -18
zhèngfǎn	正反	正反	4- 引 -10
zhèngquè	正確	正确	9-1-45
zhèngyì	正義	正义	1-2-11
zhèngjù	證據	证据	2-1-52
zhèngmíng	證明	证明	2-1-53
zhēngyì	爭議	争议	6- 引 -3
zhènjīng	震驚	震惊	8- 引 -5
zhēnlǐ	真理	真理	1-1-29
zhènxiàn	陣線	阵线	10-1-6
zhǐ	止	止	8-1-10
zhì'ān	治安	治安	7-1-44
zhǐbùguò	只不過	只不过	2-1-15
zhǐshì	只是	只是	6-2-28
zhīchū	支出	支出	8-2-4
zhīfù	支付	支付	8-2-30
zhìdìng	制定	制定	1-2-43
zhīhòu	之後	之后	8-1-45
zhìjīn	至今	至今	4-1-7
zhìlì	智力	智力	3-1-29

漢語拼音	正體	簡體	課數-課文-生詞序
zhìlì	致力	致力	6-2-2
zhìmìng	致命	致命	9-1-6
zhíqián	值錢	值钱	7-1-8
zhìshēn shìwài	置身事外	置身事外	6-1-46
zhíxíng	執行	执行	3-2-38
zhíyá	職涯	职涯	3-1-22
zhìzào	製造	制造	9-1-34
zhǐzhèng	指正	指正	1-1-27
zhòngjiè	仲介	仲介	5-2-15
zhòngrén	眾人	众人	7-2-15
zhòngtóuxì	重頭戲	重头戏	4-1-26
zhòngzhí	種植	种植	2-2-23
zhǒngzǐ	種子	种子	2-1-16
zhōuwéi	周圍	周围	9-1-29
zhuā	抓	抓	1-2-4
zhuǎnbò	轉播	转播	4-2-5
zhuǎnhuà	轉化	转化	8-1-33
zhuǎnjī	轉機	转机	8-1-3
zhuàngtài	狀態	状态	3-2-37
zhuānlì	專利	专利	2-2-15
zhǔbò	主播	主播	10-1-2
zhǔchírén	主持人	主持人	2-1-4

漢語拼音	正體	簡體	課數-課文-生詞序
zhǔdòng	主動	主动	7-1-14
zhǔyì	主義	主义	8-1-23
zhǔzhāng	主張	主张	4-引-6
zhùwài	駐外	驻外	10-2-6
zhùzhǎng	助長	助长	8-2-29
zìshā	自殺	自杀	1-1-34
zìsī	自私	自私	4-2-15
zìyuàn	自願	自愿	5-引-6
zìzhǔquán	自主權	自主权	5-1-28
zīshì	姿勢	姿势	4-1-16
zǒng yòngliàng	總用量	总用量	2-2-24
zǒnglǐ	總理	总理	8-2-31
zǒngzhī	總之	总之	5-2-25
zǔhé	組合	组合	10-2-17
zuǐ	嘴	嘴	1-1-48
zuìfàn	罪犯	罪犯	6-1-3
zuò	座	座	4-1-4
zuòjiā	作家	作家	4-1-37
zuòwéi	做為	做为	10-2-23
zuǒyòu wéinán	左右為難	左右为难	8-引-1
zúqún	族群	族群	5-2-4

解釋	生詞	簡體字	課序 - 課文 - 生詞序

解釋	生詞	簡體字	課序 - 課文 - 生詞序
to answer	回答	回答	2-1-9
anti-cancerous	抗癌	抗癌	2-1-20
anti-foreign	仇外	仇外	8-1-19
anti-foreign	排外	排外	8-1-28
anybody	任誰	任谁	9-1-38
to appear	顯得	显得	6-2-6
appearance	外貌	外貌	3-1-20
appearance	長相	长相	3-2-24
apple	蘋果	苹果	2-2-5
to approve	贊成	赞成	2-1-13
arbitrarily, as one pleases	隨意	随意	1-2-8
area	地帶	地带	1-2-37
around you	身旁	身旁	6-2-36
around, surrounding, on the periphery	周圍	周围	9-1-29
to arrest	抓	抓	1-2-4
as high as	高達	高达	4-2-30
as one hopes, as one wishes	如願	如愿	5-1-27
as soon as	一旦	一旦	1-1-18
as soon/quickly as possible	盡快	尽快	10-1-8
as the name suggests/ implies	顧名思義	顾名思义	1-1-10
as to	對於	对于	7-1-20
to ascertain	確定	确定	1-2-39
to assess	評估	评估	3-2-34
to assist	協助	协助	5-1-24
to assist	扶持	扶持	8-1-49
to assist; assistance, aid	援助	援助	7-1-15
to associate with in the mind	聯想	联想	9-2-2
asylum	庇護	庇护	8-1-11
at once	立即	立即	9-1-24
to attack	攻擊	攻击	1-1-33
to attain	獲得	获得	3-1-26
author	作家	作家	4-1-37
average	平平	平平	3-2-25

解釋	生詞	簡體字	課序 - 課文 - 生詞序
to be aware of	意識到	意识到	6-2-34

B ~~~~~~~~~~~~~~~~~~~~~~~~~~~~~~~~~

解釋	生詞	簡體字	課序 - 課文 - 生詞序
balance	平衡	平衡	1-1-24
balance, scales	天平	天平	6-1-53
Barack Obama (former US president)	歐巴馬	欧巴马	8-1-21
Barcelona	巴塞隆納	巴塞隆纳	4-2-33
barren	不孕	不孕	2-2-2
basis	根據	根据	1-2-7
to bear	承受	承受	5-1-6
because of this, for this reason	因此	因此	1-1-44
to become	成	成	1-2-14
beforehand	事先	事先	3-2-33
behavior	行為	行为	3-1-34
to belong to, be part of (a category)	屬	属	5-2-3
beneficial to	有利	有利	9-2-18
benefit	效益	效益	9-2-40
benefit both oneself and others	利人利己	利人利己	5-1-15
to be benefited, to benefit (from)	受益	受益	7- 引 -2
bias	偏見	偏见	10-1-28
bill	法案	法案	10-1-36
biology	生物	生物	10-2-9
bio-tech	生物科技	生物科技	2-1-50
blend; to blend	結合	结合	4-1-17
to blend in	融入	融入	8-1-29
blind spot	盲點	盲点	1-1-22
to block	封住	封住	1-1-47
bloody, gory	血淋淋	血淋淋	4-2-7
to blow (used in the text to mean a trend has been "circulating" or "stirring")	吹	吹	3-2-1
bomb	炸彈	炸弹	9-1-23
border	邊界	边界	8-2-24
both parties	雙方	双方	5-1-12

解釋	生詞	簡體字	課序-課文-生詞序
both parties, the two sides	兩方	两方	4- 引 -11
boundaries	界線	界线	1- 引 -2
boy, male child	男童	男童	8- 引 -3
to brainwash	洗腦	洗脑	1-1-20
to break	破碎	破碎	5-1-10
to break (a record, number)	突破	突破	2-1-32
to break, shatter	打破	打破	10-1-16
breast	胸部	胸部	3-1-38
brief	短暫	短暂	7-2-23
to broadcast	播	播	2-1-6
broadcast program	廣播節目	广播节目	2-1-3
bug	蟲子	虫子	2-1-7
to build	建構	建构	10-2-21
bull	公牛	公牛	4-1-14
bullfighter	鬥牛士	斗牛士	4-1-8
bullfighting	鬥牛	斗牛	4- 引 -2
bullfighting ring	鬥牛場	斗牛场	4-1-5
bully; to bully	霸凌	霸凌	1-1-40
to bury	埋	埋	7-2-20
but at the same time, we must realize that	只是	只是	6-2-28
to buy out	收購	收购	2-2-17
by force into, coerced into	強制	强制	7-2-31
by the same token, similarly	同理	同理	6-1-32

C
‿‿‿‿‿‿‿‿‿‿‿‿‿‿‿‿‿‿‿‿‿‿‿‿‿‿‿‿‿‿‿

to call off	停止	停止	1- 引 -6
to call; address, name	稱呼	称呼	10-2-20
cancer	癌症	癌症	2-2-4
cannot get it back	換不回	换不回	6-2-22
cannot ignore, should not be ignored	不容忽視	不容忽视	10-2-38
cannot tell truth from non-truth	黑白不分	黑白不分	5-2-19
cannot tell truth from non-truth	是非不明	是非不明	5-2-20
cape	披風	披风	4-1-12
capital punishment	死刑	死刑	6- 引 -1
carbon	碳	碳	9-2-16
carbon dioxide	二氧化碳	二氧化碳	9-2-19
career	職涯	职涯	3-1-22

解釋	生詞	簡體字	課序-課文-生詞序
careful, cautious	謹慎	谨慎	3-1-51
(for a media) to carry (a photo, article)	刊登	刊登	4-2-27
to carry out	執行	执行	3-2-38
to carry out	進行	进行	7-1-36
case	案例	案例	5- 引 -2
(legal)case	案件	案件	6-1-7
to cause	導致	导致	8-2-5
to cause	令	令	9-1-25
to cause a headache, a pain in the neck, to be knotty/troublesome (said of issues or problems)	傷腦筋	伤脑筋	7- 引 -1
to cause, provoke, incur, stir up	惹	惹	9-2-30
to cease	停止	停止	1- 引 -6
to celebrate	歡慶	欢庆	10-2-7
cell	細胞	细胞	9-1-33
certain	某	某	2-2-14
chance (of something happening), likelihood	機率	机率	9-2-14
chancellor	總理	总理	8-2-31
to change into	轉化	转化	8-1-33
to change into, convert into	化	化	8-1-2
chaos	亂象	乱象	1-1-32
chaotic	混亂	混乱	1-1-49
characteristic	特質	特质	3-1-2
to charge, collect	收取	收取	9-2 28
charisma	魅力	魅力	4-1-31
to cheat	欺騙	欺骗	2-2-28
to cheat	造假	造假	3-2-16
Chernobyl	車諾比	车诺比	9-1-11
chest	胸部	胸部	3-1-38
class (in society)	階級	阶级	5-2-6
classroom	課堂	课堂	7-2-2
to close down	關閉	关闭	8-2-23
clothing and accessories, apparel, costume	服飾	服饰	4-1-10
combination; to combine	組合	组合	10-2-17
to combine	結合	结合	4-1-17
to come down with	罹患	罹患	2-2-3

解釋	生詞	簡體字	課序-課文-生詞序
to come down with, be stricken with, get	得	得	1-2-23
comments	留言	留言	1- 引 -5
to commission, to charge with; commission	委託	委托	5- 引 -8
to commit a crime	犯罪	犯罪	6-1-28
to commit suicide	自殺	自杀	1-1-34
companion	伴侶	伴侣	10-1-14
to be compared to	相比	相比	9-2-13
in comparison to, compared to (classical Chinese)	相較於	相较于	6-1-35
to be compelled	被迫	被迫	7-2-33
to compensate for	彌補	弥补	6-1-14
compensation; to compensate	賠償	赔偿	6-2-17
to complement each other	互補	互补	10-2-16
completely	澈底	澈底	4-2-37
completely, fundamentally, thoroughly	根本	根本	6-2-38
conclusion	結論	结论	2-1-55
concurrently	兼	兼	2-2-27
to conduct	進行	进行	7-1-36
conference	會議	会议	8-1-22
to confess	承認	承认	8-2-33
to conflict	衝突	冲突	8-2-18
to conform with	符合	符合	2-2-20
to confront	面臨	面临	8-1-13
to be conscious of	意識到	意识到	6-2-34
consensus	共識	共识	1-1-31
consequence	後果	后果	2-2-12
consideration	考量	考量	3-2-8
to console, comfort	撫慰	抚慰	6-1-56
to constrain	約束	约束	1-2-45
to construct	建構	建构	10-2-21
to contain	含有	含有	2-1-41
continuously	連續	连续	5-1-18
contract	契約	契约	5-2-14
contradictory	矛盾	矛盾	3-1-19
to control	掌握	掌握	2-2-37
controversy	爭議	争议	6- 引 -3

解釋	生詞	簡體字	課序-課文-生詞序
to convene, hold (a meeting)	召開	召开	8-1-15
to convey	傳達	传达	10-1-5
core	核心	核心	10-1-13
corn	玉米	玉米	2-1-43
corpse, body	屍體	尸体	8-1-6
to correct	指正	指正	1-1-27
countermeasure	對策	对策	8-2-36
counting backward, from the end, from the bottom of the list (in English, 倒數第二名 can be translated "second worst/lowest/least")	倒數	倒数	5-1-20
countless	無數	无数	4-1-33
countless (lit. hard to calculate)	難以數計	难以数计	8-1-5
course	課程	课程	4-2-18
court	法院	法院	1-2-38
to covet	眼紅	眼红	7-2-35
to create	創造	创造	7-1-25
to create wealth	創富	创富	7-2-44
to create, implement	打造	打造	6-2-37
criminal	罪犯	罪犯	6-1-3
criminal	犯人	犯人	6-1-17
crisis	危機	危机	2-1-49
critically ill	病危	病危	10-1-20
crop	農作物	农作物	2-1-36
to crowd in, squeeze in	擠進	挤进	10-2-8
to be cruel	殘忍	残忍	4-2-26
to cultivate	種植	种植	2-2-23
current	現行	现行	6-1-21
to cut (with scissors)	剪	剪	3-2-40
to cut, cut back on (as in funds, personnel, etc.)	刪減	删减	4- 引 -1
農=農作物, corp; 糧=糧食, food	農糧	农粮	2-1-2

D ~~~~~~~~~~~~~~~~~~~~~~~~~~~~~~~~

解釋	生詞	簡體字	課序-課文-生詞序
damage by pests	蟲害	虫害	2-1-38
to damage, cause damage to	破壞	破坏	1-2-29
(to) damage; damage	傷害	伤害	1-2-28

解釋	生詞	簡體字	課序 - 課文 - 生詞序
darkened heart; evil mind (黑心食品 = unsafe food, i.e., made by profit-oriented people/ companies with no conscience)	黑心	黑心	6-1-6
the dead person, the murder victim	死者	死者	6-1-12
to deal with	因應	因应	9-1-39
the death penalty	死刑	死刑	6- 引 -1
to deceive	欺騙	欺骗	2-2-28
to deceive	造假	造假	3-2-16
defect	缺陷	缺陷	5- 引 -11
to defend (legally)	辯護	辩护	1-1-25
definition; (to) define	定義	定义	10-2-15
to be deformed	變形	变形	3-1-40
to deliver (speeches)	發表	发表	1-1-5
to demand	要求	要求	3-1-8
demand	需求	需求	5- 引 -20
demarcation	界線	界线	1- 引 -2
to demonstrate	示威	示威	4- 引 -5
to depend on	依賴	依赖	2-1-47
to depend on	依靠	依靠	7-2-39
to depend on each other (for survival)	相依為命	相依为命	7-1-11
to depend on, contingent on	有賴	有赖	10-2-39
depression	憂鬱症	忧郁症	1-2-24
depts. of gov't	機構	机构	2-1-51
to desert	遺棄	遗弃	5- 引 -10
despite	即便	即便	2-2-26
to destroy	毀	毁	6-1-41
to deter (through intimidation)	嚇阻	吓阻	6-1-1
to deteriorate	每況愈下	每况愈下	8-2-11
to determine	確定	确定	1-2-39
be detrimental to	危害	危害	2-1-12
devasated	慘	惨	1-1-3
to die	死	死	2-1-10
to die	死亡	死亡	4-2-10
difference	差異	差异	3-2-21
in different sizes, of various sizes	大小不一	大小不一	3-1-39
difficult problem, tough problem	難題	难题	9-1-44

解釋	生詞	簡體字	課序 - 課文 - 生詞序
in a dilemma, be in a bind, in a predicament, in a fix	左右為難	左右为难	8- 引 -1
disadvantageous to, detrimental to	不利	不利	4-2-2
discontent	不滿	不满	8- 引 -8
disorder	亂象	乱象	1-1-32
to disregard, defy	無視	无视	10-2-24
to disseminate	傳播	传播	1-2-16
distance between	差距	差距	3-2-28
distant	偏遠	偏远	9-1-37
a distant location	遠處	远处	9-1-1
to distinguish, tell apart	辨別	辨别	2-2-8
do whatever it takes	不計一切	不计一切	3-1-24
document	文件	文件	10-1-22
to be "doe-eyed"	水汪汪	水汪汪	3-1-16
to donate	捐贈	捐赠	7-2-9
to donate money	捐款	捐款	7-2-34
to drag down	拖垮	拖垮	8-2-12
drama, play	戲劇	戏剧	4-1-32
to drown (to death), die from drowning	溺死	溺死	8- 引 -4
drug	藥品	药品	3-2-31
during one's life, before one's death	生前	生前	6-1-50

E

解釋	生詞	簡體字	課序 - 課文 - 生詞序
each	各自	各自	6- 引 -5
each other, one another	彼此	彼此	10-1-23
early morning	清晨	清晨	7-1-1
to edit	編輯	编辑	2-2-11
effect	效果	效果	2-1-29
effect	效應	效应	9-2-21
efficiency	效率	效率	9-2-35
effort (physical and mental)	心力	心力	6-2-8
Eiffel Tower	巴黎鐵塔	巴黎铁塔	10-2-35
elder, one's superior	長輩	长辈	5-1-25
elegant	優雅	优雅	4-1-15
element	因素	因素	5-1-4
to elevate	提升	提升	4-2-24
to eliminate	消除	消除	8-1-18
emissions	排放量	排放量	9-2-17

解釋	生詞	簡體字	課序 - 課文 - 生詞序
emotions	情緒	情绪	1-2-13
to empathize, feel like own experience	感同身受	感同身受	6-1-49
to encounter, come across	遇上	遇上	7-1-3
the end of the world	末日	末日	10-1-32
to endanger	危害	危害	2-1-12
to endure	忍受	忍受	5-1-26
to engage in dialogues	對話	对话	10-2-41
to engage in robust debate, wrangle	激辯	激辩	10-2-42
to enjoy	共享	共享	7-1-37
to enjoy (a privilege)	享有	享有	4-2-20
to enjoy the use of, enjoy (a meal)	享用	享用	2-1-25
to enjoy the view of	觀賞	观赏	4-1-24
enmity	仇恨	仇恨	1-1-37
to entail strenuous effort, be a strain	吃力	吃力	7-1-17
to enter (a venue)	入場	入场	4-2-36
entertainment	娛樂	娱乐	4-2-35
entire body	全身	全身	7-2-11
to entrust (one's safety, life, etc.) to	交託	交托	8-2-26
envious	眼紅	眼红	7-2-35
environmentally friendly	環保	环保	9-2-1
episode	事件	事件	8- 引 -7
equal rights	平權	平权	10-1-17
equal to	等於	等于	5-2-5
equipment	器材	器材	3-2-30
equipment	設備	设备	9-2-41
equivalent to	等同	等同	7-1-27
Ernest Hemmingway	海明威	海明威	4-1-38
to err in judicial judgement; erroneous judgement, miscarriage of justice	誤判	误判	6-2-14
error	失誤	失误	6-2-15
to escape from	逃離	逃离	8-1-38
to establish	設置	设置	8-2-21
ethics	倫理	伦理	5- 引 -17
ethos; mood (said of society, a nation, etc.)	風氣	风气	3- 引 -1
the EU, European Union	歐盟	欧盟	6-2-32

解釋	生詞	簡體字	課序 - 課文 - 生詞序
Euro	歐元	欧元	4-1-28
European Journal of Cancer Care	歐洲癌症護理雜誌	欧洲癌症护理杂志	9-1-27
to evaluate	評估	评估	3-2-34
to evaluate	衡量	衡量	6-1-54
even if	即便	即便	2-2-26
even though	儘管	尽管	3-1-35
evidence	證據	证据	2-1-52
ex-	前 -	前 -	8-1-20
to excel at	擅長	擅长	1-2-35
excellent	優良	优良	9-2-38
excessively	過	过	3-1-42
to execute	執行	执行	3-2-38
execution by shooting; to execute by shooting	槍決	枪决	6-2-10
to exert (lit. pay out)	費	费	6-2-7
to exist	存在	存在	3- 引 -4
existing	現行	现行	6-1-21
to expand	擴大	扩大	10-1-33
expenditure; to expend	支出	支出	8-2-4
to explode	爆炸	爆炸	9-1-4
to express contrast with previous sentence	則	则	1-2-25
extent	範圍	范围	10-1-34
exterior	外貌	外貌	3-1-20
extramarital affair	婚外情	婚外情	5-1-9
eyelid	眼皮	眼皮	3-2-12

F

解釋	生詞	簡體字	課序 - 課文 - 生詞序
to face	面臨	面临	8-1-13
face value" (play on words)	顏值	颜值	3-1-5
Facebook	臉書	脸书	1- 引 -3
fact	事實	事实	2-2-22
factor	因素	因素	5-1-4
to fail	失敗	失败	3-1-37
false	不實	不实	1-1-38
false, fake, bogus	假	假	3-2-15
family property	家產	家产	7-1-18
family, family members	家屬	家属	6-1-15
famine	飢荒	饥荒	2-1-40

解釋	生詞	簡體字	課序-課文-生詞序
farmer	農民	农民	2-2-16
fashion	時尚	时尚	3-2-10
fatal	致命	致命	9-1-6
in favor	贊成	赞成	2-1-13
to fear	害怕	害怕	6-1-24
fear	恐懼	恐惧	6-1-51
feasible	可行	可行	9-1-36
federal, federation, union	聯邦	联邦	10-2-2
to feel better	好受	好受	6-2-30
feelings	情緒	情绪	1-2-13
feelings	感受	感受	6-2-27
(our) fellow countrymen	國人	国人	2-2-29
fervent, ardent	熱烈	热烈	9-引-2
fetus	胎兒	胎儿	5-2-11
to filter	過濾	过滤	8-2-15
fine	優良	优良	9-2-38
fires of war	戰火	战火	8-1-39
first time	首度	首度	8-1-36
fish	魚類	鱼类	9-2-23
to be fixed in time (定時炸彈 = time bomb)	定時	定时	9-2-8
flag, banner, standard	旗	旗	10-2-4
to flee from	逃離	逃离	8-1-38
flood	洪水	洪水	9-1-19
food, foodstuff	糧食	粮食	2-1-33
for example	比如說	比如说	2-1-17
to be forced	被迫	被迫	7-2-33
to be forced to	不得已	不得已	5-1-7
foreign company/businessman	外商	外商	9-2-37
forever	永久	永久	6-1-23
to forget	忘掉	忘掉	8-1-41
form	形式	形式	10-2-31
former-	前-	前-	8-1-20
to formulate, devise (laws)	制定	制定	1-2-43
fortunate	幸運	幸运	1-1-9
to foster, encourage (negatively)	助長	助长	8-2-29
foundation	根據	根据	1-2-7
from birth(= 出生以來)	生來	生来	3-2-20

解釋	生詞	簡體字	課序-課文-生詞序
fruits and vegetables	蔬果	蔬果	2-1-19
Fukushima	福島	福岛	9-1-12
full of vigor/life/vitality	精神奕奕	精神奕奕	3-2-13
fully devised, perfect	完善	完善	7-1-32
furthermore	進而	进而	3-1-50

G

解釋	生詞	簡體字	課序-課文-生詞序
gap	差距	差距	3-2-28
gay	同志	同志	5-引-4
gender	性別	性别	5-2-9
general public	鄉民	乡民	1-2-9
generous, magnanimous	大方	大方	7-1-34
geothermal	地熱	地热	9-2-25
Germany	德國	德国	8-2-10
to get revenge; vengeance	報復	报复	6-1-25
to give an example	舉例	举例	7-1-30
to give back to	交還	交还	10-2-43
to go downhill, go from bad to worse	每況愈下	每况愈下	8-2-11
to go to, head to	前往	前往	4-1-23
to go to, lead to	通往	通往	8-2-25
good	優良	优良	9-2-38
good and kind	善良	善良	6-2-18
be good at	擅長	擅长	1-2-35
graceful	優雅	优雅	4-1-15
grade	等級	等级	9-1-16
granted, certainly, while it is definitely true that	固然	固然	5-2-1
to grasp	掌握	掌握	2-2-37
gray	灰色	灰色	1-2-36
great love, love at the highest level	大愛	大爱	6-2-26
green (color)	綠色	绿色	9-2-43
greenhouse	溫室	温室	9-2-20
group of people (e.g., ethnic group, disadvantaged group)	族群	族群	5-2-4
to grow	生長	生长	2-1-56
to guarantee; guarantee	保證	保证	6-2-13
to guard against	預防	预防	2-1-27

解釋	生詞	簡體字	課序-課文-生詞序

H

解釋	生詞	簡體字	課序-課文-生詞序
to handle	因應	因应	9-1-39
handsome	英俊	英俊	3-1-25
happy, fulfilled (said of families, lives, marriages, etc.)	美滿	美满	3-1-21
(to) harm	傷害	伤害	1-2-28
to harm	危害	危害	2-1-12
harmful, bad	不良	不良	5-2-12
harmonious	和諧	和谐	1-2-42
Harvard University	哈佛大學	哈佛大学	7-2-1
to hate	恨	恨	6-1-43
hatred	仇恨	仇恨	1-1-37
to have	含有	含有	2-1-41
to have	具有	具有	4-1-1
to have it resolved	搞定	搞定	5-2-23
to have no choice but to, have to	不得已	不得已	5-1-7
have no solution, be unsolvable	無解	无解	9-1-43
have nothing at all, not own a thing in the world, penniless	一無所有	一无所有	7-1-19
to have nothing to do with, be unrelated	無關	无关	10-1-15
have nothing to do, to lay idle (here, unemployed)	無所事事	无所事事	7-2-22
a headache, a pain	頭痛	头痛	9-1-42
headline	標題	标题	1-2-32
heart (organ)	心臟	心脏	7-2-3
heartfelt wishes, aspirations	心聲	心声	10-1-35
heavy (said of losses)	慘重	惨重	7-1-7
to help	扶持	扶持	8-1-49
herbicide	除草劑	除草剂	2-1-57
heritage	遺產	遗产	4-1-43
hero	英雄	英雄	8-1-42
heterosexual, straight	異性戀	异性恋	10-1-10
hidden concerns, worries	隱憂	隐忧	9-2-42
high (amount of money, tariff, profit, etc.)	高額	高额	9-2-29
to be high-bridged (said of noses)	高挺	高挺	3-1-15

解釋	生詞	簡體字	課序-課文-生詞序
himself, themselves	身上	身上	10-1-29
to hold	掌握	掌握	2-2-37
to hold up	舉	举	4- 引 -4
homosexual	同志	同志	5- 引 -4
homosexual, gay	同性戀	同性恋	10-1-9
honesty, honest (坦白說 = to be honest/ frank/candid)	坦白	坦白	6-1-55
host, MC	主持人	主持人	2-1-4
hostility	仇恨	仇恨	1-1-37
households below poverty line	貧戶	贫户	7-1-22
how	多麼	多么	3-1-46
a huge portion of, more than half	（一）大半	（一）大半	7-1-6
human	人口	人口	8-2-27
the human body	人體	人体	2-1-54
human right	人權	人权	6-1-36
husband	丈夫	丈夫	5- 引 -13
husband and wife, married couple	夫妻	夫妻	5-1-23

I

解釋	生詞	簡體字	課序-課文-生詞序
identical	相同	相同	10-1-11
identification	身分	身分	8-1-43
if, in the event that, supposing	倘若	倘若	7-1-38
to ignore	忽視	忽视	5-1-22
to ignore	忽略	忽略	8-2-13
ill intention	惡意	恶意	1-2-12
illness	疾病	疾病	2-1-28
illness and pain all over the body	一身病痛	一身病痛	7-1-12
immediate	立即	立即	9-1-24
immorality	不倫	不伦	10-2-33
immunity	抵抗力	抵抗力	2-1-37
imperfection	缺陷	缺陷	5- 引 -11
to be implicated in a crime	犯案	犯案	6-2-11
to import	進口	进口	2-1-48
to imprison	關	关	1-2-5
in a row	連續	连续	5-1-18
in a row	接連	接连	8- 引 -6
in all aspects (classical Chinese)	在在	在在	8-2-20

解釋	生詞	簡體字	課序 - 課文 - 生詞序
in later stages of development	後天	后天	3-2-23
in other words, to put it another way	換句話說	换句话说	6-1-33
in short, in conclusion	總之	总之	5-2-25
in time, in a timely manner	及時	及时	9-1-21
in use for years	行之有年	行之有年	9-1-8
inadvertent	無意	无意	1-2-20
incapable of, powerless to	無力	无力	8-2-2
incest	亂倫	乱伦	10-2-32
incident	事件	事件	8- 引 -7
to include, take into	列入	列入	3-2-7
incompetent, inept	無能	无能	1-1-8
to incorporate, include	納入	纳入	10-2-27
to increase	升高	升高	8-2-19
indignant	氣憤	气愤	6-1-42
indirectly	間接	间接	5-2-7
the individual	個人	个人	1-2-40
industry	產業	产业	3-2-11
industry	工業	工业	9-2-32
infertile	不孕	不孕	2-2-2
to infuriate, excite	激怒	激怒	4-1-13
inherently	天生	天生	3-2-22
inhumane	不人道	不人道	4-2-21
to initiate, launch, start	發起	发起	10-1-7
innocent	無辜	无辜	4-2-22
insect	蟲子	虫子	2-1-7
insect	昆蟲	昆虫	2-2-1
inseparable, integrated with	密不可分	密不可分	2-1-44
inspiration	靈感	灵感	4-1-34
instance	案例	案例	5- 引 -2
instinct	天性	天性	3-2-6
instinct	本能	本能	10-2-10
instruction	教導	教导	4-2-19
instrument	工具	工具	1-1-19
insurpassable	過人	过人	4-1-18
to integrate	整合	整合	5- 引 -18
to integrate	融入	融入	8-1-29
intelligence	智力	智力	3-1-29

解釋	生詞	簡體字	課序 - 課文 - 生詞序
intelligent	聰明	聪明	1-2-31
intense, fierce	激烈	激烈	4- 引 -12
intentional	有心	有心	1-2-19
to interfere	干涉	干涉	10-2-25
intermediary	仲介	仲介	5-2-15
internal quality	內在	内在	3-1-1
to intervene, get involved in	介入	介入	7-2-45
intimate	親密	亲密	10-1-24
to invest; investment	投資	投资	3-1-33
to involve, relate to	涉及	涉及	5-2-17
ism" (as in terrorism, Communism)	主義	主义	8-1-23
to isolate	隔離	隔离	6-1-2
issue	發表	发表	1-1-5
it is not as expected	並非	并非	1-2-2

J

解釋	生詞	簡體字	課序 - 課文 - 生詞序
jointly	共同	共同	8-1-27
journal	雜誌	杂志	2-2-10
journalist, correspondent	記者	记者	10-1-3
judge	法官	法官	6-1-8
judge a book by its cover; judge by appearance (said of people)	以貌取人	以貌取人	3-1-23
to judge, rule, give sentencing	判	判	6-1-9
judgement	判決	判决	1-1-7
judgment, how others look at you	眼光	眼光	3-1-18
judicial	司法	司法	1-1-6
just right, just enough, just the right amount, time, color, etc. (meaning here: justice done)	剛剛好	刚刚好	6-1-57
justice	正義	正义	1-2-11

K

解釋	生詞	簡體字	課序 - 課文 - 生詞序
to keep	維持	维持	6-1-34
kidney	腎臟	肾脏	7-2-5
to kill	殺害	杀害	6-1-5
killer	凶手	凶手	6-1-48
kilogram	公斤	公斤	2-2-25

解釋	生詞	簡體字	課序-課文-生詞序

L

解釋	生詞	簡體字	課序-課文-生詞序
to label	標示	标示	2-1-62
label	標籤	标签	3-2-17
large breasts	豐胸	丰胸	3-1-14
law (natural, not legal laws)	法則	法则	10-2-14
to lead to	導致	导致	8-2-5
leader, head of a state	領袖	领袖	8-1-17
to leak	外洩	外泄	9-1-3
to legalize	合法化	合法化	5- 引 -19
lens, shot, scene	鏡頭	镜头	10-2-1
let it go, let it be, "forgive"	放下	放下	6-1-47
to let somebody off easy	便宜	便宜	6-1-45
lethal	致命	致命	9-1-6
level	等級	等级	9-1-16
to levy (a tax)	抽	抽	7-2-13
liberal, non-conservative	開放	开放	3- 引 -2
to lie in (the fact that), consist in	在於	在于	7-1-35
life sentence (i.e., no chance of parole)	無期徒刑	无期徒刑	6-1-11
lightening	雷	雷	9-2-15
lights	燈光	灯光	10-2-37
listening audience, listeners	聽眾	听众	2-1-5
to be located at	位於	位于	9-1-17
to lock up	關	关	1-2-5
logic	邏輯	逻辑	10-2-26
long-established	行之有年	行之有年	9-1-8
longing; to long for	渴望	渴望	5-1-13
look like	看似	看似	5-1-1
looking back on, contrasting this with, when we reflect on	反觀	反观	5-1-17
looks	外貌	外貌	3-1-20
looks	長相	长相	3-2-24
to lose blood	失血	失血	3-1-41
in love, to love each other	相愛	相爱	10-1-12
the lovers finally got married, every Jack has his Jill	有情人終成眷屬	有情人终成眷属	10-1-31
lucky	幸運	幸运	1-1-9
lung	肺臟	肺脏	7-2-4

M

解釋	生詞	簡體字	課序-課文-生詞序
madness	亂象	乱象	1-1-32
Madrid	馬德里	马德里	4-1-6
magazine	雜誌	杂志	2-2-10
magical	神奇	神奇	2-2-33
magnificent, resplendent	華麗	华丽	4-1-9
the main event	重頭戲	重头戏	4-1-26
to maintain	維持	维持	6-1-34
to make	製造	制造	9-1-34
to make, let	令	突破	9-1-25
to make a breakthrough, top	突破	立法	2-1-32
to make a law	立法	支付	2-2-30
to make a payment to	支付	安置	8-2-30
to make proper living arrangements for	安置	一概而论	8-2-3
to make sweeping generalizations	一概而論	弥补	9-2-7
to make up for	彌補	令	6-1-14
maliciously	惡意	恶意	1-2-12
manpower	勞動力	劳动力	8-1-32
to manufacture	生產	生产	2-1-45
to manufacture	製造	制造	9-1-34
to mark	標示	标示	2-1-62
mate	伴侶	伴侣	10-1-14
to mate, copulate	交配	交配	10-2-13
matter	物質	物质	2-1-58
mature	成熟	成熟	9-2-26
meaning	意義	意义	1-1-43
means, measure	手段	手段	2-2-34
measure for "graspable" objects like rulers, chairs, salt, etc.	把	把	6-1-19
measure for cattle (i.e., a head of cattle)	頭	头	4-2-9

253

解釋	生詞	簡體字	課序 - 課文 - 生詞序
measure for classes (in terms of minutes; not for courses, classrooms, or students that make up a class)	堂	堂	7-2-17
measure for large objects like mountains, castles, gigantic temples on hilltops	座	座	4-1-4
measure for people (formal)	名	名	5- 引 -3
measure for round objects, e.g., bombs	顆	颗	9-1-22
measure for scenes	幕	幕	4-2-6
measure for terms (e.g., first term as president)	任	任	5- 引 -12
measure for things or people that come in matching pairs	對	对	5- 引 -7
measure of wind, trending or power	股	股	1-2-18
medical science	醫學	医学	3-2-26
medicine	藥品	药品	3-2-31
mediocre	平平	平平	3-2-25
to meet with	符合	符合	2-2-20
meeting	會議	会议	8-1-22
member (of an organisation)	分子	分子	7-1-29
merely	罷了	罢了	8-2-9
Merkel (German chancellor)	梅克爾	梅克尔	8-2-32
messure for short, usually formal writings	則	则	1- 引 -4
middleman	仲介	仲介	5-2-15
to mind	管	管	1-2-30
miraculous	神奇	神奇	2-2-33
mistake	錯誤	错误	5-2-8
mistake	失誤	失误	6-2-15
to misunderstand, misconstrue	誤解	误解	1-1-42
to mock	諷刺	讽刺	1-2-22
moment (in time)	時刻	时刻	10-2-5
money	金錢	金钱	3-1-32

解釋	生詞	簡體字	課序 - 課文 - 生詞序
monster	怪物	怪物	2-1-59
motivation	動機	动机	3-2-36
mouth, opinion	嘴	嘴	1-1-48
to murder	殺害	杀害	6-1-5
murderer	凶手	凶手	6-1-48

N

解釋	生詞	簡體字	課序 - 課文 - 生詞序
nature	天性	天性	3-2-6
need	必要	必要	4-1-29
need	需求	需求	5- 引 -20
need not	無須	无须	4-2-32
to negate	否定	否定	1-1-45
to neglect	忽視	忽视	5-1-22
negligence	疏失	疏失	9-2-5
to be nervous	提心吊膽	提心吊胆	7-1-42
netizens	鄉民	乡民	1-2-9
newscaster	主播	主播	10-1-2
next door	隔壁	隔壁	2-1-8
next to	身旁	身旁	6-2-36
nightmare	惡夢	恶梦	5- 引 -22
no more than	只不過	只不过	2-1-15
(there is) no need to	不用	不用	1-2-3
Nobel	諾貝爾	诺贝尔	4-1-35
noise	噪音	噪音	9-2-24
nose	鼻子	鼻子	3-1-10
not (classical Chinese)	非	非	2-2-21
not different from, the same as, tantamount to	無異	无异	10-2-30
not guilty	無罪	无罪	1-1-1
to not help the situation, does not do anybody good, of no use	無濟於事	无济于事	6-2-1
not necessarily so	不盡然	不尽然	3-1-7
not only	不僅	不仅	2-1-35
novel	小說	小说	4-1-40
nowadays	如今	如今	3-1-48
nuclear disaster	核災	核灾	9-1-13
nuclear power	核電	核电	9-1-14
nuclear power plant	核電廠	核电厂	9- 引 -1
number of people	人數	人数	8-1-12
number, figures	數字	数字	9-1-28

解釋	生詞	簡體字	課序-課文-生詞序
O			
obsolete	過時	过时	4-2-1
to obtain	達到	达到	2-1-26
to obtain	獲得	获得	3-1-26
to offer refuge to	收容	收容	8-1-30
offering to god(s), sacrificial items	祭品	祭品	4-1-2
Olympics	奧運	奥运	8-1-35
on tenterhooks	提心吊膽	提心吊胆	7-1-42
on the one hand, on the other; (do A), while (doing B)	一面	一面	4-1-11
once	一旦	一旦	1-1-18
one after another, in rapid succession	接二連三	接二连三	8-2-17
one after another, in succession	紛紛	纷纷	5-2-21
one and only	唯一	唯一	1-1-50
one by one, separately	一一	一一	8-2-14
one, single (any one country's responsibility)	單一	单一	8-1-26
to be online with, be connected with	連線	连线	10-1-4
only	只不過	只不过	2-1-15
only	僅	仅	4-2-31
only by	唯有	唯有	6-2-35
to open up (a course)	開設	开设	4-2-17
(nominalized from its verb from) to open up to the outside world	開放	开放	3- 引 -2
operation	運作	运作	9-2-4
(life-saving) opportunity	轉機	转机	8-1-3
to oppose, be in opposition to, be antagonistic	對立	对立	8-2-8
opposite sex	異性	异性	10-1-30
or	或者	或者	6-1-16
organ	器官	器官	7-2-7
organization	機構	机构	2-1-51
orphan	孤兒	孤儿	6-1-39
other people, others	他人	他人	3-1-6
otherwise	不然	不然	6-1-40
out of one's own wish	自願	自愿	5- 引 -6

解釋	生詞	簡體字	課序-課文-生詞序
outcome	成果	成果	7-2-37
output	產量	产量	2-1-39
to overlook	忽視	忽视	5-1-22
to overlook	忽略	忽略	8-2-13
overly	過於	过于	1-1-35
P			
packaging	包裝	包装	2-1-61
the pain in one's heart, heartbreak, heartache	心痛	心痛	6-1-52
parole	假釋	假释	6-1-22
partner	伴侶	伴侣	10-1-14
partner	伙伴	伙伴	10-1-25
passé	過時	过时	4-2-1
patent	專利	专利	2-2-15
patient	患者	患者	3-2-35
pay	工資	工资	7-1-31
to pay (a heavy price for)	付出	付出	2-2-35
to pay as compensation	賠上	赔上	4-2-12
to pay attention to	理會	理会	3-2-41
to pay taxes	納稅	纳税	6-1-26
to have peace of mind, set one's mind at rest	安心	安心	2-2-9
peaceful; peace	和平	和平	8-2-35
peak season	旺季	旺季	4-1-21
peanut	花生	花生	2-1-22
penalty	刑罰	刑罚	6-2-5
people in general, the multitude	眾人	众人	7-2-15
people's well-being/ livelihood	民生	民生	9-2-39
perhaps, probably	或許	或许	8-1-31
permanently	永久	永久	6-1-23
perspective	立場	立场	1-1-23
physical disability	殘障	残障	8-1-40
pitiful, pitiable	可憐	可怜	7-1-10
plain	平平	平平	3-2-25
to plant	種植	种植	2-2-23
pocket	口袋	口袋	7-1-16
to point out mistakes	指正	指正	1-1-27
police force	警力	警力	7-1-43

解釋	生詞	簡體字	課序 - 課文 - 生詞序
policy	決策	决策	1- 引 -7
to ponder	思考	思考	7- 引 -4
to be poor	可憐	可怜	7-1-10
popular discontent, public anger	民怨	民怨	9-2-31
to possess	具有	具有	4-1-1
posted messages	留言	留言	1- 引 -5
posture, position, poses	姿勢	姿势	4-1-16
potential	潛力	潜力	3-2-4
poverty	貧窮	贫穷	7-2-41
precious	寶貴	宝贵	4-2-23
to be pregnant	懷孕	怀孕	5- 引 -14
prejudice	偏見	偏见	10-1-28
preposterous argument (i.e., that's dumb! What idiot thought that up?!)	歪理	歪理	7-2-27
preservation or abolishment, to preserve or to abolish (contracted word from 保存 + 廢除)	存廢	存废	6- 引 -2
to preserve	保存	保存	4- 引 -7
to prevent	預防	预防	2-1-27
(to pay a heavy) price	代價	代价	2-2-36
priceless	無價	无价	6-2-16
prime minister, premier	總理	总理	8-2-31
principle	道理	道理	4-2-14
principle	原則	原则	10-2-29
to be given priority	優先	优先	8-2-1
prison term (sentencing with a fixed perison term)	有期徒刑	有期徒刑	6-1-10
prisoner	犯人	犯人	6-1-17
produce	農作物	农作物	2-1-36
to produce	生產	生产	2-1-45
to produce	製造	制造	9-1-34
to produce (through plastic surgery)	整出	整出	3-1-9
production	產量	产量	2-1-39
proficient	熟練	熟练	4-1-19
to promote	推廣	推广	4-1-42
to promote	推動	推动	6-2-3
proof	證據	证据	2-1-52

解釋	生詞	簡體字	課序 - 課文 - 生詞序
properly	妥善	妥善	9-1-41
pros and cons	正反	正反	4- 引 -10
to protect	維護	维护	2-2-32
protesters and supporters	正反	正反	4- 引 -10
to prove, proof	證明	证明	2-1-53
the public	各界	各界	10-2-40
public relations	公關	公关	3-2-9
public security	治安	治安	7-1-44
to publish	刊登	刊登	4-2-27
to publish (articles, news story)	發表	发表	1-1-5
to pull	拉	拉	7-2-40
to pull down with	拖垮	拖垮	8-2-12
to punish	處罰	处罚	1-1-13
punishment	刑罰	刑罚	6-2-5
punishment; to punish	懲罰	惩罚	6-1-27
to push	推動	推动	6-2-3
to put up with	承受	承受	5-1-6

Q

解釋	生詞	簡體字	課序 - 課文 - 生詞序
quality	特質	特质	3-1-2
to quarantine	隔離	隔离	6-1-2
quite a few kinds of	好幾（種）	好几（种）	2-1-30

R

解釋	生詞	簡體字	課序 - 課文 - 生詞序
radiation	輻射	辐射	9-1-2
rainbow	彩虹	彩虹	10-2-3
to raise	舉	举	4- 引 -4
to raise (as in awareness)	提升	提升	4-2-24
to rally	示威	示威	4- 引 -5
randomly	隨機	随机	6-1-4
range	範圍	范围	10-1-34
to rank	排名	排名	5-1-19
to be ranked as, listed as	列為	列为	9-1-15
ranks, front	陣線	阵线	10-1-6
raw materials	原料	原料	2-1-60
to reach	達到	达到	2-1-26
reaction	反應	反应	1-1-4
to reap where one has not sown, get something for nothing	不勞而獲	不劳而获	7-2-38
reason	理由	理由	3-2-5

解釋	生詞	簡體字	課序 - 課文 - 生詞序
reason	道理	道理	4-2-14
to rebroadcast, transmission, relay	轉播	转播	4-2-5
to receive	接收	接收	1-1-11
to reconcile, make up	和解	和解	6-2-23
recreation	娛樂	娱乐	4-2-35
to reduce fever, wane	退燒	退烧	9-1-7
to reduce, save on taxes	節稅	节税	10-1-19
refugee camp	難民營	难民营	8-2-22
refugees	難民	难民	8- 引 -2
to refuse to accept, unconvinced	不服	不服	7-1-39
to regard	看待	看待	3-1-52
to regard as	視為	视为	9-2-6
regardless of whether	不論	不论	1-1-15
to regulate	規範	规范	5-2-18
to be released from prison (監獄, jiānyù, prison)	出獄	出狱	6-1-18
to rely on	依賴	依赖	2-1-47
to rely on	依靠	依靠	7-2-39
to remain aloof, sit on the sidelines, not be involved	置身事外	置身事外	6-1-46
remain high, won't come down	居高不下	居高不下	2-2-18
renewable energy	再生能源	再生能源	9-1-40
reparation; to make reparations	賠償	赔偿	6-2-17
reporter	記者	记者	10-1-3
representative team, team representing	代表隊	代表队	8-1-37
to reproduce, propagate	繁衍	繁衍	10-2-11
to request	要求	要求	3-1-8
requirements	需求	需求	5- 引 -20
resident	居民	居民	8-2-7
resistance	抵抗力	抵抗力	2-1-37
respectively	各自	各自	6- 引 -5
to respond	反應	反应	1-1-4
to respond, response	回應	回应	1-2-27
to restrict	約束	约束	1-2-45
result	後果	后果	2-2-12
result	成果	成果	7-2-37

解釋	生詞	簡體字	課序 - 課文 - 生詞序
to result in	導致	导致	8-2-5
results	效果	效果	2-1-29
to retaliate	報復	报复	6-1-25
to return to	交還	交还	10-2-43
to reveal	展現	展现	1-1-16
to reveal	顯示	显示	4-2-29
to get revenge, get vengeance	報仇	报仇	6-1-44
to reverse, regress	倒退	倒退	9-2-34
revolution; to have a revolution	革命	革命	10-2-22
rich (abundant in something)	豐富	丰富	2-1-24
right to make one's own decisions, autonomy	自主權	自主权	5-1-28
rights and interests	權益	权益	1-1-21
Rio, Brasil	里約	里约	8-1-34
to rise	升高	升高	8-2-19
to risk	冒	冒	8-1-8
to risk, take risk	冒險	冒险	3-1-47
river	河流	河流	9-2-22
robber	強盜	强盗	7-2-42
role	角色	角色	5-2-16
ruler	尺	尺	6-1-20
rumor	謠言	谣言	1-1-39
run a red light (闖 , to rush, break through; 紅燈 , red light)	闖紅燈	闯红灯	6-1-30
run amok, engage in lawless activities	胡作非為	胡作非为	1-1-17
to run in an election	參選	参选	8-1-46
to run madly, run like crazy	狂奔	狂奔	4-1-27
The Running of the Bulls (in Pamplona)	奔牛節	奔牛节	4-1-25
rural	偏遠	偏远	9-1-37

S

解釋	生詞	簡體字	課序 - 課文 - 生詞序
to sacrifice	犧牲	牺牲	7-2-19
to safeguard	維護	维护	2-2-32
salary	工資	工资	7-1-31
salmon	鮭魚	鲑鱼	2-2-6
to be of the same age	同齡	同龄	7-1-2

解釋	生詞	簡體字	課序-課文-生詞序
to be of the same gender	同性	同性	10-1-1
in the same way	同樣	同样	3-1-30
sarcastic	諷刺	讽刺	1-2-22
a satisfactory answer, briefing, accountability	交代	交代	6-1-13
saying	俗話	俗话	4-2-13
to scam	欺騙	欺骗	2-2-28
scene, graphics	畫面	画面	4-2-8
scientist	科學家	科学家	2-1-23
scope	範圍	范围	10-1-34
to seal	封住	封住	1-1-47
to search for, seek	尋找	寻找	10-2-12
seed	種子	种子	2-1-16
to seem, come off as	顯得	显得	6-2-6
seemingly, seem	看似	看似	5-1-1
to seize, take by force	奪取	夺取	7-2-16
selfish	自私	自私	4-2-15
sensible, to have a good head on one's shoulders	懂事	懂事	7-1-13
sentencing (judicial)	判決	判决	1-1-7
to separate	隔離	隔离	6-1-2
to be separated from	分離	分离	5-2-13
sequela	後遺症	后遗症	3-1-44
to serve as	做為	做为	10-2-23
to set off	引發	引发	4- 引 -9
to set up	設置	设置	8-2-21
several millions, millions	數百萬	数百万	9-1-20
severe	嚴格	严格	1-2-44
sex	性別	性别	5-2-9
sexually transmitted disease, STD	性病	性病	10-1-27
to share	共享	共享	7-1-37
to share	分享	分享	7-2-36
to share a burden, share responsibility	分擔	分担	8-1-1
sharply	大幅	大幅	3-2-32
to shatter	破碎	破碎	5-1-10
to shine up on	打上	打上	10-2-36
to shock	震驚	震惊	8- 引 -5
shocked to witness	怵目驚心	怵目惊心	8-1-7
shocking	驚人	惊人	1-2-17
short	短暫	短暂	7-2-23

解釋	生詞	簡體字	課序-課文-生詞序
to be in shortage of	缺少	缺少	2-1-46
shortcut	捷徑	捷径	3-1-49
to shout, scream, cry out	高喊	高喊	4-2-28
to show	展現	展现	1-1-16
to show	顯示	显示	4-2-29
to shrink, shorten	縮小	缩小	3-2-27
to shut one's mouth, keep one's mouth shut	閉嘴	闭嘴	1-2-26
sickness	疾病	疾病	2-1-28
side (i.e., a good side)	一面	一面	6-2-19
side-effects	副作用	副作用	3-1-45
to sign	簽署	签署	10-1-21
significance	意義	意义	1-1-43
significant other, boyfriend/girlfriend, object of love	對象	对象	3-1-28
similar	同樣	同样	3-1-30
simultaneously	兼	兼	2-2-27
situation	狀態	状态	3-2-37
skillful	熟練	熟练	4-1-19
skin	皮膚	皮肤	3-1-11
skin color	膚色	肤色	8-1-47
slender	細	细	3-1-12
slightly	偏	偏	9-1-31
smart	聰明	聪明	1-2-31
to smile bitterly/ wryly, to force a smile	苦笑	苦笑	7-2-26
to smoke a cigarette	抽菸	抽烟	5-2-10
smuggling	販運	贩运	8-2-37
so as to, such that	以	以	2-2-31
social group, community (as in social network, social media)	社群	社群	4-2-25
solar power	太陽能	太阳能	9-2-12
sole	唯一	唯一	1-1-50
solution	解決之道	解决之道	9-2-27
Somalia	索馬利亞	索马利亚	8-1-44
some	某	某	2-2-14
soon	早日	早日	8-1-48
sooner or later	早晚	早晚	2-1-34
source	來源	来源	1-1-12
soybean, soya	大豆	大豆	2-1-42

解釋	生詞	簡體字	課序 - 課文 - 生詞序
special attention and favor	青睞	青睐	3-1-27
speech, act of speaking	言論	言论	1- 引 -1
to spend, hand out, pay out	出手	出手	7-1-33
sperm	精子	精子	5-2-22
sponge, parasite (lit. a rice bug)	米蟲	米虫	7-2-28
to spread	傳播	传播	1-2-16
to stab, gore	刺	刺	4-2-3
stalemate, deadlock, impasse	僵局	僵局	6- 引 -4
stand by and watch, sit there twiddling one's thumbs, not lift a finger	袖手旁觀	袖手旁观	7-1-23
(to) standardize; standard	規範	规范	5-2-18
standpoint	立場	立场	1-1-23
to start	開設	开设	4-2-17
to startle	震驚	震惊	8- 引 -5
state	狀態	状态	3-2-37
to be stationed abroad	駐外	驻外	10-2-6
steal from the rich and give to the poor (spirit of Robin Hood)	劫富濟貧	劫富济贫	7-2-30
still	仍舊	仍旧	7-2-29
to stop, to come to a halt	停擺	停摆	9-2-33
strategy	對策	对策	8-2-36
be stricken with	罹患	罹患	2-2-3
to be stricken with cancer	罹癌	罹癌	9-1-30
strict	嚴格	严格	1-2-44
to strike a blow to	打擊	打击	7-2-43
to strongly possess (classical Chinese)	極具	极具	3-2-3
to struggle, strive	奮鬥	奋斗	7-2-18
to stun	震驚	震惊	8- 引 -5
subsequent to that	之後	之后	8-1-45
to subsidize; subsidy	補貼	补贴	7-1-28
substance	物質	物质	2-1-58
substantially	大幅	大幅	3-2-32
in succession	接連	接连	8- 引 -6

解釋	生詞	簡體字	課序 - 課文 - 生詞序
successively	連續	连续	5-1-18
suddenly	突然	突然	7-2-10
to suffer	忍受	忍受	5-1-26
to suffer from	罹患	罹患	2-2-3
to suffer greatly from	飽受	饱受	3-1-43
sufficient	充足	充足	6-2-12
to sum it up	總之	总之	5-2-25
summit (meeting)	高峰會	高峰会	8-1-16
be superior to (classical Chinese)	勝	胜	3-1-3
to supply	供	供	9-2-36
supply and demand	供需	供需	5-1-14
to support	扶持	扶持	8-1-49
the surface of the ocean/sea	海面	海面	8-1-4
surrogate mother	代理孕母	代理孕母	5- 引 -1
to surrogate, to perform surrogacy	代孕	代孕	5-1-8
to survive, exist; survival	生存	生存	7-1-41
suspect	懷疑	怀疑	1-2-33
to sympathize; sympatry	同情	同情	6-2-21

T

解釋	生詞	簡體字	課序 - 課文 - 生詞序
take advantage of a situation	有機可乘	有机可乘	8-2-16
to take away, snatch	奪走	夺走	7-2-32
to take great pains to, exert great effort to	費盡	费尽	5-1-2
to take part in a competition	參賽	参赛	3-1-17
to take responsibility for	負責	负责	1-1-41
take the initiative, take it upon oneself to	主動	主动	7-1-14
to take up (responsibility)	承擔	承担	1-2-41
talk show hosts or guests, talking heads	名嘴	名嘴	1-2-6
tantamount to	等於	等于	5-2-5
to be tantamount to	等同	等同	7-1-27
tax form	繳稅單	缴税单	7-2-21
tax revenue	稅收	税收	7-1-40
taxes	賦稅	赋税	8-2-6

解釋	生詞	簡體字	課序-課文-生詞序
to teach	教導	教导	4-2-19
team	團隊	团队	3-1-31
that is to say, that is, i.e.	也就是說	也就是说	6-2-31
that's it, that is all	罷了	罢了	8-2-9
the more s/t is debated, the clearer it becomes	越辯越明	越辩越明	1-1-30
the streets (used in phrases like "take to the streets")	街頭	街头	4- 引 -3
thermal power	火力	火力	9-2-11
thin	細	细	3-1-12
to think of	聯想	联想	9-2-2
"third party" (i.e., the "other man/woman")	第三者	第三者	10-2-28
thoroughly	澈底	澈底	4-2-37
threat, to threaten	威脅	威胁	1-2-21
Three Mile Island, PA, USA	三哩島	三哩岛	9-1-9
through, by	藉由	藉由	10-1-18
ticket (for a fine)	罰單	罚单	6-1-29
to	對於	对于	7-1-20
to this day, heretofore	至今	至今	4-1-7
today	如今	如今	3-1-48
together	共同	共同	8-1-27
tolerant	包容	包容	1-1-14
too	過於	过于	1-1-35
tool	工具	工具	1-1-19
top/first priority, the most important issue	首要之務	首要之务	8-2-38
topic	話題	话题	2-1-11
torment; to torture	折磨	折磨	4-2-11
total dosage	總用量	总用量	2-2-24
tour	旅遊	旅游	3-2-2
tourist	遊客	游客	4-1-22
to trade, transact, carry out a transaction	交易	交易	5-2-2
trafficker	販子	贩子	8-2-28
trafficking, transporting	販運	贩运	8-2-37
tragedy	悲劇	悲剧	5-1-11
to transform into	轉化	转化	8-1-33
transient	短暫	短暂	7-2-23
to transplant	移植	移植	7-2-8

解釋	生詞	簡體字	課序-課文-生詞序
trend	時尚	时尚	3-2-10
trend	潮流	潮流	6-2-33
to trigger	引發	引发	4- 引 -9
trip	旅遊	旅游	3-2-2
the truth	真理	真理	1-1-29
truth	事實	事实	2-2-22
truth	道理	道理	4-2-14
tsunami	海嘯	海啸	9-1-18
tumultuous	混亂	混乱	1-1-49
to turn into, transform into	化	化	8-1-2
TV presenters	名嘴	名嘴	1-2-6
twins (one boy and one girl)	龍鳳胎	龙凤胎	5- 引 -9

U ～～～～～～～～～～～～～～～～～

解釋	生詞	簡體字	課序-課文-生詞序
ugly	醜	丑	3-1-4
Ukraine	烏克蘭	乌克兰	9-1-10
unacquainted, not mutually known	陌生	陌生	10-1-26
to underestimate	低估	低估	8-2-34
to understand	理解	理解	3-2-19
to undertake	進行	进行	7-1-36
undoubtedly	無疑	无疑	3-2-29
unhappy with	不滿	不满	8- 引 -8
unintentional	無意	无意	1-2-20
unique	獨特	独特	4-1-30
unique, one of a kind	獨一無二	独一无二	5-2-24
to unite, form solidarity with	團結	团结	8-1-14
union; to unite	結合	结合	4-1-17
United Nations, UN	聯合國	联合国	8-1-9
until (classical Chinese)	止	止	8-1-10
untold hardships, innumerable trials and tribulations	千辛萬苦	千辛万苦	5-1-3
untrue	不實	不实	1-1-38
urgent	迫切	迫切	7-2-14
urgent, pressing	急迫	急迫	7-2-6

V ～～～～～～～～～～～～～～～～～

解釋	生詞	簡體字	課序-課文-生詞序
vague	模糊	模糊	1-2-34
valuable	值錢	值钱	7-1-8
valuable, priceless	可貴	可贵	6-2-20

解釋	生詞	簡體字	課序-課文-生詞序
value	價值	价值	1-1-46
various kinds of	各式各樣	各式各样	2-1-14
viciously	惡意	恶意	1-2-12
victim	被害人	被害人	6-1-38
victim	受害者	受害者	8-1-24
to view	觀賞	观赏	4-1-24
viewing audience	觀眾	观众	4-2-4
village	村	村	7-1-9
to violate, go against	違反	违反	3-2-14
visitor	遊客	游客	4-1-22
vitamin	維他命	维他命	2-1-18
vocabulary	詞彙	词汇	10-2-19
to volunteer	自願	自愿	5- 引 -6
volunteer one's services, recommend oneself	毛遂自薦	毛遂自荐	5- 引 -15

W

解釋	生詞	簡體字	課序-課文-生詞序
waist; small of the back	腰	腰	3-1-13
to wake up, awaken	醒	醒	7-2-25
to warn, warning	警告	警告	2-1-31
to be washed away	沖走	冲走	7-1-5
waste, waste materials	廢料	废料	9-1-35
to watch	觀看	观看	4-1-39
to watch (one's behavior, etc.)	管	管	1-2-30
water power, hydropower	水力	水力	9-2-10
weak	無能	无能	1-1-8
wealth	財富	财富	7- 引 -3
weed	雜草	杂草	2-2-13
weed killer	除草劑	除草剂	2-1-57
to weigh	衡量	衡量	6-1-54
What's wrong with that? and why not? what's the harm in that?	有何不可	有何不可	3-2-42
White House	白宮	白宫	10-2-34
as a whole, whole, entire, overall	全體	全体	10-2-18
to win (classical Chinese)	勝	胜	3-1-3
wind power	風力	风力	9-2-9
winner	得主	得主	4-1-36

解釋	生詞	簡體字	課序-課文-生詞序
win-win	雙贏	双赢	5-1-16
wish, heart's desire	心願	心愿	5- 引 -5
with all might and mind	致力	致力	6-2-2
with each day, with each passing day, gradually	日漸	日渐	3-1-36
with regard to	對於	对于	7-1-20
without even realizing it, before you even know it, without one even noticing	不知不覺	不知不觉	2-2-7
to withstand	承受	承受	5-1-6
word, term	詞彙	词汇	10-2-19
work done in vain, wasted work	白工	白工	7-1-4
to work hard	拼	拼	7-2-24
world-famous	舉世聞名	举世闻名	4-1-41
worried, concerned	擔憂	担忧	9-1-26
to worship	崇拜	崇拜	4-1-20
to write (a ticket)	開	开	6-1-31
writer	作家	作家	4-1-37
to be wronged, treated unjustly	冤枉	冤枉	6-2-9

X

解釋	生詞	簡體字	課序-課文-生詞序
xenophobic	排外	排外	8-1-28

Y

解釋	生詞	簡體字	課序-課文-生詞序
yearning; to yearn for	渴望	渴望	5-1-13
yield	產量	产量	2-1-39
your body, from your hair to your skin, is a gift from your parents (suggests that you have a responsibility to cherish and care for it)	身體髮膚受之父母	身体发肤受之父母	3-2-39

Z

解釋	生詞	簡體字	課序-課文-生詞序
zone	地帶	地带	1-2-37

第一课

課文一

拥有言论自由才是真民主

「骂人垃圾，无罪！」「没放台风假？市长遭网友骂惨」……看到这样的新闻，第一个反应可能是觉得太夸张了、不可思议，于是也上网发表文章，批评司法判决没有道理、政府无能。能这么做，是因为我们很幸运地生活在拥有言论自由的时代。

言论自由，顾名思义，是指人人都有表达意见和想法的权利，这是民主制度的基础。每个人都能接收各种来源的讯息，不受检查及限制，也不必担心说了什么以后会被处罚。这样的社会包容各种不同意见，即使是批评、反对也不例外。

不论是在媒体上发表文章或上街抗议，都展现了言论自由的力量。正因为有言论自由，政府的决策受到人民的监督，无法胡作非为。想想看，一旦政府把发言权当做政治工具，民众怎么会不被洗脑？在言论被限制的情况下，还有人敢说真话吗？人民又怎么有机会争取自己的权益？

人都有盲点，所以意见越是多元，不同立场的观点越能得到平衡；当你受到批评，也有言论权来替自己辩护。如果有理，大家会跟你站在同一边；若是无理取闹，为反对而反对，也会有人跳出来批评指正。透过一来一往的讨论和批评，真理将越辩越明，社会共识也慢慢形成。只有一种声音的社会是无法进步的。

然而，每当提到媒体乱象，或是有人因为受不了网友的言论攻击而自杀，大家就会开始批评言论过于自由。事实上，法律早就已经禁止发表仇恨性言论及不实谣言，那些仇恨性言论、不实内容所造成的霸凌现象，不是因为言论过于自由，而是因为那些人不懂得为自己的言论负责，误解「言论自由」的意义。这是教育的问题，不该因此否定言论自由的价值，封住人民的嘴。

我们应该保护言论自由，因为这是让有价值的想法，在这个混乱的时代里，发出声音的唯一方式。

課文二

滥用自由并非真自由

在自由民主的社会里，每个人都可以说出自己想说的话，不用担心会因为反对政府、批评总统，甚至说错一个字而被抓去关。可惜，很多人都滥用了这种自由。打开电视，名嘴们不是说着毫无根据的内容，就是随意批评；网路上，乡民躲在匿名制度的保护伞下，让谣言满天飞，或是自以为正义，恶意批评，引起更多的负面情绪。言论自由简直成了这些人的护身符，难道他们都不需要为自己所说的话负责吗？吵个不停，真理就会越辩越明吗？

言论自由不能完全没有限制，网路言论尤其如此。网路匿名方式让许多人更大胆地表达意见，加上网路传播速度快，因此影响力更强大、更惊人。然而，这股力量可能在人们有心或无意的情况下，对个人或社会造成威胁。的确，言论自由是每个人的权利，但是我们看到太多自由被滥用的例子。只要立场不同，就攻击、讽刺，可是不见得每个人都能轻松面对这

样的言论。有人因此而得了忧郁症，甚至自杀；多数人则选择闭嘴不回应。网路乡民以「言论自由」之名伤害别人，不正是破坏了言论自由吗？

除了网路，媒体人更应该管好自己的嘴巴。虽然目前有法律来处罚仇恨和歧视性言论，但事实上，媒体聪明得很，他们在标题加上「？」、「怀疑」或是「可能」这种模糊的方式，就是为了避开责任，法律根本处罚不到他们。名嘴们就更不用说了，他们擅长走在灰色地带，就算被告，等法院判决确定，还不知得等多久，但伤害却早就已经造成。

为了解决社会乱象，小自个人，大至媒体，在享受言论自由的同时，也必须承担起相关责任；否则，政府就应该为了民众安全与社会和谐而制定更严格的法律，约束已被滥用的言论自由。

第二课

课文一

基改有效解决农粮问题

（广播节目主持人）

听众朋友大家好！我是「健康加油站」节目主持人张成方。今天中午我在一家面店用餐，电视正播着基因改造食品新闻。我听见老板说「基因改造不但可以减少农药的使用，还能够杀死虫子，有什么不好的？」隔壁桌的客人回答：「虫子会死，人吃了就不会有问题吗？」基改食品究竟安不安全，是大家都关心的话题，就像手机、核能一样，带给我们方便，却也可能危害健康。到底该怎么选择呢？首先，我们来听听赞成的人怎么说：

（医师）

大家想想看，超市、早餐店、夜市，各式各样基因改造的食物早就进了我们的肚子里了。基因改造，简单地说，只不过是利用科学技术，把更新、更好的基因，加在原来的种子里而已。比如说含有更多维他命 A 的蔬果、能抗癌的番茄、不会引起过敏的花生…等等。科学家证实，这些基因改造的食物不但有丰富的营养价值，也让大家在享用美味的同时，达到预防疾病的效果。现代人为了健康，每天都必须吃好几种蔬菜；但是未来，一餐基改食物就能提供我们一天所需要的营养。既然越改越进步，为什么还有人要反对呢？

（农业研究员）

我认为基改食物最大的好处是能够解决许多问题。专家们已经提出警告，全球人口将在 2050 年突破百亿，加上气候不正常，粮食不足的问题早晚会发生。基改技术不仅可以减少农药的使用、降低成本、增加农作物的抵抗力、预防虫害、减少环境污染，更重要的是可以提高产量，解决饥荒。再说，含有基改大豆、玉米的食品早就与我们的生活密不可分。美国是生产基改食物最多的国家，多数人都能接受基改食物，我们何必担心呢？而且一旦缺少粮食，必须依赖进口，将造成严重的经济危机。基改的影响这么大，我们都应该支持才对。

（生物科技公司经理）

「基改食品有害健康」这种说法毫无科学根据可言。最新的一项报导指出，25 年来，超过 500 个机构研究了大量的基改农产品，直到现在都没有足够的证据可以证明基改作物对人体和环

境有害。他们的结论是：基改作物与传统作物一样安全。英国有位农业专家也表示，有问题的其实是在农作物生长过程中所使用的农药，如除草剂等物质，而不是基改科技本身，所以不需要把基改科技当成怪物，自己吓自己。此外，按照我国的法律，只要食品中含有基改原料，都必须在包装上清楚标示，消费者不必担心。总而言之，我们可以自由地选择，享受科技带来的一切美好与便利。

课文二

基改严重威胁健康与环境

（主持人）

以上几位意见都是赞成基改的，现在我们来听听另一种声音：

（家庭主妇）

报上说，基改作物使昆虫的种类与数量越来越少，鸟类没有东西吃，影响整个大自然。越来越多研究报导指出，吃基改食品容易过敏、不孕，甚至罹患癌症。大豆、番茄、玉米、苹果早就是基改食物，连基改鲑鱼都成了美食，这些食物已不知不觉上了我们的餐桌，很难从外观辨别，因此怎么能让人吃得安心呢？

（科学杂志编辑）

由于基改作物既抗虫害也抗除草剂，农夫因此大量使用除草剂，不必担心影响作物，后果却是昆虫和杂草产生了抗药性。某家取得基改种子专利的农业技术公司一方面贩卖基改种子，一方面生产更强的除草剂卖给农民。这家公司收购了全球大多数的种子公司，使种子价格居高不下，农民根本买不起，但却又买不到天然的种子，这绝对不符合公平正义。基改公司所说的「可以减少农药使用」、「解决粮食不足问题」都非事实。过去 15 年，美国因为种植基改作物，农药总用量增加了约 1 亿 8 千 3 百万公斤。即便全球基改作物早已大量增加，世界各地仍有饥荒。因此，从「农药使用量上升」和「卖基改种子兼卖农药」的事实来看，基改公司真正的目的并不是想满足大家对食物的需要，而是为了商业利益。难道我们还要继续买这种「欺骗的种子」吗？

（大学教授）

听完前面两位的意见后，我认为基改作物不但会造成严重经济损失，也正在威胁国人的健康。政府应该立法禁止种植和进口，以照顾本地农民的利益、保障食品安全和维护消费者的权益。我们不需要这种神奇食物，那只不过是厂商行销的手段而已。基改食物将会让我们付出严重的代价。我们要选择接受，还是拒绝？聪明的人都知道，自己的健康，掌握在自己手中。

（主持人）

到底，基因改造是好，是坏？是未来美梦的实现，还是正在形成的灾难？恐怕需要更多时间来证明。今天节目的时间到了，我们下次再见。

第三课

课文一

内在特质更胜外在美丑

近年来，人们越来越重视外表，整型有年轻化的趋势，甚至出现了「颜值」这样的词。赞成的人认为，整型可以带来自信、增加机会，完全是与他人无关的个人选择。然而事实上，整型却深深地影响着整个社会的价值观。

整型真能让人更美、更有自信吗？并不尽然。许多想要整型的年轻人拿着明星的照片，要求医生整出一样的高鼻子、大眼睛，这是媒体洗脑的结果。不少亚洲人认为白皮肤、细腰、丰胸、长腿、高挺的鼻子、水汪汪的大眼才是美。记得媒体报导了某场的选美比赛，三十四位参赛者几乎都长得一样！那是他们原来的样子吗？很多人

原本就长得不差，只因为在意外界的眼光而不断整型，这不是和「整型可以带来自信」相互矛盾吗？

外貌无法为我们带来美满的感情、顺利的职涯，只有内在才可以。由于越来越多的人认为现在社会「以貌取人」，因此不计一切要让自己看起来更英俊、漂亮，好让自己获得更多青睐或机会。然而，一项研究指出，男女在选择对象的时候，友善和智力比外表更重要。同样地，职场上需要的能力，例如团队合作、领导能力、沟通能力等，都不是整型能带来的。把时间和金钱投资在这些内在能力上，才是更重要的。

整型毕竟是医疗行为，尽管技术日渐进步，但是媒体仍常报导整型失败的例子：有的人整型后胸部大小不一、鼻子歪斜、脸部变形，甚至有人在手术中因失血过多而死。更有不少人整型后饱受各种后遗症、副作用之苦。这些问题都证明，无论医疗科技多么进步，整型手术还是有一定的风险，对生理和心理都会带来巨大冲击，并不值得拿自己的生命来冒险。

整型原来是希望帮助那些遭受意外、影响健康的人重建外观、恢复身体功能及信心，如今却成为追求自信和获得机会的捷径。虽然这是个人的选择，但当整型从「需要」变成「想要」，进而形成一股风气时，我们就不得不更谨慎地看待它所带来的影响。

课文二

我的外表由我自己决定

近年来，社会吹起一股整型风，接受整型手术的人不分男女老少，甚至出现「整型旅游」这样的产品，可见整型已从医疗行为变成极具潜力的消费商品。反对者总是用一堆道德的理由阻止，然而追求完美是人的天性，也是个人的选择。若没有好处，怎么会让那么多人不计一切代价去整型？

长得好看到底有没有好处？绝对有。第一印象非常重要，而整型手术就像化妆、打扮一样，是一种让你更漂亮、更有自信的方式，对求职、人际关系都有帮助。许多职业都把外貌列入考量，像是公关、业务行销、时尚设计产业等。我的朋友接受双眼皮手术之后，看起来精神奕奕。整型为她带来自信，不论是面试或追求爱情，机会都多了许多。

有人认为整型违反自然，那样的美丽是假的，就给整型贴上「造假、欺骗」的标签。这种说法并不公平，外表占优势的人也往往无法理解。人生来就有智力和外表的差异，天生不够聪明的人，可以靠后天的努力争取机会，为什么长相平平的人就不能利用医学技术缩小美丑的差距？

许多人对整型的看法停留在可怕的后遗症、副作用上，认为整型是危险的手术，这无疑是媒体经常报导负面新闻的结果。随着医学技术的进步，使用的器材及药品越来越安全，风险已大幅降低。整型医生也会事先评估患者的动机、心理状态，再决定是否执行手术。

身体是自己的，自己的样子当然由自己决定。「身体发肤受之父母」这样的想法已经落伍了，就像穿衣服、剪头发一样，不会对别人造成任何影响，所以根本不需要理会他人的眼光，自己开心就好。

如果整型能让一个人更喜欢自己，有何不可？

第四课

课文一

传统具有文化与经济上的重要意义

斗牛是西班牙古老的传统，有千年历史。最早是把牛当做拜神的祭品，十九世纪时成为西班牙的全民运动。

自 1743 年第一座斗牛场在马德里出现至今，

西班牙全国斗牛场已超过 400 座。斗牛士穿着十六世纪华丽的传统服饰在斗牛场中表演，一面利用手中的红色披风激怒公牛，一面随着音乐以优雅的姿势避开攻击，可说是文化与艺术的完美结合。斗牛士必须具备过人的勇气、熟练的技术和冒险的精神，也是年轻人崇拜与学习的对象。斗牛不但代表西班牙的传统精神，更是重要的历史文化。

旅游业是西班牙最重要的收入来源，每年 3 月到 9 月的斗牛旺季，总是吸引来自世界各地的游客前往观赏，其中奔牛节也是西班牙传统文化的重头戏，当地民众和许多年轻的外国游客，都在此享受与牛狂奔的刺激，以及西班牙人的热情。斗牛的相关活动每年都为西班牙政府带来 2.8 亿欧元的财政收入，提供 20 万人就业机会。一旦废止，对西班牙来说，将会是一场经济灾难。因此，这项传统活动绝对有保存的必要。

斗牛传统之所以保留到现在，正是因为它代表了西班牙独特的文化魅力和民族精神，也为戏剧、音乐、绘画提供了无数灵感。例如诺贝尔文学奖得主—美国作家海明威在西班牙观看奔牛节活动后写了《太阳照常升起》这本小说，使奔牛节成为举世闻名的节日。2013 年，西班牙政府认为斗牛不但不应该废止，国家反而有责任保存并继续推广，于是将斗牛列为国家保护的文化遗产，希望大家都能尊重这个由来已久的传统。

课文二

过时的传统不利生命教育

2016 年 7 月，一位职业斗牛士被公牛刺死，全球观众透过电视转播，也都看到了这幕血淋淋的画面。

西班牙每年约有 2000 场斗牛活动，每场表演平均有三到六头公牛死亡。在 20 分钟的表演过程中，公牛不断受到折磨与痛苦，最后被一剑一剑地刺倒在地，若是公牛刺死了斗牛士，这头公牛的母亲就必须赔上生命。不管是对斗牛士或是公牛，这种伤害生命的过时传统，无论如何都不应该存在。

俗话说得好，「不要把自己的快乐，建筑在别人的痛苦上」。我们都知道这句话的道理，却还是自私地为自己的快乐而虐待动物。全西班牙目前已有 42 所斗牛学校，为十五岁的学生开设斗牛课程，教导孩子们斗牛的技巧，未来以斗牛为职业，简直是不可思议！有报导指出，全球每年约有 25 万头公牛因斗牛而死亡，难道动物不能享有生存和不受伤害的权利吗？斗牛士这种伤害动物的职业值得尊敬吗？社会不断进步，观念也应该随着改变，任何不人道、以文化之名伤害生命的活动都应该废止，不要再让无辜的公牛与斗牛士失去宝贵生命。

近年来全球保护动物的观念不断提升，越来越多的西班牙人走上街头，抗议这个古老的文化传统；社群网站「脸书」也认为斗牛既残忍又暴力，禁止刊登斗牛照片；世界动物保护组织也高喊：「现在该是废止斗牛的时候了。」民意调查显示，高达 58％的西班牙人反对斗牛，仅 19％的人支持。可见，多数西班牙人也认为这个传统无须保存。事实上，西班牙第二大城市巴塞隆纳在 2004 年就宣布禁止斗牛活动，另有 42 个城市也反对斗牛，目的就是希望不要再有任何人或牛因此受伤或死亡。

没有人有权利把虐待动物当成娱乐活动，保护动物的重要性远远超过保存一个不人道的传统。反对斗牛最好的方法，就是到西班牙旅游时拒绝入场参观斗牛，这样一来，斗牛活动就能彻底消失。

第五课

课文一

不孕者的唯一希望

拥有自己的孩子是许多人的梦想。然而，这

看似简单的梦想让许多人费尽千辛万苦仍无法实现。

现代人因为压力或者身体等因素，不能生育的情形越来越普遍。自七〇年代以来，欧美各国不断有人请代理孕母代替自己怀孕生子，以实现生育下一代的愿望。生儿育女是人类最基本的需求，尤其是东方社会的妇女，如果不能为家庭传宗接代，通常身心皆承受外界难以想象的压力。甚至有些妇女因无法怀孕，不得已只好请姊妹、亲戚代孕，没想到孕母却和先生发生婚外情，结果造成家庭破碎。为了不让这样的悲剧发生，合法代孕成了唯一的希望。

目前全球已有荷兰等十个以上的国家将代理孕母合法化。透过合法的代孕机构，双方都能得到应有的保障，满足了需求者拥有自己孩子的渴望，代孕者也有机会改善生活。这是市场供需的问题，利人利己，正是双赢的政策。

反观台湾，生育率连续多年排名全球倒数第一，政府始终只鼓励能够生育的妇女，提供各项补助措施，却忽视有代孕需求的夫妻，这根本就是一种歧视。若想提高生育率，政府应该立法协助，而非全面禁止。

在长辈及家人的期待下，许多不孕夫妻为了拥有自己的孩子，努力尝试各种方法、忍受一般人想象不到的痛苦之后，还是无法如愿。孩子对这些家庭深具意义，让代理孕母合法化，既是尊重夫妻对生育的自主权，也可以避免出国找代孕的可能风险。政府实在应该给不孕者、代孕者多一个选择的机会。

时，容易缺乏自信，否定自己，进而造成家庭关系紧张。此外，请人代孕者大多经济富裕，而代孕者多属弱势族群，代理孕母一旦合法，等于把人际关系商品化，不仅会造成社会阶级不平等，间接鼓励「金钱可以买到任何服务」、「有钱人更容易传宗接代」等错误的价值观，也因可选择性别生育，造成男女比例差异过大，对家庭关系、人口结构都有严重影响。

即使代理孕母合法化，需求者也会担心孕母是否有抽烟、喝酒等影响胎儿健康的不良习惯。代孕者也必须承担怀孕过程中失去健康生命的风险，以及生产后与孩子分离的心理压力。这些问题绝对不是一张契约能够解决的。更何况，担任仲介角色的代孕机构是否涉及人口贩卖，在法律上规范不易。

且一旦代理孕母合法化后，此种交易行为恐难以管理，到时黑白不分、是非不明的各种社会乱象将纷纷出现：女人想当妈又要保持身材，买精子就行；男人想当爸又不想结婚，找代孕就搞定。这是我的自由，只要我喜欢，有什么不可以。然而，生命无法代理，人体不是工具，母亲的角色无法、也无人可以取代，每个孩子都是独一无二的，都应该受到尊重，他们也想知道：我是怎么来的？我真正的妈妈是谁？如果我是个有缺陷的孩子，你们还会要我吗？

总之，医学科技进步解决了代孕的问题，但不应该毫无限制地运用，违反自然，让整个社会付出代价。

第六课

课文二

科技不该毫无限制

「生儿育女是人类最基本的需求」这句话固然没错，但就伦理而言，不孕者需求的是孩子，不是商品，不能把孩子当成商品来交易。国外研究指出，当孩子知道自己是代理孕母的「产品」

课文一

死刑能吓阻并隔离罪犯

「随机杀人」、「为了领保险金杀害亲人」、「商人大卖黑心食品」…面对这类社会案件，如果你是法官会怎么判呢？有期徒刑、无期徒刑，

还是死刑？判决的考量是为了给死者一个交代、以弥补家属失去亲人的痛苦，或者是为了符合社会大众的期待，还是不让犯人有机会出狱伤害别人呢？相信你的心中有着一把尺。

站在社会大众的立场，死刑有存在的必要。因为在现行制度下，即使被判无期徒刑的人也有假释出狱的机会，只有死刑才可以将罪犯永久与社会隔离，被害家属不用害怕遭到报复，一般大众也可以安心过日子。若以判无期徒刑取代死刑，政府须付出的金钱数目非常大，甚至得提供医疗及养老，等于用纳税人的钱来养罪犯。

惩罚可以有效吓阻犯罪。以交通罚单为例，知道闯红灯会被开罚单，大部分的人会因此遵守规则。同理，如果知道犯了某些罪可能会被判死刑，多少会担心严重的后果而不敢犯罪。换句话说，死刑仍能有效控制多数人的行为，具有维持的价值。

相较于人权团体重视的是罪犯的生命，反对废除死刑者看重的则是被害人的生命价值，认为应该给死者一个交代。更何况，除非死者是孤儿，不然杀了一个人也等于毁了一个家庭。难怪许多被害人家属气愤地表示：「我们如何不恨？幸亏还有政府能为我们报仇，虽说以人道的方式执行死刑也还是太便宜他了！」

家属希望废死团体不要用「置身事外」的态度跟他们谈「放下」、原谅凶手，而是能感同身受地想象一下死者生前的恐惧与家属一辈子的心痛。若拿出「人权的天平」来衡量，坦白说，以判死来抚慰死者与家属只是「刚刚好」而已。

报复作法无济于事

即使国际人权组织致力推动废除死刑，但在亚洲许多国家，废死仍是条漫漫长路。政府有责任保护人民的安全，但死刑却是让某些人的生命不再受到保护。死刑同样是杀人行为，「法律规定不可以杀人，国家却可以杀人」，这个刑罚的存在显得很矛盾。

除了推动废死，人权团体也费了很多心力救出被冤枉的人。在他们的努力下，有些原已等待枪决的罪犯活着回了家。可见无论科技多么进步、犯案证据多么充足，都不能百分之百保证法官不会误判。对主张维持死刑的人来说，这是「为了社会安全不得不承受的失误」，然而生命无价，一旦发生误判且执行死刑，再多的赔偿金也难以弥补。

再坏的人都有善良的一面，无论犯下多么残忍的罪，生命都是可贵的，罪犯的人权也需要受到保护。受害人与家属的遭遇虽然让人同情，但执行死刑也换不回亲人的生命，若能选择原谅、放下或和解，透过教育使罪犯认错，给他们重新做人的机会，应该比执行死刑更加有意义，这样的大爱是社会不应放弃的理想。

废除死刑并非忽视被害人家属的感受。只是，用「一命还一命」的惩罚方法来让家属心里好受一点，不但是种不健康的态度，也毁了罪犯的家庭，让他们同样承受失去亲人的痛苦。也就是说，死刑只是报复的工具。

目前欧洲各国多已废除死刑，甚至是加入欧盟的条件之一，可见废死已逐渐形成一股世界潮流。除了跟人权观念的提升有关，也因为各国政府逐渐意识到死刑无法解决犯罪问题，因此唯有从教育做起，多关心身旁需要帮助的人，打造友善的社会环境，才能根本解决。

第七课

政府有责维持社会公平

清晨，六岁的阿月不像同龄的孩子一样去上学，而是跟着妈妈到田里工作。前年，收成前遇上了天灾，害得阿月父母做了一整年白工，农田也被冲走一大半，损失惨重。现在，这家人只

能靠着一小块不值钱的田地，种着青菜勉强过日子。同样地，隔壁村六岁的阿国是个可怜的孤儿，从小与外婆相依为命。他看着一身病痛的外婆每天工作十到十二小时，总是很懂事地主动洗衣、煮饭。阿国希望赶快长大，赚钱改善家里的经济，让外婆不用那么辛苦。

很明显地，这两个孩子的家庭都需要经济援助，但是钱都在别人的口袋里。对他们来说，所谓「公平的起跑点」根本不存在，只因出生时的环境比较差，赚起钱来自然比较吃力。虽然生活在同一片土地上，有些人一生下来就拥有大量的家产，有些人努力一辈子却一无所有。因此，对于富人累积大量财富，而游民与贫户持续增加的现象，政府不能只是袖手旁观，应该以提高富人纳税比例的方式来缩小贫富差距，调整社会公平性，创造平等的机会。

也许有人认为，政府要求富人多缴税，却为了减轻穷人的负担而提供许多津贴，等同于拿富人的钱来补贴穷人。但话说回来，人人都是社会的一分子，不能只自私地要求国家为你做了什么，而是应问自己为国家做了什么。来举个北欧国家的例子吧！很多人羡慕北欧的社会福利，那里的人民，即使是长期生病在家、失业，政府都会提供约75%的基本工资来照顾，更别说对弱势团体的完善福利政策了。国家之所以能出手这么大方，就在于政府在制定政策时考虑了多数人的利益，把富人存着不用的钱进行「收入再分配」，建立完善的医疗、养老、失业补助的制度，提供人们遇到困难时的保障，让大家共享更好的社会福利。

倘若富人还是不服，其实可以换个角度来看：如果政府不透过税收照顾穷人，那么穷人可能为了生存而犯罪，到时每个人走在路上都提心吊胆的，政府也需要花更多预算加派警力以维护治安。从经济的角度来看，不是更不划算吗？

课文二

应尊重个人自由与权利

小张在哈佛大学旁听，课堂上教授提出了一个问题请大家思考：「想象你是名急诊室的医生，同时来了六个病人，一个需要心脏、另一个需要肺脏、第三个需要肾脏……，每个人都非常急迫地需要器官移植，否则就活不下去，可是并没有捐赠者。你突然想到，隔壁房间有个人正全身麻醉等着做健康检查。请问你会拿走他的器官来救其他五个人吗？」大多数同学摇头。教授接着提出「对富者加税，对贫者减税」的话题：「抽一个有钱人的税，可以满足许多人的迫切需要，但在考虑众人利益的同时，是否应该尊重个人的自由与权利呢？」课程最后，现场多数人同意「不应为了满足多数人而夺取他人生命、自由或财产。」

这堂课让小张心有所感。奋斗多年，如今他的孩子已经长大，生活还算过得去。从小，当别人在玩乐时，他牺牲了休闲，把自己埋在书堆里；长大后，日夜不停地工作。一路走来，他都比别人更认真，现在的社会地位与收入是他应得的。然而今年，当他看到缴税单时，忍不住叫了一声「天呀！要缴好多税喔！听说政府还打算要我们缴更多的税，这样努力赚钱还有什么意义呢？」在旁那无所事事、领着低收入津贴的表弟酸酸地回：「谁叫你赚那么多！人生短暂，那么拼做什么？『不怕赚钱少，就怕走得早』像我每天不必工作、睡到自然醒多好？」小张苦笑地回：「歪理，如果大家都跟你一样当米虫，国家经济怎么会好？」

努力工作似乎成为一种惩罚，小张仍旧不明白自己做错了什么，甚至开始怀疑自己的付出是否值得。政府利用税收来「劫富济贫」，听起来是关心穷人，但忽视了被劫者背后的辛苦，他不偷不抢，付出了时间与成本，却被强制收税夺走收入，被迫「捐款」，让眼红者分享自己努力的

成果，这真不合理。那些习惯不劳而获的人长期依靠社会福利，不但对国家没帮助，也成为政府的负担。

所谓的公平正义，不是把上层阶级往下拉，应是把弱势的低层阶级往上推，提供弱势者工作机会，协助他们用自己的力量脱离贫穷，而非像强盗一样，抢钱多的人来养穷人，这样只会打击人们想积极创富的心，反而影响国家经济发展。再说，得到的税金，是否真能有效运用、真正缩小贫富差距？都还有待讨论。总而言之，政府不应介入社会财富重分配的过程。

第八课

课文一

各国分担责任，化危机为转机

海面上，难以数计的尸体让人怵目惊心。因为宗教或战争的原因，几百万难民冒着生命危险，离乡背井、飘洋过海，只是为了能到一个安全的地方好好活着。

根据联合国的统计，至 2015 年底止，全世界有六千多万难民申请庇护，人数创下历史新高，人权观察组织就表示：「全球正面临一个历史性的难民危机，目前正是需要各国团结的时候。」

2016 年 9 月，联合国在纽约召开了史上第一次难民高峰会，一百九十三国领袖和代表承诺将保护难民人权、协助难民就业，并消除国人仇外的心理。就如美国前总统欧巴马在会议中所言：「难民本身不是威胁，而是战争及恐怖主义的受害者。」人道与自由向来是西方国家的重要价值，难民问题并非单一国家的责任，只有透过国际社会共同合作与分担才能解决。人道危机正是各国合作的转机，仇恨与排外只会使难民更加难以融入社会，带来更大的伤害。

短时间收容难民或许会对收容国的财政造成负担，但从长期来看，只要提供语言与职业训练，就能使他们自食其力。越早让难民就业，他们就能越早融入社会。研究指出，贫穷的新移民都想为了安定的生活而努力工作。在欧洲人口老化与劳动力不足的情况下，这正是把难民危机转化为生产力的大好机会。他们不但能为欧洲各国停滞不前的经济带来好处，也对国家税收有所贡献。

2016 年的里约奥运，首度出现由难民组成的代表队。有位因逃离战火而断了一条腿的难民，也为参加残障奥运的游泳比赛而努力，他说「我要忘掉过去、重新开始生活，有一天，我要以英雄的身分再回到我的国家。」另一位索马利亚籍女性难民 18 岁时逃离战火，靠着自己的努力取得美国哈佛大学硕士，成为联合国公共卫生专家之后，回到自己的国家参选总统，希望能为国家创造繁荣和幸福。

每个人都是世界的一分子，应该用友善与尊重的态度，不分国籍、种族、肤色与性别，帮助难民早日成为我们的同事和邻居，重新建立幸福的家庭。希望下一代在读到这段历史时，看到的是，我们曾经一起努力扶持那些需要被保护的人们。

课文二

国家安全应优先于人道

经济不景气，欧洲各国失业率居高不下，许多国家已无力收容难民，因为无论在生活安置、医疗、教育和社会福利各方面，都是一笔非常大的支出，增加政府的财政负担。许多人担心会因此导致工资下降，赋税增加，对当地居民的生活与就业造成压力。长期下来，难民问题将使社会对立、贫富悬殊的情况更为严重。

根据欧盟的一份调查统计显示，难民中约有 60% 是「经济难民」，也就是说，大部分的难民并非来自战争中的国家，许多人只不过是想移民

到欧洲找份工作、追求更好的生活罢了。还有报导指出，有 40% 的德国经济学家认为，难民将使国家经济每况愈下，拖垮欧洲整体竞争力，欧盟整合也将更加困难。

2015 年就有超过一百万人在德国申请庇护，没有任何国家能够在短时间内收容这么大量的外来人口。现实世界往往不能只从「人道」的角度来考虑，忽略难民所带来的问题。例如，由于无法一一过滤难民身分，让恐怖分子有机可乘，欧洲各国接二连三发生恐怖攻击，原来繁荣稳定的国家如今连出门都让人担心害怕。开放政策使得宗教和文化差异的问题更加严重，种族冲突、社会矛盾、犯罪率升高，在在都使人们对政府失去信心。当地居民不但抗议设置难民营，甚至还攻击难民，双方的关系越来越紧张。当政府无法保障人民的安全，当人道与国家安全冲突时，关闭边界是唯一的选择。

再说，由于通往欧洲的路线受到了人口贩子的控制，因此开放边界等于是鼓励更多难民把生命和大把金钱交托给那些人口贩子，助长了人口贩运的问题。根据统计，自 2000 年至 2015 年，为了前往欧洲，移民与难民已经向人口贩子支付了 160 亿欧元。这无疑是与西方向来强调的人道精神互相矛盾。

这些问题，使得当时决定收容难民的德国总理梅克尔也不得不承认低估了开放边界所带来的伤害，以及难民融入社会的困难。难民议题与战争息息相关，唯有世界和平才能根本解决问题。世界各国应讨论对策，共同解决难民危机与人口贩运，同时努力结束战争以减少难民，这才是首要之务。

第九课

课文一

如发生意外，后果无法承担

你可以想象自己住的城市不远处有座核电厂吗？会不会担心有一天辐射外泄，甚至发生爆炸，来不及逃离呢？这不是危言耸听，正因核电厂有着致命风险，所以「反核」一直都是不退烧的社会议题。虽然核能发电行之有年，但从美国三哩岛、乌克兰车诺比，到日本福岛核灾事件，都显示人类控制核电的能力仍然不足。

以台湾为例，在这座小岛上就有超过三座的核电厂，且皆被列为「全球最危险等级」，人口过度密集是原因之一，加上台湾位于地震带上，地震频率高，核电厂却离海边及城市不远，得同时面对地震、海啸、洪水等威胁。若发生七级以上的强震，恐怕无法让数百万人及时逃离。就像是一颗未爆的炸弹，如何让人能安心睡觉？

就算没有立即危险，辐射的问题也令人担忧。《欧洲癌症护理杂志》所提供的数字以及德国的研究资料都显示核电厂周围居民罹癌的比例偏高。日本福岛核灾事件发生后，六年之间，青少年罹癌人数也超过一百五十人。许多例子都证明辐射会让正常的细胞变成癌细胞，也可以说核能发电厂制造出了让人容易生病的环境。

除了看不见的辐射威胁，看得见的核废料处理更是一大难题。核废料造成的辐射污染超过数百年，无论是埋在土里还是丢到海底，长远来看都不太可行。更糟糕的是，有些国家选择牺牲住在偏远地区的人民，把他们的家当做核废料的「垃圾场」，这种做法更是任谁都无法接受。

多年前，许多国家为了因应大量用电需求而盖了核电厂。当时，再生能源技术不足且设备昂贵，从经济的角度考量，选择最低成本的核能发电是可以理解的。然而，核电风险究竟多高？如何妥善控制核辐射？废料又应如何处理？皆是令

人头痛且仍无解的难题。没有什么比安全与健康更重要的了。人们不应该为了害怕电价上涨而选择生活在危险当中，努力发展再生能源以取代核能发电才是正确的道路。

课文二

最环保、最经济的发电方式

核能发电让你联想到什么？爆炸？环境破坏？还是癌症？历史上发生过的核电厂事故，是否让你对核能发电产生恐惧？其实，核电的负面形象多半来自媒体过度放大核灾发生的可能性。

首先，我们应该要了解，每座核电厂的地理环境、建厂考量、运作方式都不相同，因而在安全性上有着极大的差异。曾经发生的核电厂事故，原因也各有不同，有的是天灾，有的是人为疏失，跟核电厂本身没有直接关系，应该被视为独立事件，而非一概而论地说「核电厂是颗不定时炸弹」。其次，与风力、水力、火力、太阳能等发电方式相比，核能发电的研究结果比较完整，也更能控制风险。此外，核电厂发生灾害的机率也最低，甚至十亿年才可能发生一次核灾，远低于被雷打到的机率，实在不需要过度担心。长远来看，碳排放量低的核能才是最环保的发电方式之一。可惜，这些有利的因素往往被人们忽略。

事实上，火力发电会制造空气污染，产生大量的二氧化碳以加速温室效应；水力发电会严重破坏河流、伤害鱼类；风力发电会产生噪音，影响民众的生活品质。无论风力、水力、地热或太阳能等发电方式，除了技术还不够成熟，也都受天然条件影响而有所限制，若想全面取代核能发电，可能出现能源不足的情况，而政府的解决之道，就是只能向人民收取高额电费。如此不但会惹来民怨，还可能导致工业停摆，经济倒退。

反观核能发电，不但成本低、效率高，又能稳定供电，人民不用担心无电可用，也能提供外商优良的投资环境，民生效益大。总之，再生能源的技术还不成熟、设备成本高且供电量比不上核能发电，即便核能电厂有安全上的隐忧，但它所带来的便利与经济价值却是其他绿色能源难以替代的。

第十课

课文一

同性婚姻需要法律的保障

主播：各位观众朋友大家好，和平广场前正在举办一场争取同性婚姻合法化的游行活动。情况如何，我们现在与现场记者连线。

记者：记者现在所在位置是和平广场前，现场挤满了参加活动的民众，高喊「同志朋友，你们并不孤单！」，希望传达出他们跟同志站在同一阵线的立场。活动发起人表示，这个活动主要是希望政府能尽快通过同性婚姻法律。他说：「同性恋不是病，我们生来如此，和异性恋没有两样。我们只是爱上相同性别的人，但这并没有错。我们也希望能跟相爱的人组成家庭，和对方分享物质和精神生活。婚姻的核心是爱，是伴侣之间的事，与性别无关。相爱的两个人结婚是基本人权。过去，不同种族、不同阶级的人不能结婚，这些歧视与限制渐渐被打破。同样地，同性婚姻合法化也是往平权的方向努力。我们希望藉由这个活动让大家更了解我们，也替自己争取应有的权利。」

说到法律面，一位参与活动的民众表示：「即使跟同性伴侣生活了一辈子，得到家人朋友的认同，但在法律上，因为没有拥有正式的合法关系，无法节税、共享财产、领养小孩，在对方病危时也无法签署文件，替他做出最好的决定。尽管彼此是生活中最亲密的伙伴，却是法律上的陌生人，不能像异性恋伴侣一样享有同样的权益，这是不公平的。同性婚姻合法化能提供法律基础，让同性伴侣在财产、医疗、身分等方面享有

应有的保障和权利。」

性别平权虽已是世界潮流，但目前的社会尚未取得共识。许多人会把同志跟性病、复杂的性关系等负面印象连在一起。对此，发起人说：「这完全是一种偏见。同性恋并不等于随便的性关系，这些问题同样也会发生在异性恋者身上。当同性婚姻合法化，同性伴侣间的关系就跟异性伴侣一样了，在法律的规定下得约束自己的行为，有了法律的保障，同性伴侣间的关系就能更稳定，也更愿意承诺与负责。」

一位参加活动的异性恋者也表示：「我们常说有情人终成眷属。承认同志婚姻不是世界末日，也不会破坏家庭价值。不仅不影响异性婚姻者的生活及权利，反而还扩大了保障范围，让更多人能按照自己所喜爱的方式生活。」

随着社会越开放、越多元，游行者希望政府听见他们的心声，让法案保障更多人。以上是记者在和平广场前的报导。

课文二

自由不该是保护伞

主　播：镜头转到国外。美国联邦最高法院昨天做出判决，宣布同性伴侣结婚的权利应受宪法保障。消息一出，社群媒体纷纷换上彩虹旗庆祝这个历史性的时刻。尽管如此，社会仍有许多反对的声音。以下是驻外记者来自法国的报导。

记　者：当许多人正在欢庆美国联邦最高法院的判决时，巴黎市中心挤进了数万民众反对同性婚姻合法化。我们来听听他们怎么说。

民众一：从生物观点来看，动物的本能之一就是生存，而繁衍下一代是生存的方式之一。为了繁衍下一代而去寻找异性交配，这是自然法则。同性恋是不自然的，也不是婚姻制度里预期的对象。因为婚姻的定义中需要一男一女的结合，唯有如此，双方才能在生理和心理各方面互补，自然地生育下一代。然而，同性伴侣无法拥有自己的孩子，男男、女女的组合违反自然，因此同性恋的婚姻是不可能成立的。

民众二：人类为了稳定社会结构而发展出婚姻制度，因此，婚姻不只是两个人的自由选择，更是与社会全体有关的公共议题。同性婚姻合法化将澈底改变婚姻、家庭的定义。我们需要重新解释这些传统词汇，例如什么是爸爸、妈妈、夫妻？孩子要怎么称呼他们？而什么又是「家」？同性伴侣无法生儿育女，我们如何靠家庭来维持建构社会的基础？这是一场社会革命，不能只是以「包容」、「尊重多元」做为口号，而无视婚姻在人类文化上的意义，要求大众改变婚姻的基本概念。

民众三：支持者认为每个人对婚姻都有自主权，有选择伴侣的自由，法律、政府或任何人都不该干涉或破坏。按照这个逻辑，彼此相爱、愿意做出承诺、也愿意负担婚姻责任的两个人，都应该纳入法律保障范围。那么为什么同性恋者可以，相爱的父女、母子、第三者却不可以呢？自由不能拿来当做同性婚姻合法化的原则，因为法律不可能在同一个原则之下，只保障某些人而不保障其他人。一旦让同性婚姻合法化，无异间接鼓励其他形式的伴侣关系，让乱伦、不伦躲在自由的保护伞下有机可乘。

记　者：当白宫、巴黎铁塔等世界地标打上彩虹灯光的同时，这些反对的声音也不容忽视。人类社会将如何发展？有赖各界不断对话与激辩。记者来自巴黎的报导。镜头交还给主播。

NOTE

照片來源 Photo credit

p.1　　《聯合報》鄭惠仁／攝影

p.2　　《聯合報》黃義書／攝影

p.12　　《聯合報》林澔一、蕭雅娟、劉明岩／攝影

p.25　　《聯合報》曾增勳、杜建重、陳瑞源、劉學聖／攝影

p.40　　《聯合報》林俊良、陳智華、屠惠剛／攝影

p.51　　《聯合報》詹建富、蔡容喬／攝影

p.52　　《聯合報》李府翰／攝影

p.60　　《聯合報》葉君遠、曾學仁、《聯合晚報》陳易辰／攝影

p.69　　《聯合報》鄭超文／攝影

p.71　　《聯合報》楊萬雲、劉學聖、林伯驊、劉學聖／攝影

p.79　　《聯合報》連珮宇、楊萬雲／攝影

p.87　　《聯合報》黃義書／攝影

p.93　　《聯合報》潘欣中／攝影

p.96　　《聯合報》高彬原／攝影

p.113　　《聯合報》曾吉松／攝影

p.122　　《聯合報》余承翰／攝影

p.128　　《聯合報》張雅婷／攝影

p.132　　《聯合報》袁志豪／攝影

p.163　　《聯合報》蕭白雪、孫揚明／攝影

p.164　　《聯合報》蕭白雪、陳正興／攝影

p.174　　《聯合報》蕭白雪／攝影

p.190　　《聯合報》林俊良／攝影

p.207　　台北捷運公司授權拍攝

p.212　　《聯合報》王騰毅、《聯合晚報》黃威彬／攝影

p.220　　《聯合報》侯永全、陳再興、余承翰／攝影

p.217　　《聯合報》喻文玟／攝影

Linking Chinese

當代中文課程 5 課本

策　　劃	國立臺灣師範大學國語教學中心	出 版 者	聯經出版事業股份有限公司
主　　編	鄧守信	發 行 人	林載爵
顧　　問	Claudia Ross、白建華、陳雅芬	社　　長	羅國俊
審　　查	葉德明、劉　珣、儲誠志	總 經 理	陳芝宇
編寫教師	何沐容、洪芸琳、鄧巧如	總 編 輯	涂豐恩
		副總編輯	陳逸華

執行編輯	張莉萍、張雯雯、張黛琪、蔡如珮
英文翻譯	范大龍、Katie Hayslip

叢書主編　李　芃
地　　址　新北市汐止區大同路一段 369 號 1 樓

校　　對	伍宥蓁、陳昱蓉、張雯雯、張黛琪、
	蔡如珮
編輯助理	伍宥蓁

聯絡電話　(02)8692-5588 轉 5305
郵政劃撥　帳戶第 0100559-3 號
郵撥電話　(02)23620308
印 刷 者　文聯彩色製版印刷有限公司

技術支援	李昆璟
封面設計	桂沐設計
內文排版	楊佩菱
錄　　音	王育偉、許伯琴
錄音後製	純粹錄音後製公司

2018 年 6 月初版・2024 年 7 月初版第七刷
版權所有　・　翻印必究
Printed in Taiwan.
ISBN　　　978-957-08-5132-8 (平裝)
GPN　　　1010700731
定　　價　1000 元

著作財產權人　國立臺灣師範大學
地址：臺北市和平東路一段 162 號
電話：886-2-7734-5130
網址：http://mtc.ntnu.edu.tw/
E-mail：mtcbook613@gmail.com

感謝

《天下雜誌》主編王慧雲小姐協助本教材主課文之潤稿，

並對課文正反議題提供許多寶貴意見，使得本書能順利完成編寫。

《聯合報》

授權提供本教材之相關照片

國家圖書館出版品預行編目資料

當代中文課程 5 課本/國立臺灣師範大學國語
教學中心策劃．鄧守信主編．初版．新北市．聯經．
2018年6月（民107年）．304面＋56面作業本．21×28公分
（Linking Chiese）
ISBN　978-957-08-5132-8（平裝）
[2024年7月初版第七刷]

1.漢語　2.讀本

802.86　　　　　　　　　　　　　　　107008080

當代中文課程

A Course in
Contemporary
Chinese

Workbook 作業本

5

國立臺灣師範大學國語教學中心 策劃
Mandarin Training Center National Taiwan Normal University

主編／鄧守信　編寫教師／何沐容、洪芸琳、鄧巧如

|目次|

Contents

言論自由的界線

 根據所聽到的內容回答問題並討論 01-1

　　網路是許多人發表意見的地方，然而許多人卻常在網路上留言攻擊、發表仇恨性言論，霸凌別人。因此開始有人思考，網路究竟是匿名好？還是實名好？

1. 請聽這些人的意見，他們的立場分別是支持匿名還是實名？

民眾	匿名	實名	論點
1.	✓		
2.			
3.			
4.			
5.			
6.			

2. 再聽一次，寫下他們最主要的論點是什麼？你認為哪個論點最有說服力？

_____

3. 討論：
(1) 你同意「網路匿名發言」嗎？

(2) 你認為監督／審核網路上的留言是否能減少網路霸凌的發生？

(3) 你認為語言中心的問卷應該匿名嗎？餐廳的滿意度調查呢？

二. 根據上下文選擇合適的詞語完成下面的文章

1.

| 留言 | 遭 | 發表 | 來源 | 負責 | 不實 |
| 匿名 | 回應 | 傷害 | 懷疑 | 惡意 | |

不知道你有沒有這樣的習慣，在出門吃飯前先上美食網站查一查餐廳的評價，用餐後也會在網路上＿＿＿＿心得。日前有一家餐廳發現，他們＿＿＿＿網友評為「黑心商店」，＿＿＿＿餐廳的名聲。負責人說，這些＿＿＿＿的批評中，有相當的比例都是＿＿＿＿的，其中佔最多數的是＿＿＿＿的內容，負責人＿＿＿＿是離職的前員工所寫，要求警方查出＿＿＿＿。同時，負責人也怪美食網站，認為這些內容在網路上流傳，而美食網站卻沒有針對這些問題提出解決的辦法，沒有盡到監督或查證的責任，應該為餐廳的損失＿＿＿＿。美食網站則＿＿＿＿說「網友的評論 (pínglùn, comments) 是他們的言論自由，我們只是提供讓大家＿＿＿＿的地方，言論的責任在網友身上，而非網站。」

2.

| 發表 | 來源 | 處罰 | 威脅 |
| 混亂 | 抓 | 隨意 | 情緒 | 辯護 |

日前警方接到消息，一名大學生因為找不到工作，不滿政府的政策，而在網路上＿＿＿＿文章，＿＿＿＿要炸掉捷運。這樣的內容立刻引來大眾恐慌的＿＿＿＿，警方也立刻要求網路警察提供 IP ＿＿＿＿，將這名大學生＿＿＿＿起來。大學生在被抓之後則替自己＿＿＿＿，表示這是開玩笑，不需要那麼認真，但警方表示，＿＿＿＿發表這樣的攻擊內容造成＿＿＿＿，必須接受＿＿＿＿。

根據主題用所給的句式完成對話

A 和 B 正在機場等待檢查。

A：為什麼進入這個國家的時候這麼麻煩？有這麼多手續！

B：＿＿＿＿＿＿＿＿＿＿＿＿＿＿＿＿，機場就多了一些新規定，檢查得更嚴格了。

（自從…以後）

A：海關人員會檢查哪些人、哪些東西？

B：不一定，只要他懷疑你，他就會檢查，＿＿＿＿＿＿＿＿＿＿＿＿＿＿。

（即使…也不例外）

A：聽起來很好啊，這樣一來，恐怖攻擊發生的機會就會減少了。

B：這是理想，但是事實上，還有許多問題。比方說，機場得增加安全檢查人員；

＿＿＿＿＿＿＿＿＿＿＿＿＿＿＿＿＿＿＿＿＿＿＿＿＿＿＿＿＿。

（…就更不用說了）

A：大家怎麼看這項規定呢？

B：＿＿＿＿＿＿＿＿＿＿＿＿＿＿＿＿＿＿＿＿＿＿＿＿＿＿＿＿＿＿＿

＿＿＿＿＿＿＿＿＿＿＿＿。　（走在…地帶／有的人…有的人則…）

A：怎麼說呢？

B：贊成的人認為，＿＿＿＿＿＿＿＿＿＿＿＿＿＿＿＿＿＿＿＿＿＿。

＿＿＿＿＿＿＿＿＿＿＿＿＿＿＿＿＿＿＿＿＿＿　（以…之名）

另一方面，反對的人則認為，＿＿＿＿＿＿＿＿＿＿＿＿＿＿＿＿＿＿。

（躲在…的保護傘下）

所以每當有傷害隱私 (yǐnsī, privacy) 的情形發生，人們就會抗議，要求政府修

改這個規定。

A：我想，雖然這些檢查得花很多時間和精神，但是事實上，我們能 _____
_____。　　　（因此而⋯）

B：是啊，所以下次在機場等待檢查的同時，也要了解這都是為了大家的安全。

LESSON 2 關於基改食品，我有話要說

 根據所聽到的內容回答問題並討論　　 02-1

當我們正在享受基改所帶來好處的同時，是否也正受到健康與環境的威脅？

1. 請聽這幾位聽眾關於基改的立場是贊成還是反對？

民眾	贊成	反對	原因
1.			
2.			
3.			
4.			

2. 再聽一次，寫下他們贊成或是反對的原因是什麼？

3. 討論：

   (1) 你能接受番茄裡含有魚的改造基因嗎？為什麼？

   (2) 你認為經過證實沒有問題的基改食品安全嗎？

二. 選擇合適的詞語和句式完成短文

1.

> 比如說　　早晚　　既然…為什麼…呢？
> 過去…直到現在都…

　　台灣人從 _____ 幾十年 _____ 愛吃健康食品，_____ 維他命 A、C、D、E，還有各式各樣的中藥。最新的一項報導指出，台灣健康食品市場，每年超過一千億元，常吃健康食品的民眾當中，每十個人就有六個人吃維他命，不過美國專家認為，多吃維他命並沒有好處，還會增加身體的負擔，健康 _____ 會出問題。_____ 民眾花了錢又沒有好處，_____ 還有那麼多人要吃維他命 _____ ？

2.

> 有什麼（好）…的　　　不僅…更重要的是…
> 應該…才對呢！　　　不但…還…　　　　其實是…而不是…

　　我認為最大的原因是許多人認為吃維他命 (1)_____ 可以達到預防疾病的效果，(1)_____ 能增加抵抗力，(2)_____ 不好 (2)_____ 呢？到底這樣的觀念正不正確 (zhèngquè, accurate)？營養師就說，健康的飲食，當然 (3)_____ 天然蔬果 (3)_____ 化學的食品，吃天然食物 (4)_____ 簡單，也能省錢，(4)_____ 能真正保持身體健康，我們每個人都 (5)_____ 要有正確的飲食觀念 (5)_____ 。

三. 把下面的句子組成一篇短文

　　　　從我的朋友王玲和李剛的例子來看現代男女不婚的原因，請你按照順序排列。

第一段　王玲不婚的原因

A：我真不明白，既然有合適的男朋友，為什麼還不結婚呢？

B：現代人不婚、晚婚的情形越來越普遍，女性不結婚最大的原因是不信任婚姻。

C：又愛孩子，早晚要結婚的，有什麼好擔心的呢？

D：她總是說擔心有小三、愛情不長久。在我看來，她和男友不但感情穩定，

E：好比說王玲，即便已經有一位交往多年的男友，也從不考慮結婚。

順序：　　　B　　　　　　　　　　　　　　

第二段　李剛不婚的原因

F：女友的父母從我的學歷、家庭背景甚至經濟情況都有要求，再說，

G：以符合女友父母的條件，現在的我一無所有，怎麼能結婚呢？我應該先努力工作才對。

H：我的好朋友李剛說：我是沒有條件結婚，而不是不想結婚，

I：結婚不僅要買車還要買房，更重要的是要有穩定且收入高的工作

J：從我朋友的例子來看，現在男女從過去幾年直到現在，晚婚和不婚的現象似乎是很難改變的。

順序：　　　H

四. 選擇合適的成語完成短文

不知不覺　　密不可分　　居高不下　　各式各樣

　　一個人是否健康，與飲食、運動、生活習慣等都有＿＿＿＿＿＿的關係。拿小張來說，他最近體重＿＿＿＿＿＿，因為他總是習慣一邊上網一邊吃著＿＿＿＿＿＿且大量的垃圾食物，再加上缺少運動，＿＿＿＿＿＿一個月就胖了八公斤，醫生就提出警告，這樣的生活與飲食習慣危害健康，早晚會生病的。為了自己的健康，小張決定聽醫生的建議，改變自己，從控制飲食和運動開始做起。

LESSON 3

整型好不好

03-1

一‧根據所聽到的內容回答問題並討論

很多人常常是在碰到了困難以後，才發現自己有外在、能力、個性、人際關係等方面的問題。

1. 請先看下表。你認為有這些問題的人可能會碰到哪些困難？

問題	困難
A. 能力不足	
B. 不懂得打扮	
C. 人際關係不好	
D. 穿著太隨便	
E. 外表條件不夠好	
F. 沒有自信	

2. 請聽聽看這些人碰到哪些問題？並寫下他們的問題。

問題	說話人
A. 能力不足	1. 老師 ＿＿＿＿＿＿＿＿
B. 不懂得打扮	
C. 人際關係不好	2. 秘書 ＿＿＿＿＿＿＿＿
D. 穿著太隨便	3. 工程師 ＿＿＿＿＿＿＿
E. 外表條件不夠好	4. 經理 ＿＿＿＿＿＿＿＿
F. 沒有自信	5. 研究員 ＿＿＿＿＿＿＿
G. 其他	

秘書 (mìshū, secretary), 工程師 (gōngchéngshī, engineer)

9

3. 請再聽一次，你是從哪一句聽出來他們有這些問題的？

4. 請想像他們是你的朋友，你會給他們什麼樣的建議？跟你的同學討論。

對象	建議
老師	
秘書	
工程師	
經理	
研究員	

 選擇合適的詞語完成文章

評估　器材　儘管　潛力　謹慎　看待　冒險　執行　優勢

　　大家好，以下由我來報告一下我對這個新計畫的看法。經過仔細地
_____，我認為雖然這個計畫很有 _____，應該能帶來不錯的收入，
但是有一些風險，因此可能需要 _____。然而，由於在人數上我們佔有
_____，而且又有最新的 _____，因此 _____ 有些風險，但是我相信
只要以 _____ 的態度，小心地 _____，我們仍然可以開心地 _____
最後的結果。

評估　開放　理解　違反　藥品　動機　處罰

雖然現在的社會越來越 _____，但是像大麻 (dàmá, cannabis) 或是嗎啡 (mǎfēi, morphine) 這樣的 _____ 並不是誰都可以拿到的，必須先經過醫生 _____。要是 _____ 了規定，當然得受到 _____。然而，法院判決時仍會考量使用者的 _____，是為了減輕身體的疼痛，還是為了快樂。

三. 用下面的句子，完成文章

1.

A. 把時間和精神投資在自己身上
B. 他們真的都不想結婚嗎？並不盡然
C. 被貼上「自私 (zìsī, selfish)」的標籤
D. 把對方的個性、興趣、外表等各種條件列入考量
E. 若能找到合適的對象，又怎麼會不想結婚呢
F. 無疑是一種浪費生命的事

現代忙碌的社會中，越來越多人的感情狀態是「單身中」。_____

_____。有些人他們並非願意單身，_____？

但是一說起結婚，他們總是非常謹慎，他們會_____，

非得要找到最合適的另一半，才願意走進婚姻。當然，還有一群人，他們認

為，不計一切地花時間去追求對方，並且改變自己、配合對方的興趣或需要，

_____。他們寧可_____，也因此，

他們往往_____。

2.

> A. 有日漸增加的趨勢
> B. 如今不再需要飽受歧視之苦
> C. 獲得許多單身者的青睞
> D. 吹起了「一個人也要好好生活」的風潮 (fēngcháo, trend)
> E. 極具潛力

　　隨著單身人口 ＿＿＿＿＿＿＿＿＿＿＿＿＿＿＿＿，許多人發現「單身經濟」

＿＿＿＿＿＿＿＿＿＿＿＿＿＿，因此最近市區裡 ＿＿＿＿＿＿＿＿＿＿＿＿＿＿＿，

街頭出現了「單身餐廳」。顧名思義，這樣的餐廳主要的服務對象是單身者，

餐廳裡從桌椅到餐點都是一人份。這種新型的用餐環境 ＿＿＿＿＿＿＿＿＿＿＿＿

＿＿＿＿＿，每當到了用餐時間，餐廳總是坐滿了人。到過單身餐廳的顧客都說，

原來一個人到餐廳的時候都會覺得不自在，甚至被拒絕，＿＿＿＿＿＿＿＿＿＿＿

＿＿＿＿＿，即使是一個人，也可以自在地享受一個人的時光。

傳統與現代

一. 根據所聽到的內容回答問題並討論

 04-1

你認為鬥牛是殘忍的活動還是文化藝術？你是否支持動保團體的主張？

1. 請聽這幾位聽眾關於鬥牛的立場是贊成還是反對？

民眾	贊成	反對	原因
1.			
2.			
3.			
4.			
5.			
6.			

2. 再聽一次，寫下他們贊成或是反對的原因是什麼？

3. 討論：

   (1) 你願意花錢買票去觀賞鬥牛嗎？為什麼？

   (2) 你認為鬥牛是殘忍的活動還是藝術？貴國有沒有類似 (lèisì, similar) 的傳統活動？

二. 選擇合適的詞語完成短文

由來已久	俗話說得好	無須	舉世聞名	提升
顯示	被列為	刊登	高達	僅

　　這是最近在報上 _____ 的新聞：「當你認為做對的事情時，幸福感就會自然 _____。」55 歲的烏拉是 _____ 的幸福問題專家之一，20 多年來他為不丹國民做幸福研究，花了許多時間調查當地居民關於幸福的幾個條件，包括和鄰居關係、健康體力、文化活動、教育及生活水準等。2015 年他的研究結果指出，_____ 91.2% 的不丹人表示很幸福和非常幸福，男人比女人更有幸福感。從這個結果看來，不丹人 _____ 經濟繁榮也一樣感到幸福。

　　丹麥施行高社會福利政策已經 _____。人民從小到大不用付學費、工作機會多，貧富差距小，重視「人的教育」，做自己想做的事，享受生活。根據 2015 年全球最新調查 _____，145 個國家中，丹麥在世界幸福報告上 _____ 第一，台灣 _____ 列為 59，但優於日本、韓國等國家，_____ ──「當局者迷，旁觀者清」。有時別人覺得你很幸福，但自己卻不知道。你的幸福感有幾分呢？

三. 根據主題用所給的句式完成對話

阿明：年底我可能要失業了。

小平：什麼？你們公司生意不是很好嗎？

阿明：因為自動化技術取代人類，影響最大的行業就是我們，看來 ＿＿＿＿＿＿＿＿＿
＿＿＿＿＿＿＿＿＿＿＿＿＿＿＿＿ 了。　　　　　　　　（有…的必要）

小平：怎麼可能？機器缺乏思考能力，根本無法取代人類，你 ＿＿＿＿＿＿＿＿＿＿
＿＿＿＿＿＿ 競爭的對象也太誇張了吧！

（將 A 列為 B）

阿明：根據經濟學家最新報告，每一千名工人使用一台機器，最多會使 6 名
工人失業，薪資也會下降 0.75%，我原本不太在意，但這個報告似乎
＿＿＿＿＿＿＿＿＿＿＿＿，讓我緊張了起來，畢竟機器人帶給人類極大的影
響啊！　　　　　　　　　　　　　　　　　　　　　　（遠遠超過）

小平：自動化只會帶來更好的就業機會，雖然機器人取代了工人，但同時跟機
器人產業相關的工作機會也會增加。

阿明：但專家們指出 ＿＿＿＿＿＿＿＿＿＿＿＿＿＿＿＿＿＿＿＿＿＿＿＿ 使更多人失
業。　　　　　　　　　　　　　　　　　　　　（不但不 A 反而 B）

小平：現在 ＿＿＿＿＿＿＿＿＿＿！人工智慧即使取代人類工作，那也是 50 或
100 年後的事了。　　　　　　　　　　　　　　　　（沒有…的必要）

阿明：可是 ＿＿＿＿1990-2007 年 ＿＿＿＿＿＿＿＿，已使製造業減少 67 萬個就業
機會，而且工業機器人將來會增加四倍呢！　　　（在…的過程中）

小平：你說的沒錯，人類面對機器人的競爭，＿＿＿＿＿＿＿＿＿＿＿＿＿＿。但也
別太煩惱，畢竟機器人只取代我們的勞力而不是想法。走！我請你喝杯
咖啡！　　　　　　　　　　　　　　　　　　　　　（是…的時候了）

Memo

代理孕母，帶來幸福？

 根據所聽到的內容回答問題並討論 🎧 05-1

　　一家醫院的手術房內，一名代孕婦女剛生下了在她身體裡陪伴她九個多月的男嬰，接著男嬰馬上就被交給他的「親生」母親。而這對不孕夫婦得到了期待已久的新生命，達成了傳宗接代的願望。許多人一方面為代孕者必須與男嬰分離而感到難過，另一方面也為不孕夫婦終於實現了擁有孩子的夢想而感動。記者現在來到醫院訪問民眾對代孕的看法。

1. 請聽聽這幾位民眾的立場是贊成還是反對？

	贊成	反對	論點
護士			
志工			
企業老闆			
醫生			

2. 再聽一次這些民眾的論點，寫下他們的論點是什麼？這些論點你都認同嗎？如不認同，請提出你不同的論點。

_____

_____

3. 討論：

   (1) 如果你是這位代理孕母，現在你的想法是？

   (2) 如果你和你的丈夫／妻子是這對不孕夫妻，現在你的想法是？

17

二. 根據上下文選擇合適的成語完成下面的文章

> 千辛萬苦　獨一無二
> 日新月異　毛遂自薦　一線希望

　　每年暑假或新年過後便進入求職旺季，在這 ＿＿＿＿＿＿ 的時代，即便各行各業對求職者的要求不同，但是一份完美的履歷表，絕對是取得面試的一張門票。

　　剛自學校畢業的社會新鮮人，為了推銷自己，無不費盡 ＿＿＿＿＿＿ ，有人積極到各大公司，先 ＿＿＿＿＿＿ 留下自己的資料；也有人幸運地通過第一關，等待面試通知。以國內 1000 家大企業開放的職位來說，平均 111 人只能搶到一個工作，競爭可說是非常激烈。

　　根據報導，公司面試官看一份履歷的時間大約只有 34 秒，這 34 秒決定了你的命運。也許你正為寄出了 100 份履歷，卻沒有任何機會而感到失望，但千萬不要放棄，先冷靜下來，想想自己的個性、興趣和專業能力，適合什麼樣的工作，確定目標。履歷表是面談以前的唯一基本資料，人資公司建議應屆畢業生可準備一份屬於自己 ＿＿＿＿＿＿ 的履歷表，在此表中強調你在學校的社團、社會服務或實習經驗，把自己的優勢和特質很清楚地表現出來。通常個人資料越完整越容易獲得企業的青睞，增加面談機會。

　　俗話說得好：「成功者永不放棄，放棄者永不成功」。一旦找到符合自己理想的公司，只要有 ＿＿＿＿＿＿ 就去爭取，一份好的履歷表能讓面試官留下好印象，也是成功行銷自己的第一步。

三. 根據主題用所給的句式完成對話

> 既…也　　　始終　　　就…而言　　不得已　排名
> 絕對不是…能夠…　　固然…但　　反觀　　雙贏

（古安亞在公園碰見李老師）

古安亞：李老師，您好！好久不見！

李老師：安亞！沒想到在這兒碰到你，這是我母親，92 歲了。

古安亞：伯母看起來很健康呢！都是您在照顧嗎？您一面教書，還要一面照顧家人，一定很辛苦。

李老師：不辛苦。不過也快到要別人照顧的年紀了。

古安亞：怎麼可能！您看起來還很年輕啊！

李老師：我兩年後 65 歲，那時就是退休老人照顧年紀更大的老人了。哈！哈！

古安亞：沒想到台灣也進入高齡化社會了。

李老師：是啊！現在年輕的夫妻不願意生孩子，更加速社會的老化。

古安亞：的確，_____台灣的小家庭_____，養孩子的成本相當高；年輕人不是不想生，而是養不起。這也是為什麼台灣生育率_____無法提升的原因。

李老師：1950 年代台灣生育率曾經是世界最高的國家之一，但這幾年卻_____倒數第一，生育率從最高降到最低也算是台灣奇蹟 (qíjī, miracle) 吧。

古安亞：_____歐洲和日本，他們_____也有老化和少子化的問題，_____因積極改善社會福利制度，鼓勵生育和老人就業，生育率因此提高了不少。

李老師：台灣的人口老化速度比其他國家快很多，這使得台灣的生產力在短時間就減少許多。就像我_____要照顧媽媽，_____要照顧孫子，_____可能要提早退休了。

古安亞：那有什麼辦法可以減少老化對社會的衝擊呢？

李老師：除了鼓勵生育、政府還要提出＿＿＿＿＿＿的政策，如開放移民、提高
　　　　退休年齡以增加生產力、改善退休金制度等，讓人民覺得基本生活有
　　　　保障，才能解決高齡化及少子化的問題。但社會的變化永遠比政策的
　　　　改革還快，這些政策的推行也＿＿＿＿＿短時間＿＿＿＿＿達到效果
　　　　的。

古安亞：對了！下個月我就要結婚了，希望能邀請 (yāoqǐng, invite) 老師您來參加
　　　　婚禮。

李老師：我一定到！結了婚就要早點努力「做人」，增加「生產」，先祝你早
　　　　生貴子。

古安亞：謝謝老師！再見！

LESSON 6 死刑的存廢

一. 根據所聽到的內容回答問題並討論 🎧 06-1

各位觀眾大家好，我是主持人張立德，歡迎收看「法律人」節目。

最近幾個隨機殺人的社會案件再次引發死刑存廢的議題，兩方支持者在想法上有極大的落差，我們訪問了兩方的支持者：

1. 請聽聽他們各自的說法，他們的立場是贊成還是反對「廢死」？

	贊成	反對	論點
1.			
2.			
3.			
4.			
5.			
6.			

2. 再聽一次，寫下民眾的論點是什麼？你認為哪個民眾的論點最有說服力？

_____

3. 討論：

   (1) 你同意「廢除死刑」嗎？

   (2) 你認為死刑有嚇阻的作用，能減少犯罪率嗎？

21

二. 選擇合適的詞語完成下面的句子

> 孤兒　　推動　　致力　　誤判　　同情
> 和解　　傷害　　認錯　　彌補　　無濟於事

1. 因為裁判的 (cáipàn, umpire) ＿＿＿＿＿＿＿使我們輸了這場比賽。儘管我們事後發現也提出抗議，卻已＿＿＿＿＿＿＿，只能怪我們運氣不好了。

2. 他這輩子＿＿＿＿＿＿＿於和平，不停地＿＿＿＿＿＿＿和平事業，就是希望不再有戰爭。

3. 因一場車禍父母都死了，那孩子一夜之間成了＿＿＿＿＿＿＿，民眾都很＿＿＿＿＿＿＿他的遭遇，所以非常關心此案件的發展。經過調查，意外是因對方酒醉駕車造成的，雖然對方＿＿＿＿＿＿＿，孩子的家人也願意＿＿＿＿＿＿＿，但對孩子造成的＿＿＿＿＿＿＿卻是難以＿＿＿＿＿＿＿的。

三. 選擇合適的四字格並回答以下問題

> 無濟於事　　置身事外　　感同身受

1. 如果你見到你的同學或同事被欺負，你會 ＿＿＿＿＿＿＿ 嗎？為什麼？

2. 朋友曾經發生過什麼事，雖然你沒親身經歷，卻能 ＿＿＿＿＿＿＿ ？

3.　如果醫生說你的寵物已經病得很嚴重了，再治療也 _____，你會怎麼做？

4.　許多事情並不是我們能控制的，有什麼經驗是你盡力了卻 _____ 的？

四.　根據所給的句式完成句子

1.　莎士比亞說：「再好的東西，都有失去的一天。再深的記憶，也有 _____ 的一天。再愛的人，也有 _____ 的一天。再美的夢，也有 _____ 的一天。」你同意此句話嗎？請說明。　　　　　　（以⋯為例）

2.　請分別站在企業和人民的立場，說明颱風天應該放假嗎？

（站在⋯的立場）

3.　除了中文，你還學過哪種語言？請從各方面比較一下這兩種語言。

（相較於 A，B 則是⋯）

4. 根據新聞報導，NASA 發現了七個和地球相似的星球 (xīngqiú, planet)，你會考慮搬去外太空 (wàitàikōng, outer space) 居住在別的星球上嗎？（除非，不然 B）

5. 常有人放些美好的照片在網路上給親友看，讓大家感受到自己美好的一面；但也有人常發表一些心情文章，給大家看自己黑暗的一面。你呢？你喜歡在網上給大家看自己的哪一面呢？你有什麼不被人知的一面呢？

（有…的一面）

6. 父母常說，唯有努力念書，考上好學校，人生才算是成功，你同意嗎？

（唯有…才…）

增富人稅＝減窮人苦？

 根據所聽到的內容回答問題並討論　07-1

選舉到了，各候選人紛紛提出改善稅收的建議。西區候選人主張政府應該增富人稅以縮小目前社會上的貧富差距。

1. 請聽聽現場這些觀眾對增加富人稅的意見，他們的立場是贊成還是反對？

	贊成	反對	意見
小姐			
中年男人			
中年女人			
年輕人			
老太太			

2. 再聽一次，請寫下他們的意見是什麼？他們的意見你都認同嗎？如不認同，請提出你不同的論點。

3. 討論：
   (1) 你同意應該向富人課重稅 (kè zhòng shuì, levy heavy taxes) 嗎？

   (2) 你認為調高富人稅能有效縮短貧富差距嗎？

二. 根據上下文選擇合適的詞語完成下面的文章

> 袖手旁觀 腎臟 津貼 吃力 捐贈 苦笑 值錢
> 病痛 急迫 援助 捐款 犧牲 一無所有

曉玲剛動完_____移植的手術，忍著一身的_____，_____地從床上坐起來向_____器官給她的爸爸說：「謝謝您的_____。」她的父親_____地說：「謝什麼？誰叫我是你的爸爸呢？你_____需要換腎，我怎麼可能_____？」曉玲：「唉！為了我的病，家裡_____的東西都賣了，現在我們_____了。」爸爸：「別擔心，我們有政府的_____，還有一些親友的_____，和社會人士的_____，日子雖然不富裕，但勉強過得去。」

> 提心吊膽 米蟲 倘若 苦笑 傷腦筋 無所事事 口袋
> 強盜 貧窮 不勞而獲 眼紅 短暫 仍舊 醒

阿彥整天_____，吃飽就睡，不願出去找工作，總做些_____的夢，因此人們常用_____來形容他這個人。這天，他睡到中午才_____，出門要點餐時才發現_____空空的。他無意中看到旁人的皮包裡有好幾張千元大鈔，他不禁_____起來，心想，_____這些錢是自己的多好。「值得冒險搶別人的錢嗎？」這個想法只有_____幾秒，他突然_____起來，雖然自己常為了錢_____，但還不至於當_____，他可不想過著整天_____的日子。就這樣，他_____過著_____的生活。

三. 根據主題用所給的句式完成對話

　　課堂上，老師與學生比較目前常使用的一些社群網站（臉書、Instagram、推特 (Twitter)…）。

老師：社群網站是現代人不可缺少的社交工具。你們最常使用社群網站是哪一個，用它來做什麼事呢？

小玲：我最常用臉書來＿＿＿＿＿＿＿。這樣一來，就不用 ＿＿＿＿＿＿＿
＿＿＿＿＿＿＿＿＿。 （為了…傷腦筋）

老師：的確是個不錯的功能。那你呢？你也是用臉書嗎？

玉珍：臉書我已經很少上了，現在最常用 Instagram。

老師：我也聽說臉書已經慢慢被取代了，但為什麼呢？

玉珍：＿＿＿＿＿＿＿＿＿＿＿＿＿＿＿＿＿＿＿＿＿＿。
（之所以 A 就在於 B）

小玲：我還是比較喜歡用臉書，畢竟是社交工具，可以認識朋友的機會比較大，像我就有五百多個朋友。

老師：你知道「酒肉朋友」(jiǔròu péngyǒu, fair-weather friend) 是什麼意思嗎？跟「知心好友」(zhīxīn hǎoyǒu, good friend; bosom buddy) 的不同在哪？

小玲：＿＿＿＿＿＿＿＿＿＿＿＿＿＿＿＿＿＿＿＿＿＿。
（不像 A 而是 B）

老師：沒錯。這麼說，你的朋友是屬哪一類的呢？

小玲：＿＿＿＿＿＿＿＿＿＿＿＿＿＿＿＿＿＿＿＿＿＿。
（是否 A 還有待 B）

老師：你們覺得社群網站的缺點有哪些呢？

小玲：＿＿＿＿＿＿＿＿＿＿＿＿＿＿＿＿＿＿＿＿＿＿＿＿＿＿＿。

（被迫＋VP）

老師：既然如此，就不要過於沉迷，也許把它關了不再使用你會比較開心。

小玲：我同意不應＿＿＿＿＿＿＿＿＿＿＿＿＿＿＿＿。不過話說回來，和網路上的
　　　朋友聊聊天可以放鬆心情，甚至可以學到很多新知識呢。

（為了 A 而 B）

LESSON
8

左右為難的難民問題

 根據所聽到的內容回答問題並討論

 08-1

在歐盟，有些國家認為各國應該共同承擔、合作收容難民，才能解決這次難民危機。但也有些國家築起高牆，不但不願意收容，甚至拒絕參與任何討論難民安置的計畫。

1. 請聽聽這些民眾的立場是贊成還是反對？

民眾	贊成	反對	論點
1.			
2.			
3.			
4.			
5.			

2. 再聽一次，寫下他們贊成或是反對的論點。他們的論點你都認同嗎？如不認同，請提出你不同的看法。

_____

_____

3. 討論：

(1) 要是貴國開放難民政策，現在難民將成為你的鄰居，你的想法是？

(2) 要是因為發生戰爭，你和家人都成了難民，現在你的想法是？

二. 根據上下文選擇合適的四字格完成下面的文章

> 左右為難　每況愈下　有機可乘　首要之務
> 接二連三　怵目驚心　難以數計

由於雲端科技的進步，無形中縮短了人們的距離。原本與家人朋友見面吃飯是為了聯絡感情，但在餐廳常見到人手一機卻不說話。滿街的低頭族已不稀奇，許多人連過馬路也低頭看個不停，此畫面真是讓人看得＿＿＿＿＿＿。

根據報導顯示，台灣低頭族比例全球最高，各家知名手機公司＿＿＿＿＿＿打破銷售紀錄，我們每天只要一打開手機，就有成千上萬、＿＿＿＿＿＿的內容透過社群媒體分享訊息，手機已經融入我們的生活中，它正逐漸改變人類、重新塑造人類，而非只是工具。手機帶來了生活上的便利，但也有人因過度倚靠手機而上癮，無形中影響了生活和課業。這也常使父母是否應該嚴格限制孩子使用手機時感到＿＿＿＿＿＿，導致親子關係越來越緊張。

醫生已經對低頭族提出警告，長期使用手機會使健康＿＿＿＿＿＿＿，「沒有手機會要你命，有了手機更要你命！」，建議國人平常應練習專心做一件事、面對面和人聊天溝通、接觸大自然等，別因過度使用手機而讓疾病＿＿＿＿＿＿，保持身心健康才是＿＿＿＿＿＿。

三．根據主題用所給的句式完成對話

李剛和王玲在公司正準備開會。

李剛：欸！桌上的珍珠奶茶都被你喝了嗎？怎麼只有白開水啊？

王玲：老闆交代以後都不提供含糖飲料了。

李剛：為什麼？

王玲：你不知道嗎？＿＿＿＿＿＿＿＿＿＿＿，吃太多糖會提高死亡風險。

（根據…顯示）

李剛：那不是比抽菸的後果還可怕！

王玲：當然，但台灣人＿＿＿＿＿＿＿＿＿＿＿，街上幾乎人手一杯。

（向來）

李剛：我兒子吃飯就一定要配飲料，不然就不好好吃飯；原本我想

＿＿＿＿＿＿＿＿＿＿，喝一點也沒什麼關係。（只不過…罷了）

王玲：是該改變飲食習慣的時候了，含糖飲料不但是引發肥胖的甜蜜殺手，而
且罹癌率與死亡風險比不喝的人高 18% 呢！

李剛：＿＿＿＿＿＿＿＿＿＿，我們該怎麼辦呢？　　　　　　　（面臨）

王玲：父母應鼓勵孩子「每天至少吃 3 蔬 2 果，喝白開水 1500cc、拒喝含糖飲料，
運動 60 分鐘」這樣才能＿＿＿＿＿＿＿＿。　　　　（化 A 為 B）

李剛：你說得對！＿＿＿＿＿＿＿＿，想要不生病就要從正確的飲食習慣開始
做起。那今天先給我一杯奶茶，等明天我一定開始喝白開水。

（A 與 B 息息相關）

王玲：不行！我可不想失去一位好朋友呢！

Memo

有核到底可不可？

 根據所聽到的內容回答問題並討論　　　　　 09-1

　　從 1954 年蘇俄建立了第一座核電廠，到 2013 年，世界上擁有核能發電廠的國家共有 31 個，核能發電廠有 435 座。美國擁有 104 座，是最大的核能發展國家，其次法國的 58 座，日本 50 座、俄羅斯 33 座、韓國 23 座。在擁有核電的國家中，九成以上同意維持或增加核電。以下是我們對世界各國的核電使用情況的最新報導：

1. 請聽聽這些國家是贊成還是反對發展核能發電？

國家	贊成	反對	發電廠情況
瑞典 (Sweden)			
義大利 (Italy)			
德國			
瑞士 (Switzerland)			
英國			
韓國			
芬蘭 (Finland)			
日本			
丹麥 (Denmark)			

2. 再聽一次，寫下這些國家的發電廠情況。

33

3. 討論：

(1) 為什麼發生許多核能事故後，有些國家還要繼續蓋核能電廠？

(2) 你的國家反對或贊成使用核能電廠？使用情形如何？你的看法如何？

 從句子到篇章

1. 連接左右兩邊的句子

■ 關於核災事故，福島核災與車諾比核電廠事件	● A. 但仍令人擔憂。
■ 大賣場發生爆炸	● B. 都被列為同一等級。
■ 政府收取高額費用	● C. 導致河川內大量魚類死亡。
■ 因地震引發了海嘯	● D. 民眾緊急逃離。
■ 那間外商投資的工廠排放的廢水	● E. 政府視為人為疏失，所以不願賠償。
■ 一名住在發電廠周圍的青少年罹癌	● F. 難怪惹來民怨。
■ 雖然那顆炸彈不會立即爆炸	● G. 造成許多房屋被洪水沖走了。

2. 利用一些前面連接完成的句子寫出兩篇新聞事件報導

報導一

報導二

三. 根據主題寫一篇具有說服力的文章

　　請想像你的好朋友在偏遠的山裡有一塊空地，長期以來的收入就只靠這塊地所種的菜賺錢。但是近幾年賣菜賺的錢只夠勉強養家活口，於是他登廣告想賣地，等了半年還沒賣出。後來僅有一家處理廢料的公司想要以高價租他的空地，用來倒垃圾和埋廢料。很明顯地這樣會破壞環境，請你從不同的角度（經濟來源、環境保護……等）以及利用下面的句型寫成一篇報告，替他分析出租或不出租的優缺點，並給他一個建議：

（A 與 B 相比之下）（遠遠 Vs 於 A…）（受…而有所）
（A，B 乃至於 C）（A，也可以說…）（任誰都…）

 LESSON 10 同性婚姻合法化

一. 根據所聽到的內容回答問題並討論

 10-1

　　支持同性婚姻合法化的人認為婚姻是相愛的人一起生活的權利，反對的人認為婚姻跟愛情無關，是社會制度。那麼婚姻是什麼？婚姻和戀愛哪裡不一樣？婚姻是愛情的是墳墓 (fénmù, grave) 還是天堂 (tiāntáng, paradise, heaven)？

1. 請聽聽以下這些人的說法，他們認為婚姻是什麼？

民眾	婚姻是……
1.	
2.	
3.	
4.	
5.	

2. 討論

(1) 你同意誰的說法？或是你有更好的說法？

(2) 你認為未來婚姻和愛情會是什麼樣的形式？

二. 根據上下文選擇合適的詞語完成下面的文章

1.

> 盡快　親密　認同　傳達　偏見
> 陌生　相愛　打破　擴大　心聲

　　這部電影講的是一個關於婚姻的故事。男主角是一個出生在傳統家庭的長子，他得負擔傳宗接代的責任，但同時他也是同性戀，有一個＿＿＿＿＿＿多年的同性伴侶。為了滿足母親的期望，也為了維護整個家庭的和諧，他不得已只好欺騙母親，找來自己的好朋友、同時也是拉拉 (Lesbian) 的女主角「假結婚」。而為了維持自己的感情生活，他還威脅妹妹跟自己的男友假結婚，四個人一起生活。他想，這樣一來，既不必跟＿＿＿＿＿＿人結婚，又可以跟＿＿＿＿＿＿的人一起生活。誰知道，有一天媽媽突然跑來，說要搬來一起住，而且希望他們能＿＿＿＿＿＿讓他抱孫子。這個看似完美的辦法，如今卻將發生巨大的衝突與變化。他們要怎麼維持各自的感情？又要如何得到母親的＿＿＿＿＿＿，化危機為轉機？

　　這部電影除了想＿＿＿＿＿＿愛情不分性別的立場，也希望＿＿＿＿＿＿我們習慣的價值觀，丟掉＿＿＿＿＿＿。此外，導演更希望藉由這部電影能讓大家更溫柔及包容的態度，在各種對立的爭議中，大家不能只聽一種聲音，只跟同樣立場的人對話，而是必須跨出去，＿＿＿＿＿＿對話的範圍，好好地聽他們的＿＿＿＿＿＿，感同身受對方的困境與恐懼。

2.

核心	邏輯	原則	不容
彼此	稱呼	建構	干涉

內人、外子、堂嫂 (tángsǎo, sister-in-law, older brother's wife)、表舅 (biǎojiù, uncle)、外孫、小叔…這些名稱代表什麼意思,你知道嗎?每到過年,我總是為了應該怎麼_____親戚而傷腦筋,為什麼要這麼麻煩?叫名字不就好了嗎?更讓人生氣的是,這些稱呼變成不能做某件事的理由。小時候,每次問長輩:「為什麼他可以,我卻不行?」,得到的回答常是:「『因為他是你的…』或是『因為你是他的…,所以你不可以…』」,這樣的情況總是讓我聽了一肚子火。

長大以後,我才弄懂每個稱呼。相較於西方人,華人以這套稱呼系統來了解每個成員之間的關係。同時,這套系統是有規則的,雖然複雜,但並不是毫無_____。這套稱呼系統的_____就是你的姓、性別、年紀:同姓的比不同姓的重要、男性的地位高於女性、年長的高於年幼的。在這個_____之下,你就知道誰是「內」,誰是「外」,誰要用「表」,誰要用「堂」;_____該做什麼、誰有優先權、誰可以_____誰。這是華人講究的倫理,有了倫理,才能_____出社會,因此這套倫理是_____違反的。要是違反了,那就是亂倫。

三. 根據主題用所給的句式完成對話

A：嘿！你看這個人，長得好漂亮啊！水汪汪的眼睛，高挺的鼻子，妝畫得好自然。要是我是男人，我會追她。

B：你知道嗎？她以前是男人，你現在看到的是動過變性手術後的樣子。

A：真的假的！她現在＿＿＿＿＿＿＿＿＿＿＿＿＿＿＿。在你的國家，「變性（biànxìng, transsexualism）」是很普遍的事情嗎？　　（A 跟 B 沒有兩樣）

B：當然不是。即使現在社會對性別的看法有越來越開放的趨勢，但是他們還得不到大家的認同。那在你的國家呢？

A：大同小異。一般來說，這樣的人在生活中仍然飽受歧視之苦，儘管他們打扮成另一個性別，甚至冒了很大的風險動手術改變外表，但是社會上很多人不但不能聽見他們的心聲，還＿＿＿＿＿＿＿＿＿＿＿＿，認為他們心理有問題。　　（把 A 跟 B 連在一起）

B：那你自己怎麼看呢？

A：事實上，我是比較同情他們，我想我＿＿＿＿＿＿＿＿＿＿＿＿，希望他們能按照自己喜歡的方式生活，畢竟這是他們對性別認同的問題。

（A 跟 B 站在同一陣線）

B：可是我不同意＿＿＿＿＿＿＿＿＿＿＿＿＿，改變自己的性別，我覺得這樣的方式違反自然，＿＿＿＿＿＿＿＿＿＿＿＿＿。再說，我們要稱呼他先生還是小姐？他該去男廁還是女廁？會不會有人走在模糊地帶，欺騙別人？你不能＿＿＿＿＿＿＿＿＿＿＿。

（以…做為口號 /…，無異（於）…/ 無視…的 N）

A：總而言之，一般人很難接受是可以理解的，但是我認為這是他們對自己身體的自主權，＿＿＿＿＿＿＿＿＿＿＿。看來，他們還有很長的一段路要走。

（A 與（跟）B 無關）

第一課

言論自由的界線 》

一、根據所聽到的內容回答問題並討論

情境說明	網路是許多人發表意見的地方,然而許多人卻常在網路上留言攻擊、發表仇恨性言論,霸凌別人。因此開始有人思考,網路究竟是匿名好?還是實名好? 請聽這些人的意見,他們的立場分別是支持匿名還是實名?
民眾 1	現在的情況是使用者不知道對方是誰,但是一開始使用的時候還是需要留下真實資料,政府還是知道你是誰。所以你說這樣叫匿名嗎?不算有吧。以現在的技術,可以透過 IP 找到發文者,真的要查哪有查不到的?如果你在網路上說你要殺總統,你看警察會不會利用 IP 找到你。這樣一來問題就很清楚了,實名制就是方便政府能監控你而已,對減少霸凌一點幫助也沒有。
民眾 2	霸凌發生在任何地方,職場、家庭、學校等等,重點是霸凌的行為,而不是網路,網路只是工具。以為實名以後社會就會和諧,這樣的想法太天真了。
民眾 3	因為留言的時候別人知道我是誰,所以我留言的時候我會更小心,也會比較理性。當大家都為自己的言論負責,也理性發言的時候,這樣才值得花時間討論。
民眾 4	網路上因為匿名的關係,很多人講起話來毫不保留,雖然那些批評有時候過於直接,但是更有討論的空間,畢竟有時候身邊的人不會那麼直接告訴你。
民眾 5	網路上常常有人躲在匿名的保護傘下,在網路上發表犯罪言論,使得社會越來越不安全。為了大部分人的安全,即使失去一些言論自由也是可以接受的吧?難道你希望整天活在威脅中嗎?言論自由不能沒有限制,每個人的權益都應該被保障。
民眾 6	有的人在網路上傳一些假消息,網路亂象已經讓人受不了了,因此實名制不失為一個好辦法,可以避免謠言散播,也有助於事後調查責任。

關於基改食品，我有話要說 》

一、根據所聽到的內容回答問題並討論

情境說明	當我們正在享受基改所帶來好處的同時，是否也正受到健康與環境的威脅？ 請聽這幾位聽眾關於基改的立場是贊成還是反對？
民眾 1	從外觀上看不出基改食物就代表不安全嗎？沒有經過證實安全的食品我們早就吃習慣了，但是經過證實沒有問題的食品，大家反而懷疑，這真是奇怪！
民眾 2	美國是科技進步的國家，也是基改食物最多的國家，基改食品是全球趨勢，能給我們帶來更健康美好的生活。
民眾 3	我喜歡吃魚和番茄，但是把魚的改造基因加在番茄裡，天啊！簡直讓我無法接受。
民眾 4	誰掌握了糧食來源，誰就掌握了全人類，我們太依賴基改才是最大的危機，只有尊重大自然，維護小農和消費者的權益，才是我們應該選擇的生活態度。

第三課

整形好不好 》

一、根據所聽到的內容回答問題並討論

情境說明	很多人常常是在碰到了困難以後，才發現自己有外在、能力、個性、人際關係等方面的問題。 請聽聽看這些人碰到哪些問題？並寫下他們的問題。

老師	**老　師：**我現在碰到的問題嘛…我剛從研究所畢業，但是每次面試都被刷下來。我的成績不錯，也有很多人幫我、說我有潛力，也願意介紹工作給我，所以我想，我的能力、人際關係應該是沒有問題的。 **主持人：**所以你覺得原因是？ **老　師：**應該跟外表有關。每次學生看到我，就覺得我很好欺負，大概我看起來就不像老師吧，總是騎到我的頭上來。 **主持人：**如果打扮一下呢？ **老　師：**我自己會覺得不自在啊，不自在的話就會影響我的工作表現。你的意思是要我打扮得像外國明星一樣帥，好吸引他們的目光？
秘書	**秘　書：**我現在在這個公司已經工作了三年了，當年面試的時候，他們說我的外型不錯，也給人很專業的感覺，做這份工作應該沒問題。我真是幸運，打扮一下就得到這份工作。可是進到這個公司以後，出了不少錯，要不是靠其他人幫忙，早就丟了這份工作。不過三年下來，同期的人都已經升上去當小主管了，可是我一直都得不到主管的青睞，薪水也升不上去。 **主持人：**你認為原因是什麼？ **秘　書：**大概是我長得不錯吧，所以他們怕我搶走了他們的機會。
工程師	**工程師：**我從事科技業，是一個工程師，工作是很累沒錯，但是薪水也是不錯啦，日子可以過得很舒服，房子的貸款也繳得差不多了。現在的問題就是家人要我趕快結婚啊。 **主持人：**不想結婚嗎？ **工程師：**想啊，總是要有一個家，人生才完整嘛，只是找不到對象。 **主持人：**為什麼？你的條件不錯，有車有房，工作穩定。 **工程師：**你也覺得不錯對吧！可是女孩子就不喜歡啊，有幾個本來在網路上還聊得來，可是一交換照片或見面就沒有下文了。 **主持人：**所以是外表的問題？ **工程師：**大概吧，可能她們覺得我胖了一點。

經理	經　理：大家都說我長得很漂亮，身材又好，個性獨立，工作能力也不錯…
	主持人：沒有對象嗎？
	經　理：…有，但是老實說並不是太穩定。
	主持人：怎麼說？
	經　理：他覺得我不夠漂亮。
	主持人：不夠漂亮？怎麼可能！
	經　理：真的，他覺得我皮膚不夠白，也不懂得打扮，應該去學最流行的化妝技術，染髮，換膚什麼的。
	主持人：他有病嗎？
	經　理：我知道，我自己也很矛盾。一方面我自己想過，我是不是應該改變我的想法，畢竟碰到問題就應該解決，而且改變以後可能我們的關係也會改變；可是另一方面我也覺得為什麼要改變成那樣？那就不是原來的我了啊！而且他的標準聽起來就是媒體洗腦的那些可愛明星的樣子啊！內在更重要吧！
	主持人：換一個男朋友啦！
	經　理：可是我已經35歲了，要是分手了，很難再找到下一個吧！
研究員	研究員：我是一個比較內向的人，很害怕跟一大群人在一起，而且我很怕吵。我不太主動跟別人交談，他們的對話都很無聊，為什麼要浪費時間聊八卦？談那些沒有營養的事？而且他們表面對你好好，但其實各有目的，都不是真心的，那樣的關係太假了。
	主持人：那朋友呢？
	研究員：不太多，只有幾個學生時期認識的朋友還一直有聯絡。因為我的興趣都比較冷門，所以大部分的時候我都是獨來獨往。
	主持人：不覺得孤單嗎？
	研究員：有時候。

傳統與現代 》

一、根據所聽到的內容回答問題並討論

情境說明	你認為鬥牛是殘忍的活動還是文化藝術？你是否支持動保團體的主張？ 請聽這幾位聽眾關於鬥牛的立場是贊成還是反對？
民眾 1	如果你認為鬥牛殘忍，那麼你想過餐桌上你吃的那塊肉嗎？只會批評與反對，自己卻做著同樣的事。
民眾 2	如果參觀鬥牛的一張票，變成血淋淋的一塊肉，你還願意去吃它嗎？
民眾 3	和餐桌上的牛肉相比，公牛至少還有幾年享受最好的對待，還可以在鬥牛場上狂奔，比關在小小空間的食用牛要快樂多了。總而言之，我們買票觀賞的牛比你吃的牛幸福太多了。
民眾 4	如果你來一趟西班牙，深刻了解鬥牛的文化藝術，你一定會改變想法，一旦鬥牛消失，毫無疑問，將會給西班牙的經濟帶來嚴重的傷害。
民眾 5	動物和人類一樣有血有肉，如果我們懂得尊重生命，那麼，我們就沒有權力來決定鬥牛場上公牛的命運。
民眾 6	這不過是自然界的現象，就像天然災害決定我們的命運一樣，對待公牛怎麼能算是殘忍呢？

第五課

代理孕母，帶來幸福？ 》

一、根據所聽到的內容回答問題並討論

情境說明	一家醫院的手術房內，一名代孕婦女剛生下了在她身體裡陪伴她九個多月的男嬰，接著男嬰馬上就被交給他的「親生」母親。而這對不孕夫婦得到了期待已久的新生命，達成了傳宗接代的願望。 許多人一方面為代孕者必須與男嬰分離而感到難過，另一方面也為不孕夫婦終於實現了擁有孩子的夢想而感動。 記者現在來到醫院訪問民眾對代孕的看法。 請聽聽這幾位民眾的立場是贊成還是反對？
護士	這是一個多元的社會，母親的角色也可以更多元 --- 母親可以是提供卵子的媽媽，可以是自己生育孩子的母親，也可以是領養孩子的養母或是照顧別人的孩子和提供母奶的奶媽，所以當然也可以是幫助別人傳宗接代的孕母。
志工	這樣的醫院簡直就像嬰兒工廠，代孕者成了生產工具，這根本就是有錢人在消費窮人的身體。
企業老闆	現代社會的每一個人，本來就是不斷地被商品化，代孕者和所有工作者一樣，按照合約要求完成任務，得到應有的薪資，有何不可？
醫生	全民應該享有同樣的生育權，無法生育的夫婦，透過醫學科技和代孕婦女的協助，來完成擁有自己孩子的心願，難道我們不該支持嗎？

第六課

死刑的存廢 》

一、根據所聽到的內容回答問題並討論

情境說明	各位觀眾大家好，我是主持人張立德，歡迎收看「法律人」節目。最近幾個隨機殺人的社會案件再次引發死刑存廢的議題，兩方支持者在想法上有極大的落差，我們訪問了兩方的支持者，請聽聽他們各自的說法，他們的立場是贊成還是反對「廢死」？
民眾 1	這事不是發生在他們身上，對被害者家屬的心情，當然他們不能真正地感同身受，因此沒有權利要求政府廢死。
民眾 2	國家的刑罰制度算是公共議題，死刑存廢跟你我都有關，當然每個人有權利討論跟發表自己的意見。我不認為國家有殺人的權利。
民眾 3	就算大多數的國家推動廢死，但每個國家的法律都不一樣，為何要跟著世界潮流而要求廢死？
民眾 4	雖說我們絕對不是為了潮流才要求廢死，但以「一命還一命」這樣的想法也太過時了。人權才是現在社會應該重視的。
民眾 5	因為死刑違反人權，所以應廢除，那無期徒刑、有期徒刑也限制人的自由權，是否也應廢除，甚至罰金其實也關係到財產權，是不是也要廢除？
民眾 6	人權並不是廢除死刑的唯一理由。再說死刑和一般刑罰不同，一旦誤判，人死了無法彌補。

增富人稅＝減窮人苦？ 》

一、根據所聽到的內容回答問題並討論

情境說明	選舉到了，各候選人紛紛提出改善稅收的建議。西區候選人主張政府應該增富人稅以縮小目前社會上的貧富差距。 請聽聽現場這些觀眾對增加富人稅的意見，他們的立場是贊成還是反對？
小姐	我持中間立場，但比較偏向對富人多收稅。畢竟現在所謂的財富並不是全部來自於薪水，富人的錢大部份都來自於股票或是買賣土地的交易所得。
中年男人	不過就另一個方面來說，如果要求高所得的人繳更多的稅，可能會讓那些人想逃稅，這樣一來，最後可能反而使政府稅收越來越少。
中年女人	我比較擔心的是，政府說是向富人加稅，但最後都會變成向中產階級加稅，因為富人都移民了，到時苦的會是我們這些人。
年輕人	怎麼會？你應該對政府有信心，調高富人稅，能縮短貧富差距，光是這點我就百分百支持。
老太太	如果政府希望減少貧富差距，那增加富人稅可以馬上看到效果。但我反而比較希望政府能減稅，這樣能增加總投資、增加就業機會。

第八課

左右為難的難民問題 》

一、根據所聽到的內容回答問題並討論

情境說明	在歐盟，有些國家認為各國應該共同承擔、合作收容難民，才能解決這次難民危機，但也有些國家築起高牆，不但不願意收容，甚至拒絕參與任何討論難民安置的計畫。 請聽聽這些民眾的立場是贊成還是反對？
民眾 1	我是難民，我願意努力工作，為這個國家付出一份心力，我會讓你們知道，接受我是值得的。
民眾 2	只是收容不能解決問題，難以數計的難民將增加當地人民納稅的支出。
民眾 3	自私才會帶來恐怖威脅，只要各國能收容所分配的難民並徹底執行安全的檢查制度，一定可以解決難民問題。
民眾 4	我無法想像我家隔壁住著難民，我很擔心因文化背景不同而產生的衝突會毀了我們原本平靜的生活。
民眾 5	難民只會越來越多，無窮無盡。如果我們讓每個人都進來，歐洲的經濟一定會被拖垮的。

第九課

有核到底可不可？》

一、根據所聽到的內容回答問題並討論

情境說明	從 1954 年蘇俄建立了第一座核電廠，到 2013 年，世界上擁有核能發電廠的國家共有 31 個，核能發電廠有 435 座。美國擁有 104 座，是最大的核能發展國家，其次法國的 58 座，日本 50 座、俄羅斯 33 座、韓國 23 座。在擁有核電的國家中，九成以上同意維持或增加核電。以下是我們對世界各國核電使用情況的最新報導，請聽聽這些國家是贊成還是反對發展核能發電？
瑞典	美國三哩島核災事故後不久，瑞典舉行了核電廠存廢的公民投票。根據結果，政府須在 30 年內廢核，但期限早已過去，還是因難以找到新的替代能源而繼續使用核能發電。
義大利	車諾比核能事故發生後，義大利在 1987 年透過公投廢除核電，1990 年全部停止使用核電廠。日本福島核事故後，再次舉行公投，結果有 94% 的民眾拒絕重新使用核能發電。
德國	日本福島核災後，德國政府宣布最晚於 2022 年全面廢核，並關閉 8 座核電廠。德國推行「能源轉型」，多年以來，不但使用高污染的燃煤發電，更花大錢補貼風力、水力發電，並向鄰國買核電，使人民的電費大幅增加。
瑞士	瑞士決定國內的 5 座核電廠只運轉至 2034 年。
英國	英國在 2011 年表示核能發電十分安全，目前共有 16 座核電廠，未來計劃再建 4 座。
韓國	2012 年韓國核電廠曾發生短暫的停電事故，同年也發生了 5 座核電廠的 5 千個零件品質證書的造假事件，民眾雖然開始懷疑核電廠的安全性，但發展核能發電是韓國的國家政策，除了現在所擁有的 23 座核電廠外，預計在 2030 年前，還會再增加 11 座。

芬蘭	為了解決核廢料的問題，芬蘭建造了全球第一座深層永久性核廢料儲存設施，預計核廢料在這裡可以存放十萬年。另一方面，新的核電廠照計劃興建中。
日本	被投過兩顆原子彈，且發生福島核災的日本打算讓國內核電重新運作並在海外蓋核電廠。
丹麥	丹麥希望 2050 年能使用 100％再生能源，風力發電為其電力主要來源，還曾提供了高達 55％以上的電力。目前電力不夠的部分還得依靠瑞典、挪威等國的水力發電與核電。

第十課
同性婚姻合法化 》

一、根據所聽到的內容回答問題並討論

情境說明	支持同性婚姻合法化的人認為婚姻是相愛的人一起生活的權利，反對的人認為婚姻跟愛情無關，是社會制度。那麼婚姻是什麼？婚姻和戀愛哪裡不一樣？婚姻是愛情的墳墓還是天堂？ 請聽聽以下這些人的說法，他們認為婚姻是什麼？
民眾 1	有一個學生問老師：「什麼是愛情？」老師說：「你到麥田裡找一棵最大最好的麥，天黑前把它帶回來。找的時候，只能往前走，不能回頭，還有，只能摘一次。」學生按照老師的話做，最後卻空手回來。老師問：「為什麼？」學生回答：「因為只能摘一次，而且不能回頭，所以每次我看到又大又黃的麥時，總是想著前面有更好的，所以沒摘。可是後來發現，後面的都沒有前面的好，最好的麥已經錯過了，所以我空手回來。」老師說：「這就是愛情。」 第二天，學生問老師：「什麼是婚姻？」老師又要學生到樹林裡，砍一棵最大的樹，可是一樣只能往前走，只能砍一次。這次，學生帶回來一棵普通，可是也不差的樹。老師問：「你的樹看起來沒有什麼特色，為什麼？」學生回答：「有了上次的經驗，這次我走到半路，發現時間、體力快不夠了，看到這棵還可以的樹，就把它砍下來，免得跟上次一樣兩手空空。」老師說：「這就是婚姻。」

民眾 2	要擁有很多浪漫愛情但是一輩子單身？還是要沒有愛情的婚姻生活？這個問題…，我以過來人的身分跟你說，我絕對會選前者。婚姻啊，就像一座圍城，外面的人想進來，裡面的人想出去。很多人都害怕單身，不計一切要找到一個人生伴侶，進入婚姻，結果，每天生活中都是柴米油鹽醬醋茶，哪裡還有愛情？婚姻啊，是愛情的墳墓啊！ 現在有越來越多人不結婚只同居。有的人就算有了孩子也不願意結婚，寧可一輩子保持單身同居的關係。這樣的方式有什麼不好的，你仔細想想，如果一輩子只能跟一個人在一起，那不是很無聊嗎？你怎麼知道這個人就是對的人？婚姻裡有太多責任，有的人並不適合，而為了那張紙，用法律把兩個人綁在一起，這樣的生活會比較好嗎？
民眾 3	現在很多人之所以談戀愛，只不過是為了玩玩，想找個人陪罷了，根本就不打算承擔責任，在我看來，這種戀愛無疑是浪費對方的時間，欺騙對方的感情。你如果喜歡一個人，但是又覺得他條件達不到你「結婚對象」的標準，那這樣你還有跟他談戀愛的必要嗎？為什麼要去傷另外一個人的心。雖然以結婚為前提的戀愛不保證最後會走向婚姻，但重點是你有沒有那個決心，要好好經營一段關係啊！ 結婚是一輩子的事，彼此承諾陪伴對方一生，又不是去菜市場買菜，還讓你東挑西選，試吃試用，這種行為我完全無法認同。
民眾 4	人類不停地在創造新的婚姻形式。你看像傳統的中國社會，一般男人可以三妻四妾，這種一夫多妻的形式是很常見的。在非洲某些地方，一個人的叔叔伯伯都算是爸爸，所有的阿姨都是媽媽，每個人都有好幾個父親、母親，並不是只有西方認為的家庭形式才是好的。另外像在中國西南少數民族，走婚是他們的婚姻方式。一開始，一個男人如果愛上一個女人，跟女人約好以後，男人會在半夜，爬窗進到女孩子的房間，並且把帽子掛在門外，表示他們在約會，一到早上，男人就必須離開。基本上他們不會正式結婚，就算有了孩子，他們也還是不同住。維持他們關係的核心是愛情，跟經濟無關，一旦感情變淡或是個性不合，隨時可以結束這樣的關係，非常自由。 從這些情況可以看到，婚姻的形式是非常多元的，可以很簡單的只有愛情，也可以很複雜，將經濟、權力、生存列為考量的條件。

民眾 5

有人說，世界上最美好的事情之一是你喜歡一個人的時候，那個人也剛好喜歡你。所以能跟一個人談戀愛、結婚，是多麼幸運的事啊！

我覺得啊，談戀愛的時候，就像吃麻辣火鍋，刺激難忘，結了婚，就像最平常的白菜豆腐，簡單健康。我喜歡這樣像小河流一樣細長溫暖的生活。我也很感激，能夠遇見我的另一半，成為彼此的配偶、情人、知己。我見到他以前，從沒想過要結婚，結了婚以後，也從來沒後悔過，也沒想過要跟別的人結婚。

Linking Chinese

當代中文課程 5 作業本

策　　劃	國立臺灣師範大學國語教學中心	出 版 者	聯經出版事業股份有限公司
主　　編	鄧守信	發 行 人	林載爵
顧　　問	Claudia Ross、白建華、陳雅芬	社　　長	羅國俊
審　　查	葉德明、劉　珣、儲誠志	總 經 理	陳芝宇
編寫教師	何沐容、洪芸琳、鄧巧如	總 編 輯	涂豐恩
		副總編輯	陳逸華
執行編輯	張莉萍、張雯雯、張黛琪、蔡如珮		
英文翻譯	范大龍	叢書主編	李　芃
校　　對	伍宥蓁、陳昱蓉、張雯雯、張黛琪、蔡如珮	地　　址	新北市汐止區大同路一段 369 號 1 樓
		聯絡電話	(02)8692-5588 轉 5305
編輯助理	伍宥蓁	郵政劃撥	帳戶第 0100559-3 號
		郵撥電話	(02)23620308
技術支援	李昆璟	印 刷 者	文聯彩色製版印刷有限公司
封面設計	桂沐設計		
內文排版	楊佩菱	2018 年 6 月初版・2024 年 7 月初版第七刷
錄　　音	王育偉、許伯琴、劉崇仁	版權所有　・　翻印必究
錄音後製	純粹錄音後製公司	Printed in Taiwan.

著作財產權人　國立臺灣師範大學
地址：臺北市和平東路一段 162 號
電話：886-2-7734-5130
網址：http://mtc.ntnu.edu.tw/
E-mail：mtcbook613@gmail.com